LA COURSE DE ROSE

Dawn Dumont

LA COURSE DE ROSE

Roman

Traduit de l'anglais (Canada) par Daniel Grenier

Éditions
HANNENORAK

Éditions Hannenorak
24, rue Chef Ovide-Sioui
Wendake (Québec) G0A 4V0
Téléphone : 418 407-4578
editions@hannenorak.com
editions.hannenorak.com

Mise en pages et maquette de la couverture : KX3 Communication inc.
Illustration de la couverture : Meky Ottawa, *Rose*, 2020
Révision : Catherine Lemay, Cassandre Sioui

Les Éditions Hannenorak tiennent à remercier le Conseil des arts du Canada et la Société de développement des entreprises culturelles (SODEC) de leur soutien financier.

Nous reconnaissons l'aide financière du gouvernement du Canada par l'entremise du Programme national de traduction pour l'édition du livre, une initiative du *Plan d'action pour les langues officielles – 2018-2023 : Investir dans notre avenir*, pour nos activités de traduction.

Titre original : *Rose's Run*

Dépôt légal : 4e trimestre 2020
Bibliothèque et Archives nationales du Québec
Bibliothèque et Archives Canada
ISBN 978-2-923926-51-3 (papier)
ISBN 978-2-923926-56-8 (PDF)
ISBN 978-2-923926-57-5 (EPUB)

Distribution au Canada :

Diffusion Dimedia
539, boul. Lebeau
Ville St-Laurent (Québec) H4N 1S2
Téléphone : 514 336-3941
Télécopieur : 514 331-3916
dimedia.com

Pour mes sœurs : Patricia, Katherine,
Pamela, Cherysse et Cissy

PROLOGUE

Dahlia Ingram devait mesurer deux mètres, et chaque centimètre de ses longues jambes, qui arrivaient à la hauteur des biceps de Rose Okanese, était enserré par le tissu extensible d'un pantalon de sport argenté à l'air futuriste, conçu pour mettre en valeur les arrondis et les courbes – ce dont Dahlia était néanmoins totalement dépourvue. C'était une créature de muscles et d'os, couronnée d'une tignasse de boucles blondes. La nature avait créé Dahlia dans un but unique : la faire courir sur de longues distances, à grande vitesse et avec une grâce nonchalante. C'était elle, et personne d'autre, que la vie avait choisi de mettre à côté de Rose Okanese, sur la ligne de départ du marathon annuel de Pesakestew.

Cette année, Dahlia avait déjà pris part à trois marathons, trois demi-marathons et quatre dix kilomètres. Et on était à peine en juin. C'était la deuxième course de Rose, la deuxième de sa vie entière. (Bon, la cinquième, si on inclut les courses auxquelles elle avait participé à l'école primaire. Elle ne s'était pas trop mal débrouillée à l'époque : jamais dernière, toujours avant-dernière ou avant-avant-dernière – ça dépendait de la présence des jumeaux Bower, des asthmatiques notoires.) Elle n'avait jamais vécu ce moment clé d'une bonne performance athlétique, lorsqu'on se fait prendre à l'écart et qu'un coach comme celui dans *Rocky* nous pose une main sur l'épaule en disant : « T'as du talent, ma p'tite. Mais pour l'instant, t'es encore une bonne à rien. »

Les arrondis et les courbes de Rose avaient été déversés dans une camisole orange et un cuissard en spandex noir. Le cuissard avait coûté 19,99 $ chez Walmart, un achat impulsif, fortement encouragé par Sarah, sa fille de seize ans, qui avait ajouté :

— Y a aucune loi qui dit que t'es obligée d'être la personne la plus mal habillée de la compétition.

Rose croisait et décroisait les jambes, un mouvement machinal visant à attirer l'attention sur autre chose que la grosseur de ses cuisses.

La meilleure chose à faire pour avoir l'air plus mince aurait sans doute été de s'éloigner de l'espèce de réglisse humaine qui se tenait à côté d'elle. Mais l'idée même de se retrouver seule à l'écart l'effrayait davantage que d'avoir l'air d'une taille plus.

— Je suis pas mal nerveuse, a-t-elle laissé échapper.

Dahlia a continué de s'étirer le quadriceps, sa longue jambe pliée en deux. Elle ressemblait à un flamant blond.

— Je gage que t'es jamais nerveuse, toi, hein ? a continué Rose, comme c'était son habitude lorsqu'elle constatait qu'aucune réponse ne venait. C'est comme une promenade au parc pour toi, j'imagine ? Comme marcher de ta chambre jusqu'à la cuisine ? Je gage que tu vas aller courir pour le plaisir cet après-midi, hein ? Ça va te prendre combien de temps, cette course-là, d'ailleurs ? Trois heures ? Deux heures et demie ? Six ?

Rose s'en est voulu de ne pas avoir fait quelques recherches avant la course. Elle aurait pu ouvrir Google et taper quelque chose du genre : « Combien de temps pour terminer un marathon quand on n'est pas en forme ? »

Dahlia a posé les yeux sur Rose comme si elle venait juste de remarquer sa présence. Ses yeux de Suédoise, plissés en permanence à cause du vent, ont glissé sur le visage rond de Rose, qui rougissait déjà, ont longé la légère protubérance de son ventre, ont contourné ses genoux cagneux et se sont arrêtés sur ses espadrilles Saucony mauves et blancs.

— Belles chaussures, a dit Dahlia.

Sourire radieux de Rose.

— Je les ai eues en cadeau. De mes enfants.

Comme prévenue par un signal, Callie a crié :

— Maman ! As-tu mangé ?

Rose a levé les yeux et a aperçu sa cadette, âgée de huit ans, qui lui tendait une barbe à papa depuis le bas-côté de la route, derrière la barrière invisible qui séparait les coureurs des gens qui s'étaient déplacés pour venir les voir et leur expliquer, entre deux bouffées de cigarette, pourquoi la course de fond était nocive pour la santé.

— Ça va, chérie ! a lancé Rose en retour avant de se retourner vers Dahlia. C'est ma fille Callie. As-tu des enfants ?

Dahlia a fait non de la tête. Elle s'est placée en position de départ, laissant tomber un genou au sol en un seul mouvement fluide. Rose n'avait jamais vu une femme aussi grande bouger les jambes comme ça, à la manière d'une gymnaste roumaine. Évidemment, ça ne voulait pas dire que les gens aux longs membres ne pouvaient pas être flexibles. Ça voulait juste dire que c'était vraiment étrange de les regarder faire.

Rose a voulu prendre la même position, mais le bas de son dos s'est mis à rire d'elle, alors elle s'est contentée d'incliner son buste vers l'avant en sautillant sur place.

— Tsé, y a à peine plus de deux mois, j'avais pas couru une seule fois en vingt ans. C'est clair que j'aurais jamais pensé me retrouver ici un jour, à ce marathon-là, en compétition avec une pro comme toi. C'est drôle à quel point la vie nous met dans des situations pas possibles, hein ? Je veux dire, je sais bien que c'est moi qui me suis inscrite à la course et que c'est moi qui étais au volant de ma voiture pour me rendre ici, fait qu'à bien y penser, c'est moi-même qui me suis mise dans cette situation-là. Mais c'est quand même drôle…

L'arbitre de la course, Charley Big Guns, est passé près d'elles pour se rendre à son poste. Son chapeau haut-de-forme contrastait avec son jogging gris taché. Il fredonnait *Chariots of Fire*, son pistolet de départ tambourinant contre sa cuisse.

— J'aurais préféré qu'il utilise autre chose qu'une arme à feu. Ça me fait peur.

— Bouche tes oreilles, a répondu Dahlia.

— Pas fou.

Rose a jeté un coup d'œil à la foule rassemblée. Il y avait beaucoup plus de gens qu'elle ne l'aurait cru, pour un dimanche, à huit heures du matin.

— Peut-être que j'aurais dû attendre à l'année prochaine. Est-ce que je peux juste, genre, abandonner ? Est-ce qu'ils vont être fâchés ? Est-ce qu'on peut avoir des problèmes si on abandonne ?

L'expression faciale de Dahlia laissait croire que l'idée ne lui avait jamais traversé l'esprit. Elle a penché la tête en examinant Rose, comme si elle cherchait à savoir ce qu'elle faisait ici, sur cette ligne de départ, à côté d'elle. Puis, elle a remarqué le gros pansement scotché sur le bras de Rose.

— C'est quoi, ça ?

Rose a baissé les yeux.

— Oh, ça ? Ça aussi c'était un cadeau. Un cadeau d'adieu, par chance.

Il y avait une question dans le regard de Dahlia. Mais le coup de pistolet a retenti. Les deux femmes se sont soudain rappelé où elles étaient et ont entamé la course dans un maladroit pas de crabe.

UN

Il ne manquait qu'un numéro à Rose. Elle le sentait tournoyer, là-bas, dans la grosse boule de bingo, elle sentait qu'il était à sa recherche. Il avait envie d'être là pour elle, il voulait se faufiler dans le petit trou, tomber dans la paume du bon vieux Charley Big Guns afin que ce dernier puisse annoncer sa venue de sa grosse voix traînante. Elle était nerveuse, et lorsqu'elle était nerveuse, elle avait envie d'une cigarette, mais on ne pouvait plus fumer dans la salle du Conseil de bande depuis un mois. Et pourtant, une fumeuse d'expérience comme Rose pouvait encore percevoir l'odeur de la vieille fumée qui s'accrochait aux murs et aux poutres de bois de la salle du Conseil de Pesakestew comme un amant éconduit et désespéré. Elle a inspiré profondément. Ça aidait, mais ça n'assouvissait rien.

— Je vais gagner, a-t-elle lancé à ses compagnons de table – sa meilleure amie, Winter, le mari de celle-ci (qui était aussi le cousin de Rose), Monty, ainsi que, bien évidemment (puisqu'elles étaient codépendantes), sa plus jeune fille, Callie. J'ai comme un pressentiment.

— C'est quoi comme sensation ? a voulu savoir Callie.

Elle était en deuxième année et elle était assise à côté de Rose, un manuel de grammaire ouvert de manière ostentatoire devant elle. Mais Rose n'était pas dupe ; Callie était bien trop curieuse pour se concentrer sur autre chose qu'une conversation entre adultes.

— Comme quelque chose qui gonflerait en dedans de moi, a expliqué Rose.

— Un pet, tu veux dire, a suggéré Winter.

Winter était la meilleure amie de Rose depuis la première année du primaire. À l'époque, toutes deux étaient petites pour leur âge et, après qu'un costaud de maternelle les avait rossées en face du module de jeu dans la cour d'école, elles avaient pleuré dans les bras l'une de l'autre.

— Rien de plus chanceux qu'un bon vieux pet, sauf pour ceux qui sont trop proches, a blagué Rose.

Monty, le mari de Winter, a poussé un soupir d'impatience, pour leur faire savoir qu'elles le dérangeaient durant la partie.

— Désolée de perturber ton inspiration, Mozart, a dit Winter en lui envoyant un coup de coude affectueux. Lui aussi, il lui manque seulement un numéro.

— Dis-lui pas ! Bon, maintenant, c'est sûr que je gagnerai pas.

— C'est pas comme si ça allait diminuer tes chances, a répliqué Winter. La chance, ça existe même pas.

Monty a laissé échapper un grognement et est retourné se coller le nez à ses cartes.

— Pour vrai, Matante ? a demandé Callie.

— Pour vrai de vrai. C'est juste quelque chose en quoi les personnes plus faibles aiment croire, lui a répondu Winter.

— Pourquoi les gens jouent au bingo, d'abord ?

— C'est censé être le fun, a dit Rose en assénant de petites taloches sur le bras de Monty pour le taquiner.

Il l'a repoussée en grommelant.

Rose fixait l'annonceur. Charley était installé dans son propre petit isoloir au milieu de la salle. Il était bâti comme une armoire à glace, et sa coupe en brosse donnait l'impression qu'on aurait pu récurer un bol de toilette avec sa tête. À voix basse, Rose a dirigé ses prières vers ce demi-dieu :

— Allez, Charley, j'ai besoin d'un nouveau pneu. Celui que j'ai en ce moment à gauche en arrière est rendu tellement lisse et chauve qu'il manque d'estime de soi. Donne-moi le I-25. Allez, Charley, rentre ta grosse main là-dedans et sors-moi ce numéro-là, tu peux y arriver !

— Pas mal certaine qu'il t'entend pas, a répondu Winter. Ce bon vieux Charley est sourd comme un pot.

— Moi aussi, je ferais semblant d'être sourd si j'étais à sa place, a dit Monty. Pouvez-vous imaginer le genre de pression qu'il doit ressentir en ce moment ?

— B-12, a claironné Charley.

— Es-tu vraiment en train de prendre la défense d'un gars qui reste assis sur son gros cul à annoncer des numéros ? a demandé Winter.

— Tout ce que je dis, c'est que c'est stressant, travailler auprès du public.

— Il a sa maudite petite île à lui tout seul, a répondu Winter en le pointant du menton.

Assis sur une estrade montée au centre de la salle, Charley portait son verre en styromousse blanc à ses lèvres dignes d'un Rubens, tous les yeux rivés sur lui.

— Eh, merde, a dit Rose, et elle s'est gratté l'intérieur de l'avant-bras.

— M'man, fais pas ça. Le docteur a dit que ça ferait juste empirer, a dit Callie en saisissant la main de sa mère de la sienne, minuscule.

— Encore ta dermatite ? a demandé Winter. Je pensais que la crème faisait effet.

— Docteure Sheila dit que je peux mettre autant de crème que je veux, ça changera rien tant que je vais continuer à travailler à la porcherie. Je suis allergique aux porcs, c'est ça qui est ça.

— Es-tu allergique au bacon ? a demandé Monty.

— Je peux les manger, c'est juste que je peux pas les fréquenter. Ou, en tout cas, je devrais pas. Mais la porcherie, ça paye mieux que partout ailleurs, pas vrai ?

Winter travaillait comme infirmière à l'hôpital du coin, il lui était donc impossible d'être d'accord avec cette affirmation. Monty était contremaître sur un chantier, il ne pouvait donc pas être d'accord lui non plus. Mais pour Rose, mère de deux jeunes filles et épouse de Gilbert, musicien rock, la porcherie restait la meilleure option. Là-dessus, elle et Gilbert s'entendaient. C'était à peu près la seule chose sur laquelle ils s'entendaient.

Winter le savait bien, elle qui avait un accès privilégié aux conflits internes du couple que formaient Gilbert et Rose. Alors, au lieu d'exprimer son désaccord, elle a offert une crotte de fromage à Rose. Et Rose de grignoter le petit bâtonnet orange en forme de doigt, perdue dans ses pensées.

— Je peux te voler une cigarette ?

— En fait, ça se passe plutôt bien mon affaire, a répondu Winter. Soixante-cinq jours sans fumer.

— Merde, j'espérais que t'aies flanché.

— Pas cette fois-ci, a dit Monty. On a nos patchs, et en plus on fait de la thérapie au laser.

— Ça serait pas juste plus économique de continuer à fumer ? a blagué Rose.

Callie s'est exclamée :

— C'est pas une question d'argent, c'est une question de santé !

— Je suis en santé, a dit Rose en résistant à l'envie de s'éclaircir la gorge.

À l'évidence, il y avait quelque chose là-dedans, juste là, elle sentait que ça gratouillait... Une cigarette aurait réglé le problème d'un seul coup. Elle a avalé une gorgée de son Coke et la sensation s'est atténuée. *Maudite gang de non-fumeurs qui envahissent le monde*, s'est-elle dit. On aurait pu se croire à l'abri de cette engeance dans la réserve ! Mais non, on avait fini par faire le lien entre la cigarette et les bonbonnes d'oxygène que les aînés traînaient partout derrière eux de ce temps-ci, aussi répandues que les orteils amputés à cause du diabète.

À cette pensée, Rose s'est promis d'arrêter de sucrer son café – ou, du moins, d'arrêter d'en faire du sirop.

Un paquet de cigarettes l'attendait à la maison, sur le dessus du frigo. Cette simple idée a fait apparaître un sourire énigmatique sur son visage. Winter l'a remarqué, en a aussitôt compris l'origine et lui a lancé un regard désapprobateur.

— Sous le O, on a le 69, a annoncé Charley. C'est toujours le numéro chanceux de quelqu'un, ça.

Rires de la foule, comme si c'était la première fois qu'on entendait cette blague, même si, statistiquement parlant, on avait toutes les chances de l'entendre chaque soirée de bingo.

Rose a jeté un coup d'œil à Callie, qui, heureusement, ne semblait pas avoir compris la référence, parce qu'elle observait d'un air suspicieux tous ces gens en train de hoqueter de rire.

— Comment va Gilbert ? a demandé Winter.

— Il s'est pointé à la maison ce matin, après une semaine de tournée. Ils ont joué dans une demi-douzaine de villes, je pense. Un soir à Regina. Gilbert dit que c'était un gros show.

Évidemment, il n'avait pas l'air moins pauvre pour autant, s'est-elle forcée à ne pas ajouter.

Elle s'est rappelé de fouiller dans ses poches, dans sa valise et dans l'étui où il mettait son matériel de rasage avant d'aller se coucher. Elle voulait s'assurer qu'il ne lui cachait pas une petite fortune.

— Je sais pas comment il fait pour soutenir ce rythme-là, avec son poste au Conseil de bande en plus, a commenté Winter.

— Il s'est fait virer du Conseil, a précisé Rose à reculons.

C'était tout de même préférable qu'ils l'apprennent de sa bouche à elle, parce qu'ils n'allaient pas tarder à l'apprendre de la bouche de quelqu'un d'autre.

— Oh, OK, s'est contentée de répondre Winter.

Monty a grommelé :

— Ah, le crisse d'épais, est-ce qu'il…

— Hum, hum, l'a interrompu Rose en désignant Callie des yeux.

— J'ai entendu dire qu'ils ont retrouvé Albert, a dit Winter pour changer de sujet.

Albert était un aîné qui avait deux épouses. Les deux femmes le mettaient régulièrement à la porte, seulement pour l'accueillir de nouveau quand elles devenaient jalouses l'une de l'autre. Presque chaque semaine, on pouvait le voir partir à pied et passer d'une maison à l'autre.

— Il avait disparu ?

Ça faisait trois mois que Rose travaillait six jours par semaine, qu'elle faisait des quarts de douze heures à la porcherie, c'était normal qu'elle en perde des bouts. Dommage, parce qu'elle adorait les potins.

— Depuis quatre jours. Si ça avait été n'importe qui d'autre, on aurait remarqué plus tôt, mais tsé, Gladys pensait qu'il était chez Edna, et vice-versa. En tout cas, ils l'ont retrouvé caché dans une vieille grange, parce qu'il disait avoir vu…

La grosse voix monotone du vieux Charley l'a interrompue :

— Sous le I…

Rose s'est penchée sur sa carte, prête à étamper le numéro et à crier le « Bingo ! » le plus retentissant qu'on ait entendu depuis des mois. Charley a conclu :

— Vingt-deux.

— Bingo ! ont hurlé quatre voix féminines et une masculine.

— Et voilà, a dit Winter.

— Criffe, a dit Rose.

— T'aurais été obligée de partager avec plein de monde de toute façon, M'man, a dit Callie en rangeant son livre.

— Ouais, a répondu Rose, les yeux encore rivés sur sa carte. Tu t'es déjà demandé s'ils vérifient les cartes pour vrai ? Je veux dire, quelqu'un pourrait très bien glisser sa carte dans la pile comme si elle était gagnante.

Winter a haussé un sourcil.

— Est-ce que tu remets en question le professionnalisme des organisateurs du bingo de Pesakestew ? Ces gens-là ont reçu au moins dix minutes de formation. Non, ma chère, c'est pas au bingo que tu vas devenir riche.

Et elle a serré affectueusement l'épaule de Rose.

Rose a froissé sa carte et l'a envoyée à la poubelle avec un enthousiasme feint.

Monty s'est levé pour aller acheter de nouvelles cartes pour sa femme et lui, en prévision de la deuxième partie de la soirée. Winter n'avait jamais été une fanatique des « Midnight Madness », mais elle les endurait pour faire plaisir à Monty.

— T'es certaine que tu veux pas me tenir compagnie pour la prochaine ronde ? C'est moi qui paye, a dit Winter.

— Non, Callie a de l'école demain et il faut qu'on passe chercher Sarah, a répondu Rose.

— Elle est où ?

— Je l'ai laissée chez Ronnie samedi après-midi. Elles étudient pour leur test d'anglais.

— Ronnie, c'est celle avec les anneaux partout dans la face ?

— Ouaip.

— Et sa mère, c'est Jane, la directrice du centre pour les femmes ?

Rose a acquiescé de la tête.

— Ouais ben, a continué Winter, si on parle de la même, cette Jane-là est à Ottawa en fin de semaine pour le congrès sur le bien-être des femmes.

— Sarah m'a jamais parlé de ça.

Rose sentait monter la boule d'angoisse et de colère qui la prenait aux tripes.

— Elle a clairement jamais parlé de ça, a répété Callie.

— Les ados, a dit Winter.

— Et t'en veux un ? a demandé Rose.

Winter a souri.

Rose a poussé Callie pour qu'elle avance.

— Allez, Callie. Je suis pas mal sûre que ta sœur a déjà eu trop de fun pour ses seize ans.

— Attends, a dit Callie en agrippant le bras de sa tante. Qu'est-ce qu'il a vu ?

— Qui ?

— Albert.

— Oh, il a dit qu'il s'était fait poursuivre par un fantôme !

— Pour vrai ? s'est exclamée Callie, les yeux ronds comme des fonds de bouteille.

Winter a ébouriffé les cheveux de Callie :

— Le vieux fou était sans doute complètement guerlot.

***

Rose et Callie se sont stationnées en face d'une maison décrépite, mais bien éclairée. À l'évidence, les habitants de cette maison-là étaient persuadés que dix ampoules faisaient le même travail qu'une seule. De l'intérieur de la voiture, Rose entendait le boum-boum de la musique. Un mélange de punk et de rap. *C'est pas bon signe*, s'est dit Rose. Elle a klaxonné une fois. Aucune réaction du côté de la maison, sauf de la part d'un gros matou qui l'a dévisagée en traversant la pelouse.

— Callie, va la chercher. Leur musique est probablement trop forte.

Callie s'est empressée de défaire sa ceinture de sécurité et de sortir de la voiture. Elle a monté les marches du perron au pas de course et a cogné à la porte. Une fois, deux fois, trois fois. Pas de réponse. Elle s'est retournée et a haussé les épaules, paumes vers le ciel, signe universel du « je fais quoi maintenant ? ».

Rose a éteint le moteur.

— Maudite Sarah.

Elle a gravi les marches du perron, a ouvert la porte et a pénétré dans la maison, Callie sur les talons. L'odeur de pot a frappé Rose au visage comme un sac rempli de balles de baseball. Elle et Callie n'ont pu retenir un éternuement.

— Va m'attendre dans l'auto, a ordonné Rose.

Callie l'a laissée prendre quelques secondes d'avance, puis a continué à la suivre malgré l'injonction.

Rose a reniflé l'air encore une fois. C'est sûr que le pot était plus fort que dans son temps, parce que cette fumée-là était si épaisse qu'elle lui donnait l'impression d'avaler de la soupe Chunky. Elle a traversé le salon et a jeté un coup d'œil dans la cuisine. Un vrai bordel là-dedans : sacs de chips, canettes de liqueur vides, une caisse de bière renversée. Rose a noté que la caisse était vide. Elle a pivoté sur ses talons et s'est dirigée vers le corridor, où un quelconque rappeur à l'âme lyrique promettait à une femme de la faire monter au septième ciel avant de la foutre dehors le lendemain matin.

Rose a posé une oreille contre la porte et a entendu des voix. Elle cherchait à distinguer l'intonation boudeuse d'une adolescente, mais non. C'est plutôt un timbre distinctement masculin qui a fait accélérer son rythme cardiaque.

Callie sautillait à côté d'elle.

Rose a ouvert d'un coup sec la porte, qui est allée cogner contre le mur dans un vacarme résolu qui n'était pas sans lui plaire. Elle a fait le tour de la pièce de son regard d'une précision militaire : six adolescents, âgés de quinze à dix-neuf ans, peut-être même un ou deux dans la vingtaine, trois garçons, trois filles, six paires de fentes à la place des yeux. Ils la regardaient tous comme autant de poupons innocents. Rose n'en connaissait que deux : Ronnie, la meilleure amie de sa fille, et, juste à côté, le fruit originel de ses entrailles.

— Sarah, a lâché Rose.

— M'man ?

Sarah était assise par terre en tailleur à l'autre bout de la chambre, directement en face de la porte.

— Debout.

Sarah a fait mine de se lever, mais elle est retombée aussitôt. Ça l'a fait rigoler.

— Tabarnouche, a dit Callie, elle est encore plus gelée qu'un congélateur sur pattes.

Une expression que Rose utilisait souvent lorsqu'elle trouvait Gilbert dans un état similaire.

— Debout ! a ordonné Rose.

Sarah avait toute la misère du monde à se détacher du sol, ses longues jambes maigres se faisant aller comme les pattes d'un petit faon. Rose a traversé le cercle d'ados d'un pas lourd, espérant secrètement piétiner le pied nu de l'un d'entre eux, et a aidé Sarah à se lever.

— Je sais pas où j'ai mis mon manteau, a dit Sarah, et ça l'a fait rigoler encore.

Puis, ça a fait rigoler une des autres filles, puis la troisième, puis les garçons, les uns après les autres, comme des dominos de rigolade. Rose se rappelait une certaine époque dans sa vie où elle aurait sûrement trouvé cette scène divertissante, mais c'était dans un passé lointain, avant qu'elle ne devienne mère – avant que le mot *plaisir* ne devienne inconciliable avec le mot *risque*.

— Wow, a dit Callie. C'est ça que ça veut dire, tripper. Cool.

Rose a baissé les yeux sur sa plus jeune. Elle aurait souhaité avoir en tête les mots exacts pour s'assurer qu'elle ne retrouverait jamais Callie dans cette même pièce.

— Ces drogués-là calcinent tous leurs précieux neurones comme des tranches de bacon, a pontifié Rose. Et ton corps peut pas ressusciter tes neurones. Une fois qu'ils sont calcinés, c'est fini, après ça, tu deviens aussi stupide qu'un raton laveur.

Dans sa tête, elle évaluait la validité de son affirmation : les ratons laveurs étaient-ils vraiment des animaux stupides ou, au contraire, n'étaient-ils pas plutôt très intelligents ? En tout cas, ils avaient l'air de savoir se débrouiller avec les couvercles de poubelle les mieux scellés. Peut-être aurait-elle dû choisir les canards comme exemple de stupidité dans le règne animal ?

Les « drogués » en question se sont contentés de rire encore plus fort.

Rose s'est penchée pour attraper sa fille par le bras. Sarah a glapi, comme prise de douleur, même si Rose ne lui faisait pas mal du tout. Elle s'est débattue pour se défaire de l'emprise de sa mère, mais cette dernière était beaucoup plus forte, ça faisait des années qu'elle transportait des cochons graisseux.

— Eille, a voulu protester Ronnie.

— T'as un problème, toi ? a dit Rose d'une voix assez aiguisée pour couper du fromage à pâte ferme. Parce que, moi, oui. Et fais-moi confiance, ta mère va entendre parler de moi !

Ronnie a cligné des yeux et a baissé la tête. Rose s'est demandé quand revenait Jane, la mère de Ronnie. Elle était presque toujours en déplacement à l'extérieur, dans son rôle de directrice du centre de santé et de soins pour femmes.

— Bye, tout le monde ! a lancé Sarah à la ronde pendant que Rose la traînait le long du corridor.

— Tu perds rien pour attendre, Sarah. Ton père va te botter le derrière. Je peux pas croire que tu m'as menti... Tu croyais vraiment que j'allais pas le savoir ? Tu me prends pour une épaisse ou quoi ?

Ça a fait rigoler Sarah.

— Ses yeux sont bizarres, a dit Callie en examinant de près le visage de Sarah. Peut-être qu'on devrait l'emmener à l'hôpital.

Rose tirait sa fille et la soutenait en même temps. Elle lui a fait descendre les marches du perron et l'a poussée sur la banquette arrière de la voiture. Sarah s'est vautrée de tout son long, étendue sur le côté.

— Mon manteau, a-t-elle dit, le son de sa voix étouffé par le tissu de la banquette.

— Est-ce que je devrais retourner le chercher ? a demandé Callie.

— On n'est pas ses christies de bonnes. Monte dans l'auto.

Rose a fait claquer sa portière. Callie s'est installée à côté d'elle, à l'avant.

— Est-ce qu'on devrait appeler la police ? a demandé Callie en attachant sa ceinture de sécurité.

— Elle ferait quoi, la police ?

La phrase était sortie de la bouche de Rose avant qu'elle ne puisse se contrôler. Une phrase si arriérée et cynique, une phrase qu'aurait pu prononcer Gilbert, ou un des imbéciles qui flânaient toujours au Conseil de bande.

— C'est pas illégal de fumer du pot quand on est mineur ?

— C'est *toujours* illégal, a répondu Rose.

À moins, bien sûr, d'avoir un billet du médecin, mais Rose n'avait pas envie de se lancer dans une explication de la prétendue agoraphobie de Gilbert. Elle n'avait jamais compris comment il avait réussi ce coup-là. Sa « phobie » des foules l'autorisait à acheter du pot, mais ne l'empêchait pas de donner des concerts ni de finir ses soirées dans des partys organisés chez ses admiratrices.

— Ben, d'abord, pourquoi P'pa...

— Peux-tu juste arrêter de parler deux secondes, Callie ? Ma tête est sur le bord d'exploser.

Callie a acquiescé sans un mot. Le front appuyé sur la vitre de la portière, elle regardait dans le rétroviseur, les yeux rivés sur le reflet de la maison qui disparaissait dans l'obscurité.

Les étoiles brillaient dans le ciel. Rose savait que, si elle s'était couchée par terre, elle aurait eu l'impression de vivre une scène de *La guerre des étoiles*, lorsque le vaisseau spatial passe en vitesse de la lumière et que les étoiles semblent foncer sur lui. Rien d'effrayant là-dedans, au contraire, ça donnait le sentiment que l'univers entier était à portée de main.

Rose concentrait son attention sur la route. Elle roulait un peu trop vite et leur petite Dodge Neon toute cabossée qui avait presque l'âge de Callie affrontait maladroitement les nids de poule et les ornières. Tout ce que voulait Rose, c'était rentrer à la maison, dénoncer sa fille à Gilbert (et lui reprocher pour la millionième fois d'être lui-même un poteux), prendre une douche et dormir au moins mille heures d'affilée.

Elle a entendu bouger à l'arrière, puis vomir. Une forte odeur de chips au barbecue, de bière et de bile a envahi l'habitacle.

— Ça, c'est vraiment dégueu, a dit Callie, et elle s'est retournée pour voir, ce qui lui a valu illico une bonne poussée dans le front de la part de sa sœur.

Elle a crié :

— Sarah m'a tapée !

— Laisse-la tranquille, Callie. Elle va avoir affaire à son père et elle va tout nettoyer ça demain.

Rose a viré dans son entrée. Une Honda Civic grise était stationnée en face de la maison.

— Cé qui, ça ? ont marmonné en chœur Rose et Callie.

— Un ami à papa ? a tenté Callie pendant que sa mère garait la voiture juste à côté de l'autre.

Une très grosse coiffe traditionnelle, rose et perlée, pendait au rétroviseur.

Sarah s'est redressée.

— C'est l'auto de matante Michelle.

L'haleine de Sarah a fait monter les larmes aux yeux de Rose, qui s'est empressée de sortir de la voiture. Elle a observé la jolie petite bagnole stationnée n'importe comment devant chez elle. Ça avait à peine trois ou quatre ans, ce bolide, aussi bien dire une voiture neuve, à ses yeux.

Michelle était sa cousine, un an plus jeune, enseignante adjointe dans une école en ville. Célibataire, sans enfants – c'est comme ça qu'on arrivait à se payer ce genre de voiture.

— Je l'ai vue à l'école vendredi, a précisé Sarah d'une voix râpeuse, du fond de sa banquette.

— Qu'est-ce qu'elle fait ici, mam'zelle snobinarde? s'est demandé Rose tout haut.

— Peut-être qu'elle nous a apporté des cadeaux – un genre de Noël en avance!

Il n'y avait pas une question à laquelle Callie n'aurait tenté de répondre.

— On n'est rien qu'au printemps, niais… a commencé Sarah avant de s'interrompre, la voix et l'injure brisées par un nouveau haut-le-cœur.

Le cœur de Rose est allé se loger dans ses talons alors qu'elle approchait de la maison. Michelle ne se pointait jamais ici, sauf quand quelque chose allait mal. Elle devait avoir perdu son emploi en ville (encore) et elle cherchait un endroit où rester pour les prochaines semaines, le temps de trouver quelque chose d'autre. Elle était d'agréable compagnie – une potineuse de classe mondiale –, mais elle avait tendance à coller, jusqu'à ce que son charme s'estompe et qu'elle n'ait plus un sou. *Encore une affaire*, s'est dit Rose, *encore une maudite affaire.*

Callie l'a dépassée dans les marches, en criant à pleins poumons:

— Matante Michelle!

Sarah s'est arrêtée près de Rose, juste en haut des marches, le visage plissé comme si elle venait de sentir un pet silencieux. Elle s'est inclinée vers l'avant, pardessus la rampe, et a retenu une autre nausée. Rose a posé une main délicate sur son dos.

— J'ai pas fini avec toi.

Sarah l'a repoussée d'un geste.

Rose a ouvert la porte moustiquaire en soupirant. Elle avait fait le ménage avant de partir et voilà qu'elle trouvait des bouteilles de bière vides sur la table du salon et un cendrier tellement rempli de mégots et de cendre qu'il débordait. Elle a inhalé les effluves de fond de tonne et de sueur – Gilbert était le charme ambulant.

Callie a pris d'assaut le divan, la télécommande dans une main et un Popsicle dans l'autre.

— Où est ta tante ?

— Pas dans la cuisine ni dans la salle de bains ni dans la cour ni dans le débarras. J'ai abandonné.

Elle a pris une bouchée de son Popsicle.

Rose a déposé les bouteilles de bière dans l'évier de la cuisine et s'est dirigée vers les chambres au fond du corridor.

— Michelle ? a-t-elle dit en jetant un coup d'œil dans la chambre de Callie.

Personne.

Elle a continué son chemin vers la chambre de Sarah, a entrouvert la porte – pas de valises, pas de petite cousine au sourire malin. La porte de la chambre de Rose était fermée.

Non.

Rose savait que ce qui l'attendait de l'autre côté de cette porte changerait sa vie. Pas parce que Gilbert ne l'avait jamais trompée auparavant, bien sûr qu'il l'avait trompée auparavant, c'était une *vedette rock*. Mais avec quelqu'un de sa famille ? Sous son propre toit ? Rose a posé la main sur la poignée et s'est arrêtée pour réfléchir une seconde. Était-ce vraiment nécessaire de savoir ? Elle pourrait prendre une serviette de bain dans l'armoire et aller se doucher, ça leur laisserait le temps d'ouvrir eux-mêmes la porte pour voir si le champ était libre. Michelle se faufilerait dehors sans se faire voir et se dirait ensuite : « Wow, vite comme l'éclair. » Oui, et tout le monde pourrait faire comme si tout allait comme sur des roulettes jusqu'à ce que tout recommence à aller comme sur des roulettes. Fais semblant que ça marche jusqu'à ce que ça marche, comme on dit, n'est-ce pas ?

C'était incroyable de penser au nombre de secrets qu'on pouvait cultiver, même dans une si petite maison.

Rose était déjà en train de s'éloigner de la porte lorsqu'elle a senti une pression dans son dos, comme une main qui la poussait à agir. Si on lui demandait si c'était le courage ou la curiosité qui l'avait convaincue d'ouvrir la porte, elle aurait répondu : aucun des deux. C'était une question d'instinct et rien d'autre.

Tout nu à l'exception de ses boxers, ses stupides boxers Budweiser usés à la corde, Gilbert était debout devant la fenêtre, où deux fesses de femme étaient en train de disparaître. Rose s'est approchée au pas de course, mains tendues, et a raté de près une cheville. Gilbert l'a attrapée par le bras.

— Fais-lui pas mal.

De sa main libre, Rose lui a envoyé une bonne taloche. Plus sur la mâchoire que sur la joue, sans le claquement satisfaisant, mais elle n'avait pas le temps de s'offrir un deuxième essai. Elle s'est penchée dans le cadre de la fenêtre et a aperçu les cheveux gonflés par le vent de Michelle, qui tournait le coin de la maison.

Rose sprintait déjà lorsqu'elle s'est engagée dans le corridor. Callie a lancé un « M'man ? » en la voyant traverser le salon à la course, mais Rose était déjà dehors, où elle a tant bien que mal contourné Sarah, toujours affaissée sur le perron, a sauté d'un bond en bas des marches, a atterri sans se planter – *quand même surprenant*, s'est-elle félicitée – et a foncé droit sur la voiture de Michelle. Michelle s'était déjà installée au volant. Rose a tiré sur la portière du côté passager et a plongé à l'intérieur de l'habitacle, forçant Michelle à sortir en vitesse. Rose a arraché les clés du contact pour les lancer loin dans le gazon long que Gilbert était trop paresseux pour couper.

— Merde, Rose, on peut en parler, OK ? a commencé Michelle, ses yeux écarquillés par la peur croisant ceux de Rose, qui la toisait par-dessus la voiture.

— Pas de trouble. Mais laisse-moi juste te mettre un bon coup de poing dans la face avant, a répondu Rose en s'élançant pour glisser élégamment sur le capot.

(Bon, peut-être pas *élégamment*, le poids de ses deux fesses arrachant au métal un genre de gémissement de protestation.)

Michelle a couru pour se réfugier derrière la voiture.

— Je m'excuse ! Je m'excuse !

— Bouge pas ! a crié Rose en courant à sa suite.

Michelle a pivoté, alerte, a réussi à garder la voiture entre elles.

— M'man !

Callie était debout en haut des marches du perron, les mains sur les joues comme le personnage du *Cri* de Munch. Callie, toujours là pour faire honneur au côté dramatique de n'importe quelle situation.

— Rentre… Tout de suite… Callie, a dit Rose, à bout de souffle.

— S'il te plaît, parle-moi, Rose. Je suis ta cousine. Je t'aime, a dit Michelle, pas du tout à bout de souffle.

— Bouge pas de là ! lui a ordonné Rose, mais en prononçant plutôt : « Pouchepatla. »

— T'es vraiment fâchée, je comprends ça, mais on est des cousines ! Tu te souviens quand je t'ai offert les petites bottes en cuir blanches super cutes ?

— Elles étaient trop petites !

Rose a brusquement sauté vers Michelle, parvenant à lui agripper un poignet. D'un geste sec qui laissait croire qu'elle se rappelait les leçons de taekwondo du primaire, Michelle a repris possession de son poignet d'une simple torsion et s'est encore une fois réfugiée à l'autre bout de la voiture.

— Je m'excuse !

— Arrête de te sauver, a haleté Rose.

Michelle criait par-dessus son épaule :

— C'est pas juste, Rose, tu sais bien que je fais de l'anémie !

Rose a plongé une fois de plus et a réussi à empoigner le bas de la veste de cuir de Michelle. Du cuir doux comme du beurre, le genre de truc que Rose n'avait jamais pu se payer de sa maudite vie. Se tortillant un peu, Michelle est encore parvenue à se déprendre et à contourner la voiture.

— Qu'est-ce qui se passe ! a hurlé Callie.

Elle était rendue en bas des marches. Sarah a posé une main sur son épaule pour la retenir de se lancer dans le ring.

— Maman a surpris Michelle et Papa au lit, a dit Sarah d'un ton monotone.

— C'est pas ce que vous croyez ! s'est défendue Michelle en regardant les filles. Sarah, je vous adore, toi et ta sœur.

Rose a tenté une seconde fois le coup de la glissade sur le capot. Meilleure performance cette fois-ci, elle s'est rendue de l'autre côté. Ses jambes se sont plantées solidement dans le sol et elle a saisi une bonne poignée de cheveux foncés, tirant la tête de Michelle vers l'arrière.

— Tu vas lui casser le cou ! a crié Callie.

Michelle a aussitôt balancé la tête vers l'avant, comme un poney récalcitrant, pour se libérer. Elle a lâché un cri de douleur, abandonnant une touffe de cheveux dans la main crispée de Rose, qui a agité les doigts pour s'en débarrasser.

— Tu fais peur à tes filles, Rose ! Arrête ça, l'a suppliée Michelle.

— Salope ! a crié Rose en s'élançant de nouveau vers Michelle, et en manquant son coup.

Ses pieds ont glissé dans le gravier et elle s'est retrouvée par terre. Les petites roches sont venues lui poignarder les paumes et les genoux.

— Ah, ben, tabarnak.

Elle a entendu les pas de Michelle qui s'éloignaient dans la cour.

— Ça va, Maman ? a demandé Callie en accourant.

Rose l'a repoussée d'un bras et s'est lancée à la poursuite de sa proie. Michelle n'était pas si rapide. Oui, d'accord, elle était mince, mais elle n'avait aucun tonus et elle passait ses journées assise à expliquer des affiches éducatives à des marmots. *Je peux la rattraper*, s'est dit Rose, *je peux y arriver. Dieu est de mon bord.* Bon, peut-être pas Dieu, mais au moins un de ses anges vengeurs. Il existait probablement un saint patron des femmes mariées dont le rôle était de botter le cul des briseuses de ménages.

Michelle a jeté un coup d'œil derrière et a vu que Rose était à ses trousses. Elle a accéléré la cadence. Rose a puisé au plus profond d'elle-même et a enclenché une nouvelle boîte de transmission secrète. La distance s'amenuisait. Michelle a jeté un autre coup d'œil, a vu que Rose se rapprochait et là seulement s'est mise à courir pour de bon.

Avant même qu'elle ait pu ajuster son rythme, les poumons de Rose se sont rebellés et se sont emparés de sa gorge. Rose n'a pas écouté leur commandement. Faisant de grands moulinets avec les bras, elle a réussi à berner ses jambes, leur laissant croire qu'elles étaient faites pour aller encore plus vite. Elle a tenté d'ignorer la douleur dans ses genoux, déjà enflés.

— Cours, espèce de grosse toutoune, s'est-elle grondée elle-même, et, pour une fois, elle-même s'est écoutée.

Ses talons ont tourné le coin de la route principale, arrachant des mottes d'herbe et soulevant la poussière. Au moment où elle passait là où le chien de ses filles s'était fait frapper par une voiture quelques années auparavant, elle s'est rendu compte qu'elle n'avait pas couru aussi loin depuis des années.

Puis, son corps a lâché d'un coup. Ses poumons ont fermé la valve d'oxygène. Une crampe s'est déclarée à la hauteur de son flanc gauche. Ses jambes ont flageolé, puis vacillé, jusqu'à ce que Rose s'effondre sur les genoux, comme au ralenti. *C'est comme si j'étais en pleine prière,* s'est-elle dit, *sauf que la seule chose que je souhaiterais, en ce moment, c'est que cette salope se fasse écraser par un char.* Elle a transféré son poids sur ses fesses et est restée assise là, en tailleur, dans le gravier, à attendre en haletant que l'oxygène retourne à son cerveau. Elle aurait aimé avoir une cigarette.

— Je donnerais mon sein droit pour une clope, a-t-elle soufflé.

Elle a levé les yeux au ciel, les étoiles ne lui avaient jamais paru aussi loin.

Est-ce que c'est réel, ce qui vient d'arriver? s'est-elle demandé. *Est-ce que je viens vraiment de courir après ma cousine dans l'espoir de la pogner par les cheveux et de lui sacrer un coup de poing dans la face comme une des hystériques invitées au show de Jerry Springer?* Rose a eu une pensée compatissante pour toutes les folles à la claque facile qu'elle avait vues passer à cette émission.

Rose ne s'était battue qu'une seule fois dans sa vie d'adulte. Avec une grosse vache croisée dans un bar en ville. Cette fois-là aussi, ça avait été à cause de Gilbert. La poulette n'avait pas lâché Gilbert des yeux durant toute la durée du spectacle, flirtant sans gêne avec lui et sa paire de jeans Wrangler trop serrée. Elle était allée jusqu'à monter sur scène pour l'embrasser.

Rose avait choisi de ne pas réagir, entre autres parce que ce n'était pas son genre de faire des vagues dans un bar (sans compter le fait que la bonne femme pesait au moins soixante livres de plus qu'elle et avait passé la soirée en compagnie d'une bande de motards). Mais, en définitive, elle n'avait pas eu le choix : c'est l'autre qui était venue la rejoindre après le spectacle et lui avait envoyé un direct juste en dessous du nez (le lendemain, ses lèvres semblaient avoir été piquées par deux guêpes).

Rose s'était défendue, tentant de s'échapper plus qu'autre chose. Elle avait réussi à envoyer au moins un coup. Elle se souvenait encore du claquement qui avait résonné lorsque son poing avait rencontré la joue de la poulette à motards et que la grosse tête de celle-ci avait été propulsée vers la droite. La bonne femme avait répliqué illico avec quelques bons directs dans le visage. Après quelque temps, les gars de la sécurité s'étaient tannés du spectacle et les avaient séparées.

Gilbert, évidemment, n'était pas intervenu.

Entendant le moteur de la voiture, Rose a regardé en direction de la maison. Sarah était peut-être en train de se sauver ? Rose n'aurait pas été tellement étonnée de la voir profiter de ce moment de confusion pour retourner au party, chez son amie. Elle espérait que c'était autre chose, parce qu'elle n'avait plus la force de jouer la méchante. Maudite Sarah, pourquoi ressentait-elle à ce point le besoin de flirter avec le désastre et l'échec ? Elle coulait ses cours, adressait à peine la parole à Rose, se disputait sans cesse avec sa sœur. Et voilà qu'on pouvait ajouter l'alcool à cette liste, sans parler de Dieu sait quelles sortes de drogues.

Elle ne voulait rien de mieux dans la vie ? La voiture est sortie de l'entrée et a bifurqué vers Rose, qui bloquait la route avec son corps. La voiture a ralenti. Assez pour que Rose voie la grosse tête carrée de Gilbert derrière le volant.

— Tu t'en vas où, toi, câlisse ? a-t-elle dit avec la voix d'une sirène enrouée dans la nuit noire.

Mais les fenêtres étaient fermées et une chanson de Steve Earle jouait à tue-tête à la radio.

Gilbert lui a fait signe de se tasser du chemin.

Rose a parcouru la courte distance qui la séparait de la voiture comme une guerrière en marche vers son destin. C'était la cerise sur le sundae, ça, il n'allait pas prendre la foutue voiture en plus. Gilbert a klaxonné. Doigt d'honneur de Rose, qui a continué d'avancer. Elle était tellement en colère qu'elle était persuadée d'être en mesure de stopper la voiture s'il décidait de se remettre à rouler vers elle. Mais elle n'a pas eu l'occasion de confirmer son intuition, parce que Gilbert l'a simplement contournée en passant par le fossé.

— Espèce de lâche ! a crié Rose en lançant une roche.

Ça n'a rien donné, mais elle a tout de même admiré la justesse de son tir et l'élégance de son mouvement. On aurait dit qu'elle passait son temps à lancer des roches aux voitures. Rose a renversé la tête dans le but de hurler son indignation face aux injustices de ce monde, elle voulait qu'on l'entende jusqu'à Vancouver, qu'on arrête de siroter son café au lait pour se demander si un avion venait de s'écraser. Mais c'était trop demander à sa gorge en feu, et son cri s'est résumé à une déglutition difficile suivie d'une quinte de toux.

— M'man ?

Rose a refermé la bouche et s'est tournée. Elle a aperçu Callie sur son vélo, en train de zigzaguer vers elle.

— P'pa vient de voler l'auto.

— Ouais.

— Je me demande s'il a déjà senti l'odeur du vomi.

Rose a haussé les épaules.

— Je pensais que t'étais partie, toi aussi, a dit Callie, en examinant le visage de sa mère, comme à la recherche d'une preuve quelconque.

— Et je serais partie où ?

— Je comprends pas ce qui se passe.

Rose a observé les feux arrière de la voiture qui s'éloignait. Les deux lumières rouges se sont allumées et Rose en a conclu que Gilbert venait d'arriver à la hauteur de Michelle. Puis, la voiture est repartie et a finalement viré à gauche à l'intersection, ce qui voulait dire qu'ils se dirigeaient probablement en ville, pour aller au bar. Là-bas, Michelle pourrait sécher ses larmes de crocodile et refaire son maquillage. Et, après quelques bières, ils amuseraient la galerie en racontant l'histoire de Rose grimpant aux rideaux comme une maudite folle et tout le monde allait rire et rire et rire.

— Qu'ils rient, a marmonné Rose.

— Qui qui rit ?

— Personne.

Rose a raclé le gravier avec ses ongles. Les minuscules cailloux étaient froids et humides, ils lui rentraient dans la peau, mais elle appréciait les marques qu'ils y laissaient. Elle se sentait comme un ours qui s'aiguisait les griffes juste avant de partir à la chasse.

— Et là, qu'est-ce que tu fais ? a demandé Callie sur le ton de quelqu'un qui aurait préféré ne pas avoir à poser la question.

— Je vais me coucher. Je travaille demain et toi tu vas à l'école, a finalement répondu Rose.

Elle a testé la solidité de ses jambes. Son genou gauche était raide et enflé. Elle y a mis un peu de poids.

— Aooouuuuuhhhh...

Elle se transformait en coyote, maintenant.

— Ça va ?

— Ouais, j'ai juste besoin d'un peu d'aide.

Rose a tendu la main et Callie l'a tirée pour l'aider à se relever.

Rose s'est mise à boiter en direction de la maison. Callie marchait à côté d'elle, tenant son vélo par le guidon.

— En tout cas, tu cours vite, M'man.

— Pas assez, on dirait bien.

— Elle avait pris de l'avance, fait que ça compte pas. La prochaine fois, tu peux la battre, c'est clair.

Dans tous les sens du terme, s'est aussitôt promis Rose.

DEUX

Le trajet de la salle de bingo jusqu'à la maison s'est fait en silence. Monty n'avait rien gagné et il était toujours en rogne. Il serrait fort le volant et sacrait après les conducteurs trop lents qui donnaient à la file de voitures des allures de procession funéraire.

— Pèse sur la suce! a-t-il gueulé à la voiture qui roulait devant eux.

Monty la suivait de si près qu'on pouvait lire le message écrit à la main dans la saleté de la carrosserie. « Lave-moi. »

— C'est des vieilles madames, lui a rappelé Winter avant de se boucher les oreilles pour éviter d'entendre une autre de ses tirades.

Les pensées de Winter voguaient dans mille et une directions. Elle se sentait ballonnée, se demandait si c'était un symptôme de grossesse ou plutôt le début de ses règles et, par conséquent, est-ce que ça valait la peine d'en parler à Monty? Ça allait raviver ses espoirs à lui, puis ses espoirs à elle, et ensuite, si rien ne se passait – encore une fois –, ils auraient tous les deux une semaine merdique. Winter n'avait pas envie de ressentir ce vide. Pas un vide de tristesse, mais un vide qui l'empêchait quand même d'être heureuse. Depuis le début de leurs problèmes de fertilité (ou leurs « défis », comme le docteur leur avait demandé de les appeler), Winter ne se rappelait pas avoir ressenti un seul moment de bonheur. Parfois, elle se tapait un café de plus juste pour avoir un infime sentiment d'excitation.

Avoir des enfants, ça semblait si facile pour tout le monde dans cette maudite réserve, sauf pour eux. *C'est comme si on nous punissait pour notre réussite*, s'est-elle dit pour la millième fois, avant d'essayer d'effacer cette pensée ingrate.

Winter avait l'habitude des regards empreints de pitié que lui servaient les femmes de la réserve. Elle avait l'habitude de voir les enfants se faire câliner encore plus fort par leurs mamans reconnaissantes quand elles apercevaient Winter dans les parages. Un peu comme ceux qui se redressent, la colonne bien droite, quand ils croisent la route d'une personne souffrant d'ostéoporose.

Même ce soir, au bingo, elle avait remarqué le regard désolé qu'une adolescente au ventre bombé lui avait offert. « J'ai pas besoin de ta pitié, petite conne, avait eu envie de rétorquer Winter, c'est ton enfant qui va en avoir besoin quand il va se rendre compte que t'es obligée de lui dire "non" tout le temps parce que t'es trop cassée pour acheter quoi que ce soit. »

Avant qu'on apprenne dans les environs qu'elle et Monty essayaient de se reproduire, on avait toujours cru qu'ils n'aimaient pas les enfants. On les traitait simplement d'égoïstes, dans ce temps-là. C'était moins pire.

— Veux-tu ben me dire comment Lorna peut gagner deux fois dans la même maudite soirée ? Elle s'est planté un fer à cheval dans le cul ou quoi ? a grommelé Monty.

— Est-ce que tu me parles ?

— Je sais ben que tu t'en fiches.

— Comment ça se passe sur le nouveau chantier ?

Monty avait la charge d'un lotissement en construction à l'extérieur du périmètre de la ville. C'était le plus gros projet qu'il avait eu à diriger.

— Correct. Les gars s'ajustent tranquillement. J'ai été obligé de virer les deux petits Bigknife. Ils se sont pointés chauds à la job. Et aussi, il y a quelques gars qu'on entendait se plaindre avec leurs « les Indiens ci, les Indiens ça », fait que je les ai rappelés à l'ordre, mettons.

— Ellie va être fâchée.

— Ouais, ben, c'est moi qui devrais être fâché contre elle. Elle m'avait juré que ses petits-fils étaient prêts à travailler. Je pense pas qu'ils aient jamais tenu un marteau dans leurs mains de toute leur vie. Tu peux me dire à quoi le monde pense ?

— Qu'est-ce que tu penses de ça, toi, Gilbert qui perd sa job ?

Monty a laissé échapper un grognement :

— Estie d'épais.

— Elle va bien finir par le laisser un moment donné.

— C'est lui qui va la laisser, d'après moi. Je t'ai pas dit que j'avais vu une fille qui ressemblait étrangement à Callie en ville ? Toutes les choses que Rose sait même pas, c'est fou.

— Rose en sait plus qu'elle le croit elle-même.

Une fois la voiture stationnée dans le garage, Monty s'est assuré qu'ils avaient bien verrouillé toutes les portières. L'année dernière, ils s'étaient fait cambrioler quelques fois, alors ils faisaient très attention maintenant. On avait fini par apprendre que les coupables étaient des jeunes qui habitaient à quelques maisons de là – des jeunes trop jeunes pour être accusés. Monty et Winter s'étaient procuré un chien au cours des semaines suivantes, un superbe berger allemand, intelligent comme un singe, mais qui faisait peur à voir. Il s'occupait de garder la maison quand ils étaient en vacances. Mais quelqu'un l'avait volé. Monty était encore en furie juste à y penser. Chaque fois qu'ils traversaient la réserve en voiture, il gardait l'œil ouvert, à la recherche de son chien dans les cours avoisinantes.

— C'est comme si on m'avait volé ma femme, se plaignait-il à qui voulait l'entendre.

Ça n'avait pas fait plaisir à Winter de se voir comparée à un animal à la salivation abondante, avec une obsession pour ses propres testicules et une propension à pisser dans un des coins du garage.

Winter a allumé le plafonnier de la cuisine. De la nourriture partout.

— Monty !

— Quoi ? a-t-il crié depuis le garage.

— C'est donc ben le bordel, ici!

Winter l'a entendu monter l'escalier en courant.

— J'allais faire le ménage.

— Regarde ça, le fromage! a-t-elle dit en agitant le paquet devant ses yeux. Pourquoi tu l'as pas remis dans le frigo après?

— J'ai pas pensé, a répondu Monty. C'était Tiger à la télé.

Winter a roulé les yeux. La dépendance de Monty au bingo n'était éclipsée que par sa dépendance au golf télévisé.

— Ça t'aurait pris cinq secondes. Et là, il est probablement pu bon.

Winter a reniflé rapidement le morceau de fromage rance, avant de vider le contenu de ses entrailles sur le plancher, sur son pantalon, sur ses souliers et sur les pieds nus de Monty.

— Merde, qu'est-ce que… ? a commencé Monty.

Winter l'a tassé de son chemin. Elle a filé à la salle de bains, s'est agenouillée devant la toilette et a attendu la suite des choses.

— Winter?

Elle n'a même pas relevé les yeux. Son ventre lui faisait part d'une série de griefs. *Qu'est-ce que j'ai mangé?* répétait en boucle son cerveau alors qu'un goût acide remontait le long de sa trachée.

Une fois l'épisode terminé (après la douche, la brosse à dents, le rince-bouche), elle a enfilé son pyjama et est allée rejoindre Monty au salon, à pas feutrés. Il avait ouvert la télé, Tiger s'apprêtait à s'élancer, la balle sur le té. La voyant s'approcher, Monty a levé les yeux vers elle.

— Hé. J'ai nettoyé ton vomi, a-t-il commencé.

— Merci.

— Grippe ?

Winter a fait non de la tête.

— J'ai reçu mon vaccin.

Elle s'est assise à côté de lui et, comme un couple lors d'un premier rendez-vous, ils se sont mis à penser à des choses à dire, mais n'ont pas osé les dire.

TROIS

Rose s'est fait réveiller par le son d'un gros véhicule qui s'éloignait. *L'autobus*, s'est-elle dit. Puis, elle s'est tournée sur le dos et a constaté que Callie dormait juste à côté d'elle. *Eh, merde.*

Le souvenir de la soirée précédente l'a percutée comme un train à grande vitesse. Rose s'est dressée d'un coup, puis est immédiatement retombée, soumise à la volonté des muscles de ses cuisses, qui refusaient de coopérer.

Rose fixait le plafond. Elle a fait bouger ses mains devant ses yeux ; heureusement, elles semblaient fonctionner normalement. Ces mains graffignées, c'est tout ce qu'elle possédait comme atout pour se sortir de ce bordel. Mais de quel bordel, exactement ? Se faire laisser par un con, se faire trahir par une cousine, oublier d'envoyer sa fille à l'école parce qu'elle avait veillé tard, témoin forcée de la folie de ses parents, oublier de se réveiller et arriver en retard au travail encore une fois, ou… ?

— Sarah.

Les pieds de Rose se sont frayé un chemin jusqu'au bord du lit. Elle s'est levée et n'a pu réprimer un cri étranglé. Elle a jeté un coup d'œil à Callie, imperturbable. Rose a plongé sa main sous le matelas, à la recherche de son paquet de cigarettes d'urgence, mais elle était incapable de se pencher assez pour l'atteindre.

— Omondieu, omondieu, a-t-elle répété, à bout de souffle, avant de se redresser lentement.

Elle avait mal à toutes les parties de ses jambes et au-delà : aux mollets, aux cuisses, aux fesses. Même son dos lui envoyait de douloureuses décharges électriques.

Un café, ça lui ferait du bien. Le café, ça engourdissait les nerfs, non ? Rose a glissé une jambe vers l'avant.

— Tu vas y arriver, tu vas y arriver, s'est-elle murmuré en guise d'encouragement, les griffes plantées dans le mur.

De peine et de misère, elle s'est rendue jusqu'à la chambre de Sarah. La porte était ouverte, le lit était défait et Sarah n'y était pas. *OK*, a tenté de se rassurer Rose. *C'est pas nécessairement une mauvaise chose.*

Elle a poursuivi sa traversée du corridor, un petit pas à la fois. *À ce rythme-là, je devrais arriver au travail avant minuit.*

Elle a jeté un coup d'œil dans la cuisine. Une boîte de céréales oubliée sur la table. Peu importe où se trouvait Sarah, au moins elle avait mangé avant de partir.

Rose a tourné le regard en direction de la cafetière, mais celle-ci était vide. *Elle se drogue, mais elle refuse de boire du café...* Rose a rempli la machine et a attendu l'infusion appuyée au comptoir. Winter lui répétait sans arrêt que méditer, c'était bon pour tout le monde – « l'idée, c'est d'éteindre son cerveau et de se focaliser sur une seule et unique pensée » –, et Rose s'est dit qu'avoir les yeux dans la graisse de bines en regardant le café couler chaque matin, c'était sa version personnelle de la méditation.

Sa première gorgée de café avalée, Rose a cru bon de s'attaquer à l'entrée numéro un de sa liste de choses à faire. Elle a décroché le téléphone et s'est précautionneusement glissée sur une chaise.

— Bonjour, vous êtes chez Green Acres, a prononcé une voix dégoulinante de faux enthousiasme.

Susie, la propriétaire de la porcherie. Susie, qui pouvait soulever un cochon de cent livres comme s'il s'agissait d'un bébé naissant. Rose la craignait pas mal.

— Hé, Susie, c'est Rose.

Susie a poussé un soupir.

— Comment ça se fait que t'es pas ici, Rose ? Il est huit heures, maudite marde.

— Mon auto est… ben, j'ai pas mon auto. Mon mari s'est poussé avec.

— Je vois, OK. Et quand est-ce que t'es censée récupérer ça ?

— Mon mari ou l'auto ? a dit Rose en feignant un rire, pour le regretter aussitôt à la vue de la crotte de nez qu'elle a expulsée.

— Rose, manquer le travail, c'est pas drôle.

— Non, c'est clair que c'est pas drôle.

Rose sentait la leçon de morale s'en venir comme une locomotive. C'est clair que ça faisait suer aussi d'avoir trente-quatre ans et de se faire disputer par une jeune célibataire de vingt-huit ans qui n'avait jamais eu à passer une nuit blanche à s'occuper d'un enfant malade et qui avait hérité de l'entreprise du paternel. Mais bon, c'était ça, le monde du travail.

— Non seulement ça démontre un manque de respect envers moi, ma compagnie, nos clients et nos cochons, mais ça démontre aussi un manque de respect envers toi-même. Tu le comprends, ça?

— Quoi, ça? a répondu Rose, qui s'était perdue au milieu des différents « respects » invoqués par Susie.

— Contente-toi de me répondre : est-ce que tu te respectes toi-même?

Rose a bu une gorgée de son café en réfléchissant. *Est-ce que je me respecte?* Est-ce que se respecter, c'était l'équivalent de s'aimer? Parce que Rose n'était pas certaine de s'aimer beaucoup. Et est-ce que c'était possible de respecter quelqu'un même si on ne l'aimait pas particulièrement? Rose se souvenait d'un truc à ce propos qu'elle avait entendu dans une pièce de théâtre sur un commis voyageur qui mourait... Comment ça s'appelait déjà? *Les cadavres de commis voyageurs ne portent que des costards*? Est-ce que le respect, ça avait à voir avec la confiance? *Je veux dire, mettons que je possède une auto de luxe comme une Maserati, mettons, est-ce que je me fais assez confiance pour me la prêter?* Rose réfléchissait encore à la réponse à se donner lorsque Susie a recommencé son sermon.

— Tout ça pour dire que j'ai besoin de gens fiables, des gens sur qui je peux compter et sur qui mes cochons peuvent compter. Penses-tu que t'es ce genre de personne là ?

Quoi, est-ce que je suis censée me virer moi-même en ce moment? Pourquoi les patrons ne se contentaient-ils pas de vous virer et de laisser faire ces niaiseries comme quoi « on est à l'origine de son propre malheur » ? Mais Rose s'est aussitôt rappelé la petite fille endormie dans sa chambre et elle a inspiré profondément :

— Susie, je te promets que je vais pas être en retard du reste du mois, du reste de l'année. Ça va plus jamais se reproduire. C'est un événement super isolé, totalement hyper isolé. Tu sais ce que c'est, Susie. Tout le monde a son lot de malchance une fois de temps en temps, c'est juste qu'aujourd'hui, c'est mon tour. Ça se reproduira plus.

— Comment tu vas faire pour t'en assurer ?

Rose a regardé par la fenêtre et a aperçu la Honda Civic grise qui était stationnée en face de la maison.

— J'ai une autre auto de disponible, celle de ma cousine. On a fait un échange, elle et moi.

Voilà, ma Rose, là tu parles : responsable et saine d'esprit.

— Fait que pourquoi t'es pas ici en ce moment ?

— Parce que les clés ont disparu. Façon de parler. Je veux dire, je sais où elles sont, faut juste que je les trouve.

Légèrement moins responsable et saine d'esprit.

— Je vois.

Mais Susie ne voyait rien. Elle ne comprenait pas, et quand elle ne comprenait pas, elle se fâchait, et quand Susie se fâchait, les cochons partaient en vrille.

— Je te jure que je vais être là demain, a tenté Rose.

Puis, sentant la colère monter à l'autre bout du fil, elle s'est dit qu'elle n'avait rien à perdre, *vas-y à fond*:

— Vire-moi pas, Susie, s'il te plaît, j'ai besoin de cette job-là. S'il te plaît, fais pas ça. S'il te plaît.

Ce dernier « s'il te plaît » était peut-être de trop, mais la subtilité, c'était quelque chose que seuls les gens avec une bonne convention collective pouvaient se permettre.

— Rose.

Susie a prononcé son nom avec une sorte de point final que Rose avait déjà entendu souvent : à l'époque où elle avait travaillé à la station-service, et aussi à ce restaurant familial en ville, et aussi à l'usine de transformation de viande, et aussi la fameuse fois où elle avait été médium pour un service téléphonique payant, pendant une fin de semaine. (Cette fois-là, son congédiement avait bien été la seule chose que Rose avait prédite correctement.)

Après avoir raccroché, Rose a bu une gorgée de son café. Froid et amer. Rose a ajouté du sucre, histoire de se débarrasser du mauvais goût qui lui restait dans la bouche après avoir supplié Susie. Elle s'est adressée aux armoires de la cuisine :

— Bon, ben, ça s'est pas super bien passé.

Ensuite, elle a composé le numéro de l'école. Tombant sur la réceptionniste, elle s'est lancée dans un récit abracadabrant à propos d'un devoir oublié à la maison et a demandé à parler à Sarah. On l'a mise en attente et elle en a profité pour nettoyer le comptoir, évaluer le contenu du frigo et dresser une liste d'épicerie. Elle était en train de remplir l'évier avec de l'eau savonneuse pour la vaisselle quand Sarah a pris le téléphone.

— Qu'est-ce qu'il y a ?

— Je voulais savoir où t'étais.

Sarah a fait claquer sa gomme balloune.

— Je suis ici. Comme tu peux le constater.

— OK, on se voit à la maison tout à l'heure, et que…

Sarah a raccroché.

— Un ange.

Rose a décidé d'oublier la vaisselle et s'est versé une deuxième tasse de café.

Dans sa tête, elle a réorganisé sa liste de choses à faire. Demander de l'aide sociale venait de passer en priorité. Non, attends, en premier lieu, il fallait trouver les clés de la voiture de Michelle. Rose s'est vue en train de fouiller dans les herbes hautes, sur ses pauvres genoux malmenés. Elle a inspiré profondément avant de crier :

— Callie-chérie, c'est le temps de se lever !

***

— Tu les avais pas lancées vraiment loin, M'man, elles étaient juste là, finalement.

— Une chance.

Rose a démarré la voiture, a fait marche arrière et a pris la direction du Conseil de bande.

— Fait que c'est notre auto, maintenant ? a dit Callie en jouant avec les boutons de la fenêtre électrique.

— Techniquement, non. Moralement, oui.

Œil pour œil, char pour char (avec un vieux salopard en prime).

— Fait que c'est vrai que matante Michelle avait une aventure avec Papa, comme dit Sarah ?

— Qu'est-ce que tu penses que c'est, une aventure ? a demandé Rose.

— Quand deux personnes qui sont mariées ou qu'une des deux personnes est mariée et ils font des choses ensemble et après ils ont un bébé ?

— J'espère qu'ils se rendront pas jusque-là, a dit Rose d'une voix douce.

— Je déteste Papa.

— Ce qui se passe entre ton père et moi, ça a rien à voir avec toi.

— Sarah le déteste, elle aussi.

— Elle t'a dit ça ?

— Oui.

— Est-ce qu'elle me déteste aussi ?

Callie a pris quelques instants pour choisir les bons mots :

— Des fois, elle est vraiment fâchée contre toi et elle dit des gros mots en parlant de toi, comme…

— J'ai pas besoin de les entendre.

— No problemo.

Callie s'est enfoncée dans son siège et a posé ses pieds sur le tableau de bord.

— OK, donc. Ce qui s'est passé hier soir, c'est nos affaires, ça regarde personne d'autre. Compris ?

— Ouaip.

— Parfait. Là, on va commencer par aller au Conseil, je vais aller chercher un chèque et après ça on va aller faire une petite épicerie, OK ?

— Qu'est-ce que je fais si quelqu'un me demande pourquoi je suis pas à l'école ?

— Peux-tu faire semblant d'avoir mal à la gorge ?

— Comme ça ? a demandé Callie d'une voix faussement enrouée.

— Parfait.

Et tope là.

— Y a plus rien qui peut nous arrêter ! s'est exclamée Callie.

***

Alors qu'elles s'engageaient sur la route principale, une auto-patrouille les a interceptées. Rose tapotait le volant avec impatience en attendant que le policier – connu officiellement sous le nom de sergent Nolan Martin et officieusement sous celui d'agent Tubbs – sorte de son véhicule. Rose le connaissait depuis toujours. Dans le temps, à la garderie, c'était un petit maigrichon. Quand l'école primaire avait commencé, il était rendu grassouillet. Et une fois au secondaire, son obésité était indéniable. Et il avait continué à emmagasiner les kilos depuis cette époque. Au moment d'atteindre la fenêtre de la voiture de Rose, il était visiblement essoufflé.

— Eh ben, eh ben, si c'est pas la petite Rosie au grand complet.

Il disait la même chose depuis leur adolescence et ça n'avait pas encore fait rire Rose une seule fois.

— Permis de conduire et immatriculation ? a-t-il ajouté, le nez en sueur en dessous de ses lunettes de soleil aviateur.

Rose a tendu le bras vers son sac à main et en a sorti son permis de conduire.

— Callie, regarde dans le coffre à gants.

— Vous allez où ?

— Au Conseil de bande. Je viens de perdre ma job.

— Beau char. Quand est-ce que t'as acheté ça ?

— En fait, c'est à ma cousine.

— Michelle ma belle ? a dit Nolan, qui a paru suer encore un peu plus.

— Oui.

Les dents de Rose étaient si serrées les unes contre les autres qu'une gorgée de soupe n'aurait pas pu les franchir.

— Y a rien là-dedans, M'man, a dit Callie.

— Elle a probablement les papiers sur elle, a expliqué Rose en tapotant le volant avec impatience.

Nolan s'est déplacé jusqu'à l'arrière de la voiture pour examiner la plaque. Puis, il est revenu se planter devant la fenêtre.

— Tu veux bien sortir de la voiture?

Rose a obtempéré, tout en prenant bien son temps. Nolan l'a guidée vers l'arrière de la voiture et a pointé la plaque du doigt.

— Il est enregistré, ce char-là?

Rose a haussé les épaules:

— J'imagine que oui.

— Ça dit «janvier» sur la plaque.

Rose a regardé de plus près.

— Oh. Peut-être que ça veut dire janvier de l'année prochaine.

— Pourquoi ta cousine te laisserait conduire un char qui est pas enregistré?

— Pour être parfaitement honnête avec toi, je te dirais qu'elle est un peu chienne, alors…

— Je suis sérieux.

— Je savais pas que le char était pas enregistré.

— Bon, écoute, je te laisse aller si, mettons, tu m'invites à souper et tu me proposes quelques divertissements pour la suite des…

— On est cousins et je suis mariée.

— Cousins, pas cousins, blablabla. Ma mère dit qu'on l'est pas plus qu'au troisième degré, de toute façon, a rétorqué Nolan en s'adossant à la voiture. Fait que dis-moi, quand est-ce que tu dompes ton homme pour me laisser une chance?

— On est cousins au deuxième degré, au minimum. Regarde, on a la même maudite craque entre les palettes.

— Ah, fait que, dans le fond, tu me tchèques la bouche!

Il lui a saisi le bras et l'a tirée vers lui. Rose s'est tortillée jusqu'à ce qu'il la relâche.

— T'es un malade.

Et elle s'est éloignée d'un pas lourd.

— Je niaisais! lui a lancé Nolan.

Rose s'est installée derrière le volant et a fait claquer la portière.

— T'as eu une amende? a voulu savoir Callie.

— Non, c'est pas ce genre de police là.

***

Rose a compté le nombre de voitures stationnées devant le Conseil de bande et en a conclu qu'elle en avait pour un méchant bout à attendre. En temps normal, elle aurait fait demi-tour et serait retournée chez elle, mais l'idée de s'asseoir sur le divan, là-bas, dans cette maison, là où ils avaient… l'idée l'a fait frissonner de dégoût. *De l'eau de Javel*, s'est-elle dit, *beaucoup d'eau de Javel.* Mais tout d'abord: de l'argent.

Gilbert n'était pas un bon gars. Winter l'avait avertie: les hommes qui ne sont pas de bons gars, ils font des conneries et ils n'arrêteront jamais de faire des conneries. Et la fois où tu vas croire que leur dernière connerie est la pire connerie imaginable, ils arriveront à te surprendre et à se surpasser.

— Mais je t'ai pas écoutée! a laissé échapper Rose.

— Quoi?

— Rien, je me parle, a répondu Rose.

L'expression faciale de Callie laissait croire qu'elle était en train d'insérer ce moment dans un compartiment secret qu'elle pourrait rouvrir plus tard lors d'une séance de thérapie.

Un jeune homme, Evan, était appuyé contre le cadre de porte à l'entrée du Conseil de bande. Il fumait, les yeux plongés dans son téléphone. Evan avait dix-neuf ans et il avait été un jeune espoir de hockey. Aujourd'hui, il travaillait à temps partiel dans la construction et il mettait les filles enceintes.

Rose a remonté le trottoir en boitant, Callie derrière elle.

— Allô, Rose, a dit Evan en lui ouvrant la porte. T'es tombée ou quoi?

— Non, je suis juste pas en forme. Comment vont tes parents? a demandé Rose.

— Y se font vieux, a-t-il dit en riant.

Comme Rose passait près de lui, Evan a jeté un coup d'œil à ses seins. Surprise, Rose s'est sentie choquée et flattée en même temps. Elle lui a tout de même jeté un regard sévère du type «je connais tes parents», en se frayant un passage dans le hall d'entrée du Conseil de bande.

C'était une grande salle commune qu'on appelait parfois la « salle d'attente » ou le « vestibule », mais qui était surtout connue comme une salle de jeux où on brassait les cartes. Les portes des bureaux du chef et des membres du Conseil, de l'infirmière de la réserve et de la gestionnaire de l'aide sociale étaient situées autour de la salle de jeux, comme les rayons d'une roue. Un petit couloir menait à deux ou trois grands locaux d'entreposage que le Conseil utilisait comme salles de conférence secondaires, aux toilettes et à la sortie de secours qu'on laissait ouverte en permanence, dans l'espoir que l'air frais du dehors attire la fumée à l'extérieur.

Un nuage de fumée de cigarette emplissait effectivement l'atmosphère. L'odeur du tabac et celle du café se livraient une chaude lutte pour savoir laquelle aurait le dernier mot. Une partie de cartes endiablée avait lieu en ce moment dans la salle d'attente. Mauvais signe : ça voulait dire que les gens étaient arrivés tôt et qu'ils avaient planté leur tente. Rose s'est approchée du comptoir de la réceptionniste. Ça faisait trois ans que Kaylee Adams était la secrétaire du Conseil. C'était la fille d'un des membres, et également la fille à ne pas regarder de travers quand elle avait le vin triste à la sortie des bars, le samedi soir.

— B'jour, Kaylee.

— Salut, Rose, a-t-elle répondu sans lever les yeux de sa page Facebook.

— C’est un nouveau tatouage, ça ? a dit Rose en pointant du doigt le délicat dragon qui faisait le tour du cou de Kaylee pour aller se reposer sur sa poitrine.

La queue du dragon lui descendait carrément dans le décolleté.

— Ouais, c’est mon chum qui m’a payé ça.

— C’est super beau.

— Ouais, j’avais pensé me faire faire un portrait de Tupac, mais tout le monde en a un. Fait que, qu’est-ce que je peux faire pour toi ?

— J’ai besoin d’un peu d’aide. Perdu ma job ce matin.

— Oh, schnoutte. Ben là, Liz a vraiment pris du retard ce matin. Peux-tu revenir demain ?

Les yeux de Kaylee sont retournés sur son écran et elle a conclu :

— Non, mais va chier, c’est pas croyable, une fille pas rapport vient de liker la photo de mon chum.

Rose a émis quelques grognements de dégoût appropriés, destinés à la fille pas rapport en question. Puis, elle a attendu que Kaylee termine de taper une réplique du type « ça t’apprendra, grosse conne ».

— J’espérais que tu serais peut-être capable de me faire une petite place ? Faut vraiment que j’aille faire l’épicerie et que j’emmène Callie chez le docteur.

Callie a toussé très fort.

— Oh, schnoutte.

Kaylee a jeté un coup d'œil rapide à la salle d'attente. Ça riait fort, ça se racontait des blagues d'un bout à l'autre des tables à cartes.

— Faut que ça soit subtil, OK?

Rose a acquiescé de la tête.

— Merci, Kaylee.

Callie a toussé encore une fois, pour l'effet.

Rose a pris un verre en styromousse sur le dessus de la pile et s'est versé un café, y ajoutant du sucre et du colorant. Elle n'était pas pressée – ça ne servait à rien d'être pressée au Conseil de bande. Callie a suivi le mouvement et a rempli un verre avec de l'eau, y ajoutant du sucre et du colorant.

Elles se sont retournées et ont observé la foule présente. Rose a salué de la tête quelques visages souriants qui prenaient la peine de lever les yeux de leurs cartes.

— Est-ce qu'on va jouer aux cartes? a demandé Callie.

— Non, ça mise probablement des cigarettes et j'en ai pas sur moi. Je vais juste dire allô.

— Comment ça se fait qu'il y a autant de monde?

Rose a haussé les épaules.

Chacune des chaises de la table de poker était occupée. Les « réguliers » étaient là, les aînés: Albert Akapew, Lorna Adams et Gladys Stonewoman. Ainsi que quelques jeunes, Jason Bull (Jason le Sixième) et Will Akapew, qui refaisaient surface à l'occasion, toujours à se balader entre la bonne vieille prison et un bon vieux nouvel emploi.

Albert, celui qui avait deux femmes, était en plein soliloque.

— C'était elle. Je le jure sur la tombe de mon grand-père, elle était là, juste devant moi.

— C'est ça, ouin, vieux cochon, tu la cruisais, je gage, a répondu Will avant de tirer une bonne bouffée de cigarette et de souffler un immense rond de fumée.

— Elle puait plus qu'une soirée dansante organisée dans une maison de vieux, a dit Albert sur un ton irrité.

— Oh, allez, Albert, t'as déjà vu pire, avoue, a ajouté Jason le Sixième, qui avait l'air gelé en permanence, avec ses petits yeux fatigués.

Gladys a délicatement posé deux cartes sur la table.

— Elle voulait quoi ?

— Elle voulait me tuer.

— Ça serait pas la première, a commenté Lorna en échangeant un ricanement avec Gladys.

— C'est là que je me suis mis à courir et, bon Dieu, chaque fois que je me retournais, elle était là, à mes trousses. Finalement, j'ai pas eu le choix, je lui ai juste carrément foncé dedans.

— Vous avez foncé dans un fantôme ? a demandé Callie, les yeux écarquillés.

— Pire sensation du monde. Comme de sentir les mains glacées de la mort s'enrouler autour de toi et…

— Albert ! a dit Rose en bouchant les oreilles de Callie.

— Je me suis presque évanoui, mais je me suis dit: « Allez, mon Albert, faut que tu te sauves, ou sinon cette femme va t'assassiner. » Mais j'avais l'impression qu'on me grugeait de l'intérieur... comme quand tu pars sur une brosse de dix jours et que t'oublies de manger... mais quand on a peur, notre corps peut accomplir des miracles. Mes jambes continuaient de bouger, comme par elles-mêmes. Et puis j'ai aperçu la vieille grange et j'ai su que là-bas, je serais en sécurité...

— Pourquoi? ont voulu savoir Rose et Callie en même temps.

— Parce que c'est la grange près de...

Quelqu'un a envoyé un coup de pied sur le tibia d'Albert, qui a grimacé. Rose a lorgné les deux vieilles femmes, leurs yeux fixés intensément sur Albert.

Il a reculé un tantinet, afin d'éviter une nouvelle attaque, et a conclu son récit:

— Fait que je me suis réfugié dans la vieille grange et j'ai dormi pendant une journée. Jamais aussi bien dormi de ma vie.

Albert s'est rassis, vidé une fois de plus de son énergie.

— Oh, t'es tellement plein de marde, s'est exclamé Jason le Sixième, l'air grognon.

Les cartes ne tournaient vraiment pas en sa faveur ce matin.

— T'es trop vieux pour inventer des niaiseries de même, a dit Lorna. Tu ferais mieux de rester chez vous et de t'occuper de tes petits-enfants.

— J'ai rien inventé! a tonné Albert.

Il s'est levé, un peu en déséquilibre, et a remonté sa chemise : sur son abdomen, sur sa poitrine, de multiples marques rouges, comme des picots. Aux yeux de Rose, ça ressemblait à des petites morsures.

Silence autour de la table.

— On dirait bien que quelqu'un s'est payé une petite pute qui avait la rougeole. Y en a qui payent des extras pour ça, a dit Will.

Sa propre blague l'a fait éclater de rire et il a regardé aux alentours, quêtant l'approbation des autres. Personne ne riait.

Gladys a plissé les yeux, regardant au-dessus de son jeu pour examiner les marques.

— Ça m'a l'air d'une sorte d'éruption cutanée.

Albert a laissé tomber son poing sur la table.

— Tu sais très bien ce que c'est ! C'est un sortilège, envoyé directement par la Rêveu…

— Albert, contrôle-toi, a sifflé Gladys.

Rose n'avait jamais vu la douce Gladys aussi pompée. Une touche de rouge colorait ses joues pâlottes.

Alors que les aînés échangeaient des regards lourds, une étrange accalmie s'est abattue sur le Conseil de bande. Même Kaylee, assise à l'autre bout de la salle, a remarqué le changement d'atmosphère et a lâché son Facebook une seconde.

Albert a regardé autour de lui, comme s'il se rappelait soudain où il se trouvait. Il a ramassé ses cartes en grommelant comme pour lui-même :

— Je connais la vieille histoire.

— Comment ça se passe avec ton jardin, toi? a demandé Gladys à Lorna d'une voix forte.

Lorna a saisi la balle au bond et s'est lancée dans un long discours sur l'importance de semer le plus tôt possible.

— Quelle vieille histoire? a demandé Callie.

Rose a posé une main sur l'épaule de sa fille:

— On va aller s'asseoir, viens.

En s'éloignant, elles ont entendu Will ululer:

— Boum, regardez-moi ça, vous pouvez pleurer maintenant!

Et la Terre a recommencé à tourner normalement, alors que tout le monde se mettait à l'insulter pour sa quinte flush et le magot qu'il venait de remporter.

Rose s'est dirigée vers le divan où Annabelle Bull était assise, un bébé sur les cuisses. Annabelle avait environ vingt-cinq ans, elle était jolie, et son cou était toujours rempli de sucettes. Aussi: elle avait toujours des cigarettes.

— Hé, Annie-belle, comment va Mariah?

— Elle grossit à vue d'œil. Tu peux me la tenir deux secondes? a demandé Annabelle en passant le bébé à Rose pour s'allumer une cigarette. T'en veux une?

— Christie, oui.

— Je t'ai vue au bingo hier soir.

— Ouais, j'ai crissement rien gagné.

— Ma sœur a gagné le gros lot, avec six autres personnes. Elle s'est fait cent piasses. Elle m'en a prêté vingt.

Ça a fait rigoler Annabelle. Elle a offert une cigarette allumée à Rose. Cette dernière a changé le bébé de bras pour pouvoir prendre la cigarette de sa main droite.

— Tu vois Liz aujourd'hui ? a demandé Rose.

— Ouais, j'ai besoin d'un petit budget de déménagement. Je retourne vivre en ville.

— Tu vas à l'école ?

— Ça serait trop beau. Non, faut juste que je m'éloigne de Jason le Sixième, il va me rendre folle.

Elle a pointé du menton la table de joueurs de cartes.

— Il te verse pas de pension ?

— Non, et il répète qu'il le fera pas tant qu'on sera pas revenus ensemble. Il dit qu'en attendant, il va juste mettre le feu à tous ses chèques de paye.

— J'imagine que ça a quelque chose de romantique.

— Mais je peux pas revenir avec lui, pas après l'avoir pogné avec ma cousine Marlene. C'est trop dégueu, en plus, elle est super vieille, elle a genre presque trente ans !

La mâchoire de Callie s'est décrochée.

— Eh boboy, je devrais pas parler de même devant ta petite. Désolée, Callie, c'est des discussions de grands.

— Non, c'est juste que ma mère vient d'échapper de la cendre sur ton bébé, a dit Callie en pointant du doigt le visage du poupon.

Rose a baissé les yeux. De la cendre saupoudrée partout sur la petite tête. Rose a soufflé dessus délicatement.

Annabelle a ricané :

— Au moins, elle est pas allergique.

— Callie a reçu pas mal de cendre sur la tête, dans le temps.

— M'man, j'appelle la DPJ !

Annabelle et Rose ont éclaté de rire en chœur, un grand rire sonore. Les commentaires ont aussitôt fusé dans leur direction : « Qu'est-ce que vous complotez là, les deux sorcières ? » ; « C'est qui le chanceux qui va se faire tailler en pièces ? » ; etc.

— Pourquoi y a autant de monde aujourd'hui ? a demandé Rose.

Annabelle a esquissé un sourire :

— Le nouveau chef, Taylor Gordon.

— Oh, c'est vrai. Il commence aujourd'hui.

— Oh, ouais. Et c'est tout un morceau, ma fille. Je suis contente d'avoir pensé à mettre mes joggings Juicy.

Rose a baissé les yeux sur son vieux t-shirt gris qui avait déjà été d'un noir profond et les a baissés encore plus sur ses jeans de style délavé. Elle était pas mal certaine que le seul endroit où on pouvait encore trouver des jeans comme ça, ailleurs que dans sa garde-robe, c'était dans un ou deux pays d'Europe de l'Est.

Ce n'était pas le look qu'elle aurait souhaité arborer pour sa première rencontre en personne avec Taylor Gordon.

Elle avait entendu Taylor livrer un discours quelques semaines auparavant, à la soirée du débat pour l'élection du Conseil. Elle s'était tenue à distance, dans le cadre de porte du hall d'entrée, un pied à l'intérieur, l'autre à l'extérieur. Il était là, à l'autre bout de la salle, aux côtés des autres candidats à la chefferie, l'air d'un étalon de course au milieu d'un troupeau de caribous.

À dire vrai, Taylor n'aurait même pas eu besoin d'ouvrir la bouche. Tout le monde en avait sa claque du vieux chef, Thomas « le Taureau » Bull. Le Taureau avait été pris le sabot dans la caisse une fois de trop. Après trois enquêtes en deux ans, les gens étaient prêts aujourd'hui à l'envoyer à l'abattoir.

Taylor avait une carrure d'athlète et il était allé à l'université, mais on essayait de ne pas lui en tenir rigueur. Alors qu'il se dirigeait vers le podium ce soir-là, Rose avait prié secrètement pour qu'il évite d'utiliser des mots à cent dollars ou de se lancer dans des concepts compliqués comme la « souveraineté politique » et « la lutte pour la reconnaissance complète et totale des traités », des concepts qui faisaient renaître l'espoir, mais qui ne servaient, au bout du compte, qu'à permettre aux magistrats de s'acheter des résidences secondaires. La réserve l'avait appris à la dure : peu importe la bataille menée contre le gouvernement, on se retrouvait simplement avec une méchante facture de firme d'avocats. Mais Taylor ne s'était pas fait avoir. Il avait privilégié l'approche « cool », il avait parlé de la « jeunesse » et de la « culture » et des « aînés ». Il n'était pas con, celui-là. Rose avait quitté la salle juste après son intervention, évitant ainsi de le croiser à la sortie. Elle ne voulait pas savoir s'il allait se souvenir d'elle ou non.

Annabelle lui a dit :

— Tu sais qu'il est pas marié. Évidemment, il est encore jeune.

— Il a trente-cinq ans.

— Pour vrai ? Il les fait pas.

— Le même âge que ma mère ! est intervenue Callie.

— J'ai juste trente-quatre, l'a corrigée Rose.

— Ouais, mais ta fête, c'est dans même pas deux mois.

— Callie, a dit Rose sur le ton de l'avertissement.

— Fait que tu l'as connu à l'école ? a demandé Annabelle.

— Il est allé à l'école de la réserve juste quelques années, après ça, ses parents ont déménagé en ville.

— Est-ce qu'il était genre ton p'tit chum de récré ? a blagué Annabelle avant d'éclater de rire.

Callie l'a aussitôt imitée.

« Oui, c'est exactement ça », avait envie de répondre Rose. Mais quelque chose en elle lui disait que ça lui donnerait plus l'air d'une perdante que d'une gagnante.

— Je suis sûre qu'il a une longue liste de prétendantes, a-t-elle dit d'une voix revancharde. Il tripe probablement sur les Blanches, aussi.

— Je sais pas, j'ai entendu dire qu'il voyait une des filles Gambler, en ville. Une ancienne cheerleader des Roughriders.

— Oh boy, a soufflé Rose en se rentrant le ventre.

— Sûrement avec des faux seins.

— C'est quoi, ça? a demandé Callie, très curieuse.

— Eille! Arrête de nous écouter, a dit Rose. Va jouer dehors.

— Mais j'ai le rhume!

— Va jouer par là-bas, d'abord, a répondu Rose en pointant vaguement du menton dans la direction du panneau d'affichage communautaire.

— Callie est rendue vraiment grande, en tout cas, a commenté Annabelle en la regardant traverser la salle d'attente d'un pas lourd.

— Ouais. Elle tient de son père, j'imagine.

— Comment il va, lui?

Rose a grimacé.

— Ça va pas?

— Oh, tout est merveilleux, a roucoulé Rose. Ce matin, il m'a apporté un bouquet de fleurs et il a récité de la poésie en me faisant un massage.

Annabelle a craché sa gorgée de café par les narines.

— Ouin, c'est pas super, donc?

— Ça pourrait pas être pire.

— Oh, vous allez trouver une solution. Vous trouvez toujours une solution. Ça fait combien de temps que vous êtes ensemble, genre quinze ans?

— Dix-sept.

— Crisse, je connais personne qui a duré aussi longtemps que ça. Je sais pas comment vous faites.

— Je sais pas *pourquoi*, surtout.

— Parce qu'il en a une vraiment grosse ! a dit Annabelle en lui envoyant un coup de coude dans les côtes.

Rose a roulé les yeux. C'était mauvais signe quand les gens se mettaient à parler de la taille de la queue de ton mari avec autant de conviction. Bon, il faut dire que Gilbert avait la fâcheuse habitude de se la sortir durant les partys, quand il était soûl. Il se l'était même sortie une fois lors d'un barbecue communautaire où il avait participé à un (vrai) concours de « qui pisse le plus loin ».

La porte du bureau de Liz s'est ouverte et une femme souriante, bébé dans les bras, est sortie. Suivie aussitôt de Liz. La silhouette de Liz occupait presque l'entièreté du cadre de porte. Son afro de boucles blanches trônait sur sa tête comme une perruque inspirée de la petite Annie l'orpheline. Elle avait mis huit enfants au monde, qui lui avaient donné des douzaines de petits-enfants, qui eux-mêmes lui avaient donné au moins dix arrière-petits-enfants. Malgré sa grande famille – ou peut-être à cause d'elle –, Liz travaillait constamment. Elle avait été membre du Conseil pendant des années, avait occupé la fonction de cheffe pour un mandat, une période désastreuse, puis s'était finalement recyclée dans le domaine des services sociaux, et elle y était restée. Ça faisait depuis le début des années 1990 qu'elle avait cet air exténué au visage. Liz a envoyé un petit signe de tête à Kaylee, à l'autre bout de la salle, et celle-ci a beuglé :

— Annabelle !

Annabelle s'est empressée d'écraser sa cigarette, avant d'attraper son sac à main, sa veste de jeans et son siège de bébé d'un seul mouvement fluide.

— Elle est tellement mignonne, a dit Rose en déposant Mariah dans sa coquille, avant d'épousseter les dernières traces de cendre restées sur son visage poupin. Tu me laisserais pas une dernière cigarette?

Annabelle a ouvert son paquet, a lancé une cigarette à Rose et s'est précipitée vers la porte ouverte de Liz.

Rose a pris une bouffée de son avant-dernière cigarette. Elle a pensé un instant se joindre aux joueurs de cartes, mais a préféré rester à l'écart, de peur que quelqu'un aborde le sujet de la veille. En général, on les appréciait, elle et Gilbert, mais une bonne vieille chicane de ménage, ça pouvait faire rire les gens pendant des semaines. Sans parler des petites taquineries, qui dureraient des années.

Au moins, elle et Gilbert ne passaient pas leur temps à se cogner. Il avait son tempérament, mais il n'était jamais à la maison assez longtemps pour se fâcher pour de bon à propos de quoi que ce soit. Quand il était là, il était trop gelé pour réagir, ou bien il passait son temps à travailler sur la voiture. De l'avis général, Gilbert et Rose formaient un bon couple, pour autant qu'ils soient loin l'un de l'autre.

Et puis, il avait couché avec sa cousine, dans son lit. Rose s'est accidentellement mordu l'intérieur de la joue. Elle a pressé sa langue sur la blessure.

La porte du bureau du chef s'est ouverte. Rose a examiné le visage de ceux qui en sortaient, afin de savoir comment s'était déroulée la première réunion entre le chef et son Conseil.

Les quatre membres sont sortis en premier : deux d'entre eux étaient des vieux de la vieille approchant la soixantaine, des frères de l'ancien chef, Neville et Jason Bull (Jason le Quatrième). Ils marchaient la tête basse, le pas agressif, comme prêts à charger quiconque se trouverait sur leur chemin. Mais derrière, Tisha et Jason Akapew (Jason le Cinquième), deux cousins dans la trentaine (Tisha et Rose étaient allées ensemble à l'école, en fait), les suivaient de près, fringants, un grand sourire sur les lèvres indiquant qu'un changement de garde avait eu lieu.

Tisha avait un petit air professionnel avec son classique tailleur-pantalon. Rose ne l'aimait pas beaucoup. Surtout parce que Tisha se pensait meilleure que tout le monde, même si elle n'avait qu'un certificat en administration des affaires qu'elle avait pris trois ans à obtenir. Rose n'aimait pas non plus cette manie qu'avait Tisha de toujours dilater les narines, ça lui donnait l'air d'un mini dragon.

Finalement, Taylor est sorti du bureau et Rose a soupiré si fort qu'elle a failli éteindre sa cigarette. Il marchait la tête haute, débordant de confiance et d'optimisme. Quelques hommes ont applaudi à son passage. D'autres ont laissé échapper des sifflements d'appréciation. Tout le monde adorait le nouveau chef – pour cette semaine, du moins. Et tope là aux mains offertes des uns, petits *bumps* aux poings offerts des autres. Il a même ébouriffé les cheveux d'un gamin qui se tenait près de la table à cartes. Puis, il s'est dirigé vers la cafetière d'un pas décontracté et s'est versé une pleine tasse d'eau de vaisselle, avec l'attitude de celui qui a fait ça toute sa vie.

Rose le dévorait des yeux. Son torse était ferme et musclé, et il avait les fesses aussi guillerettes qu'un bon chrétien se pavanant au souper spaghetti du sous-sol de l'église.

Rose lui cherchait un défaut. Il était vêtu à la manière prévisible du politicien autochtone : un polo et un pantalon Dockers. Mais en lieu et place du gros bedon qui projette de l'ombre sur les chaussures noires décontractées, Taylor avait le ventre plat comme une crêpe. *Une crêpe dont la pâte a été parfaitement étalée*, s'est dit Rose, en notant dans sa tête qu'il lui faudrait bien un jour apprendre à en faire.

Rose s'est calée bien au fond de son siège, tout en rêvant à une machine qui l'aurait rendue invisible (et à une séance de liposuccion et à un billet de loto gagnant et à des seins refaits et, bien sûr, à une douzaine de cartouches de cigarettes).

Taylor placotait avec Tisha, juste derrière elle. Rose entendait des mots comme « assignation » et « financement » et « souscriptions » et « échéances ». Tisha parlait vite et prenait sa voix de fille brillante – autoritaire, avec un léger accent européen. La voix de Taylor, elle, était comme d'habitude : pleine de confiance, empreinte de calme et de douceur.

Comme ils s'approchaient, Rose a cherché à s'enfoncer encore plus profondément dans le divan, comme prise du désir de faire corps avec lui, de se fondre dans le beige de la housse des coussins, marqués ici et là de brûlures de cigarette.

— Rose ?

Les yeux de Rose se sont élevés vers le plafond et elle a adressé en silence des remerciements pleins de sarcasme à son créateur. « Oh, Créateur... mille mercis de faire de ma vie quelque chose d'aussi merveilleux, en particulier en ce moment même où je dois me retourner pour entretenir une conversation avec un homme que j'aurais préféré ne jamais revoir du reste de mon existence, oui, merci pour ça. »

Ce n'est pas que Rose n'aimait pas Taylor. Au contraire. C'est qu'elle n'avait pas envie de savoir qu'il existait des hommes comme Taylor, qui s'entraînaient, qui mangeaient bien, qui ne sentaient pas toujours le pot. Elle n'avait pas envie de savoir que ça existait, des hommes qui prenaient leur douche sans qu'on les force à le faire et qui n'étaient pas convaincus qu'il était possible d'obtenir un repas gastronomique au Hooters.

— Rose ?

Rose a inspiré profondément et s'est redressée un peu. Elle s'est retournée, envoyant valser ses longs cheveux bruns comme un mannequin de mode.

— Hé, Chef.

Quelques mèches sont restées coincées entre ses lèvres, elle les a décollées d'un geste emprunté, tout en gardant intact son lumineux sourire de couverture de magazine.

— Comment tu vas ? a demandé Taylor en s'assoyant sur le bras du divan, juste à côté d'elle.

Trop proche, trop proche, trop proche! Son cerveau criait et une vague de désir comme Rose n'en avait pas connu depuis au moins mille ans a déferlé sur son corps. Elle a senti ses poumons se vider et n'a pu offrir autre chose en guise de réponse que le croisement entre un halètement et un hennissement.

— Quoi ? a dit Taylor, perplexe.

— Pas pire. Ça va pas pire.

La voix de Rose ressemblait à une sorte de râlement.

— Comment va le groupe de Gilbert ? Il joue toujours dans le même groupe, non ?

— Oh que oui.

Gilbert n'aurait pas été du genre à prendre de la maturité et à mettre en veilleuse ses rêves d'enfance, histoire de prendre ses responsabilités d'adulte, ça, c'est certain. Rose a continué :

— Ben, tu vois le genre, il continue à faire des spectacles, à partir en tournée, à vendre des t-shirts, ce genre de trucs là, des trucs de rockeur.

— J'ai joué dans un groupe pendant une couple d'années. Mais j'avais pas la voix de Gilbert. Ce gars-là a une super voix.

— C'est clair.

Rose ne se rappelait plus la dernière fois où elle avait entendu Gilbert chanter. Elle connaissait mieux le son de ses pets.

— Qu'est-ce que tu deviens, toi ?

— Elle travaille à la porcherie, est intervenue Tisha, en s'installant à côté de Taylor.

La sorcière avait pris son visage d'ingénue.

— En fait, je travaille plus là. J'avais besoin de changement.

Rose était fière de son choix de mots. « Besoin de changement », ça sonnait beaucoup mieux que « je me suis fait renvoyer ».

— Et, en plus, qui voudrait sentir la porcherie à plein nez ? a dit Tisha en riant, et ses narines se sont dilatées encore plus.

— Ça, c'est sûr et certain, a répondu Rose d'un ton bon enfant, alors qu'elle s'imaginait en train d'envoyer ses bottes crottées de fiente de porc droit dans les palettes écartées de Tisha.

— Je suis content de voir que ça se passe bien pour toi, a dit Taylor en souriant, et Rose s'est demandé si elle était la seule à voir le halo autour de sa tête.

— Ouais, je suis pas mal chanceuse, a dit Rose en sortant son plus beau sourire, celui qu'elle réservait habituellement aux récitals du temps des fêtes, quand elle devait se tenir bien droite au milieu des autres fiers parents dont les enfants avaient appris par cœur les paroles de *Douce nuit, sainte nuit.*

La porte du bureau de Liz s'est ouverte et Annabelle en a émergé à petits pas rapides, son bébé dans les bras.

— Rose ! a gueulé Kaylee.

Le beau sourire de Rose a perdu de son éclat.

— On t'appelle dans le bureau de Liz. Liz, c'est la gestionnaire de l'aide sociale, a expliqué Tisha, comme si Taylor n'était pas déjà au courant.

— Bon... a commencé Rose en passant une série de mensonges en revue dans sa tête.

« C'est Rose Bull qu'ils appellent », ou « je viens postuler pour une job », ou « je viens signaler un cas de fraude de l'aide sociale ».

— Rose Okanese ! a hurlé Kaylee, et Rose a décidé qu'elle n'avait pas de temps à gaspiller pour un mensonge.

Elle s'est levée d'un bond, s'est souvenue illico de ses jambes meurtries et a titubé légèrement, renversant un peu de café sur son chandail. Taylor l'a attrapée par le bras, ce qui a fait exploser sa pression artérielle. *Oh, mon Dieu, mais tu veux me tuer ou quoi ?* s'est-elle dit.

— Ça va ? a demandé Taylor.

— Mes jambes, a répondu Rose en agitant la main dans la direction vague de ses membres inférieurs. Je suis allée courir hier.

— Je te comprends tellement, a dit Taylor. C'est toujours comme ça que je me sens quand je me remets à la course.

— Oui, se remettre à la course.

— Tu cours, toi ? a voulu savoir Tisha, les yeux rivés sur le ventre de Rose qui ondulait sous son t-shirt.

— Oh que oui, a conclu Rose en faisant semblant de courir au ralenti jusqu'au bureau de Liz (le plus loin possible de Taylor).

Sa performance lui a valu quelques rires sonores provenant de la table de joueurs de cartes et un sifflement d'appréciation plus ou moins sincère.

Callie l'a rejointe à la porte du bureau.

— Tu viens ou tu restes ? a demandé Rose.

— Je viens.

Rose a poussé Callie à l'intérieur et a refermé la porte derrière elles.

***

Liz était assise à son poste de travail, un dossier ouvert en face d'elle. Son bureau sentait à parts égales la vanille et la fumée de cigarette. Une odeur invitante, qui donnait la même sensation que si l'on pénétrait à l'intérieur d'une belle miche de pain frais. Sans même lever les yeux, Liz a fait signe à Rose et Callie de s'asseoir. D'un bond, Callie a grimpé sur une chaise tandis que Rose s'installait avec précaution sur la deuxième. Liz a pris une longue bouffée de sa cigarette et a lentement soufflé la fumée.

— Je peux ? a demandé Rose en pointant du menton le paquet ouvert de Liz.

— Elles sont là pour ça.

Rose a pris une cigarette et l'a allumée, les doigts gourds. Elle a tiré une petite bouffée rapide avant de parler.

— Pis, comment vont les petits-enfants ?

— Toujours aussi gros, têtus et incontrôlables, a répondu Liz. Ils ont tellement d'énergie, ça me fait sentir vieille.

— Ben voyons donc, t'es pas vieille.

— Je *suis* vieille, a répondu Liz d'une voix qui mettait fin au débat.

— Ouais, les enfants, c'est pas un cadeau. Je me souviens quand celle-là était encore petite, à se promener partout, c'était pas reposant, je dormais à peine, j'avais des cernes plus gros que des cratères parce que Callie pouvait facilement pleurer cinq heures en ligne si ça lui tentait.

Callie s'est penchée en avant ; elle adorait quand on parlait d'elle.

— Elle est grande, maintenant. Ça va faire une grande fille, ça.

Le sourire de Callie s'apparentait à celui de Jack Nicholson dans *Shining*.

— Ouaip, a confirmé Rose.

— Comment va l'autre ? Ta petite beauté ?

— Elle va à l'école. Secondaire. Ça va pas si mal.

Pour autant que je sache, a grommelé Rose intérieurement.

— J'entends des bons commentaires sur elle. Elle est très responsable.

— Oh que oui. J'ai jamais à m'inquiéter pour elle, a menti Rose.

— Et Gilbert ?

Fin des beaux discours, s'est dit Rose.

— Ben... a commencé Rose, incertaine de la façon d'aborder le sujet (il fallait être triste, mais pas avoir l'air désespérée, il fallait montrer qu'on avait peur, mais qu'on gardait espoir), il s'est poussé avec cette salope de Michelle.

— Ahhhh... a fait Liz en prenant des notes dans son dossier.

— Et j'ai pas pu aller travailler ce matin parce qu'il a pris l'auto, fait que j'ai perdu ma job à la porcherie.

— Ahhhh...

Encore des notes.

— Et mon dernier chèque de la porcherie arrivera pas avant au moins une couple de semaines et Gilbert m'a rien laissé. Comme d'habitude.

Elle a proféré cette dernière phrase en l'accompagnant d'un long soupir. Rose était toujours étonnée de constater à quel point ses poumons pouvaient contenir de déception sonore.

Liz a détaché les yeux de ses notes et a examiné le calendrier accroché sur le mur à côté.

— Une couple de semaines, hein ?

Rose a acquiescé de la tête.

— Et il faut que je fasse l'épicerie...

— Et mon projet d'expo-sciences, a ajouté Callie en se penchant en avant pour vérifier que Liz avait bien noté cette dernière information.

— Silence, toi, a dit Rose.

Liz a griffonné quelque chose. Puis elle a relu ses notes. Finalement, elle a regardé Rose dans les yeux.

— Combien de fois vous avez rompu, Gilbert et toi, dans les dernières années ?

— Plusieurs.

— Il t'a déjà frappée ?

— Non.

Bardassée quelques fois, garroché un soulier une fois, m'a même embarrée dehors pendant une tempête de neige, a pensé Rose, mais elle se disait que ce n'étaient que des passages obligés de la vie de couple.

— T'as jamais pensé à demander le divorce ?

— Ben oui, a répondu Callie.

Rose, surprise, lui a lancé un regard. Callie le lui a renvoyé :

— Tu dis tout le temps ça : « Je vais divorcer d'avec cet avorton-là pis je vais me trouver un vrai homme. »

— Je dis pas ça. Pas tout le temps.

Liz s'est calée dans son siège et a examiné le calendrier à nouveau. On y voyait l'image d'un chaton assoupi sur la tête d'un gros chien.

— Ça fait vingt-six ans que je fais ce métier-là. Presque depuis que t'es née, Rose, et tu veux que je te dise quelque chose ?

C'est pas comme si j'avais le choix, s'est dit Rose en s'installant le plus confortablement possible et en tirant une bouffée de cigarette. Dans la réserve, l'argent venait automatiquement accompagné d'un sermon et c'est pourquoi Rose tentait d'éviter d'avoir recours aux services du Conseil de bande. En plus, Rose savait bien ce que Liz allait lui raconter. Ça faisait mille fois qu'elle entendait la même chose de la bouche de Winter, de Sarah, des agences de crédit, de la police, et même de Gilbert en personne.

— Un gars comme Gilbert, ça changera jamais. Jamais. Et plus tu restes avec lui, plus il va t'entraîner vers le fond, a dit Liz.

Rose a hoché la tête.

— Ouais, je sais, je sais.

Et, oui, elle le savait, mais ça ne rendait pas la vie plus facile pour autant.

— Je connaissais bien ta mère, Callista, a poursuivi Liz en prononçant clairement, comme tout le monde, chacune des syllabes du nom. Et ça… c'est pas ce qu'elle aurait voulu pour toi.

Rose a cligné des yeux en hochant la tête.

— Le plus difficile est derrière : il est parti. Maintenant, il faut juste que tu gardes la porte fermée, a fait Liz en retournant examiner son calendrier. Parce que là, j'aimerais pas ça te donner un chèque et apprendre quelques jours plus tard qu'il est revenu et que vous vous retrouvez dans la même damnée situation. J'ai pas envie d'être le dindon de la farce, ici, OK ?

Rose hochait la tête.

— Fait que la question que je me pose, c'est : est-ce que tu vas l'empêcher de revenir ?

— Elle peut pas. Il a la clé, a expliqué Callie. Et, une fois, il est rentré dans la maison par une des fenêtres de la cave, mais il est tombé en bas parce qu'il était trop soûl.

Liz a éclaté de rire.

— Il est chanceux de pas s'être cassé le cou, l'imbécile.

Rose a fixé Callie des yeux et lui a envoyé un message mental lui rappelant que « nos affaires, c'est nos affaires ». Callie a saisi le message et a reculé sur son siège, à la fois déçue d'avoir été réprimandée et fière d'avoir fait rire un adulte.

— Il est parti pour de bon, Liz. Cette fois-ci, c'est pas pareil. « Le fond du baril », c'est ça que disent les alcoolos, non ? Ben, on y est.

Liz l'a fixée du regard. Les joues de Rose lui brûlaient, alors elle a continué de parler, afin de meubler le silence :

— Ma vie a l'air un peu tout croche, en ce moment. Je le sais bien. Mais ça va changer. J'ai un plan.

— Quel plan ?

— Ben, juste, tsé, aller mieux, trouver une meilleure job, tsé, vivre mieux, manger mieux, s'entraîner, jogger.

Rose sentait la sueur dégouliner en dessous de ses bras.

— Jogger ?

— Ouais, j'étais une pas pire coureuse dans le temps.

— Quand ça ? ont demandé Callie et Liz en même temps.

— Quand j'étais plus jeune. Beaucoup plus jeune.

— Je savais pas ça, a dit Liz. Je savais que ton père était un bon coureur, et ton grand-père aussi, mais toi…

— Ça court dans mon sang.

— Tu cours dans ton sang? a demandé Callie, perplexe.

— Et tu jogges, là? a voulu savoir Liz.

— J'ai justement fait mon premier entraînement hier soir. C'est pour ça que je suis aussi raquée aujourd'hui.

Rose a fait craquer un de ses genoux pour confirmer qu'elle disait vrai.

— C'est bien. Je suis très contente d'entendre ça, a dit Liz.

Elle a pris une bouffée. Rose s'est inclinée vers l'avant, avant de s'interrompre pour reprendre sa position d'origine. Elle avait envie de prendre une autre cigarette, mais elle était consciente de l'effet que ça aurait sur son histoire d'entraînement et de jogging.

Tout en soufflant la fumée, Liz gardait les yeux rivés sur Rose. Celle-ci flétrissait à vue d'œil sous l'intensité de son regard, mais elle tentait de sauver les apparences. Liz a conclu:

— J'ai l'impression que les choses vont s'améliorer pour toi. Tu deviens plus forte.

Elle a écrasé son mégot et a ouvert dans un grincement un de ses tiroirs. Elle en a extrait un énorme chéquier relié en cuir, qu'elle a déposé sur sa surface de travail dans un mouvement fluide, amorti, comme un nageur qui, après avoir traversé l'Atlantique, touche enfin du bout des orteils le sable blanc de la plage.

— Ouaip, j'aime vraiment ça, courir, a dit Rose en regardant Liz remplir le chèque.

QUATRE

Sarah a pris une bouffée du joint et l'a passé à la fille au mohawk bleu nuit et aux nombreux piercings dans le nez, dont le principal était un gros clou. Sarah attendait avec impatience le jour où sa meilleure amie se fatiguerait du style gothique ; elle n'en pouvait plus de voir tous ces bijoux faciaux. *Comment elle fait pour se gratter le nez quand ça pique ? Qu'est-ce qu'elle fait quand elle a le rhume ?*

— Ma mère est en crisse, a dit Sarah. J'ai pas un bon feeling, cette fois-ci.

Ronnie a agité les doigts pour signifier que les préoccupations de Sarah n'avaient pas d'importance.

— On peut pas commencer à s'inquiéter pour des trucs comme nos mères et leurs niaiseries. On est en mission.

Elle a soufflé un rond de fumée.

Sarah détestait quand Ronnie se lançait dans ses histoires de mission. Tout ce qu'elle voulait, c'était une place pour relaxer, où elle n'avait ni à s'occuper de sa sœur ni à écouter ses parents s'entretuer. Chez Ronnie, ça avait fait parfaitement l'affaire jusque-là, jusqu'à ce que celle-ci devienne obsédée par la spiritualité et toute cette merde.

— Il s'est vraiment passé quelque chose de spécial en fin de semaine. Tu l'as pas senti ?

— J'ai vomi dans le char à mon père. Ça, je l'ai senti.

— Je veux dire, avant le party. Tsé, pendant la cérémonie.

La « cérémonie », c'est ça, ouais, s'est dit Sarah. Elles avaient déterré quelques roches enfouies sous une butte de terre et allumé deux chandelles. Ronnie avait précisé que c'était une tombe ; aux yeux de Sarah, on aurait dit une grosse fourmilière abandonnée.

— T'as trouvé c'était la tombe de qui ? a demandé Sarah.

— Ma mère le savait pas, non. Elle pense que c'est peut-être la tombe d'un animal. Mais, crisse, qui c'est qui enterre ses animaux, dans la réserve ?

— J'ai enterré mon chien, Turtle.

— Cette tombe-là était vraiment super vieille, a dit Ronnie avant de baisser la voix pour chuchoter : Je pense que je le sais, moi, c'est la tombe de qui.

Sarah a attendu que Ronnie termine sa grande révélation.

— Hé, les putes !

Sarah a levé les yeux et a aperçu les cousins Ewchuk, Jonah et Brendan, à l'autre bout du stationnement. Le blondinet, c'était Jonah ; le noiraud, c'était Brendan. Ou l'inverse. Sarah les connaissait depuis l'école primaire et elle n'était toujours pas capable de les identifier correctement.

— Elles nous ont regardés ! se sont-ils exclamés fièrement, tope là à l'appui.

Sarah leur a envoyé un doigt d'honneur.

— Trous d'cul, a-t-elle lancé en articulant clairement, pour qu'ils soient en mesure de lire sur ses lèvres.

— Osties de caves de racistes.

— Plus sexistes que racistes, dans ce cas-ci, mais oui, caves, pas de doute là-dessus. Mais pour revenir à ce que tu disais…

Sarah soupçonnait depuis toujours que Ronnie souffrait d'un TDA non diagnostiqué. À moins que ça soit à cause de tout le pot qu'elle fumait. Peu importe : Ronnie, il fallait la réaligner parfois.

Ronnie s'est concentrée, s'est assise bien droite, a tiré sur le col de son chandail pour dissimuler un peu ses sucettes, puis a laissé tomber :

— La Rêveuse.

— Qui ?

Ronnie, de toute évidence, était déçue que Sarah ne reconnaisse pas le nom.

— Une guérisseuse super célèbre !

Sarah a haussé les épaules.

— Il y en a qui l'appelaient « la Vieille Dame » parce qu'elle était vieille en maudit. Ta mère t'a jamais parlé d'elle ?

— Ma mère et moi, on n'a pas souvent de longues conversations à propos de vieilles personnes mortes.

— Et ton père, lui ?

Sarah a grimacé.

— Ouais, ben, moi et ma mère, on parle d'affaires de même tout le temps.

Quand elle est là, a pensé Sarah, revancharde. Ronnie a continué :

— En tout cas, c'était une femme super puissante qui pouvait guérir n'importe quoi, genre l'épilepsie et le cancer et la rage. Mais quand elle est morte, elle a emporté son savoir avec elle. Toute cette gang de vieux là, ils ont fait la même chose. C'est comme s'ils faisaient pas confiance à la génération de nos parents.

— Plausible. Je leur fais pas confiance non plus. Crisse de bande de ratés.

Sarah a allumé une cigarette et a pris une bouffée.

— Mais, tu vois, nous, on est la septième génération, et là on est censés recevoir les connaissances, le savoir.

— Et faire quoi avec ? a demandé Sarah.

Elle entendait parler de cette prophétie de la septième génération depuis qu'elle était petite et elle n'était toujours pas certaine d'avoir envie d'en faire partie. Elle se disait que ça impliquerait probablement de porter des robes de hippie délavées et de tenir une boutique décrépite à côté d'un buffet chinois tout aussi décrépit pour lire leur roue de médecine à des badauds. Ou pire, ça impliquerait une forme ou une autre de camping. Sarah a frissonné.

— Euh, aider le monde, voyons, a dit Ronnie en se penchant vers Sarah pour agiter ses mains devant son visage dans de grands gestes exagérés.

Ses énormes seins en ont presque été expulsés de son chandail. Sarah s'est demandé si les esprits allaient vraiment remettre le savoir sacré entre les mains d'une fille qui refusait de porter un soutien-gorge.

— T'as jamais entendu parler des médecins? Des médicaments? On est au vingt et unième siècle, Ronnie, on a la science.

— Mais ça vaut pas de la marde! a rétorqué Ronnie, les yeux soudain pleins d'eau.

Sarah n'avait pas pensé: Gary, le père de Ronnie, était mort l'été précédent. Cancer du pancréas. Parti dans le temps de le dire.

Ronnie s'est reculée un peu et s'est mise à décoller le vernis noir sur ses ongles. Sarah lui a finalement demandé:

— Qu'est-ce que tu penses qu'elle voudrait qu'on sache, la Rêveuse?

— Je sais pas. Mais elle veut quelque chose, en tout cas, c'est clair. T'as vu les chandelles.

Les flammes s'étaient agitées puis éteintes, juste après la prière de Ronnie.

— Ça aurait pu être le vent.

— Ça aurait pu, a répondu Ronnie.

Sur son visage, il y avait le même air que Sarah affichait quand elle regardait *Le Roi lion* et que le papa lion tombait raide mort, assassiné.

— Tu veux foxer cet après-midi ? On va s'acheter un cornet ? a demandé Sarah.

Les yeux de Ronnie se sont illuminés. Même les gothiques aimaient la crème glacée.

CINQ

— Trois cent soixante dollars et zéro cent, a dit Callie en tenant le chèque à deux mains devant ses yeux, comme si elle l'examinait à la lueur d'une lampe fluorescente.

— C'est pas beaucoup.

— C'est pas ce que j'ai dit non plus.

Rose poussait le petit panier d'épicerie et Callie marchait à côté d'elle dans les allées du Ingram Family Grocery and Toiletry (le nom était plus gros que le magasin). Rose préférait faire ses courses au méga IGA dans la vallée, mais le Ingram était plus proche de la réserve.

— Fais pas ta petite smatte, a dit Rose en prenant une boîte de flocons de maïs sans nom et en la posant dans le panier.

Callie a agité le chèque devant son visage, comme un éventail.

— Combien de temps ça va prendre avant que tu trouves une nouvelle job ?

— Peut-être qu'ils vont me reprendre à la porcherie dans quelques jours, a répondu Rose en se grattant le bras.

— Gratte pas, lui a aussitôt rappelé Callie. Peut-être que tu pourrais retourner à l'école. Genre, finir ton cours pour devenir professeure que t'avais commencé.

— Pas une mauvaise idée.

— Ben pourquoi tu le fais pas?

— Euh, excuse-moi? On change de ton, s'il te plaît?

— C'est juste que... j'aime pas ça te voir travailler à une place que tu détestes.

— Je détestais pas ça.

Les cochons étaient assez sympathiques, en fait, et intelligents, et même joueurs. Leurs dents faisaient peur, mais aucun n'avait jamais mordu Rose. Quand ses collègues regardaient ailleurs, elle se permettait de cajoler les porcelets. Elle avait même donné un nom à deux d'entre eux – Gilbert et Genghis – et, lorsqu'était venu le temps de les envoyer à l'abattoir, elle les avait cachés dans une petite pièce du fond. Seule dans cet espace réduit avec ses deux porcelets, où elle entendait les autres se faire embarquer, Rose ne s'était jamais sentie aussi brave ni aussi stupide. Et quand Susie avait remarqué la taille anormale de ces deux gros cochons, Rose avait prétendu qu'ils appartenaient à une autre race apparue soudainement dans les enclos. Son mensonge n'avait pas fait long feu. Nouvelle super race ou non, les cochons ne servaient qu'à une chose. Rose n'avait pas mangé de porc ni regardé *Babe* depuis ce temps-là.

Callie a poursuivi sur sa lancée:

— Parce que t'étais toujours de mauvaise humeur et ton grattage devenait de pire en pire et quand tu revenais à la maison tu sentais… pas bon.

Rose a éclaté de rire.

— Ouais, c'est le moins qu'on puisse dire.

— Et tu sais quoi d'autre ?

— Quoi ? T'haïssais le look de mes salopettes ?

— Tu m'écoutais jamais. Je veux dire, je te contais une histoire et toi tu hochais la tête comme ça, mais si je te la contais une deuxième fois, tu t'en souvenais même pas.

— Tu devrais pas tester le monde comme ça, c'est pas gentil, a dit Rose.

Et pourtant, cette remarque ne l'étonnait pas. Winter avait mentionné ce défaut quelques fois, comparant Rose à un zombie. Mais bon, il fallait choisir : soit on traversait la vie comme un mort-vivant, soit on se mettait sur l'aide sociale.

— Il y a plein d'autres choses que tu peux faire, non ? a dit Callie, de l'appréhension dans les yeux.

— Je peux pas me réinscrire au programme en enseignement pour l'instant. Il faut que j'attende à l'automne, c'est juste dans quatre mois.

— Quand est-ce que tu penses que matante Michelle va venir chercher son auto ?

— Elle va probablement essayer de faire ça en douce ce soir.

— Tu vas te battre avec elle ?

— Non.

La colère s'était dissipée. Dans sa tête, Rose a cherché à revenir dans la chambre : elle voyait le cul de sa cousine disparaître par la fenêtre, elle voyait Gilbert planté là sans trop savoir quoi faire, de la confusion empreinte sur son visage bouffi, mais toujours aussi beau. De la confusion, parce que, pour une raison ou pour une autre, il ne pensait jamais se faire prendre, jamais au grand jamais. De la confusion, parce que faire comme si de rien n'était, ça avait toujours été sa manière de s'en sortir.

— Comment vont tes jambes ?

— Raquées.

— Tu te souviens quand tu coachais mon équipe de soccer ?

— Ouais, vous étiez cutes à mort, à courir après le ballon en tapon et à botter dans votre propre but. Mon Dieu que c'était drôle, ça.

— T'étais quand même mince dans ce temps-là.

— Ouais, ben, je te remercie pour le compliment, c'est trop gentil.

— Et tu courais quand même vite, je m'en souvenais.

Rose a noté mentalement : expliquer encore une fois les temps de verbe à Callie. Elle le ferait, dès qu'elle aurait rafraîchi sa propre mémoire grammaticale.

— J'avais sûrement l'air d'aller vite parce que t'avais six ans.

Callie a sorti une feuille de papier de sa poche et l'a dépliée. Elle l'a délicatement défroissée du plat de la main.

— C'est quoi, ça ? a demandé Rose en regardant le bout de papier.

Elle voyait le mot « Pesakestew » dans le haut, accompagné d'un dessin d'un oiseau – comme le Roadrunner – portant une plume sur la tête. La plume n'était-elle pas redondante sur un oiseau ?

— C'est le dépliant du marathon. Tsé, celui que Grand-Papa a déjà gagné ?

— C'est bientôt, déjà ?

— Dans deux mois. Ou huit semaines. Ou soixante jours, a énuméré Callie.

— Merci, Rain Man, a dit Rose en prenant le prospectus. Mon père me traînait tout le temps là-bas. Même après qu'il avait arrêté de courir. Est-ce que tu sais à quel point c'est emmerdant d'assister à un marathon ?

— Ça dit que le premier prix, c'est une voiture neuve, une Toyota Yaris, et aussi mille dollars.

Rose a poussé un sifflement.

— Ça serait pas de refus, hein ? Ben, j'imagine que Dahlia Ingram va avoir du plaisir avec sa nouvelle voiture.

Elle a redonné la feuille à Callie.

— C'est qui ?

— La fille de monsieur Ingram. Elle gagne le marathon depuis, ben, je sais plus trop, elle le gagne toujours. Ils devraient renommer le marathon en son honneur. Elle bat même les hommes qui participent.

— Pourquoi tu t'inscris pas, toi ?

Ça a fait rire Rose.

— Ouais, c'est ça. Est-ce que j'ai l'air de quelqu'un qui peut courir cent kilomètres ?

Et elle a pointé du doigt son ventre mou qui débordait au-dessus de sa ceinture, a même agrippé une de ses bonnes poignées d'amour, pour l'effet.

— C'est juste quarante-deux kilomètres.

— Juste quarante-deux ! a lancé Rose. T'es vraiment la plus comique de mes filles, toi.

Callie a souri un instant, heureuse d'être quelque chose que Sarah n'était pas.

Rose s'est arrêtée en face du congélateur où se trouvait la crème glacée. Les gens mangeaient de la crème glacée après une rupture amoureuse, non ? Et Gilbert était plus que son amoureux, c'était son *mari*, alors elle avait le droit de manger encore plus de crème glacée, non ?

— On peut pas se payer ça, a dit Callie en tirant sur la manche de sa mère.

Sous le choc, Rose a baissé les yeux.

— Un enfant qui veut pas de crème glacée ? Tu viens de quelle planète, toi, coudonc ?

— Il faut qu'on soit raisonnables. La crème glacée, c'est rien d'autre que des calories vides, et nous, il faut qu'on soit frigides.

— Frugales.

Rose a poussé son panier jusqu'aux caisses, à l'avant du magasin. Monsieur Ingram était là, il regardait par la fenêtre.

— Bonjour, Hans, a dit Rose en empilant ses emplettes sur le comptoir devant lui. Qu'est-ce que vous regardez ?

— Tyler Horton, de la pharmacie en face, est planté devant sa fenêtre et j'essaye de voir ce qu'il peut bien regarder.

— Oh, peut-être qu'il y a… a dit Rose sans trop savoir comment réagir. Peut-être qu'il y a un oiseau en plein milieu de la rue ?

— Ça se peut, mais pourquoi Tyler s'intéresserait à ça ? Peut-être qu'il a dans l'idée de tirer dessus. Ça m'étonnerait pas de lui, le maudit salaud d'Anglais ! Retourne en Angleterre voir ta vieille imbécile de reine !

Hans a brandi son poing devant la fenêtre.

Il s'est retourné vers Rose et a remarqué la présence de Callie.

— Pourquoi elle est pas à l'école, la petite ?

— Mal de gorge.

Callie a poussé un toussotement, pour l'effet.

— Oh, ça circule en masse ces temps-ci. Essayez un peu de miel avec du jus de citron. Ça a toujours marché avec ma fille.

— Oh, oui, Dahlia. Elle est en pleine préparation pour le marathon, je gage ?

— Évidemment, elle est toujours en préparation pour une course ou pour une autre. Vous saviez qu'il y avait une grosse course au Japon ? Un marathon, sur ces petites îles ! Je lui ai demandé s'il fallait traverser en bateau d'île en île, mais elle m'a répondu qu'en fait, ils faisaient plusieurs fois le tour de la même.

— Ça doit avoir l'air de plus en plus grand avec le temps, a dit Rose.

— Comme quand on est dans une salle de classe, a proposé Callie avant de toussoter.

— J'imagine. J'aimerais bien qu'elle reste un peu à la maison des fois, mais elle peut pas s'empêcher de participer à toutes les courses qu'elle voit.

— Elle va revenir bientôt, Hans.

— Septembre, c'est pas bientôt.

— Mais qu'est-ce qu'elle va faire pour le marathon de Pesakestew ? a demandé Callie.

— Oh, elle a pas le temps pour ça, elle va être en Antarctique... Non, ça se peut pas, ça... En Arménie ? Est-ce que l'Arménie, ça existe encore ? Dieu sait ce qu'ils peuvent bien trafiquer dans leur coin, ces communistes-là !

— Je pense pas qu'ils soient encore communistes.

— Non ? Socialistes, d'abord ?

Rose a haussé les épaules.

— En tout cas, elle va être quelque part. Elle est commanditée, vous savez ? Par Heineken.

— Mon père boit ça ! a dit Callie.

— Ça doit être super d'être payé pour faire ce qu'on aime, a ajouté Rose.

— Ça me fait penser : pouvez-vous demander à Susie de doubler ma commande de bacon pour le mois prochain ?

— Je trav… Oui, je vais lui en parler, a dit Rose.

— Mais tu travailles plus là, l'a corrigée Callie.

— Qu'est-ce qui s'est passé ? Vous vous êtes fait virer ? a demandé Hans.

— Euh… oui.

— Pourquoi ?

— Mises à pied, a dit Rose.

— Maudites compagnies qui relocalisent toutes nos jobs dans d'autres pays et qui font travailler des étrangers, a lancé Hans, oubliant qu'il était un immigrant suédois en train de s'adresser à une Autochtone.

— Je vais trouver autre chose.

— Où ?

— Je suis sûre que quelqu'un engage en ce moment.

— Si c'est le cas, j'en ai pas entendu parler. Au contraire, j'ai entendu dire qu'au bar, ils ont été obligés de laisser aller leur serveuse. Le barman, Ralph, s'en occupe tout seul maintenant. C'est pas l'idée du siècle, bien sûr, étant donné que c'est un alcoolique fini… Et les Lee, à la station-service, ils ont viré la petite Coréenne qui travaillait pour eux. C'est juste eux deux, maintenant. Savez-vous conduire une moissonneuse ?

— Peut-être.

— Les gros fermiers vont avoir besoin de conducteurs de moissonneuses, mais ça va aller juste à l'automne.

— Je vais m'exercer cet été, dans ce cas, a dit Rose. Merci de votre aide.

— Je veux juste éviter que le monde tombe sur le maudit bien-être. C'est horrible, le bien-être, ça rend le monde paresseux, aussi paresseux qu'une gang de maudits moutons. Vous payez comment ?

Callie a déposé le chèque de l'aide sociale sur le comptoir. Le sourire que Rose a offert à Hans était tout tordu.

***

Rose a stationné la voiture en face de l'entrée de la Lowell High School et a fixé les yeux sur les grandes portes vertes. Juste devant, deux élèves tiraient avidement sur leur cigarette. *Petits bâtards de chanceux*, s'est-elle dit. *Je gage que c'est même pas eux qui payent pour leurs clopes.*

— Qu'est-ce qu'on fait ici ? a voulu savoir Callie.

Rose a baissé les yeux sur sa montre.

— Il est presque trois heures. Je vais aller chercher ta sœur.

— Oh, elle va être vraiment contente, a dit Callie.

— Ha, ha. Tu rentres avec moi ?

— Je suis malade, tu te rappelles ? Non, je vais m'étendre en arrière et faire une sieste.

— C'est toi qui le sais.

***

Rose marchait le long des corridors. Elle passait ses doigts sur les casiers. Sarah finissait sa journée avec un cours de biologie donné par monsieur Walker dans une salle à l'autre bout du hall.

Rose a jeté un coup d'œil par la fenêtre et a fait le tour des élèves. Sarah était bien là, au fond de la classe. Elle regardait dehors, les yeux dans le vague. Si belle. Rose n'était pas le genre de mère à être persuadée que son enfant était la plus jolie juste parce qu'elle était sortie de son vagin. Sarah avait toujours fait tourner les têtes. Rose en était même venue à trouver les compliments ennuyeux. « Oui, merci », « Elle tient de sa mère, merci » ou « Non, elle a jamais fait de publicité, peut-être un jour ».

Sarah était loin d'être stupide, aussi. Elle s'était toujours bien débrouillée à l'école. Et pourtant, elle se laissait mener par la vie sans trop regarder où elle allait, le pas lourd et les épaules voûtées, comme un zombie dans un mauvais film. Ça donnait envie à Rose de crier : « T'es une fille incroyable ! T'es tellement chanceuse ! »

Rose avait eu des broches au secondaire, elle avait fait de l'acné kystique, elle avait porté la même paire de jeans tous les jours. Elle était convaincue que c'était normal. C'est une fille de sa classe qui lui avait ouvert les yeux en lui demandant : « Est-ce que c'est genre la seule paire de jeans que t'as ? » Rose avait manqué l'école le lendemain. Son unique but, durant le secondaire, avait été d'obtenir son diplôme, de se pousser à l'université et de ne jamais revenir. Puis, Gilbert avait fait son entrée en scène et Sarah était arrivée et les choses s'étaient compliquées. De la lettre d'acceptation en enseignement à la porcherie : l'histoire de Rose Okanese.

La cloche a sonné, ou plutôt la cloche a vrombi. Les élèves ont fermé leurs manuels et se sont penchés sur le côté du pupitre pour les faire glisser dans leur sac à dos. Sarah prenait son temps. Un ado a fait exprès de l'accrocher au passage et lui a envoyé un grand sourire, mais Sarah l'a ignoré.

— Bien joué, a murmuré Rose, fais-les travailler un peu.

Les élèves commençaient à sortir et frôlaient Rose en riant sans même la remarquer. Sarah était la dernière.

— Sarah.

Elle a sursauté, puis a fixé Rose d'un air furibond.

— Qu'est-ce que tu fais là ?

— Je suis venue te chercher, a répondu Rose en pivotant sur ses talons.

Les ados la rendaient nerveuse, elle prenait soudain conscience du manteau d'homme trop grand qu'elle avait sur le dos, le même qu'elle portait à la porcherie. *Commence pas à suer, par pitié*, se disait-elle, *commence pas à suer.*

— Tu me fais pas confiance ? a sifflé Sarah derrière elle.

— Ça, c'est l'euphémisme de l'année.

Tout en louvoyant à travers la nuée d'élèves qui s'accumulaient dans le hall, Rose a salué de la main quelques professeurs qu'elle reconnaissait, un geste qui, espérait-elle, reflétait une bonne dose de confiance en soi et d'insouciance.

— Tu me rends vraiment malade, tu le sais, ça? a chuchoté Sarah.

— Non, c'est l'alcool et la dope qui te rendent malade, a rétorqué Rose du tac au tac.

— Mais je t'ai dit que je recommencerais plus!

— A promis l'araignée à la mouche...

— Qu'est-ce que ça veut dire, ça, câlisse?

— Ça veut dire que... tu tisses ta toile et tu m'attires dedans avec des mouches mortes et... J'ai oublié ce que ça veut dire, maudit, mais y a pas de loi qui m'oblige à te croire.

Rose sentait sa pression artérielle monter en flèche. Comment elle faisait, cette enfant, pour la mettre en colère aussi vite?

Elles ont atteint la porte principale et Rose a failli se laisser tomber à genoux, soulagée. Elles avaient réussi à traverser l'école en entier sans être confrontées à quelque situation embarrassante que ce soit. Elle a regardé Sarah, qui faisait la moue.

— Je suis venue te chercher parce que je veux pas que tu te sauves de moi. Et j'espère que t'es contente: j'ai même pas cherché à te faire honte, a dit Rose.

Sarah a déballé une gomme et se l'est mise dans la bouche.

— Là, on va rentrer à la maison, on va se faire à souper et on va avoir une longue conversation à propos de ta vie et de ce que j'attends de toi, a dit Rose, fière de s'entendre prendre un ton aussi robuste, confiant –

elle se trouvait pas mal bonne aujourd'hui, dans son rôle de mère.

— Ouais, parce que toi, tout est sous contrôle dans ta vie, a grommelé Sarah à part elle.

Rose a soudain eu envie qu'il existe une manière d'envoyer une bonne claque à quelqu'un *à part soi*.

Elle s'est essuyé le front. Elle montrait déjà des signes d'épuisement, avant même d'avoir commencé à sermonner Sarah. Soudain, Rose s'est immobilisée. La voiture n'était plus là. Est-ce que Callie l'avait déplacée ? Quand est-ce que Callie avait appris à conduire ?

— Ici ! a crié Callie, depuis le trottoir de l'autre côté de la rue.

Rose a levé les yeux. Callie se tenait là, seule, entourée de sacs d'épicerie.

Rose a traversé la rue au pas de course.

— Qu'est-ce qui s'est passé ?

— Matante Michelle est arrivée et elle s'est approchée de l'auto et elle m'a dit de sortir. Fait que je suis sortie. Et elle était sur le point de s'en aller, mais j'ai dit : « Eille, et notre épicerie ? » Fait qu'elle a sorti les sacs et elle m'a laissée ici.

— Oh, l'ostie de… l'ostie de… a hésité Rose, à la recherche du bon mot.

— Pute ? a proposé Sarah.

— Salope ! a crié Rose, plus fort que prévu.

Une bande d'ados un peu plus loin a lancé des hululements d'approbation.

— Je m'excuse, M'man, a dit Callie. Est-ce que j'aurais dû rester dans l'auto?

— T'as bien réagi, inquiète-toi pas. Je veux dire, c'est ta tante, tu pouvais pas savoir à quel point c'est une crisse de grosse conne de salope qui mériterait de se faire défoncer la face à grands coups de fourche.

Quelques ados l'ont applaudie. La prof titulaire de Sarah, justement en train d'ouvrir la portière de sa voiture, s'est retournée vers Rose pour lui lancer un regard horrifié.

— M'man, relaxe, a dit Sarah.

— Je m'excuse, M'man, a dit Callie, les yeux pleins d'eau. J'aurais dû la traiter de salope pour toi.

— Inquiète-toi pas, tu vas en avoir l'occasion à un moment donné, c'est sûr, a répondu Rose.

— Comment on va rentrer à la maison? a demandé Callie.

Rose a observé les alentours et a remarqué les autobus scolaires, alignés dans la cour de récréation.

— Prenez chacune un sac, on prend le bus.

Callie a soulevé un sac de pommes de terre et s'est dirigée vers les autobus à petits pas déséquilibrés. Rose a saisi quatre sacs et a hoché la tête en direction de Sarah.

— Ben, pogne ce qui reste.

Sarah a jeté un dernier regard à son école et à la meute de jeunes qui fumaient des cigarettes en riant.

— Merci de pas m'avoir fait honte, a-t-elle dit en se penchant pour ramasser le reste des sacs d'épicerie.

***

Rose a posé les assiettes sur la table avant d'appeler les filles pour qu'elles viennent souper. Callie s'est empressée de la rejoindre et s'est assise sur sa chaise.

— Va manger dans le salon.

— Pourquoi ?

— Faut que je parle à ta sœur, a dit Rose.

— Oh… ben, je devrais peut-être rester, dans ce cas ? Je veux dire, je fais partie de la famille, moi aussi. Et moi non plus, je suis pas du tout impressionnée par son comportement.

— Fais pas ta petite comique.

Callie a éclaté de rire.

— Je voulais juste dire que j'étais pas impressionnée. « Je suis pas du tout impressionnée », a-t-elle répété en riant, avant de prendre son assiette et de partir en direction du salon.

Rose s'est assise et a commencé à manger. Elle avait besoin de nutriments en vue de la bataille qui s'annonçait. Mais pourquoi est-ce que c'était une bataille ? Pourquoi le simple fait de parler à Sarah la vidait de son énergie ? Parce qu'il s'agissait de Sarah. Et parce qu'elle ne pouvait pas rater ce coup-là comme elle avait raté le reste.

Sarah s'est avancée lentement dans la cuisine. Elle s'est versé un verre d'eau et s'est appuyée sur le comptoir.

— Tu viens t'asseoir ?

— Non.

— Tu vas pas manger ?

— J'ai pas faim.

— Il faut que tu manges. T'as besoin de nourriture pour survivre.

— Du Hamburger Helper, c'est de la nourriture ? a fait Sarah en haussant un sourcil.

— Je m'excuse de pas pouvoir te régaler de *fou à gras*.

— Sais-tu au moins c'est quoi, du foie gras ?

— C'est du beurre. Une sorte de beurre français spécial, a dit Rose.

Sarah la regardait de travers, mais Rose devinait qu'elle ne savait pas non plus ce que c'était.

Rose n'a pu réprimer un sourire, malgré son irritation, et elle s'est dépêchée de l'effacer de son visage.

— Plus de drogue, a-t-elle dit, commençant son discours en plein milieu (*Pourquoi je fais toujours ça ?*). Plus de drogue, plus de partys, plus de fugues en pleine nuit. En fait, plus de soirées chez les amis, point final.

— Donc, juste rien du tout, jamais ?

— Jusqu'à ce que t'aies regagné ma confiance. Crisse, t'es vraiment allée trop loin, là, Sarah.

— Pourquoi faut toujours que tu sois aussi mélodramatique ?

— Parce que tu penses pas avant d'agir !

— Oui, je pense !

— Pas quand c'est important ! Comme de penser aux substances que tu t'envoies dans le cerveau ! Difficile de penser à quelque chose de plus important que ça !

— Papa, il prend de la drogue, lui !

— Il couche avec ta tante, aussi ! Tu vas faire pareil ?

Depuis le salon, on a entendu Callie ricaner.

— Arrête de nous écouter, toi, p'tite crisse ! a crié Sarah.

— Crie pas après elle, a dit Rose.

— Ta préférée.

— Comparée à toi ? Oui, c'est ma préférée. Parce qu'elle me fait pas chier dans mes culottes, premièrement, a dit Rose.

Sarah a bu une petite gorgée d'eau.

— Fait que je suis carrément prisonnière, c'est ça ? Je peux aller nulle part ni rien faire ?

— Améliore tes notes, aide un peu ici à la maison, après ça on va jaser. Mais si je te pogne avec de la dope encore une fois, ça va aller vraiment mal, je te le garantis.

— Comment ça pourrait aller encore plus mal ?

Pour être honnête, Rose n'en avait aucune idée. L'envoyer vivre avec son père ? Rose ne savait même pas où il se terrait. Mettre la police sur son dos ? Rose n'avait jamais entendu dire que ça fonctionnait. L'inscrire à l'académie militaire ? On était au Canada, ici, ça n'existait probablement même pas, des académies militaires. Peut-être une école de Casques bleus? Mais Rose n'avait pas envie d'envoyer Sarah où que ce soit. «Je vous en prie, faites que ça marche, a-t-elle imploré les dieux de la parentalité, parce que j'ai pas d'autre solution.» Elle a répondu à Sarah:

— Oh, ça peut toujours aller plus mal, crois-moi. Là, assis-toi et mange.

— J'ai pas faim, a répété Sarah.

Elle s'est éloignée le long du couloir, les bras croisés sur la poitrine, les épaules rondes, a bifurqué pour entrer dans sa chambre et a refermé la porte derrière elle.

Rose était évidemment consciente que Sarah venait de remettre en question son tout premier commandement, mais elle n'avait plus assez d'énergie pour se battre. À la place, elle a enfoncé une grosse cuillérée de nourriture ultratransformée dans sa bouche.

— Je peux revenir, maintenant? a demandé Callie.

— Si tu veux.

Callie a déposé son assiette à la place habituelle de Sarah. *Les enfants ne rateront jamais une occasion de se faire chier les uns les autres*, s'est dit Rose.

— Elle a eu ce qu'elle mérite, a dit Callie.

— Mêle-toi de tes affaires.

Callie a mastiqué sa bouchée quelques instants et a fini par l'avaler.

— Fait que, qu'est-ce que je fais pour mon projet d'expo-sciences cette année?

— Ton prof vous a pas imposé un sujet?

— Le sujet, c'est la science.

— C'est pour quand ?

— Dans un mois, ça compte pour genre la moitié de ma note.

— Quoi ?

— Je sais. Madame O'Watch est sur le speed ou je sais pas quoi.

La science n'avait jamais été la matière favorite de Rose. Elle se fichait de savoir comment les choses fonctionnaient, tant qu'elles fonctionnaient.

— Pourquoi pas des vers de terre ? Tu pourrais les couper en deux et les montrer en train de se tortiller dans deux directions différentes ?

Callie avait les deux yeux fixés sur Rose, comme si cette dernière était elle-même un ver de terre.

— Couper des vers en deux ? T'as vraiment déjà fait ça ?

— Pas pour une expo-sciences, juste pour le fun… et par curiosité. Et c'est vrai qu'ils survivent.

— Ouais, mais quel genre de vie tu mènes, après, avec juste une moitié de corps ?

— Je pense pas que les vers de terre ont une vie super palpitante de toute façon. Fait qu'elle devient juste à moitié moins palpitante, a fait Rose.

Callie a posé sa fourchette et a regardé sa mère droit dans les yeux.

— Comment on va faire sans auto ? Comment on va aller à l'épicerie ? Comment on va faire pour aller chercher le courrier ? Ou si on se retrouve dans une situation d'urgence ? Et qu'est-ce qui se passe si je veux rentrer plus tard pour jouer au soccer ?

Rose a baissé les yeux sur son assiette. Des bonnes questions, toutes des bonnes questions.

— Je vais appeler Winter.

— OK, pas une mauvaise idée, a dit Callie. C'est un début.

— Tu commences à m'énerver, Callie.

Callie a engouffré une grosse bouchée de Hamburger Helper.

— Pourquoi pas un volcan ? a-t-elle demandé.

— Déjà vu. Mais peut-être que tu pourrais mettre des fourmis dedans pour les voir se faire engloutir par la lave.

— M'man, on n'a pas le droit de tuer des affaires. Mais avec un volcan normal, je serais sûre d'avoir au moins un B.

— Bon point, mais c'est cher.

— Peut-être que je pourrais trouver un moyen de faire un vrai volcan juste avec du stock que je trouve dans la maison ?

Ensemble, elles ont parcouru la cuisine du regard.

— Peut-être que tu vas trouver une job super vite, a dit Callie.

— Peut-être.

***

Winter est passée les voir après le travail, son uniforme d'infirmière encore sur le dos. Callie a couru pour l'enlacer à la seconde où elle passait la porte.

— Pourquoi tu m'as pas appelée hier soir ? a demandé Winter en traînant Callie, attachée comme un boulet à sa taille.

— Il était trop tard. Callie, laisse ta tante tranquille.

Callie a lancé quelques mots indistincts, cachée dans le dos de Winter. Parfois, Rose avait peur que les gens croient qu'elle ne s'occupait jamais de Callie en voyant comment elle se comportait quand elles avaient de la visite.

— Il est jamais trop tard quand il est question de toi ou des filles. Ça fait cent fois que je te le dis. Où est Sarah ?

— Dans sa chambre.

Winter a réussi à se défaire de l'emprise de Callie et s'est dirigée vers la chambre de Sarah. Elle a frappé à la porte.

Rose s'est approchée de la cafetière et leur a versé deux tasses de café. Elle aurait préféré que Winter ne se mêle pas de cette histoire avec Sarah, mais pas moyen de l'arrêter. À l'hôpital, Winter avait été témoin trop souvent de ce qui arrivait aux jeunes qui devenaient accros à la drogue.

Winter est sortie de la chambre de Sarah.

— Les ados, a-t-elle commenté avec dégoût.

Rose a poussé un grognement.

— Comment tu penses aller au travail demain matin ? a demandé Winter.

— Susie m'a virée. Ça fait une chose de moins à gérer.

— Quelle conne.

— Je peux comprendre son point de vue. Je suis difficile. Je suis toujours en retard. Faut toujours que je parte plus tôt. Je prends des rendez-vous chez le docteur pour Callie… Même les bonnes semaines, je lui cause des problèmes.

Winter a laissé échapper un soupir.

— C'est à ça que je dois m'attendre ?

Rose s'est tournée vers son amie et l'a examinée longuement. Winter essayait sérieusement de réprimer un sourire, mais il s'est épanoui d'un coup :

— Je suis enceinte.

Rose a lâché un cri de joie avant de prendre Winter dans ses bras.

Callie est revenue dans la cuisine au pas de course.

— Qu'est-ce qui se passe, ça va pas ?

— Winter est enceinte ! Je vais être matante !

— Oh, c'est super, a dit Callie, tentant de se montrer enthousiaste. Vraiment super.

Au moins un enfant par semaine dans son autobus scolaire annonçait la grossesse de sa mère.

« C'est une grosse nouvelle ! » voulait lui dire Rose, mais elle s'est retenue. Les années de tentatives de Winter et ses appels larmoyants à quatre heures du matin étaient trop intimes, trop récents, trop tristes pour les expliquer à une gamine de huit ans.

— Ton oncle Monty et moi, ça fait très longtemps qu'on essaye d'avoir des enfants, a commencé Winter.

— Pourquoi ?

— Parce que tout le monde adore les enfants.

Callie n'avait pas l'air convaincue, mais elle a quand même voulu savoir :

— Fait que vous allez l'appeler comment ? Pouvez-vous l'appeler Justin ?

Les murs de la chambre de Callie étaient couverts d'affiches de Justin Bieber.

— Je sais pas encore si c'est une fille ou un garçon.

— Si c'est une fille, vous pourriez l'appeler Biebera. Je viens juste d'inventer ça.

Elle s'est mise à sourire de sa propre blague.

Soudain, Sarah est apparue dans la cuisine. Elle se déplaçait dans un silence si parfait, Rose ne savait jamais où elle se trouvait.

— Félicitations, a-t-elle dit en pressant l'épaule de Winter.

C'était sa définition d'un geste affectueux.

— Que ça te donne pas des idées, toi, l'a taquinée Winter. Je veux pas t'entendre parler d'enfants avant que t'aies obtenu ton barreau.

— Pourquoi je voudrais des enfants ? J'ai déjà élevé cette p'tite crisse là à moitié.

— Eille! ont lancé Callie et Rose en chœur.

— Qu'est-ce que c'est censé vouloir dire, ça? a demandé Rose.

— Ouais, tu sauras que je me suis élevée moi-même, a dit Callie.

— Non, c'est moi qui t'ai élevée, a répliqué Rose, avant de se tourner vers Sarah: Tu penses vraiment que t'as travaillé plus fort que moi?

— Je l'ai souvent gardée, c'est juste ça que je veux dire, a dit Sarah.

— Je sors pratiquement jamais. Et ton père est toujours à la maison quand je suis pas là.

Sarah la fixait d'un regard froid.

— Pense donc ce que tu veux, moi je m'en souviens.

— Non, c'est moi qui m'en souviens comme il faut, a dit Rose, et elle a ajouté, à l'intention de Winter: C'est vrai.

— On n'en a pas parlé à nos parents encore, fait que dites rien pour l'instant, OK? a dit Winter. On emmène ceux de Monty souper en fin de semaine et on veut leur faire la surprise.

— Ils vont capoter ben raide, a renchéri Rose. Enfin un petit-enfant à gâter!

— Personne me gâte jamais, moi, a tenu à spécifier Callie.

— Le monde tourne pas juste autour de toi, p'tite niaiseuse, a répliqué Sarah.

Bagarre en vue. Rose a été obligée d'intervenir.

***

Winter et Rose étaient assises sur les marches du perron. La première tenait une tasse de tisane à la camomille, la seconde sirotait un café qu'elle allait regretter une fois au lit.

— Tu lui as parlé ?

— Non.

— Tu sais où il est ?

Rose a aspiré un peu de café entre ses dents.

— Ils sont probablement tous les deux chez son frère, dans l'ouest de la ville. La blonde de Chuck l'a laissé l'année dernière, fait qu'il a une grande maison à lui tout seul. C'est *la* place pour les partys, à ce qu'on dit.

Elle a sorti une cigarette de son paquet et l'a allumée.

— J'aimerais mieux pas.

— Oh, excuse-moi, a dit Rose en écrasant le bout de la cigarette sur une des marches avant de la glisser dans sa poche.

Le bout était encore tiède, elle le sentait à travers le tissu.

— Je sais pas ce que je lui dirais, même s'il m'appelait.

— Tu sais ce que j'en pense.

La haine de Winter envers Gilbert était immémoriale. Infaillible comme les marées.

— Ça va être difficile sans lui.

— Sans lui ? Est-ce qu'il a déjà été là ? Et quand il est là physiquement, il est complètement gelé. Sarah est pas capable de le sentir et il fait juste foutre le bordel dans la maison.

— Elle t'a dit ça ? a demandé Rose.

— Il faut que tu te forces à mieux communiquer avec elle. Dans deux ans, elle sera partie et tu la verras jamais, l'a avertie Winter.

— Tu me le jures ?

— Rose.

— Les filles, c'est pas facile. Je te souhaite un garçon.

Winter a souri, puis ses yeux se sont arrêtés sur la cour, vide.

— T'es bien mieux sans lui.

— Ouais, je sais.

— Mais tu le reprendrais s'il te le demandait ?

Rose a eu une pensée pour Gilbert, son sourire, ses larges épaules, sa manière de conduire la voiture, une seule main sur le volant, l'autre pendant par la fenêtre ouverte, les doigts jouant avec le vent. Elle a eu une pensée pour lui, couché en dessous de la voiture, en train d'effectuer une réparation miraculeuse, en train d'opérer un véhicule moribond et de le ressusciter. Elle a eu une pensée pour elle-même, se réveillant la nuit, pour se rendormir aussitôt, au son de ses ronflements.

— Ça te prend trop de temps pour me répondre, a fait remarquer Winter.

— Tu peux pas comprendre, Winter. C'est pratiquement impossible pour moi d'élever deux filles sans l'espoir d'un chèque à venir ou sans l'aide de quelqu'un. Tu vas voir.

— Il s'en sacre complètement, de toi et des filles, a dit Winter tout bas.

— C'est mon mari, a insisté Rose.

— Seulement sur papier.

Rose a sorti sa cigarette et se l'est mise entre les lèvres, puis elle s'est souvenue de ne pas fumer et l'a remise dans sa poche.

— On jase, là… Pourquoi tu l'appellerais pas pour lui demander une pension alimentaire ? a demandé Winter. S'il dit oui, tu vas savoir qu'il tient à toi et aux filles, mais s'il se trouve une excuse, tu vas savoir qu'il est encore le même bâtard d'égoïste qu'il a toujours été et tu pourras me donner cinq piasses pour que je lui crisse un bon coup de pied dans les parties. À moins que, moi, je te paye pour le faire, c'est comme tu préfères.

— Il a pas de job permanente, a dit Rose.

— Il manque jamais d'argent pour le pot ni la bière, non ?

Rose a acquiescé de la tête avec réticence.

— C'est un peu comme ça que ça marche, le fait d'être accro, a-t-elle blagué.

— Je peux lui demander à ta place, si tu veux, a dit Winter. Y a rien qui me ferait plus plaisir que d'aller le remettre à sa place, ce gros trou de cul là.

— Wow, j'espère pour Monty qu'il va jamais te faire pogner les nerfs.

Winter lui a jeté un regard signifiant qu'elle n'appréciait pas la comparaison.

— Pis, du côté des jobs, ça dit quoi ?

Rose a haussé les épaules.

— Je peux pas faire grand-chose sans mon char.

— Vrai, a dit Winter. À moins de travailler au Conseil de bande.

— Je veux pas travailler là.

— Rose. Une job, c'est une job.

— Ouais, mais Taylor est là-bas maintenant.

— Pis ?

— Pis, il est… il est cute en crisse et je suis pas capable d'agir normalement quand il est là, tu devrais me voir suer comme un porc. Faudrait que je passe la journée à prendre des douches froides, juste pour passer à travers un shift. Je peux pas être dans la même pièce que lui. En fait, je suis même pas sûre que je peux être dans la même pièce que n'importe qui de normal en ce moment. Je m'ennuie de mes cochons.

— T'es conne.

— Je le sais.

— J'ai entendu dire qu'ils cherchent un nouveau superviseur pour les services de garde.

— Je suis pas qualifiée.

Mais d'une certaine manière, des enfants, ça ne pouvait pas être pire que des cochons.

— T'as fait un an en enseignement. C'est mieux que rien, t'es plus qualifiée que la première niaiseuse qui débarque sans aucune expérience et qui se fait engager juste parce qu'elle est la fille de l'autre.

— Ouais.

— Alors?

— Je vais postuler! Maudit que tu peux être insistante, des fois, toi.

Ça a fait sourire Winter.

— Je veux que mon bébé ait la meilleure marraine du monde.

Et elle a doucement caressé son ventre. Rose a poussé un grommellement intérieur. Winter allait être une de ces femmes enceintes qui se flattent la bedaine sans arrêt, achètent une garde-robe complète de linge de maternité et hésitent pour le nom du bébé jusqu'à la toute dernière seconde avant l'accouchement. Rose avait passé ses grossesses à alterner deux paires de joggings et deux chandails de hockey, avait choisi le nom de ses filles un peu au hasard en voyant pour la première fois leur visage rougi par les pleurs, et avait demandé un dollar à quiconque voulait lui toucher le ventre.

Winter a poussé un soupir d'aise.

— Je peux pas croire que j'ai un être humain qui grandit en moi. Je me sens tellement reconnaissante, tellement merveilleusement reconnaissante.

Rose a roulé les yeux.

— Attends que les hémorroïdes te pognent, tu vas voir, ça va être pas mal moins magique.

SIX

Drayden

David

Delaney

Mackenzie

Dustin

… c'était le top cinq des noms de garçon de Winter.

Halle

Asia

Chloe

Danika

Brittany

Ashley

… c'était son top six des noms de fille. Tout en récurant les comptoirs de sa cuisine, elle dressait la liste des pour et des contre de chacun des noms. Est-ce que ça se faisait, donner plus de quatre prénoms à un enfant ? Est-ce que les gens allaient trouver ça prétentieux ?

Monty avait proposé Jack pour un garçon et Cindy pour une fille, mais Winter n'avait pas tardé à l'écarter du processus de dénomination de l'enfant à venir.

— Quand tu donneras naissance à quelque chose de la taille d'un melon d'eau, tu pourras choisir comment ça s'appelle, lui a-t-elle dit.

Il a rouspété, prétendant que c'était injuste, elle lui a donc promis qu'il aurait son mot à dire pour le choix du deuxième prénom. À condition que ça ne soit pas une niaiserie du genre Tiger ou Maximus.

Ça faisait dix ans qu'elle attendait ce moment et voilà qu'il était arrivé. Un moment digne de l'émission d'Oprah, où elle pourrait dire au monde entier, un grand sourire fendant étampé dans le visage: « Les rêves se réalisent pour vrai, il faut juste y croire! »

Peu importe à qui elle en parlait, personne ne comprenait – personne ne comprenait *vraiment* – ce qui se passait: elle, Winter Yuzicappi-Okanese, allait avoir un bébé!

Ici, les femmes enceintes, c'était la norme. Les couples avaient des bébés même quand ils n'avaient rien planifié. On les voyait débarquer avec la nouvelle qui n'en était pas une: « Ouaip, c'est reparti pour un autre », et c'était comme annoncer l'apparition d'un nouveau grain de beauté sur un bras et non l'avènement du miracle de la vie.

Dans quelques mois, elle serait peut-être comme les autres: lasse de traîner son gros ventre sur ses pieds larges et plats. Mais Winter ne croyait pas que ce serait le cas. Car même si elle n'en parlait jamais à personne, elle le saurait, elle. Elle saurait ce qu'elle avait traversé, ce qu'*ils* avaient traversé ensemble. Cette fois, elle n'aurait pas à se réfugier dans la salle de bains, toute seule, pour dissimuler ses larmes sous le bruit de la ventilation.

Et maintenant, les gens devaient savoir à quel point elle était heureuse. Elle se sentait le pied léger, un sourire se promenait sur son visage depuis ce matin. On lui avait coupé la route en pleine heure de pointe, un préposé avait roulé sur ses orteils avec une civière, le sandwich au poulet qu'elle avait mangé ce midi était tout mou, mais ça n'avait aucune importance.

Son corps renfermait un petit être humain qui lui appartiendrait pour toujours. Un peu de Monty, un peu d'elle, peut-être une touche des grands-parents ici et là. Avoir un bébé, c'était de la magie pure et simple.

Dans son esprit, elle s'est revue dans le bureau du médecin. Elle avait appelé Monty juste avant d'entrer.

— J'y vais, là, lui avait-elle indiqué.

— Appelle-moi dès que t'as la confirmation, avait-il répondu. Dès que tu le sais.

— Bien sûr. OK, je rentre dans le bureau, là. Bye.

Elle n'avait pas jugé nécessaire de lui avouer qu'elle avait déjà fait trois tests de grossesse de pharmacie et que trois petits bâtons souillés d'urine s'étaient retrouvés dans les poubelles de toilettes publiques avec des résultats positifs. (Il lui aurait reproché de gaspiller de l'argent. Chaque test coûtait vingt dollars. En revanche, lui, il pouvait se permettre de claquer deux cents dollars sur une paire de souliers de golf!)

— Qu'est-ce que vous en pensez ? avait-elle demandé au docteur Brighten après lui avoir raconté l'épisode de la nausée de la veille.

— Intoxication alimentaire ?

— Mes seins sont vraiment sensibles.

— Ça pourrait être lié à vos règles aussi.

— Vous trouvez pas que j'ai l'air différente ? avait voulu savoir Winter.

— Est-ce que vous me demandez si vous avez « l'air » enceinte ?

— J'imagine que oui.

Le docteur Brighten l'avait détaillée de haut en bas.

— En fait, pour être honnête...

— Quoi ?

— C'est vrai que vous avez une sorte...

— D'éclat ?

— Ne vous faites pas de faux espoirs, Winter. Vous devez éviter d'avoir des hauts et des bas comme ça. C'est important de rester patiente et prudente.

Winter avait acquiescé poliment de la tête, mais il était trop tard. Son cœur battait déjà la chamade, impossible de l'arrêter.

Le docteur Brighten avait examiné Winter sommairement et l'avait envoyée au labo pour des prises de sang. Winter avait jasé avec Ingrid, l'infirmière chargée des prélèvements, et avait attendu les résultats dans la salle d'attente, appuyée au comptoir. Ingrid avait refait surface quelques minutes plus tard, un grand sourire au visage.

— Fait que c'est confirmé ? avait demandé Winter.

Ingrid avait fait oui de la tête.

Winter avait sorti son téléphone et s'était empressée de rappeler Monty.

— Quoi ? avait-il dit, le souffle court.

— Oui.

— Ah ben, crisse.

— Ouais.

— Ah ben, crisse, avait répété Monty avant d'inspirer profondément et de crier en s'éloignant du téléphone : Je vais avoir un bébé !

Winter avait entendu quelques applaudissements et félicitations à l'autre bout du fil. Elle aurait préféré qu'il n'annonce pas le contenu de son utérus à une bande de travailleurs de la construction en lendemain de veille, mais le simple fait d'entendre Monty le dire rendait tout ça encore plus réel.

— Fait que je suis enceinte.

— Wow.

Elle s'était tournée vers le mur, où une affiche montrait ce qui se passait quand on arrêtait de fumer. Ça prenait sept ans, mais le corps finissait par reprendre le dessus. Il y avait une lumière au bout du tunnel, après tout.

— Tu veux manger quoi pour souper, ce soir ? avait-elle demandé, cherchant à s'agripper à quelque chose de concret.

— Je vais arrêter chercher quelque chose. T'aimerais quoi ?

Leur choix s'était arrêté sur le Boston Pizza, puis Winter avait raccroché. Elle avait pris l'ascenseur pour redescendre à son étage. En temps normal, elle se serait sentie coupable d'avoir passé deux heures dans le bureau du médecin. Mais elle se fichait de se faire virer. Aujourd'hui, elle s'en fichait.

***

Winter fredonnait en terminant d'astiquer le comptoir. Elle a noté mentalement : acheter du nettoyant bio la prochaine fois qu'elle irait en ville.

Puis, elle a mis le lave-vaisselle en marche et allait éteindre la lumière quand elle a remarqué le téléphone de Monty qui traînait sur le coin du comptoir. L'icône de la batterie clignotait, elle l'a donc ramassé pour aller le brancher sur le chargeur. Ça le rendait fou quand son téléphone le lâchait au travail ; il en avait besoin pour les urgences sur le chantier, disait-il, mais Winter était d'avis que c'était plutôt parce qu'il était accro à Tetris.

Winter a fait défiler les textos, juste pour s'assurer qu'il n'avait pas vendu la mèche à un membre de sa famille. Il lui avait promis de garder la surprise, mais elle savait qu'il avait souvent de la difficulté à contrôler son enthousiasme. Winter voulait faire ça comme il faut, éviter le genre de bourdes dont on avait l'habitude dans la famille de Monty. Les grossesses annoncées lors de funérailles, les cancers annoncés lors de showers de bébé, etc. La famille de Monty avait autant le sens du *timing* qu'une bande de témoins de Jéhovah.

Elle a vu passer une douzaine de ses propres messages, quand soudain le nom d'une femme a retenu son attention. « Aislyn ». Elle a cliqué dessus. Une quantité considérable de textos de la part de cette Aislyn. Winter ne se rappelait pas avoir entendu Monty parler d'une Aislyn. Nouvelle secrétaire ? Elle a lu quelques messages et son rythme cardiaque a accéléré. « Tu mdonne cho », écrivait Aislyn. « Toi avec », répondait Monty.

— On dit « toi aussi », épais, a corrigé Winter.

Elle a continué à lire. Toujours plus de drague embarrassante, toujours plus d'orthographe massacrée.

Winter a lancé le téléphone au bout de ses bras et il est allé se cogner contre le mur de la salle à manger. Sans faire de vacarme, ce qui l'a quand même étonnée.

— Monty !

Winter s'est souvenue qu'il était dans le garage. Elle a glissé ses pieds dans ses pantoufles et s'est empressée d'aller enfoncer la porte.

Il était là, debout devant le moteur de son camion, une main sur la hanche, l'autre main serrant un tournevis. Comme ambiance, elle entendait la voix de Derek Miller qui sortait des haut-parleurs.

— C'est qui, Aislyn ? a-t-elle demandé à son dos.

Une gamme d'émotions a transparu dans les mouvements de la colonne de Monty, qui s'est d'abord recroquevillé comme s'il s'attendait à recevoir un soulier par la tête d'un instant à l'autre, puis s'est redressé d'un coup, se souvenant qu'il devait jouer les innocents. Une chose est certaine : il ne s'était pas retourné.

— C'est la signaleuse, sur le chantier, a-t-il dit, avec une grosse couche de désinvolture dans la voix.

— Pour vrai ? Une signaleuse ? C'est-tu pas câlissement parfait, ça ?

Monty s'est contenté de hocher la tête en regardant son camion.

— Tu couches avec elle ?

Il a pivoté lentement. Il était tout blanc, sauf ses joues, tachetées de plaques rouges. Il a secoué la tête. Finalement, il a dit :

— Non.

Puis, il a dit :

— Absolument pas, non.

Puis :

— Quoi ?

— Tu parles de même à tous tes collègues ? T'envoies des textos qui disent « Je veux te fourrer » à Randy ?

Monty n'a pu réprimer un début de sourire.

— Non, parce qu'il me prendrait probablement au sérieux.

— C'est quoi ton ostie de problème, Monty ?

Il a baissé les yeux sur ses pieds.

— T'es en amour avec elle ?

Monty a poussé un petit soupir d'exaspération :

— Bien sûr que non. C'est rien. C'est juste une coup' de textos…

— Fait que c'est rien ? Tu peux m'expliquer ?

« Avant que je te défonce la face avec une clé anglaise », avait-elle envie d'ajouter, mais elle s'est retenue. Ne pas le laisser se préparer à l'offensive, ça serait contre-productif. Où est-ce qu'il rangeait ses clés anglaises, déjà ? Bon Dieu, pourquoi est-ce que le garage était bordélique à ce point, alors qu'elle n'arrêtait pas de lui répéter de faire le ménage ?

— OK. Ben c'est que, tu vois, Aislyn c'est une fille qui aime beaucoup flirter et…

— Fait que c'est de sa faute ? T'accuses la crisse de fille ?

Rien n'enrageait plus Winter que de voir une jeune femme se faire accuser d'être une agace par un vieux cochon pervers.

— J'essaye juste de t'expliquer, Winter.

— Ah oui ? Parce que t'es capable de m'expliquer ça ? Ça fait quinze ans qu'on est mariés. Quinze câlisse d'années et tout ce que tu trouves à faire, c'est cruiser une p'tite bimbo ? Elle a quel âge ?

— Je sais pas.

— Oh, va chier, mets-en que tu le sais.

— Je me suis laissé emporter. Mais c'est rien qu'un moment d'égarement. Rien qu'un petit jeu, c'est trop con.

— Un petit jeu, a répété Winter à voix basse.

Monty a ouvert la bouche, mais a compris que le silence était préférable. Il s'est contenté de hocher la tête d'un air grave.

Winter a saisi l'outil le plus proche (un marteau) et l'a envoyé valser. Boum, directement dans la fenêtre du côté passager. Une belle grosse fissure est apparue.

— Tabarnak, qu'est-ce qui te prend, Winter?

— Je visais ta tête.

Monty a avalé sa salive.

Winter a pivoté sur ses talons et est retournée dans la maison. Elle avait envie d'une coupe de vin, mais, évidemment, ce n'était pas possible. Elle a posé une main sur son ventre.

Elle s'est versé un verre de lait et s'est forcée à le boire.

***

Cette nuit-là, Winter a fait un rêve. Elle marchait dans un terrain de jeu. Des enfants jouaient autour d'elle, poussant ce genre de sons joyeux qui ressemblent à la fois à des rires et à des cris. Elle savait que son enfant à elle était là : une petite fille aux cheveux noirs comme ceux de Monty et bouclés comme les siens. Elle a vu qu'une des balançoires était libre, alors elle s'est assise dessus. Elle gardait l'œil ouvert, à l'affût des mouvements de sa fille, mais elle n'arrivait qu'à l'apercevoir ici et là au milieu des autres enfants.

Winter a pris son élan et a tendu les jambes. Elle avait toujours aimé se balancer.

Elle a entendu des pas, a cru que Rose allait surgir à côté d'elle. Rose se pointait souvent dans ses rêves. Rose prenait beaucoup de place dans sa vie réelle, c'était normal qu'elle fasse la même chose dans sa vie nocturne, non ? Mais ce n'était pas elle. Levant les yeux, Winter est tombée nez à nez avec une femme plus âgée. Non, pas « plus âgée », carrément vieille. Les rides s'étaient incrustées définitivement dans son visage, aucune crème rajeunissante ni aucune chirurgie esthétique ne viendrait en restaurer l'éclat. Mais, contrairement à la plupart des aînés, qui avaient tendance à rapetisser et à se rabougrir en vieillissant, cette femme irradiait la puissance et la force. Elle s'est assise sur la balançoire voisine. L'instinct de survie de Winter lui disait de s'enfuir en courant, mais son instinct maternel, lui, l'obligeait à rester ici. *C'est juste une vieille madame*, s'est-elle dit, *une vieille madame aux biceps drôlement développés. Peut-être qu'elle vient de commencer l'hormonothérapie et qu'on lui a donné une trop grosse dose de testostérone.* Winter a attendu qu'elle prenne la parole.

Elles sont restées comme ça, sans bouger, pendant quelques minutes, et Winter a senti sa force augmenter, comme si elle venait d'avaler un café. Plus elle restait là, assise sur cette balançoire, plus elle devenait forte. Assez forte, se disait-elle, pour plier une barre d'acier sur son genou.

Lorsqu'elle a ouvert les yeux, Monty était déjà parti travailler. *C'est mieux comme ça*, a-t-elle jugé. Elle s'est préparé un bol de céréales et, tout en fixant la chaise vide de l'autre côté de la table, elle a senti s'évader la force qui s'était immiscée en elle durant son rêve.

Elle s'est dirigée vers le téléphone et a composé le numéro de ligne fixe de Rose. Autrement dit, son unique numéro. Rose était la seule connaissance de Winter qui ne possédait pas de cellulaire. Ça s'ajoutait à la longue liste des choses qu'elle ne pouvait pas se payer tant qu'elle resterait mariée à Gilbert et à son horrible dossier de crédit. Winter a poussé un soupir en tenant le combiné près de son oreille. Ça sonnait, ça sonnait, et Winter a gardé le combiné près de son oreille longtemps, même après que le son de la sonnerie a commencé à l'énerver.

SEPT

— Tasse-toi un peu, Callie, a dit Rose.

— M'man, tu peux prendre un banc pour toi toute seule, y en a plein, a protesté Callie.

— C'est pour les élèves, a dit Rose.

Pas pour les adultes qui ne pouvaient pas se payer de voiture et qui devaient donc profiter du trajet de l'autobus scolaire pour se déplacer.

Callie a rouspété, mais elle s'est déplacée vers le fond de l'étroit siège noir. Rose avait la nette impression que les sièges étaient bien plus grands quand elle était petite. Aujourd'hui, ses fesses dépassaient sur le côté. Elle a jeté un coup d'œil à l'arrière. Sarah était assise au fond de l'autobus, le front appuyé contre la fenêtre et les écouteurs enfoncés dans les oreilles, pour bien signifier qu'elle et le monde alentour, ça faisait deux.

— Tout va bien là-bas, madame Rose, vous êtes assise confortablement ? a demandé Jimmy, les yeux dans son rétroviseur géant.

Jimmy, la jeune quarantaine, conduisait l'autobus scolaire depuis qu'il avait dix-huit ans. Tout le monde l'avait traité de fou quand il avait accepté cet emploi un peu minable, à l'époque, mais il possédait maintenant quatre autobus, s'occupait de nombreux trajets différents et pouvait se permettre d'offrir du travail à la moitié des membres de sa famille. Malgré son succès, Jimmy n'avait pas changé, il était le même garçon charmant et gentil qu'il avait toujours été. (Sauf, bien sûr, quand les petits Indiens de la réserve se mettaient à faire du grabuge dans son autobus... Là, on pouvait compter sur Jimmy pour les remettre à leur place.)

C'est un gars comme lui que j'aurais dû épouser, s'est dit Rose. Elle et les autres filles avaient l'habitude dans le temps de se moquer de ses grosses joues bien rondes ; elles le surnommaient Jimmy Dodu (ce n'était pas le groupe de filles le plus original de l'histoire). Et, aujourd'hui, elles avaient toutes des maris bien plus gros que lui.

— Ouais, ça va, a répondu Rose. C'est gentil de m'avoir embarquée.

— Je peux pas t'amener carrément jusqu'au Conseil, mais je peux te laisser quand même assez proche, lui a expliqué Jimmy. T'es chanceuse, il fait pas froid.

— Je suis la personne la plus chanceuse que je connaisse, a répliqué Rose en lâchant un petit rire.

Jimmy lui a lancé un regard interrogateur dans le rétroviseur, mais n'a rien ajouté.

Qu'est-ce que ça veut dire, la chance, pour quelqu'un comme lui ? s'est-elle demandé. Quelqu'un qui avait fait des vœux pas compliqués, mais qui s'était arrangé pour qu'ils se réalisent ? Pas comme Gilbert, qui s'était fait tatouer « Nashville ou Rien » sur le bras.

D'un autre côté, le simple fait de rêver à des choses simples ne garantissait rien non plus. Ses propres rêves n'avaient été ni compliqués ni très ambitieux : des enfants, un mariage heureux et une carrière en enseignement. Le projet « enfants », elle ne l'avait pas raté, mais le reste s'en était allé à vau-l'eau et Rose ne savait pas trop où elle avait merdé.

Callie lui a tapoté l'épaule.

— Tu vas repostuler à ton ancienne job à la porcherie ?

— J'espère que je serai pas obligée de me rendre jusque-là, a répondu Rose. Je mets la barre un peu plus haut, cette fois.

— Genre : chanteuse ?

Rose s'est promis de réduire les heures de télé de Callie : trop d'*American Idol* et de clips de Justin Bieber.

— Je vais m'essayer pour un poste qui s'est ouvert au Conseil, a chuchoté Rose.

— Pourquoi tu chuchotes ? a chuchoté Callie.

— C'est juste que beaucoup de monde aimerait avoir cette job-là, je pense, a dit Rose. Y en a pas des centaines comme ça.

— Le chef devrait en inventer plus, d'abord.

— Je suis sûre qu'il va essayer, mais c'est pas si facile que ça. Faut trouver des choses à faire faire au monde.

— Pourquoi pas le pétrole ? Le pétrole, ça rend le monde riche.

— Y a pas de pétrole ici.

— Pourquoi pas ? Le pétrole vient des dinosaures. Les dinosaures vivaient un peu partout, même ici.

— T'es sûre ? a demandé Rose. Bon, ben, si jamais une compagnie de pétrole s'installe ici, je vais tenter ma chance.

Callie a froncé les sourcils.

— Tu dis souvent ça, tu sais ? Si quelqu'un fait quelque chose, tu vas tenter ta chance. Mais tu fais jamais rien toi-même.

— Tsé, Callie, y a une limite au nombre de conseils que je peux accepter venant d'une élève de deuxième année.

— Je suis presque en troisième.

L'autobus a ralenti et s'est arrêté.

— Madame Rose, vous descendez ici, a lancé Jimmy.

Rose s'est levée et s'est dirigée vers l'avant de l'autobus.

— Merci, Jimmy, a-t-elle dit.

— Bonne chance ! Mais bon, c'est pas comme si vous en aviez vraiment besoin !

Il a éclaté de rire.

Rose l'a imité, puis est descendue. Elle a regardé l'autobus s'éloigner avant de s'engager sur la route qui menait au Conseil de bande. Ses jambes étaient toujours ankylosées, mais une bonne marche d'un kilomètre devrait la remettre sur pied.

***

Rose s'est plantée devant la porte du Conseil et a tenté de l'ouvrir. Verrouillée. Elle a regardé par la fenêtre, les lumières étaient éteintes.

Elle a capté son reflet dans la vitre. Cheveux en bataille et visage en sueur. Elle s'est passé une main dans les cheveux et s'est épongé le front. Une rutilante voiture noire s'est avancée dans le stationnement. Petite explosion de joie à l'intérieur.

Puis, elle a remarqué qui était au volant. Téléphone à l'oreille, Taylor l'a saluée de la main.

Rose s'est redressée. *Sois pas gênée*, s'est-elle ordonné. *Sois pas bizarre.*

— C'est pas ouvert encore? a demandé Taylor en sortant de la voiture et en s'appuyant sur la portière. J'imagine que la secrétaire est pas une adepte de la ponctualité.

— Tu connais quelqu'un qui l'est?

Taylor lui a servi un regard contrarié:

— Moi.

— Je niaisais. Kaylee, c'est le summum du manque de professionnalisme, il faudrait la fouetter avec le gros bout d'une rallonge électrique.

— C'est mieux, a dit Taylor en lui faisant signe de s'approcher. Tu devrais attendre dans ton auto, c'est pas chaud.

— Non, je suis bien dehors, a répondu Rose.

Taylor a regardé aux alentours.

— Elle est où, ton auto?

— Je suis venue à pied.

— Ton auto est au garage ? a-t-il demandé.

— J'avais le goût de marcher.

Pourquoi tu racontes des mensonges ? se hurlait-elle à elle-même.

— Ah. Bon, ben, viens me rejoindre, je voudrais pas que t'attrapes froid.

Rose a ouvert la portière du côté passager. Ses genoux ont craqué quand elle s'est assise.

— Fait froid ici, a-t-elle dit en vitesse, pour couvrir le bruit.

— Fait que t'as rendez-vous avec Liz aujourd'hui aussi ?

— Je suis venue postuler pour la job à la garderie.

— C'est bon, parce que Liz s'est jamais pointée hier après-midi.

— Pour vrai ?

— C'était l'enfer. Il y avait du monde qui capotait, plein de monde qui était là pour la voir. Je l'ai appelée sur son cellulaire, chez elle, chez ses enfants… Personne sait où elle est passée.

— Ça lui ressemble pas.

— C'est ce que tout le monde m'a répondu. Mais j'ai fini par vérifier dans son ordi et j'ai trouvé des dizaines de courriels provenant du Costa Rica.

— Qui disaient quoi ?

— Je suis pas sûr. Ils sont en espagnol. Tu lis l'espagnol ?

Rose a agité la tête de gauche à droite.

— En tout cas, je pense que Liz s'est peut-être sauvée au Costa Rica.

— Ça a pas d'allure.

— Je sais pas. Sa famille est tellement grande, et elle se plaignait de ses enfants qui sont toujours en train de réclamer ci et de réclamer ça, et Kaylee m'a dit que son ex-mari s'était fait bannir du Conseil de bande.

— Ben oui, parce qu'il a grafigné son char avec ses clés parce qu'elle a refusé de payer ses frais d'avocat après qu'il s'est fait arrêter pour avoir grafigné le char de quelqu'un d'autre.

Un potin bien connu, qui datait déjà de quelques années.

— Ben, peut-être qu'elle s'est écœurée de tout ça et qu'elle a décidé de foutre le camp.

— Peut-être. Mais c'est bizarre en ta', pareil. Liz, *c'est* le Conseil à elle toute seule, s'est exclamée Rose avant de se souvenir à qui elle s'adressait. Je veux dire, elle est là depuis plus longtemps que n'importe qui.

— Je sais. Personne mérite une pause autant qu'elle, j'en suis conscient, mais ça complique les choses pour moi. Tsé, une nouvelle équipe, et tout, et là, il faut que je trouve quelqu'un au plus vite pour gérer l'aide sociale.

— Fais attention à qui tu vas choisir. Tu peux pas avoir un Bull à ce poste-là, parce qu'il va faire chanter toutes les autres familles. Et tu peux pas non plus avoir un Akapew, parce qu'il va juste vouloir faire chier les Bull. Faut que tu prennes quelqu'un d'autre. Peut-être un Adams, ou un Horse. Bon, c'est sûr que la plupart des Horse vivent pas dans la réserve. Et les gens d'ici aiment pas ça. Ils se sentent jugés. Tu veux pas quelqu'un de trop jeune, non plus. Ou de trop éduqué. Tu veux éviter que les gens aient l'impression de se faire regarder de haut.

— Câline. Il reste qui ?

— Tu vas trouver. Évidemment, faut pas que tu niaises trop. Vendredi, c'est le jour des chèques, fait qu'il faut que tu engages quelqu'un d'ici là. Sinon, le Conseil va être débordé. As-tu demandé à Kaylee ? Elle connaît les enjeux comme le fond de sa poche.

— Je pense que ses mots exacts étaient : « D'la marde, estie. »

Ça a fait sourire Rose.

— C'est plate que t'aies eu à subir ça dès ta première semaine.

— Je vais m'arranger. Donc... J'ai entendu pour toi et Gilbert. Ça doit pas être facile.

— Non. On a des petits problèmes de couple, mettons, mais on va sûrement trouver une solution, a répondu Rose.

— Quelqu'un m'a dit qu'il se pognait Michelle l'autre soir au Lowell's.

Rose a eu l'impression de recevoir un coup de poing dans le ventre. Ça a sûrement paru dans son visage.

— Désolé, je pensais que t'étais au courant.

— Non, je suis au courant. Mais je pensais... Ben, en fait, c'est ça le problème, j'y pensais plus. J'avais sorti ça de ma tête. Je veux dire, je sais même pas où il couche. C'est sûr que c'est pas une mauvaise chose étant donné que je serais tentée de me pointer là-bas au milieu de la nuit avec une douze coupée.

— Il en vaut pas la peine.

— En plus, je sais même pas comment couper ça, une carabine. Je sais même pas pourquoi on voudrait se servir d'une carabine coupée au lieu d'une carabine normale.

— C'est pour la glisser dans le manteau.

— Oh, j'avais jamais compris ça.

— Tu dois être pas mal en maudit contre lui… contre eux.

Difficile de rester en maudit quand on était assise dans une voiture bien chauffée, à côté d'un homme qui sentait l'eau de Cologne Polo. Et c'était quoi, ce cuir ? Moelleux et brun. Rose avait envie de le lécher. Elle tentait de garder ses coudes râpeux loin du tissu, de peur de l'abîmer. Pendant qu'elle avait continué à conduire sa voiture aux sièges de faux velours qui sentaient à la fois le gaz, la poussière et les frites du McDonald's, le reste du monde avait découvert le cuir. Qu'est-ce qu'elle avait manqué d'autre ?

— Je suis fâchée, mais qu'est-ce que tu veux que je fasse ? Je veux pas qu'il revienne, mais c'est mon mari et ça nous met dans une position embarrassante.

— C'est vraiment important, ce que les autres pensent ?

— Non. Juste un peu, mettons. J'ai des enfants, je voudrais pas qu'ils soient blessés.

— C'est mieux de savoir. Au moins, on arrête d'espérer pour rien.

— On a eu des bons moments. Il était là pour moi quand ma mère est morte. Je veux dire, c'est pas la définition exacte d'un « bon moment », mais bon, tsé.

— J'avais compris ce que tu voulais dire.

— Et Michelle, la salope… ben, elle, c'est vraiment le genre « l'herbe est toujours plus verte chez le voisin ». Même quand on était petites, elle était jamais satisfaite de ce qu'elle avait. Elle pouvait avoir la plus belle poupée, la plus chère, ça changeait rien : elle volait quand même la mienne. Mais je sais pas, peut-être qu'ils vont être heureux ensemble, je veux dire, heureux comme peuvent l'être une salope et un trou d'cul…

Cesse immédiatement de parler, Rose. Elle a poursuivi :

— Mais tsé, là, j'ai donné, je suis passée à autre chose.

— Tu t'en sors bien, je sais pas ce que j'aurais fait à ta place.

— T'as déjà été marié ?

— Presque. Mais je l'ai surprise en train de me tromper.

Quel genre de grosse conne pouvait bien tromper un homme comme lui ? Bon Dieu, les femmes étaient vraiment de plus en plus niaiseuses.

— Désolée d'apprendre ça… a dit Rose en marquant une pause pour permettre à Taylor de lui fournir des détails.

Pas de détails.

— Comment va le jogging? a-t-il demandé.

— Le quoi?

— Ton entraînement?

C'était l'occasion rêvée pour passer aux aveux. Il serait le seul témoin de la révélation: Rose n'était qu'une menteuse et une grosse paresseuse qui avait à peine assez d'énergie en banque le soir venu pour entreprendre une randonnée entre le divan et le garde-manger, histoire d'aller se chercher un sac de chips.

Au lieu d'une réponse honnête, elle s'est entendue prononcer les mots suivants:

— Ça se passe bien. Je m'entraîne pas tous les jours, par contre.

— C'est mieux de même, tu risquerais de te faire plus de tort que de bien.

— Ouais, c'est ce que je me disais.

Rose aimait beaucoup la façon dont ses sourcils se fronçaient lorsqu'il prodiguait des conseils.

— Fait que la fameuse course approche à grands pas.

Rose n'avait aucune idée de ce qu'il racontait. La course? Une référence aux élections? Ah, voilà, les élections du Grand Conseil. Est-ce que Taylor avait déjà l'intention d'abandonner Pesakestew pour faire carrière dans les ligues majeures? Rose a senti la déception l'envahir. Évidemment, aucune chance pour la réserve de garder un gars comme ça bien longtemps.

— Tu vas participer? a-t-elle demandé.

— J'y pense sérieusement. Mais je suis pas sûr à cause de l'état de mes genoux. Je me demande si je peux compter sur eux.

— Ouais, ben, je suis persuadée que les gens vont comprendre, même si t'es pas là à cent pour cent.

Est-ce que c'était une blague à propos d'une potentielle incapacité à botter des culs ?

— Ouais, mais j'haïs ça quand je donne pas mon cent dix pour cent.

— L'idée, c'est pas juste de convaincre les gens de t'aimer ?

— De quoi tu parles ? Je te parle du marathon pour lequel tu t'entraînes.

— Oh, oui, OK. C'est de ça que je parle aussi. Le marathon.

Rose a grincé des dents en voyant s'envoler une autre belle occasion de lui dire la vérité.

— Le jogging, c'est dur pour le vieux corps, en tout cas.

— Surtout pour le tien, a-t-elle blagué.

— Je suis pas si vieux, Rose. On a le même âge, tu te rappelles ?

— Euh, pardon ? J'ai six mois de moins que toi.

— Oh, pour vrai ? Six mois au complet ?

— C'est la moitié d'une année, vieux bonhomme.

— J'avais tellement un gros kick sur toi, a dit Taylor en la regardant de biais.

— Un kick sur moi?

Rose a senti des gouttes de sueur nerveuse perler sous ses aisselles.

— Sur toi et sur pas mal toutes les filles de deuxième année. Ma mère m'appelait « le Roméo de l'école primaire ». J'ai offert des valentins à toutes les filles qui avaient pas de chum, avec des petits chocolats en cœur. Je peux pas croire que mes parents m'ont laissé m'humilier comme ça.

— C'est un peu cucul. Mais adorable, a dit Rose en se souvenant du petit Taylor de sept ans.

Un maigrichon aux longs cheveux noirs toujours bien noués en deux tresses.

— J'aimais tes tresses.

— Ouaip, elles étaient pareilles aux tiennes.

Rose a inspiré profondément.

— Pour être honnête avec toi, j'avais un kick sur toi, moi aussi.

— Menteuse. T'arrêtais pas de me torturer.

Rose a éclaté de rire.

— C'est pas vrai.

— Tu m'as dit de lécher les barres de métal du module durant une des journées les plus froides de l'année parce que ça allait supposément goûter le Popsicle...

— C'était une expérience scientifique!

— ... et quand ma langue a été bien collée sur la barre, tu m'as demandé si je t'aimais. Et tu répétais:

« Taylor, si tu me dis pas que tu m'aimes, je vais être triste. »

Il a prononcé la dernière phrase avec la voix chantante d'une gamine de six ans.

— Wow. Ça, c'est un peu sociopathe comme comportement.

— Je peux pas croire que j'ai essayé de te répondre. Je me suis arraché la moitié de la langue. Ce jour-là, j'ai appris une bonne leçon par rapport aux filles : faut jamais leur dire ce qu'on ressent vraiment, a-t-il terminé en riant.

— Tu devrais me remercier pour ça, dans ce cas, a répliqué Rose. Et la chair de ta langue a fini par repousser ?

— Presque au complet. J'ai encore une fente ici, au milieu.

Taylor a sorti la langue et l'a pointée du doigt. Rose a remarqué la présence d'une petite fissure et aussi celle de deux belles rangées de dents blanches. Comment est-ce que l'intérieur d'une bouche pouvait être sexy à ce point ?

— Peut-être que c'est justement le bout de la langue qui sert à goûter le lait caillé. Ce qui veut dire qu'en réalité, je t'ai rendu service.

— Ça voudrait aussi dire que je bois du lait caillé sans m'en rendre compte, a fait observer Taylor. Commence à faire froid, ici.

Taylor a démarré le moteur et a joué avec les boutons du chauffage. Rose regardait bouger les muscles de son avant-bras, puis ses yeux sont remontés jusqu'à son biceps et son triceps, qui avaient l'air de vouloir faire exploser sa chemise. Une autre attaque de sueur. S'ils restaient trop longtemps dans cette voiture, elle allait mourir de déshydratation.

— C'est drôle à quel point on a tendance à oublier les affaires pas correctes qu'on a faites aux autres, alors qu'on se rappelle super bien ce que les autres nous ont fait et on le garde précieusement avec nous, comme une vieille sacoche pas belle, a-t-elle dit, soudain beaucoup trop volubile.

— Tu me donnes pas l'impression d'être ce genre de personne là, a répondu Taylor. T'as l'air de quelqu'un qui prend le taureau par les cornes. Tu quittes ton mari, tu t'entraînes pour un marathon. Et t'as des enfants en plus. Trois, c'est ça ?

— Juste deux, à ce que je sache. Deux filles. Seize ans et huit ans.

— On dit que c'est mieux d'en avoir deux, comme ça elles sont toujours là l'une pour l'autre.

— Si une des deux savait comment engager un assassin russe, j'aurais juste un enfant.

— J'ai toujours voulu des frères et sœurs. Ça m'étonne que tes parents aient pas eu plus d'enfants.

— Les familles de la réserve, c'est des grosses familles. Mes parents ont essayé, mais ça a jamais fonctionné…

— Ben, sauf pour toi.

— Oui, la prunelle de leurs yeux. J'imagine qu'au bout du compte, c'est mieux comme ça parce que ma mère est morte tellement jeune.

Taylor l'a regardée en face :

— Excuse-moi, j'avais oublié.

Rose a haussé les épaules. Même dans la réserve, les gens oubliaient parfois. Ici, c'étaient surtout les pères qui allaient et venaient, qui disparaissaient. Les mères, elles, étaient attachées à leur famille comme les racines à un arbre.

Elle a jeté un coup d'œil par la fenêtre du côté passager. De grosses boules de pollen blanches flottaient dans la brise.

— J'étais plus une enfant, j'avais seize ans. Et j'étais pas toute seule. Mon père a fait de son mieux. Monty a toujours été une sorte de grand frère pour moi et je pourrais dire que Winter est comme ma sœur. Gilbert était là, aussi, a-t-elle soupiré. Fait que ça s'est quand même bien passé.

— Est-ce que Monty et Winter sont inscrits au marathon eux aussi ?

Rose a pouffé de rire.

— Jamais dans cent ans.

— Donc, tu fais ça en solo ? C'est encore plus admirable.

OK, le temps était venu de crever l'abcès. Rose a inspiré profondément.

— Ben, en fait, je suis pas…

— Enfin ! s'est exclamé Taylor en frappant le volant de la paume de la main.

Une Cavalier rouge toute propre s'est stationnée juste à côté d'eux et son klaxon s'est fait entendre. À l'intérieur, Kaylee les saluait d'un geste gracieux de la main.

— On dirait bien qu'on est ouverts, a dit Taylor en regardant sa montre, ajoutant d'un ton pince-sans-rire : Et il est juste neuf heures vingt-cinq.

— C'est pour ça qu'on appelle ça le « Indian time », a dit Rose. Tu vois, y a personne d'assez stupide pour se pointer à l'heure.

— Comment est-ce qu'on peut espérer que le Conseil soit efficace si on n'ouvre même pas à l'heure ?

— Personne espère ça, justement. C'est pour ça qu'on lui demande jamais de conseils, a rétorqué Rose en lui envoyant un petit coup de poing complice sur l'épaule.

Puis, elle s'est extirpée de la voiture, et son envie de fanfaronnade s'est aussitôt transformée en une peur incontrôlable.

***

Rose serrait nerveusement son sac à main, posé sur ses genoux, les yeux fixés sur le peloton d'exécution aligné devant elle. *De la gomme, il me faudrait de la gomme*, s'est-elle dit. Une Nicorette, quelque chose du genre. Ou des Juicy Fruit. Ou au moins un bout de plastique à mâchouiller. Un bouchon de stylo, ça ferait l'affaire.

Elle venait de laisser son CV à Kaylee, qui l'avait transmis à Taylor. Elle était sur le point de passer la porte pour entamer la marche de cinq kilomètres jusqu'à la maison lorsque Kaylee lui avait demandé de s'asseoir un instant.

Rose s'était jointe aux joueurs de cartes, elle les avait écoutés inventer des théories sur le lieu approximatif où Liz aurait acheté son condo au Costa Rica, elle les avait écoutés débattre la possibilité de l'existence d'un amant secret venu des îles.

Puis, Kaylee lui avait tapoté l'épaule et lui avait dit de se rendre à la salle de réunion. C'est à ce moment-là qu'elle avait vu le petit groupe qui s'y trouvait déjà.

— T'es certaine que c'est moi qu'ils veulent voir? avait-elle demandé à Kaylee d'une voix paniquée.

Cette dernière lui avait envoyé un coup de hanche afin de la forcer à pénétrer dans la salle.

Maintenant, son regard passait de l'une à l'autre des quatre personnes rassemblées autour de la table. Tisha, Jason le Quatrième, Jason le Cinquième et Neville. Est-ce que chacun des membres se devait d'être présent? N'était-ce pas une perte de temps? C'était juste un poste à la garderie, après tout.

— Bonjour, tout le monde, contente de vous voir.

Sa voix était aussi faible que celle d'un chaton.

— On n'a pas commencé encore, a grogné Tisha sans lever les yeux de son BlackBerry.

— Oh, peut-être qu'il vous faudrait un pistolet de départ, ou quelque chose du genre, a blagué Rose.

Ça n'a fait rire personne. Les deux Bull étaient occupés à taper des textos sur leur téléphone. Tisha a tiré son cousin Jason par le bras pour lui chuchoter quelque chose à propos d'un document ouvert sur la table.

Rose a examiné les visages qui s'offraient à elle. Deux Bull et deux Akapew. Les deux familles comptaient un nombre égal de membres habitant dans la réserve, dont quelques-uns briguaient sans doute le même poste qu'elle. Non seulement le népotisme requis lui faisait défaut, mais elle n'avait jamais été engagée pour un poste à temps plein dans la réserve (elle avait déjà travaillé comme jardinière par intérim et comme concierge par intérim, mais elle avait vite été remplacée par quelqu'un qui connaissait mieux les coulisses du pouvoir). Elle n'avait aucune espèce de chance d'être prise. Elle avait plus de chance de ravir Brad Pitt à sa copine du moment que de se faire offrir une job dans la réserve.

Taylor a fait son entrée. Son énergie a rempli la salle d'un seul coup. Tout le monde s'est redressé sur son siège.

— Désolé pour l'attente, les Affaires indiennes au téléphone, ils voulaient pas me lâcher. Bonne nouvelle, cela dit : on dirait bien que le budget pour le terrain de jeu va enfin être débloqué.

Tisha a applaudi à la manière d'un singe apprivoisé. Les autres se sont contentés de hocher la tête et de sourire, la mâchoire serrée. Bonne nouvelle, en effet, mais ça voulait dire qu'en moins d'une semaine, l'administration de Taylor avait surpassé les accomplissements du Conseil précédent.

— C'est le fun de voir que tu fais déjà bouger les choses, a dit Rose, histoire de bien enfoncer le clou.

Taylor a agité la main, comme pour dire « bah, y a rien là », et s'est assis juste en face d'elle.

— Donc, le poste de coordonnatrice des services de garde a été pourvu, a-t-il commencé.

— Oh, a dit Rose en tentant de contrôler les muscles de son visage.

Elle sentait son sourire fondre et couler en direction de son cou… Surtout, le garder au moins à la hauteur de son menton.

— Parfait. Je suis contente pour la personne qui a eu la job, peu importe qui c'est. Mais, euh… qu'est-ce que je fais ici, d'abord ?

— Comme tu le sais, Liz est partie et on a besoin de quelqu'un pour la remplacer au plus vite, a dit Taylor.

— Et vous avez besoin de quelqu'un pour faire le ménage de son bureau ?

Taylor a éclaté de rire.

— T'as vraiment un drôle de sens de l'humour.

— Attends, est-ce que vous me passez en entrevue pour le poste de Liz ? a demandé Rose en fouillant du regard le visage des membres du Conseil, à la recherche d'une réponse.

Mais ils étaient aussi impassibles que les petits aigles de bronze qui trônaient sur l'étagère à trophées au fond de la salle.

— T'es une des *nombreuses* personnes qu'on rencontre, a dit Tisha. Évidemment, c'est une super job et on pourrait pas l'offrir à n'importe qui.

— Oh, oui, c'est clair, a répondu Rose en calculant mentalement son salaire mensuel moins les paiements sur une nouvelle voiture moins une nouvelle garde-robe de vêtements d'école pour les filles.

— Donc, as-tu de l'expérience dans le domaine de l'administration ? lui a demandé Taylor.

Non. C'était la réponse la plus adéquate. Mais la maman de Rose n'avait pas mis au monde une nounoune.

— Oui, j'ai de l'expérience dans le domaine de l'administration.

— Peux-tu nous donner des précisions ? a enchaîné Tisha.

— J'ai, euh... j'ai fait de l'admin à la porcherie.

— Les cochons requièrent beaucoup de gestion ? s'est moquée Tisha.

— Ben, y a de la paperasse... les factures, l'inventaire, les commandes. En fait, y a beaucoup de paperasse. Je veux dire, ça faisait pas officiellement partie de mes tâches. Mais, des fois, ma patronne était obligée de s'absenter, comme la fois où elle s'est fait enlever les amygdales en urgence parce qu'elle avait avalé un deux piasses, ou la fois où elle est allée en Floride et elle est pas revenue avant un bon trois semaines parce qu'elle était tombée amoureuse d'un culturiste cubain...

Ferme-la, Rose.

— … fait que dans ces cas-là, on s'attendait à ce que je prenne les devants et que je m'occupe de la place. Sans ça, le monde aurait pas eu, tsé, le monde aurait pas reçu de viande de cochon.

Les hommes du Conseil n'ont pas pu s'empêcher de pouffer en entendant le mot « cochon ».

— Ça m'a tout l'air d'une expérience appropriée, a dit Taylor en se calant dans son siège.

— Comment tu vas réagir quand les gens vont t'accuser de favoriser les membres de ta famille ? a voulu savoir Neville.

— Les membres de ma famille ? J'ai pas vraiment de famille, ici, dans la réserve. Je veux dire, j'ai mon père, mais il reçoit une pension de la fabrique, et j'ai aussi ma cousine Michelle – la salope –, mais la seule chose qu'elle peut attendre de ma part, c'est un coup de poing direct dans la gorge. Je sais pas trop qui on pourrait m'accuser de favoriser.

Neville a approuvé de la tête.

— Ça m'a l'air parfait, ça, a dit Taylor.

— Mais, Taylor, c'est… Faudrait vraiment qu'on en discute un peu plus, qu'on affiche le poste… Je veux dire, de quoi ça va avoir l'air ?

Les sourcils froncés, Tisha essayait de réprimer la colère qui pointait dans sa voix. Rose se doutait bien que Tisha avait déjà promis la job à quelqu'un de sa famille. Elle ne l'enviait pas d'avoir à annoncer la mauvaise nouvelle.

— Liz est partie cette semaine, on trouve quelqu'un pour la remplacer qui peut commencer dès demain, moi je pense que ça va avoir l'air d'un Conseil et d'un chef qui perdent pas de temps.

Les autres membres ont acquiescé de la tête. Rose aussi.

— Mais Rose est juste une… a commencé Tisha.

Elle voulait dire « une perdante », Rose le savait bien. Mais elle ne pouvait pas dire ça, et ça la mettait en furie. Rose lui a envoyé un grand sourire.

— Rose a reçu une éducation de niveau universitaire et elle a de l'expérience. C'est ça que je vois, moi, a dit Taylor. Je comprends pas pourquoi t'as des réserves.

Les hommes du Conseil n'ont pas pu s'empêcher de pouffer de rire en entendant le mot « réserve ».

— Oui, bien sûr, a répondu Tisha.

— On va voter, dans ce cas ! a dit Taylor en levant le bras.

Les trois autres hommes l'ont imité. Après une courte hésitation, Tisha a daigné soulever le poignet. Taylor a envoyé un grand sourire à Rose.

— Bon, quand est-ce que tu peux commencer ?

— Cet après-midi ?

Ça a fait rire Taylor.

— Parle-moi d'une bonne attitude ! Mais tu peux prendre la journée pour te préparer.

Il semblait tellement sûr de lui et de sa décision que Rose a senti un regain de confiance en elle. *Peut-être que je suis capable*, s'est-elle dit.

— En passant, tout le monde, Rose participe au marathon en juin. Je veux dire, c'est pas un modèle à suivre, ça ?

Neville a éclaté de rire.

— Quoi ? T'es virée folle, Rose ?

— Juste un peu, a répliqué Rose.

— Y a des gens qui meurent dans ce genre de truc là, a fait observer Tisha.

Taylor lui a lancé un regard de reproche.

— C'est pas très encourageant, ça.

Tisha a eu l'air de chercher à quoi ça ressemblait, des encouragements, avant de se forger un air à peu près optimiste.

— Ben, c'est juste que j'ai jamais pensé que Rose était du genre à courir. Est-ce qu'on peut *marcher* ça, un marathon ? a-t-elle demandé à Rose.

— J'imagine que oui, mais ça serait une maudite longue marche. Je mourrais probablement d'ennui.

— Quel genre de programme d'entraînement tu fais ? a voulu savoir Taylor.

— Je fais… tsé… des circuits et… euh… des séquences de sprints… et euh… je mange santé, ce genre de chose. C'est tout un système. Je veux pas vous emmerder avec les détails. Je suis en feu, par contre, ça c'est sûr, je suis vraiment en feu.

Afin de s'obliger à la fermer, Rose s'est levée d'un coup et a tendu la main aux différents membres du Conseil.

Lui offrant une poignée de main molle, Tisha s'est quasiment brisé les mâchoires en sifflant entre ses dents :

— Bravo.

À son tour, Taylor a pris la main de Rose :

— Félicitations, nouvelle gestionnaire des services sociaux.

— Fait que c'est tout ? a dit Rose en lui serrant la main et en jetant un dernier coup d'œil aux alentours, persuadée que quelqu'un allait se mettre à rire et lui lancer : « Ben non, c't'une joke ! »

— C'est tout, a dit Taylor.

Wow, a pensé Rose, *même à la porcherie, on m'a fait passer trois entrevues.*

Le reste de la journée s'est déroulé comme dans un rêve. Elle a dû remplir les formulaires des ressources humaines, rire des blagues salaces de Kaylee, recevoir les félicitations des joueurs de cartes dans la salle d'attente, ignorer les regards de mépris de Tisha. Le temps de cligner des yeux, il était seize heures et les employés ramassaient leurs affaires. L'heure était venue pour Rose de quémander une place dans la voiture d'un bon samaritain. Mais la tonne de café qu'elle avait ingurgité pesait sur sa vessie et elle a décidé de faire un dernier tour à la salle de bains. Lorsqu'elle est revenue dans le hall d'entrée, il n'y avait plus personne.

Elle a glissé la tête dans l'embrasure de quelques portes, dans l'espoir de tomber sur une âme travaillante qui restait au boulot après seize heures cinq. Mais elle était seule.

— Allllôôôôô, a-t-elle lancé à son propre écho qui se donnait des airs de fantôme.

Elle s'est dirigée vers la porte principale, a tapé « motdepasse », le mot de passe du système d'alarme, puis a poussé lourdement sur les grosses poignées. Une bonne marche l'attendait et ce n'était pas en restant plantée là, devant la fenêtre, qu'elle allait réduire la distance qui la séparait de la maison.

***

— Je sais pas quoi mettre, a dit Rose en se laissant tomber sur son matelas, dont les ressorts ont poussé un long gémissement. Je veux dire, comment on s'habille quand on veut faire passer un message du genre « Hé, maudit loser, donne-moi mon ostie de pension alimentaire » ?

— Mets ça, a répondu Winter en sortant un t-shirt trop court de la commode de Rose.

Rose a grimacé.

— Ça fait trop pute. En plus, ça montre tous mes bourrelets.

— Essaye-le.

Le t-shirt a traversé la chambre en volant et a atterri sur les cuisses de Rose.

Rose a retiré sa « chemise d'entrevue », son unique chemise non tachée et pourvue d'un joli col. Puis, elle a enfilé en se tortillant le t-shirt qu'elle n'avait pas porté depuis la naissance de Callie.

Plusieurs centimètres de chair s'exposaient à la vue de tous, en bas du t-shirt. Rose a tiré sur celui-ci, mais le bourrelet est ressorti aussitôt. Elle a jeté un regard irrité à Winter.

— Mets une veste par-dessus, personne va remarquer tes bourrelets.

— Faudrait être aveugle pour pas les voir, a commencé Rose, avant qu'un amas de tissu bleu vienne s'écraser contre son visage. Une veste en jeans ? Mais tu sais que je vais mettre mes jeans. Tout le monde va dire que j'ai mis mon habit d'Autochtone.

— Essaye-la.

Rose a eu toute la misère du monde à boutonner la veste. Ça faisait presque dix ans qu'elle avait acheté ça. À l'époque, elle traversait une sorte de période de renaissance, où elle avait enfin perdu tout le poids qu'elle avait pris durant sa première grossesse (ça lui avait pris seulement huit ans) et travaillait comme jardinière communautaire (ce qui voulait dire, bien sûr, qu'elle devait s'occuper des jardins communautaires au grand complet à elle toute seule). Durant ces cinq semaines-là, elle avait atteint un poids auquel elle n'avait jamais osé rêver. Elle avait acheté cette veste en jeans ajustée et elle était sortie célébrer son bonheur avec Gilbert. Quelques semaines plus tard, elle avait découvert qu'elle était enceinte de Callie, et la veste avait été reléguée aux oubliettes.

Winter l'examinait de haut en bas.

— T'as encore des super beaux seins. Comment t'as fait pour pas te les faire démolir par tes enfants ? J'ai entendu dire que c'était fréquent.

Winter avait commencé ses recherches sur la maternité dès l'adolescence. Elle avait même classé le tout dans des dossiers. Si Rose lui avait laissé le champ libre, elle aurait photographié et documenté chacun des symptômes de chacun des mois de sa deuxième grossesse, celle de Callie. Rose, de son côté, trouvait que neuf mois avec Sarah à l'intérieur d'elle, ça avait été amplement suffisant.

— Elles faisaient la fine bouche, a dit Rose en s'étendant sur le dos, les yeux fixés sur le plafond.

Le plafond crotté. Elle s'est tournée de côté avant de poursuivre :

— Ça sert à rien. J'ai pas besoin d'y aller, j'ai une job maintenant, j'ai pas besoin de Gilbert. En plus, il haït ça se faire déranger pendant un spectacle.

— Oui, faudrait surtout pas perturber le génie au travail. Ça doit prendre énormément de concentration pour chanter les louanges d'un beau petit cul tout en s'enfilant les shooters de tequila.

— Ben, *Tequila Pussy* a quand même été numéro deux au palmarès radio de la Saskatchewan pendant trois jours, a répliqué Rose.

Elles ont entendu Callie chanter depuis le corridor :

— « La tequila coule à flots, si chaude et juteuse, ça me donne le goût de te lécher la... »

— Callie ! a crié Rose.

C'était assez pour lui couper le souffle. Elle a défait un bouton de sa veste en se plaignant :

— J'ai de la misère à respirer.

— Rose ! Focus ! Tu peux pas aller à pied à la job chaque matin ! Qu'est-ce que tu fais s'il pleut ? S'il fait trop froid ?

— Y a toujours quelqu'un qui finit par passer, a grommelé Rose.

Mais elle savait bien qu'elle n'avait croisé personne sur la route en revenant. Elle n'avait jamais vu les routes de la réserve aussi désertes. Un frisson l'a parcourue.

— T'as besoin d'une voiture, Michelle et Gilbert en ont deux et c'est pas juste. En plus, il faut qu'il te paye une pension : c'est ses enfants ! Crisse.

Rose a esquissé un sourire. Chaque fois que Winter sacrait, ça sonnait faux. Ses jurons les mieux envoyés stagnaient à la fin de ses phrases comme des chiens de garde auxquels on aurait arraché les dents.

— Ouais, on est ses enfants ! a dit Callie.

Elle s'était introduite dans la chambre pendant la conversation et voilà qu'elle était carrément perchée sur le bord du lit.

— J'aime ça, marcher, a dit Rose en se levant dans un craquement de genoux.

— C'est pas ça l'important ! Je veux pas que quelque chose t'arrive à cause de ce salaud-là qui refuse de t'aider. Je suis plus capable des hommes qui pensent qu'ils peuvent se permettre n'importe quoi !

La poitrine de Winter se soulevait.

— Calme-toi, p'tite mère, ton bébé va naître avec une colique permanente, a dit Rose.

— C'est juste des histoires de grands-mères, ça.

Rose crispait ses doigts sur les draps.

— Michelle va être super belle et moi je vais avoir l'air d'une grosse marde à côté. Tout le monde va dire : « Ouin, on comprend pourquoi il l'a laissée, c'est juste une grosse truie. »

— C'est pas beau dire « grosse », est intervenue Callie.

Winter a envoyé une claque pas très affectueuse derrière la tête de Rose :

— Tu y vas.

Sarah a pointé le bout de son nez :

— Elle va où ?

— Au bar, évidemment ! lui a lancé Callie.

— Y a pas d'« évidemment » qui tienne, l'a corrigée Rose.

— Pourquoi t'es habillée de même ? a demandé Sarah en regardant d'un œil critique le décolleté de sa mère.

Rose a haussé les épaules.

— Je sais pas. Pour me mêler à la foule ?

— Parce qu'elle est mauditement belle, a répondu Winter.

— J'ai l'air d'une folle.

— Profite de tes courbes, tu vas toutes les perdre avec ton entraînement pour le marathon.

— Quoi ? Comment ça se fait que t'as entendu parler de ça ?

Rose avait délibérément omis de mentionner l'idée de la course à Winter, au cas où elle déciderait de se défiler. L'intégrité de Winter l'avait obligée à garder le cap bien des fois dans le passé. Ça l'avait obligée à payer ses contraventions, à aller s'excuser d'avoir écrasé le chien de quelqu'un, à aller s'excuser une seconde fois pour avoir tenté de faire passer un chien « presque pareil » pour le chien mort.

— Le monde parlait de ça à l'hôpital. Tout le monde était vraiment... C'est quoi le mot qui veut dire à la fois fier, incrédule et amusé... comme les trois en même temps ? a ricané Winter.

— Je veux pas que le monde parle de moi.

— Arrête d'être une Autochtone, d'abord, a répondu Winter d'un ton plat. OK, t'es prête à y aller ?

— J'imagine que ça veut dire que je joue les gardiennes encore ce soir, a dit Sarah, avec la voix de celle qui est exaspérée d'être une fois de plus la représentante de la vertu.

— Oh, oui, c'est vrai, peux-tu garder ta sœur ? a lancé Rose.

Elle aurait bien aimé que les décolletés fassent effet sur les adolescentes.

— J'ai pas besoin d'une gardienne ! J'ai neuf ans pour l'amour du bon Dieu ! a protesté Callie.

— Crie pas, Callie. Et t'as juste huit ans. Fait que c'est OK pour toi, Sarah ?

— Comme si j'avais le choix, a souligné Sarah. T'es déjà en train de t'en aller !

— Si ça peut te rassurer, je m'attends pas du tout à avoir du fun. C'est une pure décision d'affaires.

— Ah, ouais ? a fait Sarah, méfiante.

— Je m'en vais récupérer l'auto et demander que ton père…

— Exiger !

Le visage de Winter reflétait une extrême assurance.

— … me verse une pension alimentaire, s'il est d'accord.

Winter a lâché un long soupir de découragement.

— Qu'il aille chier. Je veux rien recevoir pantoute de ce trou d'cul là, a dit Sarah en claquant la porte derrière elle.

Deux secondes plus tard, c'était au tour de la porte de sa chambre de claquer derrière elle.

— Je pourrais venir avec toi, M'man, a dit Callie. Je pourrais rester dans l'auto et lire des bandes dessinées.

— Oui, c'est une bonne idée, ça donnerait une super belle image de la nouvelle gestionnaire des services sociaux. « C'est votre fille, là-bas, dans le stationnement ? », « Oui, c'est bien elle, Monsieur l'agent », a ironisé Rose. Je serais la première agente des services sociaux à se faire retirer la garde de sa fille par les services sociaux.

— Hé, tu te rends compte ? Toi, Rose, t'es maintenant une personne en position d'autorité, a réfléchi Winter à haute voix.

— Oh que oui, Madame, a répondu Rose en s'étendant une épaisse couche de fard entre les deux seins.

***

Le Lowell's, un bar-hôtel doublé d'un restaurant à spécialités canadiennes et chinoises, était administré par un couple d'immigrants grecs, Adonis et Sandra Papadakis. Ils avaient racheté le bar aux anciens propriétaires, deux frères qui s'étaient dépêchés de filer en douce avant que la police ne débarque pour mettre un terme à leur trafic de *crystal meth*.

Adonis et Sandra étaient les premiers Grecs à s'installer à Lowell et ils y étaient aussi – c'est important de le mentionner – les premiers échangistes, rôle qu'ils ne prenaient pas à la légère. Ils lorgnaient chaque personne qui passait les portes de leur établissement et ne se gênaient pas pour inviter les clients à passer à l'étage, là où toutes sortes de choses pas catholiques se tramaient.

Au début, quand les Papadakis venaient d'arriver, les rumeurs circulaient beaucoup en ville, à savoir qui était monté au premier, mais aujourd'hui, plus personne ne s'en souciait. L'échangisme, à Lowell, c'était devenu normal.

Le bar était plein, comme tous les samedis soir. Le Lowell's, c'était l'endroit idéal pour prendre un verre et se mettre sur son trente-six sans se prendre nécessairement pour un autre.

Rose et Winter se sont frayé un chemin dans la foule compacte. Rose a remarqué qu'une grande murale représentant des ruines grecques avait été installée au-dessus du bar.

— C'est nouveau, ça.

— On dirait bien qu'ils essayent de redonner un peu de classe à cette dompe-là, a dit Winter.

— Ben non, ils veulent juste dissimuler les trous de balle, a dit Kaylee, perchée sur un tabouret juste à côté d'elles.

— Qui a tiré sur qui ?

— Tsé, le jeune policier blanc qui a une jolie femme aux grosses lèvres ?

— Le caporal Emory ? a répondu Rose.

Elle avait parié vingt-cinq dollars avec Winter que les lèvres étaient fausses, mais aucune des deux n'avait jamais eu le courage d'aller lui demander en personne.

— Ouais, ben, il a apporté son fusil ici l'autre soir et il a vu Adonis parler à sa femme et, ben, tu vois le genre, la marde a pogné.

— Est-ce qu'il a été suspendu de son poste ? a voulu savoir Rose.

— Personne a signalé l'incident. De toute manière, elle essayait juste de se venger parce que lui est déjà monté au premier avec Sandra. Tu connais la game, a dit Kaylee avant de caler le reste de sa bière.

Adonis s'est avancé pour s'adresser à Rose et à Winter.

— Mesdames, qu'est-ce que je peux vous servir ? Une bière, un verre de vin, ou une petite bouchée de ma spanakopita ?

Adonis était vieux, gros et chauve, mais ça n'entamait en rien sa confiance en soi. Sans parler du fait que ses tactiques de séduction semblaient avoir du succès. Rose ne comptait plus le nombre de fois où elle avait entendu son nom mentionné au milieu de fous rires dans la salle d'attente du Conseil.

— Une Budweiser et un jus de canneberge, a dit Winter. Et ta spanajesaispasquoi peut rester dans ton pantalon.

— Vous savez pas ce que vous manquez, a affirmé Adonis sur le ton de celui qui ressent une compassion sincère, tout en dévissant le bouchon de la bouteille.

Avec une aisance calculée, Winter et Rose se sont adossées au comptoir. Elles étaient bien placées, juste en face de la scène. Personne ne s'y trouvait pour le moment, mais tout semblait prêt pour le spectacle. Elles avaient vue sur chacune des tables de cinq ou six personnes, et même sur les videurs postés près des sorties, leurs bras de Popeye croisés sur la poitrine.

Rose a demandé à Kaylee :

— Le groupe a déjà joué un set ?

— Non, pis j'espère qu'ils joueront pas pantoute. Crisse de Gilbert and the Runaways, c'est de la grosse marde si tu veux mon avis. Excuse-moi, Rose, mais c'est vrai.

— T'as pas à t'excuser, a dit Rose. On n'est plus ensemble, tsé.

— Ouais, j'ai entendu dire ça. En plus, j'ai vu ta cousine, Michelle…

— La salope.

— Ouais, elle était assise sur ses genoux. Je lui ai envoyé un de ces regards, mais elle a fait comme si de rien n'était, la grosse épaisse. Tu vas lui sacrer une volée, c'est ça ?

Rose a secoué la tête :

— Pas mon style.

Winter a pouffé de rire, comme si ça la faisait rigoler d'imaginer que Rose avait « un style ».

— Moi, je lui défoncerais la gueule, à cette conne-là, mais bon, c'est toi qui vois, a dit Kaylee en finissant sa bière. Adonis, ramène ton beau gros cul ici !

Winter a lancé un coup d'œil envieux à la bière de Rose.

— J'aurais le goût d'un petit verre moi aussi.

— À peine huit mois à faire.

— Sept.

— Comment va Monty ? Toujours en train de capoter à l'idée d'avoir un flo ? a demandé Rose.

— Je lui ai pas parlé ben ben ces derniers temps, a répondu Winter.

— Comment ça, trop occupé au travail ?

Winter a posé une main sur le bras de Rose en pointant le doigt vers le fond de la salle :

— Là-bas.

Le regard de Rose a glissé tout le long du doigt pointé de Winter, puis a sauté dans la foule. Il s'est faufilé entre quelques vieux couples qui étaient ici pour les ragots plus que pour le plaisir de sortir ensemble. Puis, il a fait le tour d'un groupe d'adolescentes qui avaient réussi à entrer illégalement dans le bar et il a survolé trois vieux mononcles qui lorgnaient les adolescentes en se rentrant la bedaine. Il a virevolté autour de deux piliers de bar qui en avaient pour un an ou deux avant que leur cirrhose n'explose pour de bon et s'est posé, finalement, sur une table à gauche de la scène, là où Gilbert et son groupe tenaient conseil.

Michelle était assise à côté de lui. Elle portait une blouse rouge et, dans les cheveux, une fleur de la même couleur. C'était le genre de truc que Michelle faisait, ça : ajouter une stupide petite fleur pour donner l'impression qu'elle passait la nuit dans une boîte branchée et non dans un bar miteux en plein milieu du trou de cul de la Saskatchewan. Malgré ce que Rose venait de dire à Kaylee, comme quoi elle était déjà passée à autre chose, elle a senti ses veines se remplir de l'instinct de la tueuse. Elle ne savait même pas qu'elle l'avait, cet instinct-là !

À la manière d'une jumelle identique, Winter n'a pas eu besoin de demander à Rose si elle était prête. Elle s'est juste mise en mouvement. Redressant les épaules, Rose l'a suivie. Elle sentait ses biceps se gorger de sang, prêts à servir une raclée bien méritée.

Rose voyait l'arrière de la grosse tête carrée de Gilbert à travers la foule. Winter l'a atteint en premier.

— Hé, le cave, a-t-elle dit en se plantant en face de lui.

Gilbert s'est redressé sur sa chaise.

— Oh, salut, Winter… Oh, t'es venue avec… Salut, Rose.

Gilbert observait les alentours, à la recherche d'une issue de secours. Constatant qu'il n'y en avait aucune, il a saisi sa bière par le goulot, a pris une gorgée et leur a souri.

— Donne ton char à Rose, a ordonné Winter.

Gilbert a éclaté de rire.

— Oublie ça. C'est mon char, pas le sien. Je lui ai laissé les enfants et la maison, c'est ben en masse.

— Non, espèce de gros con, une pension alimentaire, ça serait en masse... Mais je suis même pas sûre que t'arrives à subvenir à tes propres besoins avec les recettes annuelles de Gilbert et ses Losers, a dit Winter.

Les autres membres du groupe ont pris un air grognon, mais sont restés silencieux.

— Pourquoi tu parles à la place de Rose ? a demandé Michelle.

C'était peut-être juste une ombre causée par la fleur dans ses cheveux, mais Rose a eu l'impression de percevoir un petit sourire satisfait sur le visage de Michelle. Peu importe ce que c'était, c'était suffisant pour que Rose pète les plombs.

Elle a sauté sur Michelle et l'a fait tomber de sa chaise. Elles se sont effondrées ensemble sur le plancher. D'un mouvement naturel, la foule s'est écartée pour leur laisser le champ libre.

— Bataille ! a crié quelqu'un pour que ce soit bien clair.

— Au secours ! a hurlé Michelle, coincée sous le poids de Rose.

Michelle pouvait brailler tant qu'elle voulait. Personne n'allait lever le petit doigt pour lui venir en aide. Le code d'honneur de la bataille entre femmes dans les bars exigeait que les hommes n'interviennent pas. Les hommes voyaient ça comme ça : c'est toujours mieux d'avoir deux bonnes femmes qui se sautent à la gorge que d'en avoir une seule qui saute à la tienne. Sans parler du fait que deux femmes en train de se bardasser, ça augmentait beaucoup la probabilité de voir un sein sortir d'un t-shirt par inadvertance. (On parlait encore de la légendaire Lutte en brassière de 1993, durant laquelle deux femmes s'étaient battues dans le stationnement pendant quinze minutes, vêtues seulement de fine lingerie noire pour une et d'un soutien-gorge de maternité blanc pour l'autre. On évoquait encore cette fameuse nuit lors des soirées froides des Prairies.)

Quant aux autres femmes présentes dans la foule, aucune d'entre elles n'allait éprouver la moindre pitié pour une voleuse d'homme. Les seules qui auraient pu prendre sa défense étaient les membres de sa famille, mais comme Michelle venait de voler l'homme de sa propre cousine... eh bien, disons qu'elle était dans la merde.

Rose a empoigné les bras de sa rivale, se démenant pour les clouer au sol, où elle les a écrasés avec ses genoux. Michelle résistait comme un jeune étalon sauvage, mais elle était déjà pas mal soûle et elle était aussi pas mal plus petite que Rose.

— Enlève. Toi. De. Sur. Moi. Crisse. De. Grosse. Vache! a éructé Michelle.

Rose lui a asséné une bonne claque.

— Hé, OK, ça va, laisse-la se relever, a dit Gilbert. C'est pas juste.

Sans grand enthousiasme, il s'est penché pour atteindre le bras de Rose, mais Winter a aussitôt écarté sa main.

— Gilbert ! criait Michelle. Gilbert !

— Frappe-la encore ! encourageait Kaylee, qui s'était frayé un chemin jusqu'à la première rangée.

Rose fusillait sa cousine du regard. Michelle évitait de la regarder, les yeux tournés vers Gilbert.

À une certaine époque, Rose et Michelle avaient été très proches, elles étaient plus des amies que des cousines. Elles avaient passé leur adolescence à se balader dans les allées de la foire annuelle, à flirter avec les forains et à partager des casseaux de frites.

— Pourquoi t'es conne de même ? a-t-elle demandé à Michelle.

Les yeux de Michelle se sont emplis d'eau :

— Tu me fais mal !

— Tu t'en fous, de tes nièces ?

— Je les adore ! a pleurniché Michelle.

Puis elle s'est mise à pleurer pour de bon, effets spéciaux en prime : hoquets, reniflements et *tutti quanti*.

Rose a libéré les bras de Michelle avant de se relever. Elle a tendu la main vers Gilbert :

— Les clés.

— Va chier, a dit Gilbert. C'est mon char.

— J'en ai besoin pour aller travailler, Gilbert. Pour pouvoir nourrir tes enfants.

— Comment je sais que c'est mes enfants pour vrai ? a répondu Gilbert, de mauvaise foi.

Rose est restée pantoise, comme tétanisée, alors Winter s'est chargée de le frapper à sa place.

— Salope, a grogné Gilbert, et Winter l'a frappé de nouveau.

Partie sur une lancée, elle a pris son élan une fois de plus, la main levée, mais il l'a arrêtée et a sauté sur ses pieds.

Rose s'est placée entre les deux pour les séparer :

— Arrête, elle est enceinte.

Gilbert a baissé les bras.

— Désolé... euh... Félicitations à vous deux.

— Qu'est-ce qui se passe ici ? a demandé une voix sourde.

Rose s'est retournée et a croisé le regard brun pâle de Lloyd Okanese. Ses yeux étaient d'une grande douceur, mais ils la faisaient toujours sentir toute petite.

— Salut, Papa, a dit Rose.

Gilbert s'est rassis et s'est mis à jouer avec sa bière.

— Toi et ton bonhomme, vous vous êtes encore laissés ? a demandé Lloyd.

— Ouais, et il a foutu le camp avec Michelle, pis avec l'auto ! a crié Winter.

— Je suis vieux, pas sourd, a dit Lloyd avant de baisser les yeux sur Gilbert. C'est vrai ?

— Lloyd, j'ai un spectacle qui commence dans quinze minutes, j'ai pas le temps pour ça, a dit Gilbert.

— J'imagine que t'auras pas le choix de le prendre, le temps, a répondu Lloyd. Donne-lui les clés de la voiture.

— Merde, pis comment je vais faire pour aller à mes shows ?

— Vous êtes cinq dans ce groupe-là, vous allez ben trouver une solution. Les clés.

Gilbert avait une tête de plus que Lloyd et vingt ans de moins, mais il n'osait pourtant pas se lever. Avec ses épaules larges et son énorme ventre, Lloyd commandait le respect partout où il allait.

Gilbert a lancé les clés sur la table. Winter s'en est saisie, rapide comme une mangouste, et n'a pu s'empêcher de se moquer de Gilbert.

— Merci, mon gros cave ! a-t-elle lâché avant de lancer quelques petits cris victorieux.

Son enthousiasme était tellement contagieux que quelques clients l'ont félicitée en lui tapant dans la main.

Rose toisait Gilbert, qui affichait un air boudeur. Puis son regard s'est tourné vers Michelle, qui s'était exilée au fond du bar pour réparer sa fleur.

Rose a baissé les yeux sur ses mains, tachées du rouge à lèvres de Michelle. Elle les a essuyées sur ses jeans.

En s'éloignant de la table, elle s'est retrouvée nez à nez avec Lloyd.

— Qu'est-ce que tu fais ici, en passant ? lui a-t-elle demandé. Je pensais que c'était contre tes croyances de venir dans ce genre de place là ?

— J'ai eu l'intuition que je devais venir ici, a répondu Lloyd en la dévisageant. Depuis quand t'es grosse de même ?

Rose lui a lancé un regard noir.

— C'est quoi, cette question-là ? En plus, je suis clairement pas la seule à avoir perdu sa silhouette de jeune fille, a-t-elle répliqué en pointant le menton vers son ventre de femme enceinte.

— Je suis juste surpris, a-t-il dit avant de se tourner vers le mur et d'ajouter, comme s'il parlait à ce dernier : Fait que tu vas être correcte ?

— Ouais, a répondu Rose.

Puis, pour les libérer d'un malaise qu'ils avaient mutuellement engendré, elle est allée rejoindre Winter.

Rose n'arrivait pas à remettre de l'ordre dans ses pensées. Tout arrivait un peu trop vite : un mari, plus de mari, une job, plus de job, puis une nouvelle job, une voiture, plus de voiture, puis une voiture à nouveau. Elle avait envie que ça ralentisse un peu.

Une main lui a tapoté l'épaule. Levant les yeux, Rose est tombée sur le si beau visage de Taylor. Elle a émis un son, sorte de fusion entre un grognement et le mot « allô ».

— Je peux te parler à l'extérieur ? a-t-il demandé.

***

Taylor portait un polo noir et une paire de jeans qui lui allait exactement comme toute paire de jeans se doit d'aller. Les yeux de Rose sont remontés lentement et, lorsqu'ils sont enfin arrivés à la hauteur de son visage, elle a constaté qu'il n'avait pas l'air très content.

— T'es consciente de l'image que ça donne de moi? T'étais mon choix.

— Je sais. Désolée.

— Arrête de baisser la tête. Je suis pas ton père.

Rose a relevé le menton un tantinet, tout en continuant à éviter son regard.

— J'aime pas ça, ta petite attitude d'Indienne de la réserve toute timide.

Ça a fait rire Rose malgré elle.

— C'est mon attitude, ça?

— Oui, tu me donnes l'impression que j'essaye de t'intimider!

— Je m'excuse. C'est juste que, la plupart du temps, dans la vie, les gens te croient pas quand tu dis que t'es désolée, à moins que t'aies l'air désolée.

— J'imagine. Mais fais pas ça avec moi, OK? a-t-il dit en se frottant le bas de la nuque. Fait que c'était Michelle, ça?

— Ouais.

— Elle a pas l'air si mal en point pour quelqu'un sur qui on vient de s'asseoir.

Rose lui a fait une grimace.

— Mais, évidemment, c'est une personne exécrable, ce qui la rend extrêmement laide. Dégueulasse même, s'est-il repris.

— C'est mieux.

— Donc, c'est fini, d'après toi, ou vous allez recommencer le match tantôt ? Attends, est-ce que c'est, genre, normal pour toi, ça ?

Rose a secoué la tête. Elle a jeté un coup d'œil au bar, derrière. Un vieil immeuble de briques rouges, fané par le temps, par les batailles d'ivrognes, par les chauffards à qui on aurait dû confisquer les clés. Rose a poussé un soupir.

— C'est quoi, ce soupir-là ?

— J'ai jamais eu une job où il fallait que je fasse attention à ce que je fais.

— Je voulais pas te faire sentir mal.

— Tellement !

Ça a fait sourire Taylor.

— Bon, peut-être un petit peu. Ma réaction était sans doute exagérée, a-t-il dit, l'air gêné. Mais je m'attendais pas à te voir te démener de même, comme si vous étiez dans la cour d'une prison pour femmes.

— Je pensais même pas que j'étais fâchée contre elle. Je veux dire, elle m'aide à me débarrasser d'un maudit raté, je devrais lui dire merci, a dit Rose en revoyant le visage apeuré de Michelle. J'avais l'impression de battre un enfant turbulent qui comprend pas ce qui lui arrive.

— Je veux juste pas avoir un jour à choisir entre les intérêts du Conseil de bande et les intérêts de mon amie.

Le mot a résonné dans la tête de Rose avant de ressortir tout droit de sa bouche :

— Ton amie ?

— On n'est pas des amis?

Rose s'est mise à arracher l'étiquette de sa bière.

— J'aimerais ça, être ton amie, a-t-elle commencé après un moment d'hésitation. Mais je comprends pas pourquoi, toi, tu voudrais être mon ami.

— Pour être honnête avec toi, t'es la seule personne qui est pas membre d'une famille en beau fusil contre moi, a-t-il répondu en riant.

— Je peux te poser une question?

— Non, je me teins pas les cheveux. Bon, peut-être à peine un petit balayage par endroits, a-t-il ajouté avec un sourire.

— Pourquoi t'es ici?

Taylor a haussé les épaules:

— Qu'est-ce que tu veux que je fasse d'autre, un samedi soir?

— Non, je veux dire, pourquoi t'es revenu dans la réserve?

— Moi, je pourrais te demander pourquoi t'es jamais partie.

— Mais je *suis* partie. Pendant six mois. Maintenant, réponds à ma question.

— Six mois? Qu'est-ce qui s'est passé?

— Réponds avant.

— J'ai toujours su que j'allais revenir. Je suis pas un gars de ville, même si mes parents ont tout donné pour que je le devienne. En plus, j'étais tanné d'entendre parler de la réserve aux nouvelles. Je me disais que je pourrais faire mieux. Évidemment, aujourd'hui je comprends à quel point c'est plus dur que je le croyais.

Il a enfoncé ses mains dans ses poches. Ça a fait gonfler les muscles de ses bras comme ceux d'un charpentier dans une émission de rénovation. Rose a ressenti une envie folle de s'élancer vers lui pour lui sauter au cou. Elle avait toujours voulu essayer ça, mais la crainte de le voir reculer d'un pas au lieu de la saisir au vol lui a coupé l'élan.

La porte de la sortie de secours s'est ouverte et la tête de Winter a fait son apparition.

— Rose ?

— Ouaip.

Winter a remarqué la présence de Taylor.

— Oh, salut, Chef ! Je vous avais pas vu.

— Salut, Winter. J'ai appris la bonne nouvelle. Félicitations !

— Merci.

— J'arrive dans deux secondes, a dit Rose.

— Arriver où ? Je suis pas pressée, moi, a répondu Winter.

— Tu travailles pas demain ?

— Non, a menti Winter.

— Je pense que tu te trompes.

— Ben moi, je pense que c'est toi qui es dans le champ. Bouge pas de là, continue à jaser.

Winter a refermé la porte derrière elle.

Rose a roulé les yeux.

— Faut qu'on parte.

— Pourquoi tu resterais pas un peu ? a proposé Taylor.

— Je sais pas si t'as remarqué, mais c'est le groupe de mon ex-mari qui joue ce soir et il couche avec ma cousine et, peut-être que c'est moi qui suis folle, mais je suis pas sûre de pouvoir endurer autant de bonheur en une seule soirée, a dit Rose sans enthousiasme.

— Je te dis bonne nuit dans ce cas. Et sois sage.

— Ha ! Tout ce que je veux, c'est me coucher en petite boule sur mon divan avec mes filles et regarder TLC pour le reste de l'année, a-t-elle dit en prenant une dernière gorgée de bière. Fais attention aux Grecs.

— Ils veulent m'offrir un cadeau ? a demandé Taylor.

— Plus t'offrir une grosse graine.

— Quoi ?

— Je t'aurai prévenu.

Rose a monté l'escalier qui menait au bar d'une démarche qu'elle espérait sexy.

HUIT

À son réveil, Rose ressentait une sorte de plénitude. D'où est-ce que ça venait, ça? De la chaleur du corps de sa cadette collée contre elle? Des rayons de soleil qui pénétraient par la fenêtre, promesse d'une belle journée? Non, ça venait du fait qu'il y avait une voiture dans son entrée et qu'elle avait, pour une fois, eu le dessus sur Gilbert. « Ouiiii », a dit Rose en s'étirant longuement. Cinq secondes plus tard, une crampe la saisissait au mollet droit, la stoppant net, les yeux fixés au plafond, à l'agonie, incapable de respirer, jusqu'à ce que la douleur s'estompe.

C'est le temps d'un bon café, s'est dit Rose en se levant pour boiter jusqu'à la cuisine, ce qui devenait une habitude – même, un style de vie – pour elle.

Sarah était assise à la table, un bol de céréales et un manuel de mathématiques ouvert en face d'elle.

— Wow, t'es tôt à matin.

— Qu'est-ce que je pourrais faire d'autre? Je me suis couchée à neuf heures hier soir, contrairement au reste de toute l'ostie de réserve, a répliqué Sarah.

— T'as fait du café ? a demandé Rose.

Sarah a hoché la tête d'un geste sec.

— Oh, parfait, merci, a dit Rose en boitant jusqu'au comptoir pour se verser une tasse.

Tout en remuant la crème et le sucre, elle a pensé à un millier de choses qu'elle pourrait dire à Sarah : merci d'être là, merci de m'avoir écoutée, je m'excuse, j'aimerais ça avoir ton âge à nouveau parce que ta peau est vraiment belle, je t'aime, ton père est un con, j'espère que j'ai pas tout gâché parce que j'ai jamais rien voulu d'autre que ton bonheur, j'aimerais ça pouvoir être le genre de mère que t'aurais voulu, s'il te plaît, s'il te plaît, abandonne-moi pas…

Elle s'est contentée d'un :

— Hmmm, bon café.

Sarah a tourné la page de son livre de maths.

Rose s'est traînée jusqu'à la table et s'est assise.

— Comment vont les maths ?

— C'est de l'algèbre, l'a corrigée Sarah.

— Oh, excuse. J'avais oublié ça, l'algèbre. Me semble que j'aimais ça, pourtant, toutes les équations quadratiques. J'ai entendu quelque part que Lisa Loeb faisait des équations quadratiques juste comme ça, pour relaxer.

— Qui ?

— Lisa Loeb. Une chanteuse. Elle avait sorti une chanson sur… les gens qui veulent changer le monde ? a commencé Rose, déjà prête à déclarer forfait. Elle portait des lunettes vraiment cool, tsé, aussi cool que peuvent l'être des lunettes.

Sarah la regardait comme si un pénis lui poussait dans le front. C'était la plus longue conversation qu'elles avaient depuis longtemps.

— Hé, t'as remarqué l'auto, dehors ?

— Il est revenu lui aussi ? a fait Sarah, ses yeux passant de l'indifférence au reproche en deux secondes et demie.

— Non, a répondu Rose. Et il reviendra pas.

— Pour vrai ?

— Pour vrai.

Sarah a haussé les épaules, comme pour dire « je le croirai quand je le verrai ».

— On dirait bien que la chance nous sourit enfin, a dit Rose.

— C'est pas une question de chance, a grommelé Sarah.

— Y a quelque chose qui va pas ?

— J'essaye de me concentrer pour avoir des bonnes notes pour pouvoir aller à l'université pour pouvoir décâlisser de cette ostie de réserve de losers qui manquent d'ambition, a expliqué Sarah.

— C'est bien, ça, a approuvé Rose en ajoutant du sucre à son café qui n'en avait pas besoin.

Puis, elle a avalé une longue gorgée, a déposé sa tasse et s'est levée.

— OK, a-t-elle dit.

— OK, quoi ?

— Je suis prête pour mon jogging.

Sarah n'a pas daigné lever les yeux.

— C'est ça, ouais.

Rose n'a rien répondu. Elle était déjà en face du garde-robe, en train de fouiller dans le bac à souliers, à la recherche de ses espadrilles. Elles étaient là, tout au fond, les lacets tachés de boue. Elle les a cognées l'une contre l'autre et des morceaux de boue séchée se sont décollés. Elle a remarqué un trou dans le tissu du pied gauche, a haussé les épaules, et a fait ses deux boucles.

— Si je suis pas revenue dans une heure, appelle une ambulance, a-t-elle lancé en passant la porte de la maison sous le regard perplexe de Sarah.

***

Jogger, c'était difficile, en a conclu Rose après trois ou quatre enjambées. En théorie, ça n'avait rien de sorcier, il suffisait de mettre un pied devant l'autre, un peu plus vite que pour la marche rapide. Mais, en pratique, elle avait l'impression d'être secouée de tous bords tous côtés, dans un horrible brassage de membres et de chair. Et son cou lui faisait mal. Pourquoi ?

Rose a senti son ventre se révulser, comme à l'époque de ses grossesses, quand elle avait des nausées matinales. C'était si similaire que, si ça n'avait pas fait presque un an qu'elle et Gilbert avaient couché ensemble, elle aurait pu se croire de nouveau enceinte.

— Plein de gens font ça, a-t-elle ronchonné à part elle. C'est pas la fin du monde.

Elle remplissait ses poumons avides d'air par grosses goulées. Elle faisait aller ses jambes en se rappelant de détendre les bras sans relâcher complètement ses muscles.

— Bouge bien les bras pour aller plus vite, s'est-elle murmuré.

Le va-et-vient de ses bras s'est accéléré, et ses jambes ont suivi le rythme.

Rose était étonnée. Il y avait encore de la vie dans ces vieux os là. Elle est arrivée à la hauteur de l'intersection, à l'arrêt que personne ne respectait, là où tout le monde préférait continuer son chemin en croisant les doigts pour que tout se passe bien. Rose s'est rendu compte qu'elle n'avait pas couru aussi loin depuis l'âge de douze ans. Et elle a continué à courir.

Quand elle était petite, son père l'emmenait souvent courir. Rose joggait à côté de lui en n'y pensant même pas, parce que c'était quelque chose qu'ils faisaient depuis toujours. Elle et son père gardaient le silence pendant leur course le long des routes de la réserve, la poussière se soulevant sous leurs pieds.

Puis, après une vingtaine de minutes, ils arrivaient à l'entrée d'un petit chemin qui passait dans les champs cultivés et menait directement à la forêt. Là-bas, les sentiers rebattus serpentaient dans les bois. C'était le moment préféré de Rose. Elle aurait pu courir les yeux fermés sur ces sentiers. Le sol était doux pour la plante des pieds et on aurait dit, oui, on aurait dit que ça allait de soi, agiter les membres comme ça, et elle prenait de la vitesse. Son père s'adaptait à son rythme en accélérant à son tour, jusqu'à ce qu'ils soient en train de courir si vite que le simple fait d'arrêter aurait été douloureux. La distance ne comptait pas, seul le temps comptait. Parfois, ils couraient pendant une heure, parfois pendant deux heures. Une fois, ils avaient couru pendant quatre heures d'affilée.

Une fois de retour à la maison, ils apercevaient la mère de Rose, assise sur une des marches du perron, emmitouflée dans sa robe de chambre verte et blanche. Une tasse de thé dans les mains, les jambes croisées, elle riait en regardant les chiots se chamailler. Le père de Rose continuait de courir jusque dans la cour arrière pour aller faire ses étirements, mais elle avait l'habitude de s'arrêter juste en face de sa mère et de lui envoyer un grand sourire, la sueur lui coulant dans les yeux et la respiration sifflante. Puis, elle prenait une gorgée du thé bien sucré de sa mère.

Dans ce temps-là, Rose n'avait pas besoin de suivre les recommandations (« Bois beaucoup d'eau », « Étire-toi », etc.). Son corps était fait pour bouger ; bouger vite ou bouger lentement, ça revenait au même.

Rose s'assoyait sur les marches avec sa mère et elles attendaient ensemble le retour de Lloyd. Puis, ils partaient ensemble, en famille : à la plage, en ville, aux grands jardins communautaires, peu importe où, en fait. C'est comme ça qu'ils passaient leurs journées.

Rose s'est arrêtée à la fin de son souvenir, comme si une corde invisible la tirait vers l'arrière. Elle a pivoté sur ses talons et a jeté un coup d'œil à la maison. Déjà loin.

Elle n'arrivait même pas à distinguer la porte d'entrée. *J'ai dû faire presque deux kilomètres*, s'est-elle dit avant de se retourner, le sourire aux lèvres. Ce serait peut-être plus facile qu'elle l'avait imaginé.

Sur le chemin du retour, les difficultés sont revenues. Sa gorge la faisait souffrir et on aurait dit qu'elle avait un trou dans le genou gauche tellement il était sensible.

— Encore un peu, a-t-elle dit.

Son épaule gauche a craqué et Rose s'est arrêtée pour la masser.

— Qu'est-ce qui se passe, maudit ? a-t-elle lancé, se demandant d'où pouvaient bien venir toutes ces douleurs.

Sa hanche droite s'est mise à élancer comme si quelqu'un venait d'y enfoncer un couteau. Rose a ralenti la cadence, mais son corps a continué de se plaindre. Elle a donc décidé de l'écouter et de se contenter d'une marche rapide, mais ça n'a rien changé. Elle s'est tournée pour regarder au loin, sur la route, dans l'espoir de voir une voiture approcher, quelqu'un à qui elle aurait pu demander de la reconduire chez elle. Personne. Comment est-ce qu'elle allait s'en sortir ? À peine deux petits kilomètres et elle devait abandonner ? Le marathon aurait lieu dans moins de trois mois ! Impossible, elle n'y arriverait pas.

— Je serai pas capable ! a soufflé Rose, sa gorge irritée le lui faisant aussitôt regretter.

Elle avait besoin de boire à un point tel qu'elle aurait payé un million de dollars pour une gorgée d'eau stagnante dans n'importe quelle flaque douteuse, mais la route était aussi sèche qu'une vieille feuille morte. La maison était encore à au moins un kilomètre de distance. Ce serait trop long de marcher jusque là-bas, alors Rose s'est remise à jogger, le corps secoué comme un trousseau de clés.

— Eille, c'est donc ben de la marde, ça, a-t-elle dit. Câlisse de tabarnak que c'est de la marde.

Mais elle ne s'est pas arrêtée.

La maison approchait. Un observateur n'aurait jamais cru qu'elle était en train de « courir » ; elle avait plutôt l'air d'apprendre à marcher. Heureusement, Rose avait atteint le stade où elle se fichait bien de son apparence.

— Je vais y arriver, a-t-elle articulé en silence, la production d'un son lui demandant trop d'énergie.

C'est à ce moment-là qu'elle a entendu quelqu'un l'appeler :

— Rose.

C'était la voix de sa mère. Rose a regardé partout aux alentours, s'attendant presque à trouver Callista debout sur le bord de la route, comme si une énorme erreur avait été commise, comme si le médecin s'était trompé, que le cancer avait été guéri et qu'elle avait simplement vécu à l'écart tout ce temps-là.

Rose a stoppé net. Ses genoux ont protesté en lui lançant des éclairs de douleur.

— Maman ?

Elle entendait le vent siffler, un chien qui aboyait, le bruit des moteurs dans le lointain.

Rose a sautillé sur place pour se dégourdir les jambes, puis a soulevé un pied pour s'étirer. Ce n'était rien. Un rêve éveillé. Mais, s'est dit Rose, elle n'avait jamais fait de rêve éveillé du genre, avec une voix et tout. Une vraie voix en plus, comme si sa mère avait été assise juste là, en face d'elle, de l'autre côté de la table de la cuisine.

— Assez de procrastination, s'est-elle réprimandée en recommençant à courir.

Son corps était toujours secoué de tous bords, mais c'était la dernière ligne droite et tout lui semblait plus facile. Puis, aussi soudain que la première fois :

— Rose.

Rose s'est arrêtée.

— Quoi ? Qui me parle ?

Sa voix était grave et râpeuse. Elle a regardé autour d'elle. Il n'y avait personne, et Rose pouvait voir à des kilomètres à la ronde – on était en Saskatchewan, après tout.

Sentant la peur l'envahir, Rose s'est mise à marcher rapidement en direction de la maison. La marche rapide s'est transformée encore une fois en jogging, puis en course à mesure qu'elle se rapprochait de chez elle. La maison grandissait à vue d'œil, dans moins d'une minute elle atteindrait les marches du perron, dans une minute elle serait à l'intérieur.

— Rose, les cheveux.

La voix de sa mère, dans le creux de son oreille. Un peu plus fort que sur le ton de la conversation, comme si elle voulait s'assurer que Rose l'avait bien entendue.

Rose n'en avait aucune envie, mais elle n'a pu s'empêcher de regarder par-dessus son épaule. Et elle a vu une silhouette, debout dans le gravier, derrière elle. Elle a changé de vitesse sans même y penser. Arrivée à l'escalier du perron à toute allure, elle l'a gravi en deux temps, trois mouvements, puis a quasiment défoncé la porte, a enjambé le seuil et s'est précipitée dans le salon.

— Callie ! Sarah ! a-t-elle crié. Vous êtes où ?

— Juste ici, a dit Callie.

Elle était assise en tailleur en face de la télé, à trente centimètres à peine du genou de Rose, un bol de céréales dans les mains.

Rose a sursauté, bondissant d'un bon mètre dans les airs (ou de quelques centimètres, mais bon, peu importe).

— Jésus Marie Joseph, tu m'as fait peur, a dit Rose.

Elle a posé une main sur son cœur qui battait la chamade.

— Qu'est-ce qui se passe ?

— J'ai entendu un fantôme.

Sarah s'est pointée dans le salon, les bras croisés sur sa poitrine.

— Pourquoi tu cries ?

— M'man a vu un fantôme.

— Non, j'ai *entendu* un fantôme.

Sa gorge était si irritée. Elle s'est dirigée vers la cuisine, a ouvert le robinet. Elle a pris un verre dans l'armoire, mais ses mains tremblaient tellement qu'elle l'a échappé dans l'évier. Elle a approché sa bouche avide de l'eau qui coulait, les lèvres tendues.

— Euh, dégueu, M'man, a dit Sarah.

— Comment tu sais que c'était un fantôme ? a demandé Callie. Il faisait peur ?

Rose a fermé le robinet et s'est essuyé le menton avec un linge à vaisselle. Ses mains tremblaient toujours.

— C'était ma mère.

— Cool ! a dit Callie en sautillant. Est-ce qu'elle t'a demandé comment j'allais ?

— T'es malade, a dit Sarah en retournant vers sa chambre.

— Je niaise pas, j'ai entendu ma mère. J'invente pas ça, là ! a crié Rose en direction du corridor.

Sarah a répliqué en faisant claquer sa porte.

Callie a balayé l'air de la main, indifférente à la réaction vive de Sarah.

— Fait que, qu'est-ce qu'elle disait, grand-maman fantôme ?

— Elle a dit : « Les cheveux. »

— « Les cheveux » ? Quels cheveux ? Tes cheveux ?

— Je sais pas.

— C'est bizarre, M'man.

— Peut-être qu'elle voulait dire « désaveu ».

— Qu'est-ce que ça veut dire, « désaveu » ?

— Ça veut dire : « Attention, quelqu'un va te renier, quelque chose va mal tourner. »

Callie a ouvert la porte du frigo et a sorti la pinte de jus d'orange.

— C'est sûrement ça, d'abord.

— Pourquoi ?

Callie s'est versé un verre de jus en en renversant quelques gouttes à côté.

— Si j'étais un fantôme, je parlerais au monde juste quand j'ai quelque chose d'important à dire.

Rose a regardé Callie.

— Allez, M'man, viens, on va aller regarder *Bob l'éponge*. T'auras plus peur.

Callie a pris la main de sa mère dans la sienne et l'a guidée jusqu'au salon.

***

Rose a essoré une blouse humide et l'a placée sur la corde à linge. Elle a pris une, puis deux épingles qu'elle tenait entre ses lèvres pour fixer le tout. Puis elle a fait glisser la corde et a pris un autre morceau dans le panier.

Callie était assise sur les marches de l'escalier de la cour, en train de manger un Popsicle.

— Ta face est encore rouge, a-t-elle dit.

Rose s'est approchée et a tendu la main pour que sa fille lui donne le Popsicle. Pendant une seconde, Callie a semblé hésiter à partager son butin, puis elle a obtempéré.

— T'es consciente qu'il fait juste, genre, dix degrés aujourd'hui, non ? a demandé Callie. Et tu te promènes en shorts ?

Rose a baissé les yeux et a haussé les épaules. Elle avait passé l'après-midi à repenser à la voix, les deux mains dans le lavage. C'était peut-être une hallucination, mais ce n'était jamais arrivé à Rose avant, même pas durant les heures psychédéliques de l'accouchement, même pas cette fois, à dix-huit ans, où elle avait fumé du pot vraiment bizarre avec Gilbert. Tout le monde au party avait prétendu « voir des choses », mais tout ce qu'elle avait vu, elle, c'était la main baladeuse de Gilbert sur la cuisse d'une guidoune.

— Fait que je repensais à mon projet pour l'expo-sciences et j'ai trouvé quelque chose de bon, je pense.

Rose avait replacé quelques épingles à linge entre ses lèvres, alors elle s'est contentée de hocher la tête pour signifier à Callie qu'elle l'écoutait.

— Je vais prendre des oignons et les couper en deux pour voir si ça me fait pleurer.

Si Rose avait un jour eu le fantasme d'être la mère d'une grande scientifique, cette remarque venait de le détruire pour de bon.

— J'ai repris ton idée de couper des trucs en deux – parce que je pense que couper des trucs avec un couteau, c'est quand même une bonne expérience –, mais je me suis dit que c'était mieux de couper de la bouffe que des animaux. Parce que j'aime les animaux, a précisé Callie.

Rose a retiré les épingles de sa bouche, les a fixées sur son t-shirt, puis s'est lancée dans l'arène :

— C'est pas une expérience si c'est déjà prouvé. Et c'est prouvé que les oignons font pleurer les gens.

— Oh, a dit Callie, ben, les tomates, d'abord ?

— Ça, c'est… une expérience… je pense.

— Je pourrais essayer avec des patates et du céleri et des pommes ! Attends, penses-tu que je devrais me concentrer sur les légumes ? Je devrais me concentrer sur les légumes.

— Est-ce qu'on a des légumes ?

— Une ou deux vieilles patates et une boîte de maïs en grains.

Rose s'est réprimandée mentalement pour ses mauvaises habitudes à l'épicerie, tout en essayant de maintenir son panier à linge vide en équilibre sur un doigt et en montant les marches de l'escalier.

Callie l'a suivie à l'intérieur en allongeant sa liste de légumes à couper pour son expérience.

Se disant qu'il était temps de penser à préparer un semblant de souper, Rose a ouvert la porte du frigo. Il n'y avait pas grand-chose. Le téléphone a sonné et Callie a immédiatement sauté dessus pour répondre.

— Allô ? C'est Callie qui parle… Oui, elle est là. Elle est dans le frigo. Je sais pas trop ce qu'elle fait. Elle est allée courir ce matin et devine quoi ?

Rose a enlevé le combiné des mains de Callie.

— Allô ?

— Hé, Speedy Gonzales.

C'était Winter.

— Ça va ?

— Qu'est-ce que tu fais ce soir pour le souper ?

— Côtelettes de porc pour les filles, Kraft Dinner pour moi.

Susie avait donné à Rose un approvisionnement à vie en côtelettes et Rose pigeait dans sa réserve chaque fois que l'argent se faisait rare.

Callie a feint un haut-le-cœur dans son dos. Le porc avait depuis longtemps perdu tout attrait pour les filles.

— Pourquoi ta voix sonne bizarre ? a demandé Winter.

— Courir. Ça fait mal. À la gorge.

— Oh, OK. Penses-tu que les filles et toi, vous pourriez vous en venir ici ?

— Mets-en.

Callie a jeté un regard interrogateur à Rose. Rose a mimé les mots : « Winter fait le souper. » Callie a applaudi, tout excitée. Winter avait la réputation d'être la meilleure cuisinière de tout le territoire du Traité numéro quatre.

— Je vous attends à six heures. Bois un bon thé chaud pour ta gorge.

Rose a raccroché le combiné. Callie regardait par la fenêtre en souriant :

— Je savais que ça serait une belle journée.

***

— Ça sent le vomi là-dedans, a dit Sarah en s'installant sur le siège du côté passager.

— Oui, et c'est ton vomi.

— Papa l'a pas nettoyé ! Il a tout laissé là, s'est plainte Callie en passant la tête entre les deux sièges avant, le nez pincé.

— Ça te surprend ? Ce gars-là a jamais rien nettoyé depuis que je le connais.

— Il prend sa douche des fois, a tenu à préciser Callie.

— T'as raison, je suis obligée de te l'accorder.

— C'est pas juste que je sois assise en arrière avec le vomi de Sarah, a ajouté Callie.

— Ferme-la, maudite chialeuse.

— Elle a raison, a dit Rose. Quand on va revenir, ce soir, tu me laves tout ça.

Rose a servi à Sarah son regard « et je suis sérieuse », celui qu'elle utilisait aussi pour dire « elle est à moi, cette place de stationnement ».

Rose a tourné la clé. La voiture a refusé d'obtempérer.

— Ah, câlisse, a dit Rose.

Callie, depuis sa banquette arrière, a fait « tut-tut ».

La légendaire minoune récalcitrante de Gilbert faisait des siennes – il ne l'appelait pas Minette pour rien. Rose a tiré sur le petit levier qui ouvrait le capot.

Elle est sortie pour aller vérifier l'état du moteur et a touché un des câbles de la batterie.

— Je sais que tu m'aimes pas, a dit Rose à la voiture, mais tu pourrais au moins essayer d'être gentille un peu, ne serait-ce que pour mes filles. C'est bien ses filles à lui, en passant, peu importe ce qu'il a pu te raconter.

Elle a resserré le câble d'une main, puis a fait de même pour le deuxième.

— Et voilà. Tu voulais juste avoir un peu d'attention, c'est ça? Je te comprends. Je suis une femme, moi aussi, a-t-elle dit avant de crier: Essaye-la, Sarah.

Le moteur a démarré.

— Merci, a dit Rose, en tapotant avec affection le flanc de la batterie.

***

La maison de Monty et Winter était juchée au sommet d'une colline. La plupart des habitants de la réserve l'appelaient « le Manoir de Monty », avec une bonne pointe d'envie. Ce n'était pas vraiment un manoir, mais plutôt une grande demeure de style ranch, que Monty avait conçue et bâtie de ses propres mains. Tout autour, une large véranda où Rose et les filles avaient passé de longues et douces fins de semaine, puis de grandes étendues gazonnées que – Rose le savait – Monty passait son temps à entretenir chaque été, la broussaille saskatchewanaise cherchant éternellement à reprendre ses droits sur chaque centimètre de terrain durement dompté.

Callie est entrée la première, au pas de course. Elle a poussé la porte en criant à pleins poumons:

— On est là !

— Faudrait bien que je me mette à lui apprendre les bonnes manières, a dit Rose, une pile de livres de bébé dans une main et un sac à poubelle rempli de linge de bébé dans l'autre.

Elle a fait signe à Sarah de prendre le berceau. Sarah s'est exécutée sans faire de commentaire.

— En même temps, c'est pas comme si on allait souvent dans des places fancy, a dit Rose en regardant Sarah. T'aimerais ça, aller dans des places fancy ?

Ça a fait rire Sarah.

— Comme quoi ? Genre au Red Lobster ?

— Je saurais même pas quelle paire de souliers mettre pour aller au Red Lobster.

Sarah a grogné en réponse à la tentative humoristique de sa mère.

— Je suis juste allée là deux fois, s'est rappelé Rose. Une fois avec Winter et Monty après ta naissance et une fois avec ma mère et mon père. Maman trouvait ça trop cher et a refusé de commander quoi que ce soit à part une entrée et un verre d'eau. Papa était tellement fâché contre elle…

Perdue dans ses souvenirs, Rose a souri avant de continuer :

— J'ai vraiment entendu sa voix.

— Elle est pas comme une espèce de fantôme épeurant.

— J'aurais jamais dit ça… Je veux dire, *c'était* épeurant. Je suis pas du genre à entendre des voix.

— Tu sais qu'entendre des voix, c'est un symptôme de schizophrénie.

Rose a décidé qu'il valait mieux ne pas lui parler de la silhouette qu'elle avait aperçue.

— Tu lui ressembles, tu sais, a-t-elle dit.

— Tu me l'as déjà fait remarquer.

Rose a posé la main sur l'épaule de Sarah, qui lui a permis de la laisser là une seconde ou deux. Puis, elle s'est éloignée et la main de Rose a glissé.

Princesse farouche, s'est dit Rose, et, pour la cent millième fois, elle a souhaité que Sarah ait de nouveau quatre ans, avec son sourire aux palettes décollées et sa dépendance aux caresses et aux mains de sa maman.

***

Rose a rejoint Winter dans la cuisine. Winter tranchait des oignons et d'autres légumes, que Rose ne reconnaissait pas, pour ensuite les transférer efficacement de la planche à découper au fond grésillant d'un wok. Il régnait dans la pièce un mélange cacophonique de sons et d'odeurs qui n'a pas tardé à impressionner Rose.

— T'as besoin d'aide? a-t-elle demandé, se disant que c'était la chose à faire pour être polie.

— Tu peux déboucher la bouteille de vin.

Rose a farfouillé dans le tiroir à ustensiles, à la recherche du tire-bouchon. Elle aimait venir chez Winter, là où tout avait sa place et ne se trouvait jamais ailleurs. À la maison, si elle avait envie d'un verre de vin, elle devait se servir d'un couteau à beurre pour pousser sur le bouchon jusqu'à ce qu'il tombe au fond de la bouteille. Ça finissait toujours par un beau dégât, raison pour laquelle Rose portait toujours son t-shirt rouge quand elle buvait du vin.

— Merci pour l'invitation. Les filles étaient tellement excitées qu'elles ont rien mangé de tout l'après-midi.

Winter lui a jeté un regard incrédule.

— Ça me met pas mal de pression.

— Ouais, ben, t'es mieux de livrer la marchandise. Je veux rien savoir d'un simple trois services. Je serai pas satisfaite avant d'avoir commencé le sixième.

— Ha.

Rose a incliné la tête en observant Winter. Le visage de cette dernière manquait de couleur.

— Tu te sens bien ?

Winter a jeté un coup d'œil en direction du salon, où Monty était en train d'essayer, sans succès, de convaincre les filles que *Wii Golf* était un aussi bon jeu que *Guitar Hero*.

— Faut que je te dise quelque chose, a dit Winter en accélérant le rythme de ses coups de couteau. On avait l'intention d'en parler durant le souper, mais… ça me semble une très mauvaise idée, soudain. Évidemment, c'est Monty qui a suggéré ça, moi je me disais plutôt : les mauvaises nouvelles, ça va pas du tout avec la bouffe.

— Bon, là, tu me fais vraiment peur, a dit Rose. Crache le morceau.

Winter a cessé de trancher ses légumes et s'est essuyé les paumes sur son tablier.

Rose a levé la main :

— Attends.

Elle s'est assise sur un tabouret installé près du comptoir et a avalé une gorgée de vin.

— OK, vas-y.

— Monty et moi, on se sépare.

— Quoi ? Non. C'est pas vrai.

Winter a hoché la tête.

— Mais vous êtes, vous deux… a bafouillé Rose avec de grands gestes désignant la superbe cuisine, le poêle à gaz, les instruments et les ustensiles, la coupe de vin… Vous êtes parfaits.

— Pas moi. Je suis arrogante et exigeante et froide, apparemment.

— Oh, vraiment ? a répondu Rose en jetant un regard noir en direction de Monty.

— Oui. Et il est pas parfait lui non plus. C'est un homme et, tu le sais, les hommes seront toujours des hommes et les petites signaleuses seront toujours des petites signaleuses.

— Quoi ?

— Je suis tombée sur des textos. Neuf textos.

— Il te trompe ?

— Il me dit que non. Mais qu'est-ce que tu veux qu'il me dise d'autre ? J'ai encore jamais rencontré d'homme qui serait pas prêt à tout pour sauver ses fesses.

— Qu'est-ce qu'ils disent, les textos ?

Winter a marqué une pause et a levé les yeux vers le plafond. D'une voix chantante, elle s'est mise à réciter :

— Hé, sexy, comment ça va ? / J'ai pas apporté mon lunch, aurais-tu une petite collation pour moi ? / J'ai quelque chose de dur ici que tu pourrais croquer, des bébés carottes, ha ha / Vilain / Vilaine / Vendredi, c'est jour de paye ? / Ouaip / S'il fait chaud lundi, je mets mes culottes courtes, OK ? / Plus c'est court, mieux c'est.

On aurait dit que Winter était sur le point de vomir.

— Hmmm… a dit Rose.

— C'est dégueulasse, elle a juste dix-neuf ans, seigneur. Aislyn Tuckanow. Celle avec la petite face en forme de cœur.

— Elle a pas un super gros grain de beauté sur la joue ?

— Oui. Pourquoi ses parents lui ont pas fait enlever ça ? Ça prend littéralement deux minutes.

Rose a haussé les épaules.

— De toute façon, on s'en fout, parce que ça a l'air qu'un beau corps, ça rachète amplement un grain de beauté de sorcière.

— Pis après ? Elle a quand même une face de cul.

Rose se sentait coupable de rabaisser une adolescente comme ça, mais elle a décidé que son amitié avec Winter requérait d'elle ce genre de loyauté.

— Il part d'ici dès demain, a dit Winter en laissant tomber les légumes dans le saladier.

— Pour vrai ?

Winter a regardé Rose.

— C'est quoi ton petit ton interrogateur ?

— OK. J'aimerais dire quelque chose sans que tu te fâches.

— Impossible.

— Mais vous allez avoir un bébé ensemble, et les bébés, c'est merveilleux, mais c'est beaucoup de travail aussi.

— J'ai déjà pensé à ça. Je peux engager une de mes cousines et, lui, il peut très bien se permettre de me verser une pension.

— Et mon deuxième point, c'est… c'est juste des textos…

Rose s'est crispée, s'attendant à recevoir un projectile.

— Mais c'est comme ça que ça commence ! Des textos, et après ça des sextos, et après ça un café, et après ça une virée dans un motel miteux sur l'heure du dîner, et après ça des razzias sur la carte de crédit que la cocue a payé en faisant des heures supplémentaires tout l'hiver, et après ça c'est « ciao Winter et ton maudit bébé stupide ».

— Ton bébé sera pas stupide.

— Pas de blagues.

La grimace de Rose s'est transformée en froncement de sourcils.

— Bon, là t'as l'air d'un bulldog un peu grassouillet. Je sais que c'est ton cousin et que tu l'adores, mais il faut que je pense à moi là-dedans et je serai pas capable de continuer à vivre avec lui. J'arrive à peine à le regarder. J'ai le goût de lui tirer des affaires par la tête – tout le temps, a-t-elle précisé en s'interrompant quelques instants pour lancer des éclairs vers le salon. Je veux qu'il souffre, énormément.

Rose se sentait très nerveuse.

— Je sais qu'il t'aime vraiment beaucoup.

— Arrête ça. Je veux être fâchée. J'ai besoin d'être fâchée.

Comme à son habitude, Winter polissait chacun des ustensiles avant de le déposer sur la table. Elle a poursuivi sur sa lancée :

— Je veux pas être une de ces femmes qui font comme si de rien n'était en espérant que tout se passe pour le mieux. Je suis pas comme ça. Je suis pas du genre à me laisser faire.

En tant que personne qui était du genre à se laisser faire, Rose ne savait pas trop quoi répondre.

— Je croyais que ce serait les plus beaux jours de ma vie. Pourquoi je peux pas juste être heureuse ?

Rose a tapoté le bras de Winter en prenant une gorgée de son verre de vin. Cette soirée ne serait finalement pas celle qu'elle avait imaginée.

— Monty ! a soudain crié Winter, et Rose, surprise, en a échappé son verre.

Le verre s'est fracassé et le vin a éclaboussé tout le comptoir, jusqu'à son t-shirt. Maintenant, elle avait deux t-shirts rouges pour boire du vin.

— Désolée, a dit Rose en ramassant les éclats pour aller les jeter à la poubelle.

— Prends le balai, Rose, tu vas te couper.

Monty s'est aventuré dans la cuisine. Rose a scruté son visage. Il avait l'air fatigué. Il s'est arrêté devant l'îlot, les yeux fixés sur un point derrière elles.

— T'as besoin de quelque chose ?

— Mets la table. Les filles sont sûrement affamées : leur mère leur a rien donné à manger de la journée.

— Un peu comme d'habitude, finalement ?

Et Monty a envoyé un sourire entendu à Rose en prenant une pile d'assiettes.

Rose a éclaté de rire, plus fort qu'elle ne l'aurait souhaité.

Winter s'est avancée vers le poêle et a ouvert la porte pour en sortir un plat enveloppé de papier d'aluminium. Elle s'est mise à tailler et à émincer et à faire des choses que Rose n'arrivait pas à comprendre.

Rose se retrouvait dans une posture peu familière. C'était elle qui avait la vie d'une invitée à l'émission de Jerry Springer. Winter, c'était la fille normale, celle qui avait la belle maison, les vêtements immaculés et, surtout, c'était elle qui était toujours de bon conseil. Rose n'avait aucun conseil à donner, sauf peut-être quelques trucs pour enlever les taches de ketchup sur une brassière.

Rose dévisageait Monty pendant qu'il mettait la table. Il n'avait vraiment pas l'air bien. Ça n'étonnait pas Rose, elle savait qu'il n'avait jamais été bon pour cacher ses sentiments. Durant son enfance, il était le garçon qui pleurait et qui disait : « Ça me fait de la peine. » Rose s'attendait presque à ce qu'il le dise en ce moment même, alors qu'il se tournait pour la regarder.

— Aurais-tu besoin d'une guenille ? a-t-il demandé, à la place, et Rose a hoché la tête.

Elle avait tenté de repousser la flaque de vin au bout du comptoir et de l'attraper dans sa paume, préférant ne pas déranger Winter pour lui demander un linge, ce qui aurait brisé l'harmonie de cette scène « paisible ».

***

Pendant le souper, la pièce de théâtre s'est poursuivie. Winter a posé plein de questions à Sarah et Callie. Elle a agacé Sarah en lui disant qu'elle allait en faire sa nounou officielle et Sarah a rétorqué qu'elle augmenterait ses tarifs chaque fois que Winter en parlerait. Callie s'en est mêlée en proposant de garder gratuitement, tant que le bébé soit une fille.

— Si c'est un garçon, je peux rien pour toi, a-t-elle expliqué. Parce que les garçons pissent dans la face du monde.

Winter a éclaté de rire. Un rire court et sec. Elle a recommencé, comme si elle tentait de faire partir un moteur capricieux. Finalement, son rire a démarré et elle a été en mesure de le maintenir assez longtemps. Callie a croulé sous les ricanements, comme elle avait l'habitude de le faire chaque fois que quelqu'un la trouvait un tant soit peu drôle. Elle était sur le point de tomber en bas de sa chaise lorsque sa grande sœur lui a dit de se calmer les nerfs.

Rose a fait bifurquer la conversation en abordant le sujet de l'expo-sciences de Callie, qui approchait à grands pas.

— Je fais des expériences sur des légumes que je coupe en deux, a dit Callie, la bouche pleine.

— Qu'est-ce que tu cherches à savoir ? a demandé Winter.

— S'il y a d'autres légumes, à part les oignons, qui nous font pleurer. C'est ma mère qui m'a aidée à trouver ce sujet-là.

Winter a jeté un coup d'œil à Rose, qui a haussé les épaules.

— OK, c'est pour ça qu'il y avait un tas de patates coupées dans la cuisine, a dit Sarah. Je pensais que M'man avait décidé de faire des frites et qu'elle s'était tannée.

— Tsé, Callie, les oignons sont les seuls légumes qui font pleurer, a dit Winter, qui avait à peine touché à son assiette.

— Et les radis ? a demandé Rose, la bouche pleine de purée de patates douces.

— Même pas une petite larme.

— Je suis pas sûre que c'est cette idée-là qu'on va choisir, a dit Rose. On pense encore à d'autres possibilités.

— Peut-être que Papa pourrait m'aider quand il va revenir à la maison, a dit Callie. Il aime les autos et il aime réparer des affaires.

— Comme s'il t'avait déjà aidée à faire quoi que ce soit, est intervenue Sarah.

— Ben oui, il m'a déjà aidée à rapporter des bouteilles vides !

— Et il a gardé le gros de l'argent. De toute façon, Papa reviendra pas à la maison, a dit Sarah en regardant Rose. Pas vrai ?

Rose a secoué la tête comme si elle venait de se rendre compte qu'elle avait une araignée dans les cheveux.

— Pourquoi pas un truc avec des fils, des branchements, genre brancher différents légumes sur des batteries ? Pour mesurer le courant électrique, ce genre de chose ? a proposé Monty.

— Monty pourrait t'aider, il est super bon avec ces affaires-là, a dit Winter.

Monty lui a lancé un regard plein d'étonnement et a acquiescé de la tête.

— Un des gars avec qui je joue au poker est ingénieur électricien, il va te fournir du matériel.

— Cool ! a dit Callie en se frottant les mains. Comme ça, je vais kicker le cul de tout le monde !

— Pas de gros mots, l'ont avertie Rose et Winter à l'unisson.

— C'était lequel, le gros mot ? a voulu savoir Callie.

Pendant que Winter suggérait des mots qui auraient pu remplacer « cul », Rose a fait le tour de la table du regard. Monty avait levé le coude pas mal. Son doux sourire tenait tout de même bien en place.

Sarah avait cessé de manger et elle construisait une sorte de petite montagne avec sa purée de patates douces, en observant subtilement Winter et Monty, comme cachée derrière ses longs cils.

Après le souper, tout le monde a joué une partie de *Fais-moi un dessin.* Winter a à peine participé, elle faisait de constants allers-retours à la cuisine, pour ramasser ceci ou cela. Rose la suivait de près, lui proposant son aide, mais Winter restait intraitable :

— Je vous ai invitées pour souper, pas pour ramasser à ma place. En plus, j'ai un lave-vaisselle.

Rose se tenait au milieu de la cuisine et Winter bourdonnait autour d'elle. Elle ouvrait la bouche, la refermait, l'ouvrait à nouveau, mais rien d'éclairant ne semblait vouloir en sortir.

Rose est retournée s'asseoir au salon, où les autres étaient réunis autour de la table basse.

— Tout est sous contrôle, Winter est là, a-t-elle dit à la ronde.

— T'as quand même cassé une de ses coupes, a fait observer Sarah.

— Elle aime faire les choses à sa manière, a dit Monty, qui venait d'ouvrir une de ses fameuses bières de microbrasserie introuvables à moins de trois heures de route.

— M'man, c'est à toi! a dit Callie sur un ton qui frôlait l'hystérie.

Elle détestait perdre aux jeux de société et sa mère était visiblement le maillon faible de son équipe. Elle a ajouté:

— Et cette fois-ci, sois plus rapide.

Rose a tourné une carte. « Biche ». Elle a commencé à dessiner la tête d'un chevreuil.

— Un cheval! Un chien! Un homme avec un gros nez! a hurlé Callie.

Rose a raturé son dessin pour mieux recommencer. Elle s'est attaquée aux sabots en premier.

— Des talons hauts, des chevilles, une fille maigre, une anorexique! a énuméré Callie, qui était maintenant debout.

— Comment ça se fait que tu sais c'est quoi, une anorexique, toi? a demandé Rose.

— Je regarde la télé! a lancé Callie.

— C'est une maladie très sérieuse qui...

— T'as pas le droit de parler, Maman, lui a rappelé Sarah, les yeux rivés sur le minuscule sablier.

— Un extraterrestre! a crié Callie.

— Terminé, a dit Sarah.

— C'était une biche, a dit Rose en montrant la carte à Callie.

— C'est quoi ça, une biche ? a demandé Callie.

— Une biche, un chevreuil, la femelle du chevreuil, a chantonné Monty.

Mais il avait l'air irrité, soudain. Ses yeux étaient fixés sur la cuisine. Il s'est levé et a continué à chantonner en faisant quelques pas de danse :

— La femelle du chevreuil...

Ça a fait rire Callie, mais Rose a aussitôt posé une main sur son bras pour la faire taire.

Rose avait l'impression que leurs hôtes n'étaient plus vraiment présents. Elle s'est levée.

— Bon, faudrait qu'on y aille.

— Quoi ? s'est exclamée Callie. Ça fait juste deux heures qu'on est arrivées.

Monty a hoché la tête en calant le reste de sa bière.

— Ça fait juste... un bon bout de temps, a-t-il baragouiné.

— Winter ! a lancé Rose en direction de la cuisine.

Winter était en train de replier son tablier.

— Quoi ? Qui est-ce qui gagne ?

— On perd parce que Maman est poche ! a dit Callie en se faufilant dans la cuisine derrière sa mère. C'est toi qui aurais dû être ma coéquipière, Matante !

— On va rentrer, a dit Rose. Grosse journée demain.

— Qu'est-ce que t'as demain ?

— Ben, tu sais, faut que je coure... Et Sarah a des devoirs.

— Vous pouvez pas partir avant le dessert, a répondu Winter d'une voix monocorde, avant de retourner à ses comptoirs.

— Non, faudrait qu'on y aille, a répliqué Rose tout bas. Faudrait vraiment qu'on y aille.

***

— Ayoye, t'étais vraiment obligée d'en reprendre ? a dit Sarah en dévisageant sa petite sœur, sur la banquette arrière.

Callie avait remonté le col de son t-shirt pour couvrir sa bouche et ses narines.

— C'était vraiment bon, a-t-elle protesté à travers son masque de coton.

Rose plissait les yeux, concentrée sur la route. Les phares de la vieille Minette de Gilbert étaient de très mauvaise qualité.

— Mais là, il fallait qu'on y aille, a-t-elle dit, et quand il faut y aller, on fait pas attendre tout le monde.

— Il faut qu'on aille *où* ? a demandé Callie. On s'en va juste à la maison.

— Il *fallait* qu'on parte de là.

— Pourquoi ?

— Parce que je l'ai dit.

— Oh, mon Dieu, ça pue ici dedans ! a dit Sarah en ouvrant la fenêtre.

Le dessert avait été long et plein de malaises. Rendu là, Monty était trop soûl pour manger, il s'était donc contenté de fixer un point sur le mur en fredonnant *Friends in Low Places*. Winter aussi était restée silencieuse, à part pour se mettre à énumérer les ingrédients de sa recette et à expliquer chacune des étapes de la préparation d'une voix monotone quand Rose l'avait gratifiée d'un « C'est délicieux ».

— J'aimerais ça qu'on aille chez Winter tous les soirs sans exception ! a lancé Callie depuis la banquette arrière.

***

Rose s'est assurée que Callie était bien installée devant la télé avant de sortir. Elle s'est assise sur les marches du perron. Elle ne voyait que les fesses de Sarah, qui était penchée dans la voiture pour en nettoyer l'intérieur.

— C'est pas définitif, a dit Rose.

— Quoi ? a répondu Sarah en sortant la tête de la voiture.

Elle a plongé sa guenille dans un seau et l'a tordue.

— Ils vont pas nécessairement se séparer pour de bon, a dit Rose. Je pense qu'elle est stressée à cause du bébé. Les gros changements, ça peut faire ça des fois.

— Il l'a trompée ? a voulu savoir Sarah.

— Non. Ben, d'une certaine manière. Des textos.

— Épais, a dit Sarah en retournant frotter l'intérieur de la voiture.

— J'aimerais ça pouvoir lui parler, mais elle est tellement sûre de son coup, ça me fait quasiment peur.

Sarah a répondu d'une voix inintelligible.

— Quoi ? a demandé Rose.

La tête de Sarah a jailli à nouveau et ses yeux se sont posés sur sa mère.

— J'ai dit que c'était pas de tes affaires.

— C'est ma meilleure amie, lui c'est mon cousin ! En fait, c'est ma cousine, elle aussi.

Sarah lui a jeté un regard horrifié.

— Pas une cousine proche au point où leur bébé va être bizarre, a précisé Rose.

— T'as pas assez de problèmes à gérer de ton côté ? C'est pas comme si tout était rose nanane dans notre vie à nous.

— Ça va pas si mal que ça non plus. J'ai une nouvelle job.

— Que tu sais pas pantoute comment faire.

— Ben là, un peu, quand même !

— Tu dis toujours que t'haïs les politicailleries du Conseil. Et là, tu vas aller te mettre en plein milieu de toutes ces affaires-là.

L'entendre décrire son poste de cette manière a donné à Rose un petit frisson d'excitation.

— Je suis là pour aider le monde, c'est aussi simple que ça. Je peux très bien rester loin de tout le reste.

Rose a écrasé son mégot du talon d'un geste décisif. Elle a grimacé en s'apercevant qu'elle ne portait pas de souliers. Dieu merci, elle avait de la corne sous les pieds.

Sarah a ajouté quelque chose en remettant la tête dans la voiture.

— Quoi ? a demandé Rose de nouveau.

Sarah est sortie encore une fois.

— Rien.

— T'as raison, c'est pas de mes affaires. Je peux rester à l'écoute sans nécessairement intervenir.

Sarah a approché la guenille de son nez, a grimacé et l'a envoyée valser dans les herbes hautes.

***

Rose s'est réveillée deux fois durant la nuit. La première fois, elle a entendu des coups et a bondi hors de son lit. Elle est allée chercher le bâton de baseball caché derrière la porte et s'est dirigée vers le salon. Tout était noir et silencieux. Elle est restée là sans bouger, l'oreille tendue. Elle s'est approchée de la fenêtre pour jeter un coup d'œil à l'extérieur. Elle ne voyait rien et elle a souhaité en silence avoir un chien, un gros chien. Ils n'en avaient pas eu d'autre depuis que le dernier s'était fait frapper – les filles ne voulaient pas lui « manquer de respect ». Rose a ajouté une entrée à sa liste de choses à faire : se trouver un chien. Puis elle est retournée se coucher.

Quelques heures plus tard, elle s'est réveillée de nouveau. Le silence régnait dans la maison, et soudain elle a entendu quelqu'un crier. Elle a sauté sur ses pieds, a repris le bâton de baseball – qu'elle avait laissé tout près de son lit – et s'est rendue dans le salon. Elle a entendu crier encore une fois, depuis la chambre de Sarah. Elle a poussé la porte d'une main, le bâton bien serré dans l'autre. Sarah était assise sur son lit.

Rose a aussitôt remarqué son regard absent. Elle détestait ce regard, elle l'avait déjà vu avant chez Callie, quand elle faisait des cauchemars, et même chez Gilbert, quelques fois. Elle avait lu quelque part que les terreurs nocturnes étaient héréditaires – encore une raison d'être reconnaissante envers son merveilleux mari.

Sarah a poussé un gémissement.

— T'as fait un cauchemar, ma chérie. C'est juste ça.

— Elle est ici.

Rose a frissonné.

— Y a personne ici. Juste moi et ta sœur. C'est tout.

Sarah a hoché la tête et s'est recouchée.

Rose a avalé sa salive. Elle s'est appuyée contre le montant de la porte jusqu'à ce qu'elle voie bien la poitrine de Sarah se soulever paisiblement, puis elle est retournée dans sa chambre sur la pointe des pieds. Une fois là, elle a longuement fixé le plafond des yeux avant d'être en mesure de se rendormir.

Le lendemain matin, lorsque Rose a glissé ses jambes hors de ses draps, elle a remarqué quelque chose d'inhabituel : aucune douleur. Elle a trottiné jusqu'à la cuisine pour préparer le café, mue par une sorte de rebond élastique à chaque pas.

En attendant que ça infuse, elle a tenté de s'étirer en procédant à une flexion des jambes et a été récompensée par un craquement sonore dans les deux genoux.

Soudain, on a cogné à la porte, puis essayé de tourner la poignée. Rose a poussé un soupir. Seul un membre de la famille oserait faire une chose pareille. Elle est allée ouvrir. Monty se tenait devant elle, un sac de hockey à l'épaule.

— Tu barres ta porte ? a-t-il demandé.

Il a eu le front d'ajouter de l'irritation dans sa voix.

— Non, a dit Rose en tentant aussitôt de refermer la porte. Non, non, non.

Monty l'a obligée à le laisser entrer et a laissé tomber son sac par terre.

— Y a du café ?

— Allez, Monty, tu peux pas me faire ça.

— Faire quoi ? J'ai rien fait.

Il a déniché une tasse et a attendu à côté de la cafetière.

— Je sais à propos de la petite signaleuse.

Son arrogance vertueuse a fondu d'un coup, créant une grosse flaque à ses pieds.

— J'ai rien fait de mal avec cette fille-là. Je le jure devant Dieu. Elle était, tsé, pas mal aguichante, et je me suis laissé emporter. Les gars disent des affaires ben pires que ça tous les jours à la job.

— Les femmes adorent entendre ce genre de trucs. « Tout le monde le fait, fait que j'ai juste embarqué, moi aussi. »

— C'est juste des textos, rien d'autre ! a-t-il lancé en se prenant la tête à deux mains. Ouch.

— Bon.

— Je lui ai jamais dit plus que deux phrases en tout. Tu me connais, j'ai zéro charisme.

— T'es tellement épais.

— Oui ! Je le sais ! Ouch, ma tête.

Monty a appuyé le gros melon d'eau qui lui servait de tête contre une armoire.

— Oh, câline, pour l'amour.

Rose lui a versé une tasse de café qu'il a aussitôt siroté, reconnaissant.

— As-tu des Advil ? a-t-il demandé d'une petite voix.

Rose a fouillé dans un de ses tiroirs et en a sorti un contenant quasiment plein.

Il a avalé une poignée de comprimés.

— C'est trop, ça.

— T'as vu comment j'ai bu hier soir ?

— Bon point.

Rose s'est servi une tasse de café. Monty s'est assis avec lourdeur. Il a regardé aux alentours.

— Les lattes du plancher, sont rendues où ?

— Gilbert les a enlevées. Il disait qu'il allait repeinturer toute la cuisine, mais il l'a jamais fait.

— Gros con.

Les deux coudes appuyés sur la table, Rose s'est penchée vers lui.

— Fait que, c'est quoi le plan?

— Elle m'a demandé de partir de la maison, a dit Monty. Fait que je suis parti.

— Est-ce que Mononcle et Matante sont au courant?

— Non, et je veux pas qu'ils le sachent, au cas où, tsé, au cas où elle changerait d'idée. Ça va pas durer, a-t-il ajouté. Tu connais Winter, elle a un gros caractère, mais elle finit toujours par se calmer assez vite.

— Ce que je sais de Winter, c'est qu'elle a des valeurs et qu'elle y tient.

Gilbert l'avait appris à ses dépens. Dix ans auparavant, lors d'un barbecue familial, il s'était soûlé et avait traité Winter de salope et, depuis ce jour-là, elle lui avait interdit l'entrée de sa maison.

Monty a acquiescé de la tête. Il en était arrivé aux mêmes conclusions.

— Donc, je me suis dit: ta maison est à la même distance du travail pour moi et comme t'as une chambre de trop...

— C'est la chambre de Callie.

— Comme si elle dormait là.

— Non, oublie ça. Winter va croire que je suis de ton bord, a dit Rose, avant d'ajouter, pour la forme: Et je serais jamais de ton bord!

— Mais je veux pas être pogné pour louer un appart en ville et être super loin, si jamais il lui arrive quelque chose, à elle ou au bébé… a dit Monty, et sa voix s'est brisée.

Rose a résisté à la tentation de le consoler. Tout ça, c'était sa faute. C'était un adulte.

Il s'est mis à sangloter.

Rose lui a tapoté le bras.

— Ça va aller, Monty. Tu peux arranger ça.

— Comment?

— Faut juste que t'arrives à la convaincre que t'es pas un douchebag comme Gilbert.

— Mais j'en suis pas un! a-t-il répondu, offensé par la comparaison.

— Bien sûr que t'en es pas un. Mais quand tu te comportes comme un idiot, c'est dur de… de convaincre le monde que t'es pas un idiot. Sans même parler de l'effet des hormones de grossesse…

— C'est comme le SPM, ça?

— Oui. Mais ça dure neuf mois.

— As-tu mis Gilbert à la porte quand t'étais enceinte?

— Je l'aurais fait si je lui avais vu la face. Être enceinte, ça te fait faire des trucs bizarres. J'ai même pensé devenir humoriste, s'est souvenue Rose.

— Mais… t'es pas drôle.

— Niaiseux, a-t-elle fait en lui envoyant une petite claque sur le bras. Je voulais faire des blagues sur le fait d'être enceinte, genre: « J'ai été victime d'un crime: quelqu'un est entré chez moi et m'a volé mes chevilles. » Tu vois le genre. Et après, j'ai compris que le problème, c'est que je pourrais juste faire des spectacles quand je suis enceinte.

— Oui, c'est vraiment le seul problème qu'il y avait dans ton projet.

Sarah est entrée dans la cuisine.

— Allô, mononcle Monty.

— Bon matin, Saran Wrap.

— Euh, Sarah… a commencé Rose.

— Mononcle Monty va rester avec nous, a complété Sarah en enfonçant deux tranches de pain dans le grille-pain.

— C'est ça, a dit Rose.

— Évidemment, a continué Sarah en ouvrant une porte d'armoire à toute volée afin d'atteindre le pot de beurre d'arachide.

Monty a envoyé un petit sourire entendu à Rose.

— Elle a toujours eu un petit caractère.

Rose a jeté un coup d'œil à l'horloge.

— Bon, faut que je me dépêche d'aller courir avant qu'il fasse trop chaud.

— On est à peine au-dessus du point de congélation dehors, a fait remarquer Monty.

Rose a fait de grands gestes pour désigner sa poitrine :

— C'est comme porter un chandail de plus.

— Fais-en pas trop, a dit Sarah. Si tu te blesses, tu seras plus capable de courir du tout.

— Pourquoi tu cours ? a demandé Monty.

— Le marathon de Pesakestew. Je vais y participer.

Monty a pouffé de rire et le café a giclé de ses narines.

— Dégueu, ont fait Rose et Sarah en chœur.

Monty s'est essuyé le nez.

— Tu me niaises, pas vrai ?

Rose lui a jeté un regard noir.

— Si t'as l'intention de rester ici, tu pourrais au moins te montrer encourageant.

Elle s'est penchée pour regarder en dessous de la table, à la recherche de ses espadrilles, qui étaient exactement à l'endroit où elle les avait garrochées d'un coup de pied la veille.

— T'es sérieuse, là ? a demandé Monty.

Rose refusait de le regarder.

— C'est sérieux, là ? a répété Monty en cherchant une confirmation dans le visage de Sarah.

Sarah a croqué dans sa toast en hochant la tête.

Rose s'est dirigée vers la porte, l'a refermée derrière elle et, même une fois dehors, elle a continué à entendre la voix de Monty :

— Elle est sérieuse, là ?

***

Course numéro trois, s'est dit Rose. Trois, chiffre chanceux. Il n'avait rien de chanceux en cet instant précis. La douleur dans son genou droit était montée dans son fémur pour atteindre sa hanche et ça faisait tellement mal que Rose savait que son avenir rapproché serait synonyme de sacs de glace. Elle n'avait aucun rythme, ses bras ballottaient et elle avait l'air légèrement déséquilibrée.

Trouve ta vitesse, s'est-elle ordonné. *Oublie ça, les accélérations et les ralentissements, c'est n'importe quoi.* Elle a concentré son attention sur un point devant elle en se répétant : *Jusque-là, jusque-là, jusque-là.* Une fois le point atteint, elle a recommencé : *Jusque-là, jusque-là, jusque-là...*

Elle espérait que les autres joggeurs pensaient à des choses plus importantes.

Jusque-làààààà... Le pied de Rose a glissé sur une flaque de boue et elle a senti son genou se tordre. Elle s'est ressaisie. Pas bon, ça. Rien de pire que de se blesser durant la première semaine d'entraînement.

— Éviter de te blesser, c'est la meilleure chose à faire, lui répétait son père. Lentement mais sûrement, c'est toujours l'approche idéale.

Lloyd appliquait lui-même cette philosophie dans la vie de tous les jours. Il avait gardé le même emploi pendant les trente dernières années de sa carrière, se limitant à passer lentement de manœuvre à gérant. Sa job n'avait jamais été une source de défis, elle était même parfois assez ennuyante, mais il n'avait jamais abandonné. Il s'était pointé au travail chaque jour, durant des décennies. C'était la constante dans sa vie après la mort de sa femme, après son déménagement hors des limites de la réserve, après l'arrêt complet de ses visites à Rose. C'est le travail qui l'avait gardé en un seul morceau, ce que sa famille n'avait pas pu faire. Rose a senti ses pieds ralentir et l'énergie quitter son corps.

— Pensées positives, a-t-elle sifflé, pensées positives.

Elle a repris le rythme.

Le visage souriant de Callie lui est apparu. Grand sourire, grandes dents, grands yeux : Callie, son rayon de soleil. Rose avait lu quelque part que les petits-enfants, c'était la récompense que nos enfants nous offraient, mais Callie était comme un cadeau en avance pour… bon, Sarah n'avait pas toujours été aussi difficile, c'était seulement depuis les deux dernières années, les trois dernières années peut-être. Quand est-ce qu'elles avaient pris des chemins différents, comme ça ? Sans doute à l'époque où elle avait commencé les doubles quarts à la porcherie. Elle avait été si contente de dénicher cette job-là, parce qu'elle n'avait plus à vivre aux crochets de Gilbert. Ni à accepter n'importe quel truc à temps partiel dont personne d'autre ne voulait dans la réserve.

Son pied a glissé dans une autre flaque de boue. Elle a ralenti la cadence et a fait quelques pas en marchant, les mains sur les hanches. Sa respiration était régulière ; elle n'était pas à bout de souffle. Mais elle sentait tout de même un point dans sa poitrine qui la tracassait.

Une fois, lors d'une rare période de succès, Gilbert et son groupe avaient organisé une tournée d'un mois aux États-Unis et Rose avait décidé de se joindre à eux. Peut-être même que c'était lui qui le lui avait demandé. Non, pas vraiment, il avait plutôt dit : « Ça me dérange pas », lorsqu'elle avait voulu savoir s'il avait envie qu'elle l'accompagne. Rose avait alors appelé Winter pour qu'elle s'occupe des filles durant quelques semaines.

Winter avait accepté, mais elle avait tenu à avertir Rose en lui répétant qu'elle allait détester ça.

— Pourquoi tu t'imposes ça ? avait demandé Winter. Tu vas te faire chier à mort et tu vas t'ennuyer des filles.

— C'est une belle occasion pour nous de redevenir un couple, avait répliqué Rose, même si elle et Gilbert n'avaient jamais eu le temps d'être *juste* un couple : elle était tombée enceinte deux semaines après leur première sortie.

Si elle tenait à être honnête, Rose devait s'avouer qu'elle était surtout partie avec le groupe pour se sentir jeune à nouveau. Jeune et fofolle, comme une groupie/femme parfaite. Mais ces deux rôles n'allaient pas tellement bien ensemble. Il y avait les groupies et il y avait les femmes. Les groupies se soûlaient, dormaient jusqu'à midi chaque jour et qualifiaient tout et n'importe quoi de « malade ». Les groupies s'assoyaient sur les genoux de leur homme et n'arrêtaient pas de glousser. Rose avait essayé de s'asseoir sur les genoux de Gilbert, mais il avait poussé cette espèce de soupir profond qui l'avait humiliée à un point tel qu'elle s'était relevée illico.

L'horaire des groupies l'avait pratiquement achevée, aussi. Dès vingt-deux heures, les pieds de Rose lui faisaient mal. Sans parler du fait qu'elle ne pouvait pas se permettre de veiller toute la nuit alors qu'elle devait se lever chaque matin pour prendre des nouvelles des filles. Elle surveillait les dépenses de Gilbert et le harcelait quand il achetait des caisses de bière ou qu'il allait rejoindre des dealers louches pour faire les transactions de pot et de Dieu sait quoi d'autre pour le reste des membres du groupe. Elle sentait bien qu'elle le harcelait, elle essayait de se contrôler, mais elle n'y arrivait pas. Après une semaine, Gilbert avait cessé de lui adresser la parole. Après deux semaines, c'est le groupe au complet qui l'ignorait. Après trois semaines, elle avait pris un autobus à Great Falls sans le dire à personne. Winter était venue la chercher au terminus de Regina. Gilbert n'avait jamais téléphoné pour savoir où elle était.

Winter avait toujours été là pour elle. Rose s'est mordu la lèvre. Winter allait être en colère quand elle saurait que Monty restait à la maison, c'était certain. Mais à quoi elle pensait, Winter, après tout ? Qui passe des années à essayer de tomber enceinte pour finalement jeter son mari comme une vieille gomme à la première occasion ? Ça n'avait aucun sens. Ils s'aimaient bien trop. Pas comme des tourtereaux, pas comme des amants passionnés, mais comme d'excellents coéquipiers. Ils faisaient des voyages ensemble, partaient dans des endroits exotiques comme Las Vegas ou Niagara Falls, ils prenaient des photos à la mise en scène parfaite, qui manquaient peut-être un peu de spontanéité et de joie, mais bon… (Winter avait un petit côté militaire qui ressortait quand il était question de photos. Rose avait l'habitude de se cacher dans la salle de bains quand elle sortait son appareil.)

Peut-être que Winter comprendrait. Elle savait que Rose et Monty avaient toujours été proches l'un de l'autre. Elle savait que Rose ne ferait jamais quoi que ce soit pour la blesser.

— Elle va crissement m'assassiner, a soupiré Rose en faisant demi-tour pour revenir à la maison.

NEUF

Sarah a jeté un coup d'œil dans le salon. Assis sur le divan, Monty regardait un *Shrek* pendant que Callie babillait juste à côté. Sarah a pris le téléphone et l'a apporté dans sa chambre. Elle a fait passer le fil sous sa porte avant de la refermer. Elles avaient un téléphone sans fil, mais les piles étaient toujours mortes parce que sa mère et Callie passaient leur temps à le perdre.

Elle a composé. Ronnie a décroché après deux sonneries.

— Saa-ha-rah, ça va, dudette ?

— Hé. Ta voix sonne comme de la marde.

— Pas couchée avant cinq heures du mat'. Le party de Raymond était débile. T'étais où ?

— Où tu penses ?

— Man, ta mère.

— Parle-moi z'en pas. T'as parlé avec la tienne ?

— Elle est pas encore revenue à la maison. Elle est allée à une espèce de cérémonie après la conférence sur le bien-être des femmes.

— Merde.

— Quoi ?

— Je pense que ma mère a vu un fantôme.

Un long silence. Sarah a compris que Ronnie était sans voix, ou qu'elle s'allumait une cigarette, ou qu'elle venait de se rendormir.

— Elle est OK ?

— Elle a eu peur, mais elle est correcte. Mais, tsé, ma tante Winter est en train de virer folle. Pis moi, j'ai fait un rêve bizarre en ostie.

Ronnie ne disait rien.

— Hé ? Tu m'as entendue ?

— Excuse-moi, j'ai cogné des clous une seconde. Qu'est-ce qui s'est passé ?

— Mon rêve était vraiment capoté. Y avait une femme dans ma chambre. Et je voulais la contourner pour sortir, mais elle m'empêchait de passer.

— Elle avait l'air de quoi ?

— Des cheveux foutument longs, pis une odeur de chien trempé dans la sueur de p'tits vieux.

— Peut-être qu'elle essayait de t'aider.

Sarah a eu un frisson.

— J'ai pas besoin de son aide. Fait que c'était qui cette femme-là, la Rêveuse ?

— C'était une espèce de vieille femme que les gens allaient consulter pour se faire soigner ou pour régler leurs problèmes, c'est tout ce que je sais.

— Et qu'est-ce qui lui est arrivé ?

— Je suis pas sûre. J'imagine qu'elle est morte ?

Sarah a observé une courte pause, le temps de se souvenir qu'elle parlait avec une adolescente en lendemain de brosse.

— Oui, mais qu'est-ce qui lui est arrivé pour qu'elle finisse au fond d'une tombe anonyme toute seule au fin fond du bois ?

— Oh. C'est vraiment une bonne question, ça...

Sarah a attendu quelques secondes, pour comprendre finalement que la réponse ne viendrait pas.

— Fait qu'on a symboliquement déterré une femme dont tu sais absolument rien ?

— Pas rien. Je connais son nom et je sais qu'elle était vraiment puissante et tout ça...

La voix de Ronnie s'est éteinte.

— Penses-tu qu'on l'a énervée ?

— Ma mère va être capable de nous en dire un peu plus. Je vais l'appeler plus tard. En espérant que son cellulaire pogne là où elle est, a dit Ronnie.

— Appelle-la maintenant !

— Je suis crissement fatiguée, Sarah. Oh, eh, on va faire un tour à Lowell ce soir, on va se faufiler au bar. T'es partante ?

— Je suis pognée ici, tête de linotte.

— Je voulais juste être gentille.

— Merci pour l'invitation, mais j'habite dans la partie de la réserve occupée par les nazis.

Ronnie a poussé un bâillement à l'autre bout du fil.

— Recouche-toi, a dit Sarah.

— Comme si j'allais être capable de me rendormir après ça.

Sarah a raccroché. Elle a fixé le téléphone des yeux. Elle ne savait pas qui appeler. Si sa mère n'avait pas été une maudite peureuse, elle aurait pu tenter de lui parler. Mais comment une personne qui avait perdu la boule en croyant avoir entendu une voix pourrait-elle lui venir en aide ?

Grand-papa Lloyd ? Il venait faire son tour à Noël, mais, à part ça, elles ne le voyaient jamais. Elle connaissait à peine ses autres grands-parents. Ils habitaient en ville et ils ne leur rendaient jamais visite.

Quant à son père, son mode de vie de jeune universitaire sur le party n'en faisait pas le meilleur parent.

Sarah a pris son calepin et l'a ouvert à une page blanche. Elle s'est forcée à tracer la silhouette de cette femme. Elle était grande pour une vieille dame. Squelettique, aussi. Tout en angles saillants. Et elle était en colère, ça c'est certain. Mais en colère contre quoi ? Tout ce qu'elles avaient fait, c'était déterrer quelques roches et allumer des chandelles devant sa tombe pendant que Ronnie récitait des phrases en cri. Si elles l'avaient libérée, ne devrait-elle pas leur en être reconnaissante ? Pourquoi apparaissait-elle dans les rêves de Sarah, de la fureur dans ses yeux menaçants ?

Bien sûr, la vieille dame n'avait pas été la seule en rogne. Après que Sarah s'était rendormie, ses rêves s'étaient transformés en amalgame de souvenirs liés à des périodes difficiles, de vieilles images, comme se tenir en retrait pendant que ses parents s'engueulaient, son père lançant à sa mère des injures qui auraient fait rougir un rappeur. Comme savoir que sa mère ne méritait pas ça et se sentir lâche, petite mauviette qui n'ose pas intervenir de peur qu'il se retourne contre elle. Et puis ces sentiments d'impuissance cumulés s'étaient métamorphosés en vagues de colère qui l'avaient laissée à bout de souffle.

Sarah a arraché la page de son calepin avant de la déchirer en morceaux.

— C'est pas moi, a-t-elle dit, puis elle s'est demandé pourquoi elle avait dit ça.

Elle est allée se rasseoir à son bureau et a ouvert son manuel d'algèbre – le genre de choses qu'elle faisait souvent ces temps-ci. Sa mère n'avait pas tort : faire des équations quadratiques, ça calmait les nerfs.

***

Winter passait d'une pièce à l'autre, un plumeau à la main. Elle a épousseté le dessus de la télé et les piles de DVD. Elle a fait bien attention à dépoussiérer chaque recoin. La maison était toujours pleine de poussière, on était en Saskatchewan après tout. Peu importe si les fenêtres et les portes étaient ultrahermétiques, la poussière s'infiltrait quand même. Elle s'est penchée jusqu'à terre et a trouvé un gros soulier de sport taché de boue sous la chaîne stéréo.

— Monty! a-t-elle crié, avant de se souvenir qu'il n'était pas là pour lui répondre.

Il était parti ce matin, comme elle le lui avait demandé.

Il s'était réveillé avant elle et, comme à son habitude lorsqu'ils avaient une prise de bec, il avait mis les bouchées doubles. Toute la vaisselle de la veille avait été rangée. La laveuse fonctionnait au sous-sol et il en était à plier des vêtements quand elle s'était levée pour venir le rejoindre au salon. Elle était restée debout devant lui et il l'avait regardée, un sourire rempli d'espoir au visage, et ça lui avait presque brisé le cœur.

Et elle l'avait foutu à la porte. Winter tentait de se rappeler les raisons qui l'avaient poussée à faire ça.

Aislyn était une petite conne.

Monty était un imbécile.

Mais il était désolé.

Mais ils disaient toujours ça.

Il n'avait jamais rien fait du genre auparavant.

Rien dont elle était au courant.

Monty l'aimait.

Mais c'était un homme et les hommes font des conneries. Ils n'arrivent pas à se contrôler. Ils ont des pulsions. Ils sont visuels. Ils pensent au sexe toutes les sept secondes. Ils sont plus proches des animaux que des humains. On ne peut pas leur faire confiance.

Mais Monty faisait aussi plein de bonnes actions sans qu'on ait à le lui demander. Winter a baissé les yeux sur son alliance, un joli assemblage de pierres précieuses en forme de fleur. Il l'avait conçue lui-même et, lorsqu'il l'avait glissée à son doigt, il avait pleuré. Il l'aimait.

Ou peut-être qu'il ne faisait que dissimuler d'autres trucs plus graves. Y avait-il d'autres choses dont elle ignorait l'existence ?

Winter a sauté sur ses pieds. Elle a secoué la tête, dans l'espoir d'effacer les images qui s'y formaient. Monty avec Aislyn, et puis Monty avec toutes les belles filles qu'elle avait vues dans sa vie.

Winter avait besoin de boire du lait. Elle s'est rendue à la cuisine et s'est versé un verre.

Son esprit est retourné faire un tour du côté des textos. Elle les a fait défiler dans l'ordre, s'imaginant à quel point ça avait dû être excitant pour Monty de les recevoir – Monty, qui avait presque quarante ans, avec son bedon ramolli et ses cheveux grisonnants. Il avait dû se sentir comme un jeune étalon à nouveau.

Il aimait bien se voir encore comme un jeunot. Il avait acheté un t-shirt Tapout durant une fin de semaine qu'ils avaient passée en ville et s'était laissé emporter dans une longue conversation avec le vendeur à propos des endroits où suivre des cours de combat extrême. Du combat extrême ! Lui qui ne s'était jamais battu de toute sa vie. Quelle blague. Et, évidemment, il ne lui avait pas demandé son avis. Même si c'est son argent à elle qu'il aurait fini par gaspiller pour un passe-temps stupide.

Winter a calé le reste de son verre de lait.

Gaspiller. C'est tout ce qu'il savait faire. Il gaspillait son temps, son argent, sa vie. Elle a ouvert le lave-vaisselle pour mettre son verre dedans, mais celui-ci est plutôt allé valser contre le mur, de l'autre côté de la pièce, en plein milieu d'une photo encadrée. La photo préférée de Monty : ses parents, Winter et lui en train de relaxer à leur tout-inclus mexicain favori. Le cadre s'est incliné, est resté suspendu dans les airs une seconde, puis est tombé par terre, où le verre s'est fracassé pour de bon. Winter n'avait pas eu l'intention de briser ce cadre. Elle avait eu l'intention de mettre son verre dans le lave-vaisselle. Il avait dû lui glisser des mains.

DIX

Rose s'est félicitée intérieurement pour ce matin tout en douceur. Ses deux filles se sont levées et se sont préparées sans qu'elle ait à insister, à réprimander, puis à hurler. Elles étaient assises autour de la table de la cuisine pendant que Monty cuisinait des saucisses et des œufs, ce qui donnait une bien piètre image de ce qu'elle leur servait d'habitude : céréales de marque Sans nom et lait vieux d'une semaine.

Quand Rose est sortie de la douche – elle n'arrivait jamais à prendre sa douche en premier, jamais au grand jamais –, les filles étaient en train de rigoler en admirant l'imitation que Monty faisait de Rod, son charpentier à moitié aveugle qui accumulait les erreurs sur le chantier parce qu'il était trop fier pour mettre ses lunettes.

L'autobus est arrivé à l'heure, Monty est parti travailler et Rose a franchi le seuil de la maison avec l'assurance d'arriver à l'avance à son premier quart de travail.

Puis, la voiture a calé un peu plus loin sur la route, l'obligeant à parcourir à pied le dernier kilomètre, dans son pantalon du dimanche et ses plus belles chaussures, et à arriver au travail couverte de sueur.

— Ça m'apprendra à essayer d'avoir l'air professionnelle, s'est murmuré Rose. Toute luisante dans mon pantalon en polyester.

Ça faisait une dizaine de minutes que Rose marchait lorsque Gladys a klaxonné derrière elle et l'a fait embarquer. Rose s'est retournée pour saluer les petits-enfants joufflus de Gladys – elle en avait toujours deux ou trois avec elle. Gladys était de bonne humeur, tout excitée d'avoir gagné une belle somme au bingo la veille. Elle était en route pour aller se vanter de son magot auprès des autres petites vieilles.

— Et si elles pensent que je vais me faire avoir à jouer une partie de cartes, elles se mettent le doigt dans l'œil.

Rose a dit qu'elle ne doutait absolument pas de sa force de caractère : elle saurait résister à la tentation et à l'intimidation. Mais elles savaient toutes les deux que Gladys se laisserait prendre au jeu avant la fin de l'avant-midi. Une partie de cartes, c'était trop divertissant, on ne passait pas à côté de ça.

Gladys a voulu savoir comment c'était, sa nouvelle job, et Rose n'avait pas grand-chose à lui répondre, puisqu'elle avait été engagée à peine quelques jours plus tôt. Elles se sont questionnées sur l'endroit où sa prédécesseure avait bien pu filer, puis sur la possibilité qu'elle revienne un jour. On avait entendu dire que les enfants de Liz pensaient payer quelqu'un pour aller à sa recherche.

— Tu fais des rêves bizarres, ces temps-ci ? a demandé Gladys sur le ton de la conversation, alors qu'elle s'engageait dans le stationnement du Conseil.

— Non, pas de rêves du tout. Je pense que je suis carrément trop fatiguée.

— Y a quelques-unes de mes petites vieilles qui parlent de rêves étranges qu'elles ont faits ces derniers temps. Je me demandais si elles étaient les seules.

Rose a pensé lui glisser un mot à propos de la voix de sa mère, mais s'est ravisée. Des mauvais rêves, ça restait dans les limites de la normalité ; entendre des voix, ça débordait sur le territoire de la psychiatrie.

Les voitures étaient alignées un peu tout croche devant le Conseil. Rose a retenu la porte de l'édifice pour laisser passer Gladys et ses canetons, tout en poussant un soupir : ce simple geste de politesse lui offrait une vue imprenable sur les taches de sueur sous ses aisselles.

La salle d'attente était à moitié pleine, les gens lui lançaient des « Allô » et Rose s'est dirigée droit vers la cafetière pour se verser une tasse.

Elle est passée devant les bureaux des services communautaires. C'était le jour de visite de l'infirmière gouvernementale et plusieurs personnes flânaient dans le cabinet improvisé. Elle était en train de vacciner les enfants et les bébés. Quand elle avait le temps, elle faisait aussi un court examen des parents, qu'elle concluait toujours sur la même note : « Perdez du poids. » À la fin de sa journée, l'infirmière allait les quitter dans sa Toyota Tercel ; le monde allait se promettre de manger mieux et faire des efforts sincères pendant deux ou trois semaines, jusqu'à ce que le chant des sirènes de Pepsi et du PFK vienne enterrer leurs résolutions.

Quant à Rose, elle incluait des légumes dans chaque repas préparé pour ses filles et elle regardait ces dernières les empiler d'un côté de leur assiette. Mais on ne mangeait jamais de PFK à la maison et on ne buvait jamais de boisson gazeuse non plus, alors peut-être qu'il y avait là une sorte d'équilibre.

Rose a allumé la lumière du bureau des services sociaux. L'absence de Liz se faisait sentir immédiatement. Disparu, le doux parfum vanillé. La pièce, qui donnait auparavant l'impression de se retrouver dans le clair-obscur du giron maternel, avait maintenant des airs de cage humide et oppressante. Elle a levé les yeux vers le plafond et a remarqué une tache brune vraisemblablement causée par une fuite d'eau. Ça sortait d'où, ça, merde ?

Quelqu'un avait volé la très confortable chaise de cuir noir de Liz. En revanche, ce quelqu'un avait pris la peine de la remplacer par une des chaises de bois raides de la salle d'attente.

Rose a posé son sac sur la table de travail et a jeté un coup d'œil autour d'elle. Des cercles foncés étaient visibles sur les tablettes des bibliothèques, aux endroits où Liz avait installé ses pots de fleurs. Eux aussi, un collègue s'était chargé de les libérer.

Derrière elle, quatre grands classeurs. Rose a tenté d'ouvrir un des tiroirs. Verrouillé. Bonne nouvelle, dans la mesure où les informations contenues là-dedans étaient confidentielles et protégées. Sauf que Rose n'avait aucune idée de l'emplacement des clés.

Sur le mur, elle a vu cette affiche qui l'avait toujours dérangée. Qui représentait une jeune Autochtone au sourire radieux illuminant sa jolie peau couleur noisette. Au bas de l'image, on pouvait lire : « Je m'appelle Tiffany, j'ai dix-sept ans, et je ne suis pas enceinte. » *Bravo, Tiffany, faut toujours viser l'excellence !* s'est dit Rose en arrachant l'affiche avec beaucoup de satisfaction.

Rose s'est assise à son poste de travail et a passé un doigt dans la poussière qui s'y était accumulée. Bon Dieu, qu'est-ce qu'elle était censée faire, maintenant ? Elle s'est calée dans sa chaise, a pris une gorgée de café, puis s'est levée pour partir à la recherche de produits ménagers.

Elle était debout sur sa table, en train de frotter la tache d'humidité, lorsque Taylor a fait irruption dans son bureau.

— Wô, a-t-il lancé, je pense pas qu'on a des assurances si tu te casses le cou.

Rose lui a envoyé un sourire en contre-plongée :

— Mais, Chef, le cou cassé, c'est bon pour le régime de retraite.

Taylor a observé le poste de travail de Rose. Elle y avait posé un calepin et un stylo, la poussière avait disparu.

— On dirait bien que t'as commencé à t'installer.

— On dirait bien, oui, a dit Rose.

— Parfait, parce que, dès demain, on rouvre la machine.

— Super.

Son estomac a fait un violent tour sur lui-même, exprimant exactement le contraire de cet enthousiasme.

— Et aussi, je m'excuse vraiment de t'imposer ça, mais…

Rose l'a regardé dans les yeux et a aussitôt rendu les armes : peu importe ce qu'il allait lui demander, elle dirait oui.

— On aurait besoin que tu t'occupes de quelques affaires de plus. Rien de majeur. Juste, tsé, des trucs d'organisation communautaire.

— Les quoi ? a dit Rose en se penchant pour redescendre par terre.

Elle a fait mine de ne pas remarquer la main tendue de Taylor et s'est laissée glisser en bas toute seule.

— L'organisation des activités sportives dans la réserve.

Rose a pris un air interloqué.

— Tu te souviens quand on était petits et que les familles venaient ensemble au gymnase de l'école pour faire du sport et plein d'autres trucs ? J'aimerais ça qu'on essaye de reproduire ça.

Taylor avait posé une fesse sur le bord de sa table de travail.

— Qu'est-ce qui est arrivé à Rob ?

Rob Cardinal était responsable des activités sportives pour les jeunes depuis des années. Il était connu pour sa tendance à dépenser son budget au complet pour le hockey et le soccer des garçons, ce qui énervait toujours les parents qui avaient des filles, comme Rose. Mais, au moins, la moitié des jeunes faisait du sport.

— Lui et sa femme, ils ont déménagé en ville, leur fils vient d'être repêché dans le AAA.

Rose a poussé un soupir en levant les yeux au ciel.

— T'es certain que vous pouvez pas trouver quelqu'un d'autre ?

— Tout le monde est débordé. C'est pas pour toujours, juste le temps qu'on trouve quelqu'un. Et je vais être là pour t'aider du mieux que je peux. Je connais un peu ça, le milieu du sport.

Rose s'est imaginée en train de préparer des listes de participation aux tournois en compagnie de Taylor.

— T'as raison. Faut que ça se fasse.

— Je veux un premier match cette semaine.

— Cette semaine ? a-t-elle couiné.

— J'ai, comme qui dirait, promis au Conseil… a-t-il ajouté avec un sourire penaud.

Rose a froncé les sourcils.

— Je ferais mieux de commencer tout de suite à appeler les parents pour savoir combien d'enfants on pourrait avoir et quels transports je vais devoir organiser.

— Transports ?

— Les gens vont pas marcher jusqu'au gymnase. Je veux dire, ça serait super et tout, mais si on leur propose ça, quand ils vont arriver, il va nous rester quinze minutes pour jouer avant qu'ils se mettent à se préparer pour repartir. Y a une bonne gang de monde du côté est qui a pas d'auto, on pourrait envoyer la fourgonnette de la réserve. Je vais avoir besoin que tu débloques un budget.

— Encore de l'argent, a soupiré Taylor.

— C'est pas comme en ville, a acquiescé Rose.

— Occupe-toi de préparer l'horaire et je vais m'arranger pour que le Conseil trouve les fonds nécessaires. Je me demande si je pourrais pas aller piger dans un autre programme…

Rose était en admiration devant ses sourcils froncés. *Comment ça se fait que cet homme-là est célibataire ? Il est comme un sundae au chocolat durant une canicule.* Il était si beau qu'elle n'arrivait même pas à s'imaginer faire l'amour avec lui. Le mieux qu'elle pouvait faire, c'était s'imaginer en train de lui couper les cheveux.

— Ça va ? T'as mal quelque part ? lui a-t-il demandé, interrompant son fantasme où se mêlaient des ciseaux et le corps nu de Taylor.

— Je me sens un peu étourdie. C'est sûrement parce que j'ai faim. Avec l'entraînement et tout, j'ai l'impression d'être jamais pleine.

— Ah oui, je me souviens de cette sensation-là, a dit Taylor, nostalgique, en jetant un coup d'œil à sa montre. J'ai apporté un sandwich au thon que j'avais prévu d'aller manger dehors. Je peux t'en donner la moitié si tu veux.

— Non, non, non ! Comment ça se fait que personne t'en ait parlé ? l'a coupé Rose en lui envoyant un bon coup de poing dans la poitrine.

— Ouch !

— La mère de Kaylee, Frances, a ouvert un petit casse-croûte juste à côté, dans les anciens locaux du Conseil. On parle de bannique frite ici, de bannique au four, de ragoût de lapin, de tarte aux baies de Saskatoon.

— T'es en train de me décrire le paradis, là.

Rose a regardé l'horloge:

— Merde, on va être en retard. Si tu te grouilles pas pour être dans les premiers, il lui reste plus rien.

Rose a agrippé son sac à main et a poussé Taylor hors de son bureau.

— Je me demandais, aussi, où tout le monde s'en allait à l'heure du lunch.

— Dieu merci, je suis là pour te renseigner.

Taylor a jeté un coup d'œil à son reflet dans la fenêtre d'un bureau adjacent (Rose a méticuleusement évité de regarder le sien).

— Je vais tellement engraisser, ici, a dit Taylor. Ça te dérangerait si je t'accompagnais pour jogger, une fois?

Ben non, le moment idéal serait... jamais.

— Ouais, j'adorerais ça.

Comme ils arrivaient dans la salle d'attente, ils ont aperçu Tisha, plantée là avec un sourire aussi serré qu'une ceinture autour de la taille d'un obèse. Sa réaction étonnée quand elle les a vus ensemble était si exagérée qu'on aurait dit une actrice de *sitcom*.

— Taylor, t'étais où? a-t-elle demandé, même si la réponse sautait aux yeux.

— Je parlais avec Rose de l'organisation pour les activités sportives. Sais-tu où est la fourgonnette de la réserve ?

— Euh... ben, ma mère l'utilise en ce moment, elle fait sa distribution de plats préparés aux aînés, a répondu Tisha.

— Des dons de nourriture aux aînés ? Il nous en faudrait cent, des personnes comme ta mère, a dit Taylor.

— Y a pas une petite facture associée à ces dons-là ? a demandé Rose. Tsé, ce qu'on appellerait, genre, un prix ?

Le sourire de Rose était aussi frais et innocent qu'une odeur de lessive.

Tisha l'a fusillée du regard.

— Faut bien qu'elle couvre ses dépenses.

— Je suis heureux d'apprendre que le Conseil aide ta mère avec son entreprise, mais elle va être obligée de faire ses livraisons les jours où on n'a pas besoin de la fourgonnette, a dit Taylor.

— On en a besoin pour quoi ? a demandé Tisha.

— Pour le transport des familles en vue des activités sportives, a répondu Taylor. Rose va préparer un horaire et elle va te le remettre.

Tisha a eu l'air irritée, mais n'a rien dit.

— Tu viens avec nous chez Frances pour le dîner ? s'est enquis Taylor.

Faisant mine de ne pas l'avoir entendu, Tisha est retournée dans son bureau en claquant la porte.

— Wô, j'en connais une qui est pas contente, a dit Taylor.

— Elle va s'en remettre, l'a assuré Rose, qui s'en fichait pas mal de savoir si elle s'en remettrait pour vrai.

Puis, elle a concentré toute son attention sur le moment présent, pour apprécier chaque nanoseconde des prochaines minutes, qu'elle allait passer en compagnie de Taylor.

***

Rose a consacré son après-midi au ménage du gymnase. Le Conseil de bande avait son propre concierge, Neil, mais celui-ci s'était blessé au dos le mois dernier et son médecin ne lui avait toujours pas permis de retourner au travail. Rose avait appris ça en l'appelant à la maison. Elle avait parlé à son aînée, Cara, qui s'était faite très peu convaincante dans son explication ; elle avait probablement autant envie que Rose de voir son père débarrasser le plancher.

Rose avait raccroché et s'était mise en quête des articles de nettoyage.

Le gymnase était de dimension réglementaire. À l'époque où on l'avait construit, on y jouait au volleyball tous les soirs et au hockey intérieur les fins de semaine. C'est ici qu'on organisait les fêtes familiales et les tournois de badminton. Et puis, pour une raison ou pour une autre, l'endroit était sorti de la tête de tout le monde et il était tombé en désuétude, comme le terrain de baseball et le stade de rodéo. On aurait dit que chaque lieu avait son propre esprit qui le gardait en vie, et tout allait bien jusqu'à ce que l'esprit décide qu'il était temps de déménager ses pénates. C'était triste de penser que même les meilleures choses perdaient leur bel élan.

Rose passait le balai sur le plancher du gymnase et les gouttes de sueur s'accumulaient sur son front, coulaient sur ses joues, puis le long de son menton. Une fois de l'autre côté de la salle, elle s'est arrêtée pour souffler un peu. Même son crâne, sous ses cheveux, était moite. *Heureusement, j'ai été conçue pour les travaux les plus durs*, s'est-elle encouragée.

À la porcherie, elle ne faisait rien d'autre que soulever et transporter des cochons à longueur de journée. C'était étonnant qu'elle soit encore toute mollasse et non anguleuse et musclée, mais Susie s'était toujours fait un devoir de bien nourrir ses employés. Tout le monde se gavait de côtelettes et de bacon et de couenne et de patates pilées saupoudrées de miettes de bacon fumé.

Je devrais l'appeler et la remercier de m'avoir fait prendre un bon quinze livres, s'est dit Rose.

Tout en poussant la vadrouille, le regard perdu dans ses longues franges, Rose a pensé aux cochons et à leur jolie queue en tire-bouchon et à leurs petits yeux intenses. Les cochons étaient plus intelligents que les chiens, disait-on, et Rose n'aurait pas prétendu le contraire. Elle avait pris l'habitude de leur parler, parfois durant des heures, et c'était comme s'ils l'écoutaient. Ses yeux se sont remplis d'eau. *Bon, je vais quand même pas pleurer à cause de foutus cochons*, s'est-elle réprimandée, avant de se mettre à pleurer quand même.

ONZE

Le lendemain matin, Monty a conduit Rose jusqu'à sa voiture immobilisée. Il s'est garé juste à côté et a ouvert le capot.

— Qu'est-ce que ça dit ? a demandé Rose.

— Pas mal sûr que ça va marcher si je te booste. Mais t'as besoin d'une nouvelle batterie au plus vite. Je peux aller t'en chercher une aujourd'hui, a dit Monty.

— Peu importe, c'est toi qui le sais, a répondu Rose au lieu de le remercier, comme une personne normale.

Monty a ranimé la batterie, a détaché les câbles et les lui a tendus par la fenêtre ouverte.

— Tu vas en avoir besoin, a-t-il dit, et il est parti travailler.

***

Il était tôt quand Rose s'est confortablement installée dans son bureau. Il était tôt, mais ça ne changeait rien : une file interminable s'était déjà formée devant sa porte.

Rose a jeté un regard apeuré en direction de Kaylee, qui a chassé les gens d'un signe de main.

Rose s'est mise en quête d'un stylo en farfouillant frénétiquement dans ses tiroirs. Kaylee a passé la tête dans l'embrasure.

— Prête?

— J'ai besoin d'un stylo!

Kaylee a enlevé le stylo accroché à son décolleté et l'a lancé dans sa direction. Rose l'a attrapé de la main droite.

— Lionel Cardinal, bouge ton cul, c'est ton tour, a lancé Kaylee à la ronde.

Lionel est apparu dans le cadre de porte et est venu se placer devant la table de Rose, les mains croisées à la hauteur de sa fourche. S'il avait eu un chapeau, il l'aurait tenu entre ses mains. Les longs cheveux de Lionel tombaient sur ses épaules en une tignasse hirsute et saupoudrée de gris. Il était grand et mince, peu importe la quantité de bannique frite ingérée lors des festivités automnales; les Cardinal étaient comme ça, c'était dans leur sang. *Les crisses de chanceux*, s'est dit Rose. Lionel était charpentier de métier, jusqu'à ce qu'on lui retire son permis pour avoir conduit avec les facultés affaiblies. C'était arrivé plus tôt cette année.

Kaylee a fermé la porte.

— Donc, euh, qu'est-ce que je peux faire pour toi? a commencé Rose, espérant que son malaise – et le ton légèrement agressif qui en résultait – passerait pour du professionnalisme.

— Me trouver un endroit où rester. La femme de mon frère m'a mis dehors. Encore.

— Oh. Bon. Sandy, c'est ça ?

— Ouais. Elle dit qu'elle est plus capable de voir la famille de Dan traîner chez eux.

— T'as un dossier ici, déjà ?

Lionel a secoué la tête. Une bonne chose, étant donné que Rose n'avait pas encore trouvé le moyen d'ouvrir son classeur. Elle a pris une chemise et une feuille pour y inscrire les informations de Lionel. Elle se dépêchait de remplir la fiche d'ouverture, incapable de faire abstraction de la file qui s'allongeait de l'autre côté de la porte.

Après quelques coups de téléphone, elle a réussi à trouver un logement pour Lionel, qui irait chez sa propre cousine, Lauren. Celle-ci ne débordait pas d'enthousiasme à l'idée de le recueillir, mais lorsqu'elle a compris qu'elle recevrait immédiatement un chèque couvrant un mois de loyer, elle a couiné un « oui » tout joyeux.

— Ça te va ? a demandé Rose à Lionel.

— Tu sais qu'elle a cinq enfants, hein ? a-t-il répondu.

Rose a acquiescé de la tête.

— Ouais.

— Et qu'elle voudra pas que je boive, a-t-il ajouté.

— Mais ça te fait un endroit où rester, non ? Et tu peux toujours appeler tes chums pour qu'ils passent te prendre si tu veux aller boire un coup.

Lionel a hoché la tête, les yeux rivés sur le chèque devant lui. Rose l'a signé d'un geste ostentatoire, l'a déchiré du chéquier et le lui a remis. Il l'a remerciée et s'est dirigé vers la porte.

Avant que la prochaine personne n'arrive à s'infiltrer dans le bureau, Rose a appelé Kaylee. Celle-ci s'est pointée dans le cadre de porte, la main gauche sur la hanche.

— Quoi ?

— Je peux pas ouvrir les classeurs.

— Prends ta clé.

— J'ai pas de clé.

— Oh, c'est vrai. J'ai oublié.

Kaylee a sorti un trousseau de sa poche, en a retiré une clé qu'elle a jetée sur la table.

— Merci.

— C'est ça, ouais. Faudrait accélérer le tempo. Cette file-là va pas disparaître toute seule.

— Est-ce que je pourrais avoir un café quand t'auras deux secondes ?

Kaylee a regardé Rose un instant et on aurait dit qu'elle avait envie de l'envoyer promener d'une manière originale mais quand même assez violente. Mais elle a soudain remarqué la pâleur des joues de Rose et la sueur qui perlait sur son front. Ça l'a calmée.

— Ouais, c'est bon.

Trente-quatre rendez-vous plus tard, Rose était toujours assise à son poste, les yeux dans le vague.

Dans les cinq dernières heures, elle avait eu droit à plus d'histoires tristes et de récits malheureux que ce qu'elle avait entendu dans sa vie entière. Les mauvaises nouvelles se succédaient avec une régularité alarmante. Et les gens avaient le don de se mettre dans la merde. Ils prenaient constamment de mauvaises décisions.

— Pourquoi t'es allée à ce party si tu savais que tu devais te lever tôt pour ton examen de formation ?

— Ché pas.

— Pourquoi t'as pas dénoncé ton patron pour harcèlement sexuel au lieu de démissionner ?

— Aucune idée.

— Pourquoi tu l'as laissé revenir après qu'il t'a volé le chèque d'aide sociale et qu'il l'a tout bu au bar avec sa mère ?

— J'ai pas réfléchi, j'imagine.

Les mains de Rose tremblaient. Elle n'avait rien ingéré d'autre de la journée que du colorant à café et du sucre. Elle s'est levée, les jambes faibles. Le Conseil avait fermé ses portes et elle était si reconnaissante à la vue des divans et de la table à cartes maintenant vides. Elle était seule, enfin seule.

— Hé, Rose.

Rose a poussé un petit cri de surprise.

— Désolé, a dit Taylor.

— Non, c'est pas… C'est juste… Je suis… Ben, ma journée s'est… pas… super… tsé… a-t-elle bafouillé en faisant de grands gestes, comme si elle cherchait à capter les mots dans l'air autour d'elle… bien passée.

Taylor a acquiescé de la tête.

— Ouais, j'ai vu la file d'attente.

Rose a acquiescé aussi et a tendu la main vers la cafetière. Café froid. Elle s'est servi une tasse, non sans renverser quelques gouttes.

— Fait que, comment tu t'en sors avec les formulaires pour les journées sportives ?

Rose a saisi une cannette de boisson gazeuse vide oubliée sur une table et la lui a lancée par la tête. La cannette est allée rebondir sur le mur derrière lui.

Il a levé les mains en signe de reddition :

— Eh, je niaisais !

— Je sais pas pourquoi j'ai fait ça. Je lance jamais rien… à personne… à part à mon mari, a dit Rose, les yeux fixés sur sa tasse de café. J'ai l'impression que tout ça, ça sert absolument à rien. Tout le monde voulait juste en avoir plus, plus, plus. Y a cinq personnes qui ont pleuré. Ou peut-être même six. Je sais même plus, j'ai perdu le compte.

Taylor a éclaté de rire.

— T'as été pognée avec les cas difficiles, aujourd'hui. Donc, t'as rencontré vingt-quatre…

— Trente-quatre.

— … personnes qui traversent un moment difficile. Y a cinq cent soixante-quatre personnes qui vivent dans cette réserve, ça veut dire qu'il y en a au moins cinq cent trente qui vont pas si mal que ça.

— La plupart ont des enfants, tsé. Oh, mon Dieu! Faut que je m'assure qu'ils vont pas ruiner leur vie. Y a pas un de ces enfants-là qui lâche l'école avant la fin du secondaire. Je t'en passe un papier.

Rose a bu une gorgée du liquide sirupeux qui stagnait dans sa tasse et a grimacé.

— En fait, on n'a pas les moyens d'envoyer chaque jeune au collège ou à l'université, fait qu'il faudrait quand même qu'un ou deux passent entre les mailles de ton filet.

— Eille, je suis sérieuse!

— Bon ben, arrête ça tout de suite, a fait Taylor avec un sourire qui s'épanouissait lentement, jusqu'à ressembler à un arc tendu.

Rose s'est laissée tomber sur sa chaise et a porté le regard au loin, sur le dossier du divan qui se trouvait en face, dans la salle d'attente. Elle a examiné le trou en plein milieu, les taches de café, les traces de poussière. Elle sentait qu'elle aurait peut-être dû dire quelque chose, quelque chose à propos de la confiance de Taylor qui la rendait plus forte, à propos de sa gentillesse et du fait qu'il lui posait des questions et qu'il la regardait dans les yeux comme si la réponse l'intéressait vraiment, à propos de ses jeans qui lui moulaient parfaitement les fesses, au point qu'elles avaient l'air sculptées dans la pierre.

Taylor a replacé les chaises près des tables à cartes. Il a ramassé quelques verres qui traînaient ici et là et les a jetés à la poubelle.

— Qu'est-ce que tu fais?

— Le concierge est pas encore revenu de son congé de maladie. Tu savais qu'il a droit à sept journées de congé de maladie par mois? Le gars pourrait aller en Europe tous les deux mois.

— Peut-être qu'il va te rapporter une petite tour Eiffel.

— J'aimerais mieux que les toilettes soient propres, a dit Taylor en lui lançant un paquet de cigarettes vide.

— La propreté, c'est surestimé, a répondu Rose en envoyant le paquet à la poubelle.

— Il paraît que c'était le slogan de la peste noire, a dit Taylor en lui lançant un verre en styromousse, verre qui a terminé sa course sur un de ses seins, où son contenu – de la vieille cendre – s'est répandu.

— Taylor, merde!

Rose a tenté d'essuyer sa chemise, mais n'a fait qu'agrandir la tache.

— Je m'excuse, a dit Taylor d'un air contrit.

— C'est ma plus belle chemise de travail.

C'était la vérité: le reste de sa garde-robe était composé exclusivement de t-shirts.

Taylor s'est approché et a enlevé un peu de cendre qui s'était logée sur l'épaule de Rose.

— Y en avait là aussi? a dit Rose.

Son rythme cardiaque s'est accéléré.

— Ouais, ou c'était juste une petite mousse, a dit Taylor.

Rose examinait son visage. Ses lèvres étaient si roses. Des lèvres de petite fille.

— Qu'est-ce qui te fait sourire de même ?

— Tes lèvres. Est-ce que tu mets du baume au shortcake aux fraises ?

— Ouais, mais juste pour l'odeur.

Taylor s'approchait de plus en plus. La distance qui séparait ses lèvres pulpeuses des siennes s'est réduite en quelques dixièmes de seconde, mais Rose a eu l'impression que ça durait une éternité, que c'était aussi long que l'évolution. Les océans couvraient la surface de la planète, puis des espèces de mollusques se mettaient à ramper sur la terre ferme, puis un reptile pondait un œuf, puis un singe prenait un outil entre ses mains et commençait à construire une voiture et… et puis leurs lèvres se sont touchées.

Ses pensées ont virevolté aussi fort qu'une tornade : *J'embrasse Taylor. C'est en train d'arriver. Et je sens le vieux cendrier, mais c'est pas grave parce qu'on dirait bien que ça lui plaît. Oh, mon Dieu, je l'embrasse encore et il m'embrasse et je suis mariée. Mais pas vraiment. Et, de toute façon, c'est juste un baiser. Avec Taylor. Qui est si beau. Et qui est chef. Quel mot sexy.*

Pendant que sa tête tournait comme ça, la main gauche de Taylor s'est dirigée vers son sein, celui qui était taché.

Le téléphone de la réception a sonné. Une fois. Deux fois. Trois fois. Rose s'est dégagée et est allée répondre.

— Maman ?

— Hééé, Callie. Ma fille.

— Oui, c'est moi. Fait que tu reviens quand à la maison ?

— Dans cinq minutes. T'as mangé ?

— Non.

— Quoi ? Passe-moi ton oncle.

— Non, non, je veux dire, oui j'ai mangé, mais juste des saucisses à hot dog et des fèves que mononcle Monty a cuisinées. Et du gâteau. Et une pomme. Mais c'est tout.

Rose a roulé les yeux.

— OK, ben, je m'en viens le plus tôt possible et je te prépare quelque chose. Bye, Callie, a dit Rose avant de raccrocher, le sourire aux lèvres.

Taylor barrait la porte de son bureau et il est allé faire la même chose du côté du bureau de Rose. Dans leur bureau étaient stockées des informations extrêmement confidentielles. Tisha aussi barrait toujours sa porte, mais, elle, c'était juste pour faire chier.

En sortant, Taylor a retenu la porte d'entrée pour Rose, puis a activé le système d'alarme.

Le soir tombait et les grillons faisaient déjà tout un tapage. Le froid perçait dans l'air, comme si l'hiver s'accrochait, et Rose a frissonné, regrettant de ne pas avoir apporté de chandail.

— Bon travail, aujourd'hui, Rose, a dit Taylor, d'une voix où le professionnalisme avait refait surface. Mais je savais que tu t'en sortirais.

— Je sais pas ce qui pouvait te faire croire ça.

— J'ai lu ton CV. T'as toujours eu des jobs que personne d'autre veut faire.

Dis-lui merci, s'est ordonné Rose. *Arrête-toi, regarde-le dans les yeux et dis-lui un merci bien sincère.*

— J'espère que je vais pas fucker le chien pis nuire à ta réputation.

J'imagine que c'est une sorte de merci, a soupiré Rose à part elle.

Rose a ouvert la portière de sa voiture et Taylor a fait un pas en arrière, comme s'il s'en allait.

— Juste une seconde, Chef, je vais peut-être avoir besoin d'un boost, lui a lancé Rose.

Elle a essayé de démarrer et, comme prévu, le moteur a refusé d'obtempérer.

— J'ai des câbles, a dit Rose en ouvrant le capot.

Elle parlait d'une voix neutre et tentait de bouger normalement, malgré sa gêne.

Taylor est allé chercher sa voiture.

Rose a fait quelques flexions des jambes en l'attendant. Elle s'est retournée au son d'une voiture qui approchait. Une belle machine, bleu royal, tout en courbes. Elle a remarqué l'étalon perché sur le capot. *Pas mal*, s'est-elle dit, en se promettant d'acheter une Mustang dès que ses numéros de loto sortaient gagnants.

Taylor est descendu de sa voiture. Il a lui aussi regardé s'approcher la Mustang et Rose a lu sur ses lèvres : « Oh merde. »

Puis, la portière s'est ouverte et Rose a vu une crinière en émerger : une chevelure épaisse, longue, ondulée, qui flottait dans la brise. Puis, elle a vu le visage qui allait avec : un visage parfait, digne de la Pocahontas de Disney. Les yeux de Rose sont ensuite descendus plus au sud et se sont fixés sur eux : les seins. Des seins qui correspondaient à la définition même de la perfection : gros, mais pas trop gros, hauts perchés, mais pas trop provocants. Merde, ces seins-là avaient carrément une personnalité ! Ils disaient : « Eh, on va se boire des shooters ? »

Rose a laissé s'échapper la longue expiration qu'elle retenait depuis ce matin, pour rentrer le ventre. Taylor a fait exactement le contraire et il a paru soudain grandir de cinq centimètres.

— Megan.

— Hé, Taylor, t'as l'air en forme.

Les mots lui sortaient de la bouche comme des diamants parfaitement taillés, clairs et cristallins.

Rose a poussé un son qui ressemblait à la fois à un toussotement et à un grognement. Megan a daigné lui jeter un coup d'œil rapide, avant de faire comme si elle n'existait pas.

— Qu'est-ce que tu fais ici ? a demandé Taylor.

Il avait l'air constipé, a noté Rose, mais, pour une raison inconnue, ça ne diminuait en rien son charme.

Megan a haussé les épaules.

— C'est pas une réponse, ça, Megan.

Megan a baissé les yeux. Rose a aussi baissé les yeux pour voir ce qu'elle regardait et son attention a été attirée par les bottes de cuir brunes de Megan. Des bottes à bout pointu, avec un petit talon, certes, mais rien qui aurait permis de la juger en se disant : « Quelle épaisse de porter ça à la campagne. »

— Je suis désolé que t'aies senti le besoin de venir jusqu'ici, mais j'ai pas envie de te parler. J'ai été clair quand je suis parti, a dit Taylor.

Sur ce, il a pris les câbles des mains de Rose et s'est concentré sur la batterie à ranimer.

— Mon char fait des siennes, a expliqué Rose à Megan, qui a fait mine de n'avoir rien entendu.

Elle a fait un pas en avant.

— Taylor, faut qu'on parle.

Taylor lui tournait résolument le dos pendant qu'il branchait les câbles. Rose le regardait travailler, un peu étonnée de constater qu'il savait ce qu'il faisait. Elle a jeté un regard à Megan et a vu son joli visage se décomposer.

Megan s'est cachée derrière ses longs doigts fins avant de laisser sortir de petits reniflements mouillés.

Chaque fois que Callie essayait d'utiliser ses larmes pour obtenir ce qu'elle voulait, Rose faisait comme si ce n'étaient pas des pleurs qu'elle voyait : « T'es malade ? T'as avalé une boule de poils ? Est-ce que t'es en train de suer des yeux ? » Rose avait l'impression que ce truc-là ne fonctionnerait pas avec Megan.

D'un autre côté, Rose n'était pas certaine de l'appartenance de Megan à l'espèce humaine parce qu'elle n'avait jamais vu un *Homo sapiens* avec une peau aussi radieuse.

— Ça marchera pas, a grogné Taylor sans se retourner.

Megan a continué de pleurer. Rose a constaté qu'elle était une très jolie pleureuse. Pas de nez rouge, pas de joues tachées, juste de belles larmes voluptueuses lui roulant le long du visage. Et elle n'était même pas maquillée ! *Oh, allez, ça c'est vraiment pas juste*, s'est dit Rose.

— Tu veux l'essayer ? lui a demandé Taylor.

— Quoi ?

— Essaye le moteur, a dit Taylor.

— Oh, oui, OK.

Rose s'est précipitée derrière le volant et a tourné la clé. La voiture a réagi. Elle a appuyé quelques fois sur l'accélérateur et le moteur a grondé.

Elle a baissé la vitre de sa portière.

— Merci ! On se voit demain ! a-t-elle lancé en la remontant en vitesse.

— Attends ! a crié Taylor.

— Quoi ?

— Tes câbles.

S'approchant du côté passager, Taylor a demandé à voix basse :

— Tu peux pas rester un peu ?

La mâchoire de Rose s'est décrochée.

— Pourquoi ?

— Je sais pas quoi faire avec elle, a-t-il dit.

Rose a jeté un coup d'œil dans le rétroviseur. Megan était retournée dans sa voiture, où elle pleurait maintenant à chaudes larmes. Son impressionnante crinière ne faisait plus qu'un avec le volant.

La première réponse qui est venue à l'esprit de Rose, c'est : « Laisse-la pleurer, la grosse conne », mais comme elle ne connaissait pas le fond de l'histoire, elle a choisi une voie plus diplomatique.

— Tu pourrais toujours aller prendre un café avec elle. Le Petro-Canada pas loin de Lowell est ouvert jusqu'à dix heures.

Taylor a changé de position, transférant son poids sur son autre pied ; il avait l'air d'un gamin trop gêné pour demander s'il peut aller aux toilettes.

— T'es certaine que tu peux pas rester ?

— J'ai une enfant-roi de huit ans qui réclame ma présence à la maison. Désolée.

— Ouais. OK. Bonne soirée, a-t-il dit en refermant la portière.

Rose a commencé à s'éloigner, tout en observant le couple dans son rétroviseur. Taylor se tenait entre les deux voitures, les mains enfoncées dans les poches, et Megan gardait la tête baissée. Ils faisaient tellement pitié que Rose a souhaité qu'ils se rabibochent. Mais bon, pas vraiment, parce que ce n'était pas tous les jours que Rose Okanese se faisait embrasser par un beau chef et, calvaire, elle méritait bien une petite victoire.

Ce qu'elle désirait plus que tout, en ce moment, c'était parler à Winter et lui déballer son histoire, se vider comme un sac à main trop plein. Winter avait toujours su comment aider Rose à faire le ménage dans ses pensées. Elle a monté le volume de la radio, pour noyer sa culpabilité dans la musique.

***

Rose s'est pointée au travail très, très tôt le lendemain matin et s'est mise à planifier l'horaire des activités sportives. Elle avait décidé la veille que le volleyball serait l'activité idéale pour commencer, étant donné que c'était le genre de sport auquel un peu tout le monde pouvait jouer. Et aussi parce qu'elle avait trouvé un sac de ballons dans le débarras. Elle a préparé quelques formulaires d'inscription pour différentes catégories d'âge et, à l'heure du lunch, elle est allée les brocher sur le babillard communautaire de la salle d'attente. Ce qui n'a pas été sans attirer le regard des gens occupés à leur partie de poker.

— C'est quoi, ça? a marmonné Annie, une aînée qui refusait de porter son partiel.

— Fiche d'inscription au volleyball pour les enfants et les familles, a dit Rose. C'est des matchs amicaux, pas de smashs dans la face.

Annie avait au moins douze petits-enfants.

— Parfait, pas mal tannée de leurs maudits jeux vidéo.

D'autres personnes ont tenu à donner leur point de vue : « Qu'est-ce qu'on fait avec les plus petits ? », « Comment les jeunes sont censés se rendre là ? », « Qui va leur donner à manger ? »

Rose a expliqué qu'elle allait être en mesure de leur donner des réponses à propos des tout-petits à partir du moment où les fonds seraient débloqués. Elle leur a dit qu'elle organiserait le transport pour ceux qui laisseraient leur numéro. Elle leur a dit aussi, pour terminer, de s'occuper eux-mêmes de donner à manger à leurs christies de flos.

Avant même que Rose ait terminé de se verser une tasse de café et de mélanger le sucre et le colorant, la liste était à moitié remplie de noms.

Rose s'est dirigée vers le comptoir de Kaylee.

— Le chef est arrivé ?

— Non. Il a pris congé. Malade.

Un profond soupir de tristesse, traduisant parfaitement l'injustice prévisible de cette vallée de larmes, est sorti des poumons de Rose.

Kaylee lui a lancé un regard inquisiteur.

— T'es au courant de quelque chose ?

Rose a secoué la tête.

— Non. Je suis juste surprise parce que, tsé, il est tellement en santé et tout.

— Hum.

— C'est juste ça.

— T'as vingt-cinq rendez-vous aujourd'hui. Tu veux commencer tout de suite ou tu préfères rester ici à potiner ?

Rose a pris la pile de dossiers qui l'attendait sur le comptoir de Kaylee.

***

Elle a consacré son heure de dîner à la formation des équipes. Elle a pris une courte pause pour essayer encore une fois de téléphoner à Winter, mais est tombée à nouveau sur la boîte vocale, à sa grande déception.

— Hé, c'est moi. Encore. Appelle-moi au boulot. Ou à la maison. Je pensais que tu travaillais pas cette semaine ? Laisse-les pas t'exploiter, ils vont finir par te tuer, OK ? Rappelle-moi.

Elle a raccroché. C'était la première fois qu'elles passaient un aussi long moment sans se parler – deux jours complets – depuis la deuxième année du primaire, quand Rose avait eu une infection à l'oreille causée par une tique que sa mère n'avait pas vue à temps.

Rose s'est replongée dans sa paperasse. Elle était sur une bonne lancée lorsqu'on a cogné à sa porte. Levant les yeux, elle a reconnu la forte carrure de Gilbert qui prenait toute la place dans le cadre. Il avait l'air mal en point, comme d'habitude quand une brosse se terminait et que le mal de bloc prenait la relève. Après ça, il passait une semaine couché sur le divan, aussi grognon qu'un ours, envoyant Rose et Callie lui chercher de l'eau et de la nourriture. (Il ne s'essayait même pas avec Sarah, sachant trop bien qu'elle l'enverrait chier.) La plupart du temps, Rose s'efforçait de garder les filles loin de la maison durant ces semaines-là.

— Allô, a-t-il dit, d'une voix profonde et chaude comme une tranchée inondée par l'eau des égouts.

Rose a eu envie de grogner. Et peut-être qu'elle a grogné. En tout cas, un son peu amical est sorti de sa bouche, à n'en pas douter.

— Je suis passé prendre mon dernier chèque de paye et on m'a dit que tu travaillais ici, maintenant. Je me suis dit que je pouvais bien venir te saluer.

— Pourquoi ?

Gilbert a haussé les épaules. Les yeux de Rose ont rétréci. Le haussement d'épaules de Gilbert était un mouvement breveté, dont il se servait pour se sortir de n'importe quelle situation embarrassante.

Gilbert a passé une main le long du cadre de porte, examinant le bois.

— Je sais que j'ai pas été correct, a-t-il fini par dire.

Rose a éclaté de rire. C'est sorti comme un aboiement.

— Tu t'es chicané avec Michelle ? La salope t'a mis dehors ? Parce que je vois pas pourquoi tu voudrais me parler, sinon.

Gilbert a examiné le bois encore plus minutieusement.

Rose avait une bonne douzaine de choses à dire, ça tournait dans sa tête comme des boules de bingo. Puis, elle a repris le contrôle. Cette fois, ça n'allait pas virer comme toutes les autres fois, comme toutes leurs engueulades : elle parlait et parlait et lui prenait un air contrit et après un moment elle n'avait plus rien à dire et ils se taisaient. Et, après, il se réinstallait à la maison et, graduellement, elle acceptait qu'il soit de retour dans sa vie, un peu comme de la moisissure qui pousse sur les plinthes. Elle n'avait pas de plinthes, mais bon.

Gilbert la reconquérait toujours en restant là, immobile, à ne rien faire. Ça ne réparait jamais aucun pot cassé, mais elle était si stupide qu'elle tombait dans le panneau chaque fois.

Elle le fixait du regard. Lui fixait le mur. Finalement, il a posé les yeux sur elle, l'air désorienté.

Rose a haussé les épaules. Puis, elle a baissé les yeux sur ses formulaires et s'est mise à inscrire des noms sur des lignes, les mains tremblantes.

— Je m'excuse.

Sa voix était à peine un murmure.

Elle a continué à écrire. Elle a compris qu'il était parti quand son ombre a disparu de sa surface de travail.

Rose a gardé l'œil ouvert durant le reste de la journée, au cas où Taylor viendrait faire un tour. Ses rendez-vous ont passé vite comme l'éclair et elle a même tenté de convaincre quelques personnes de rester dans son bureau, histoire de jaser du temps qu'il faisait. Mais, à l'évidence, tout le monde avait autre chose à faire.

— La banque ferme tôt, aujourd'hui, se faisait-elle répondre constamment.

Rose faisait des allers-retours jusqu'au comptoir de Kaylee, qui la renvoyait systématiquement. Kaylee jouait au poker en ligne et c'était son jour de chance.

— Va-t'en, tu me portes malheur, lui a dit Kaylee quand elle a perdu un tour.

En désespoir de cause, Rose s'est même résignée à aller voir si Tisha était là. Cette dernière s'est fait un plaisir de lui rappeler au moins dix tâches que Rose n'avait pas encore commencées. Rose est donc retournée dans son bureau en se traînant les pieds. Mais elle a laissé sa porte ouverte.

***

Winter a téléphoné au moment où Rose s'apprêtait à déposer les assiettes pleines sur la table. Elle a vu le numéro et a figé. Elle n'avait pas envie d'avoir la fameuse conversation ici et maintenant. Sarah est passée près d'elle, a vu le numéro elle aussi et s'est contentée d'un « tut-tut » désapprobateur. Callie a accouru depuis le salon et a décroché le combiné.

— C'est Matante ! a-t-elle hurlé au profit de la maison au complet.

Puis, sans discontinuer, elle a parlé à Winter de ses devoirs et leçons, a décrit ce qu'elles mangeaient pour le souper et a voulu savoir pourquoi elle n'était pas ici pour qu'on mange tout le monde ensemble. D'un côté et de l'autre de la table, Monty et Rose ont échangé un regard de culpabilité. Sarah a levé les yeux du roman qu'elle avait ouvert en face de son assiette pour les poser sur sa mère d'un air baveux. Callie a fini par passer le téléphone à Monty.

— OK. Ouais, je reste ici…

Rose a grincé des dents.

— Comme tu m'as foutu… comme tu m'as demandé de partir… Non, personne se ligue contre toi, c'est pas ce que… Comment va le bébé ?

Monty a regardé le combiné qui gisait dans sa main.

— Comment va le bébé ? a demandé Callie.

— Elle a raccroché.

— C'est pas super poli, ça, a répondu Callie.

— Elle est toute seule dans sa maison et on est ici toute la gang. C'est normal qu'elle soit fâchée, a dit Sarah.

— Pourquoi Winter vient pas nous rejoindre ? a demandé Callie.

— Ton père est passé à mon bureau aujourd'hui, a dit Rose pour changer de sujet.

— Est-ce qu'il t'a demandé comment j'allais ?

— Bien sûr, a dit Rose en enfonçant une grosse cuillerée de patates pilées dans sa bouche de menteuse.

— Est-ce que tu lui as dit que madame O'Watch a dit que mon idée d'expérience est la pire qu'elle a jamais entendue ?

— Je lui ai dit que tu m'accompagnais à bicyclette chaque jour.

— Super.

— Il a dit qu'il était fier de toi, a ajouté Rose.

Ça a fait sourire Callie, qui s'est aussitôt redressée sur sa chaise.

Rose a jeté un coup d'œil à Sarah, qui était en train de construire une pyramide avec ses patates pilées.

***

Rose a suivi Sarah jusque dans sa chambre après le souper. Il y avait plus de rose dans l'antre de l'ado rebelle que ce que la plupart des gens auraient soupçonné. Rose savait qu'elle cachait aussi une boîte à bijoux Hello Kitty dans un de ses tiroirs. Sarah s'est assise sur sa chaise à roulettes et s'est mise à faire des tours.

— T'avais raison, a débuté Rose. Laisser Monty rester ici, c'était comme être de son bord.

Sarah a hoché la tête.

— Mais c'est mon cousin, je pouvais pas lui dire non. Et aussi, c'est pas cool de dire ça, mais, même si les choses vont bien pour nous en ce moment, le loyer qu'il me verse aide beaucoup.

Sarah examinait le tapis.

Rose s'est assise sur le lit de sa fille.

— Fait que tu vas m'aider pour le volleyball ?

Sarah a fait trois tours sur elle-même avant de répondre :

— Oui.

— Merci.

— Fait que… a dit Sarah en traçant un cercle par terre avec son gros orteil. Il a demandé de mes nouvelles ?

Rose a fait non de la tête.

— J'aimerais ça qu'il soit pas mon père.

C'était le moment où Rose sortait habituellement les excuses réconfortantes, quelque chose comme : « C'est un alcoolique. Il a été élevé comme ça. Il sait pas comment faire les choses autrement. » Mais elle n'avait pas envie d'aller dans cette direction. Elle n'était plus capable de justifier les conneries de Gilbert.

— C'est pas un bon père, a-t-elle acquiescé.

— Il vaut rien, a dit Sarah.

— Ben… a fait Rose en se remuant les méninges, en quête d'une preuve de la valeur de Gilbert.

La voix de Callie s'est fait entendre depuis le salon :

— M'man, il est six heures !

— Faut que j'aille courir.

— Pour vrai ? a demandé Sarah.

Rose a cru apercevoir une pointe de déception sur son visage.

— Tu peux m'accompagner si tu veux.

— Non, a dit Sarah. J'ai des devoirs à faire.

— Des trucs intéressants ?

— Non.

Rose s'est levée, prête à quitter la pièce.

— J'ai eu un A pour ma dissertation en français.

— Pour vrai ?

— T'as donc ben l'air étonnée.

Ça a fait sourire Rose.

— Beau travail, je veux dire.

— C'était sur *Le vieil homme et la mer.*

— J'avais aimé ça, ce livre-là, a dit Rose.

Elle se souvenait qu'elle avait eu envie de manger des fruits de mer tout au long de sa lecture obligatoire.

— Il travaille super fort et, à la fin, il lui reste plus rien. C'est poche.

— À la fin, personne a jamais rien.

Rose s'est rappelé après-coup qu'elle discutait avec une adolescente déjà bien assez cynique et qu'elle n'avait pas besoin de jeter de l'huile sur le feu. Elle a ajouté :

— Sauf toi avec ton A, je veux dire, c'est les petits moments comme ceux-là qui donnent un sens à tout ça.

Sarah s'est retenue de rouler les yeux, et c'était tout à son honneur. Comme récompense, Rose, elle, s'est retenue d'aller lui tapoter affectueusement l'épaule.

***

Callie a tenu Rose bien occupée, lui posant mille et une questions durant son entraînement. C'était la troisième fois qu'elles partaient ensemble, Rose au jogging, Callie sur son vélo. Au début, Callie avait eu de la difficulté à pédaler assez lentement pour ne pas semer sa mère, mais elle avait vite appris à faire des cercles autour d'elle, à prendre un peu d'avance puis à revenir en arrière en répétant : « T'es vraiment trop lente, M'man. » Rose était contente d'avoir de la compagnie. Courir, c'était monotone, et le babillage ininterrompu de Callie l'aidait à passer le temps.

Les voitures klaxonnaient au passage. Parfois, Rose avait droit à des taquineries plus ou moins encourageantes : « Lâche pas, ma Rosie ! », « Bouge les fesses, ma belle ! », « Veux-tu une clope ? »

Rose remarquait les changements dans son corps. Ses jeans tombaient et elle avait dû emprunter une ceinture à Sarah pour éviter de les avoir au milieu des fesses comme un ado. Elle avait des ampoules partout sur la plante des pieds et sur le bout des orteils. Elles ne guérissaient pas, mais elles ne grossissaient pas non plus. Ça ne la dérangeait même plus tant que ça de les voir. Le pire, c'était ces plaques d'irritation près de ses aisselles, là où la peau flasque de ses bras frottait sur le côté de son thorax. Callie les avait qualifiées de « dégueu » et elle ne pouvait qu'être d'accord.

Il arrivait à Rose et Callie de parcourir la distance jusqu'au marais, où des jeunes se baignaient. L'eau était noire et boueuse, mais ils avaient plus de plaisir que des cochons dans leurs propres excréments. Rose était certaine que bien des mères allaient péter un câble quand leurs enfants rentreraient à la maison.

Rose courait encore plus vite pour contourner le marais, afin que Callie ne se mette pas en tête de venir y faire un tour. Mais les journées allongeaient et se réchauffaient ; elle savait bien que ce n'était qu'une question de temps avant que Callie revienne à la maison couverte de boue.

Elles avaient même déjà dépassé le marais pour se rendre jusqu'à l'immeuble du Conseil de bande, où Rose s'était appuyée pour reprendre son souffle tandis que Callie s'exerçait à rouler sur une seule roue dans le stationnement. Ensuite, elles étaient reparties en sens inverse.

Ça faisait à peine vingt minutes que l'entraînement était commencé qu'un camion a ralenti juste à côté d'elles. Rose se préparait déjà à encaisser un autre commentaire savoureux, mais le conducteur lui a plutôt lancé :

— Rose !

Elle a jeté un coup d'œil derrière elle. C'était un vieux camion à l'air mal en point, si rouillé et usé qu'on n'aurait pas su identifier sa couleur originale. Rose a trotté jusqu'à la fenêtre du côté passager, à la fois agacée et contente de se faire déranger. Puis, elle a vu le nez aquilin de Lloyd, ses pommettes saillantes sous son énorme chapeau de cowboy, et elle est restée figée. Lloyd avait de la gueule, assis comme ça dans son camion, et pendant une fraction de seconde, elle s'est demandé s'il était célibataire.

— Hé, P'pa.

— Tu devrais faire des côtes.

— Pas évident, vu qu'on est en Saskatchewan.

— Y a quatre côtes dans le marathon.

— Ouais, évidemment.

— Tu bois assez d'eau ?

— J'oublie tout le temps.

— Allô, Grand-P'pa ! a dit Callie en sautillant pour se montrer la tête dans la fenêtre.

— Allô, Callie, lui a-t-il répondu, et son nom sonnait bizarre dans sa bouche – un peu comme « Kelly ». Comment ça va à l'école ?

— Notre prof est trop méchante, elle nous laisse même pas porter nos t-shirts de Justin Bieber !

— C'est plate, ça, a répondu Lloyd, qui n'avait visiblement aucune idée de qui il s'agissait.

— Non, c'est parfait, a dit Rose.

— M'man !

Rose était sur le point d'inviter Lloyd à venir prendre un café lorsqu'il a dit :

— Je t'ai inscrite à une course. Samedi prochain.

— Quoi ?

— C'est juste un dix kilomètres. Ça va bien aller, a-t-il ajouté avant de prendre une gorgée de la cannette de Coke qu'il avait entre les cuisses.

— Je suis pas prête.

Lloyd a haussé les épaules, est passé en première et s'est éloigné.

Rose a regardé Callie. Callie a regardé Rose.

— C'est long comment, dix kilomètres ? a voulu savoir Callie.

— Genre deux fois plus long que ce qu'on a fait aujourd'hui.

Callie s'est mordu la lèvre.

— Ouch.

— Ouch, mets-en.

Callie a plongé son regard dans la distance.

— On fait un autre kilomètre ce soir, d'abord. Pour voir comment ça se passe.

Et elle est repartie en force sur son vélo, ses petites jambes pédalant avec résolution.

Rose a fait quelques tours en courant sur place, juste pour sentir ses hanches et ses muscles et les entendre formuler leurs plaintes respectives. Puis, elle est partie à la suite de sa fille.

DOUZE

Rose a aperçu Winter au IGA et a ressenti un déchirement – un déchirement qui s'est traduit par le réflexe qu'elle a eu de faire un pas en avant avec enthousiasme, puis de faire un pas à reculons avec hésitation, puis de faire un pas en avant à nouveau, comme une danseuse de salsa un peu nerveuse. Sa première pensée, un joyeux : « Winter ! » Sa deuxième, un craintif : « Oh merde. » Et enfin : « Faut que je passe à l'action. » D'un pas précipité, Rose a poussé son panier qui couinait avant que le courage ne l'abandonne.

— Hé.

Winter a froncé les sourcils en voyant Rose.

— Oh, c'est toi.

— Oui, moi, a répondu Rose en se penchant pour saluer le ventre de Winter. Comment ça va, mon p'tit ?

— Fais pas ça.

— Connais-tu déjà le sexe ?

— Es-tu folle ? J'ai juste neuf semaines de faites.

Winter a approché un bloc de fromage de son nez avant de le déposer dans son panier.

— Ouais. De toute façon, on s'en fiche. Un garçon, c'est facile. Et une fille, c'est plus de travail, mais ça va être ta meilleure amie, a dit Rose en ajoutant dans sa tête qu'à quinze ans, elle deviendrait sans doute aussi sa pire ennemie. Quand est-ce que t'as une échographie ?

— Dans trois semaines.

— Tu veux que je le dise à Monty ?

Winter a lancé une boîte de lentilles dans son panier.

— J'imagine que j'ai pas vraiment mon mot à dire.

Rose a reculé d'un pas comme si elle venait de recevoir une claque. Son visage a viré au rouge.

— Je lui en parlerai pas si tu veux pas.

Winter s'est éloignée avec son panier. Rose a fait pivoter le sien et l'a suivie.

— Tu vas venir faire un tour ? a-t-elle demandé.

— Non, a répondu Winter en choisissant des fines herbes fraîches sur une tablette.

Rose n'avait aucune idée de ce à quoi ça pouvait servir, mais elle s'est dit que ce n'était pas le moment de poser la question.

— Callie aimerait ça te voir. Elle a eu l'idée de patenter une sorte de cataplaque traditionnel… un catapalme, je sais pas trop… une espèce de crème faite avec de l'écorce, et je lui ai dit que t'en savais plus long sur ces affaires-là que moi. Ta mère faisait pas des remèdes traditionnels ?

Winter n'a pas répondu.

— J'imagine que je pourrais demander à Jane – la mère de Ronnie –, a poursuivi Rose. Ça a toujours été elle l'experte pour ce genre de truc, mais ça fait un méchant bout que je l'ai pas vue dans le coin.

Winter a tourné le coin de l'allée. Rose a délibérément placé son panier en travers du sien – un geste audacieux, mais elle n'avait plus le choix.

— Je m'excuse. Je voulais pas qu'il s'installe chez nous. Je lui ai dit non, mais il…

— C'est un menteur, un salaud qui m'a trompée et toi t'as pris son bord parce que t'es faible.

La puissance de la colère de Winter a transpercé Rose de part en part. Figée sur place, elle a regardé son amie continuer son chemin dans l'allée. Finalement, elle a réussi à répliquer :

— Tu penses que Monty est comme Gilbert. Mais non, il est pas pareil. Il a fait une erreur et il le regrette.

— Je vais pas être ce genre de femme qui reste là à rien faire pendant que son mari fourre toutes les petites connes qu'il croise sur son chemin, d'ici à la frontière des États.

Rose ne savait pas quoi dire, puisqu'elle était ce genre de femme qui était restée là à rien faire pendant que son mari fourrait toutes les petites connes croisées sur son chemin, d'ici à la frontière des États. Pour ce qu'elle en savait, Gilbert s'était peut-être même rendu jusqu'en Amérique centrale. (Mais pas en Europe, puisque son dossier criminel lui interdisait de quitter le continent.)

Winter n'avait jamais été aussi en colère contre Rose. Pas même la fois où Rose avait échappé de la moutarde sur son abat-jour blanc en suède.

Winter s'est inclinée jusqu'à la tablette du bas pour atteindre les gros sacs de riz sauvage. Rose s'est précipitée pour lui venir en aide.

— Laisse, je vais le prendre pour toi.

— Je suis capable.

— Mais je veux juste t'aider.

— Je veux pas de ton aide.

— T'es fâchée, tu penses pas ce que tu dis.

— Je suis pas fâchée!

— Tu devrais pas t'énerver de même quand t'es enceinte.

— Câlisse, prends-le d'abord, comme tu fais avec tout le reste, a sifflé Winter.

Elle a lancé le sac de riz vers Rose, qui l'a attrapé à deux mains, déséquilibrée.

Rose s'est mise à pleurer.

Winter a regardé les larmes couler, a pivoté sur ses talons et s'est éloignée en poussant son panier. Évidemment, Rose s'est mise à pleurer encore plus fort.

Elle a pris une boîte de Kleenex sur l'étagère juste à côté, l'a percée d'un petit coup de poing et en a tiré quelques mouchoirs. Annabelle est apparue au détour de l'allée. Rose l'a saluée de la tête. Ça faisait longtemps qu'elle n'avait plus honte de pleurer en public. Être mariée à un con, ça avait ce genre d'effet.

— Hé, Rose, ça va ?

— Ouaip, a-t-elle répondu, la voix pleine de morve et de larmes.

Annabelle a fait mine de lire l'emballage d'un paquet de papier de toilette en attendant que Rose se ressaisisse.

Rose s'est mouchée avant de dire :

— Où est Mariah ?

— Chez ma mère.

— Je pensais que t'avais déménagé en ville.

— Les garderies étaient pleines et ma cousine m'avait promis de garder la petite, mais elle a trouvé une job au casino, fait que ça a pas marché. En plus, Jason le Sixième arrêtait pas de m'appeler pour me demander de revenir. Je sais pas pourquoi, d'ailleurs, je l'ai pas vu une seule fois depuis que je suis revenue dans la réserve.

— Peut-être qu'il travaille.

— Il ferait mieux, oui. Parce que je suis plus cassée qu'une danseuse avec des morpions. J'ai passé tout mon argent dans les billets d'autobus, les gardiennes, et aussi une couple de mauvaises décisions d'investissement au bingo.

— En ville, c'est pas facile avec un petit, a dit Rose en essuyant quelques larmes récalcitrantes.

Annabelle a acquiescé. Puis, elle a jeté un coup d'œil aux alentours avant de s'approcher de Rose :

— Fait que j'ai entendu ça, entre toi et Winter.

— Ça aurait été difficile de pas entendre. C'est pas une très grosse épicerie.

Rose a hoqueté en prononçant les derniers mots et quelques larmes de plus se sont échappées de ses yeux.

— C'est quoi l'affaire ?

— Monty a échangé des textos avec une signaleuse sur le chantier et Winter l'a mis dehors et moi je lui ai donné la permission de rester chez nous, a résumé Rose dans un murmure.

— Des textos ?

— Des « sextos », comme on dit de nos jours.

— Je sais pas si je mettrais un gars à la porte pour ça. Mais bon, c'est clair que Winter et moi, on n'a pas les mêmes critères. Je veux dire, elle sortirait probablement pas avec un homme qui s'est fait arrêter pour avoir volé une machine à tatouer, même si c'est le plus beau cadeau de Noël du monde.

Rose avait envie de connaître les détails, mais manquait d'énergie pour poser les bonnes questions. Annabelle a fait claquer sa gomme.

— Fait qu'il paraît que tu vas courir un marathon ?

— Ouais, ben, ça a l'air.

— C'est cool. Oh, et j'ai entendu dire aussi que t'avais eu la job de Liz au Conseil de bande.

— Ouais, a répondu Rose en essuyant encore quelques larmes.

Elle s'est mouchée dans un autre Kleenex.

— Et j'ai entendu dire aussi que tu travaillais avec le christie de beau bonhomme qu'on a comme chef?

Rose a eu un autre hoquet :

— Il est très gentil.

— Bon, ben, tout est beau, t'as aucune raison de pleurer. Merde, ça devrait être moi en train de chigner dans un crisse de IGA. Pas de job, pas de bonhomme, pas de sexe depuis un mois.

— Et moi depuis un an.

Annabelle a éclaté de rire :

— Ostie, Rose, moi aussi je braillerais à ta place.

***

Après le souper, Monty est parti voir Winter.

Rose avait préparé le riz sauvage, mais les filles et elle ont préféré savourer un bol de popcorn sur le divan en regardant un film d'horreur qui était trop violent pour Callie et trop bébé pour Sarah.

— T'as le droit de manger ça ? a demandé Sarah.

— C'est un boost de lucides, a dit Callie. Grosse course demain.

— On dit « un boost de glucides », l'a corrigée Sarah.

— J'ai passé ma vie à me booster aux glucides, a dit Rose. Fait que ça devrait bien se passer demain, comme dans du beurre.

La porte s'est ouverte, Monty est entré. Son humeur sombre s'est aussitôt répandue dans la pièce et tout le monde est resté silencieux alors qu'il traversait le salon en direction de sa chambre.

— Faut que je parle à Mononcle pour mon projet d'expo-sciences, a dit Callie.

— Il veut être tout seul.

— Il était censé me montrer comment faire un super beau volcan.

— Même moi, je sais comment faire ça : du vinaigre et du sucre, a dit Rose.

— Vinaigre, bicarbonate de soude et savon à vaisselle, est intervenue Sarah.

Le téléphone a sonné et Rose a sursauté.

— C'est juste le téléphone, M'man, relaxe, a dit Sarah.

— Je sais, a répliqué Rose en injectant une petite dose d'adolescence blasée dans sa voix.

Elle s'est extirpée du divan pour aller répondre. Comme elle ne reconnaissait pas le numéro, elle a décroché d'un geste hésitant, essayant de se remémorer quelle facture pouvait être restée impayée.

— Rose, c'est Taylor.

Le cœur de Rose a bondi comme un agneau au milieu d'un pré en fleurs.

— Ouais ?

— Albert a fait une crise cardiaque.

— Oh, mon Dieu, est-ce qu'il va bien ?

— L'agent Martin patrouillait quand il l'a trouvé sur le bord de la route. Il l'a conduit à l'hôpital.

Rose a pénétré dans la cuisine et s'est assise sur une chaise. Elle connaissait Albert depuis qu'elle était toute petite.

— C'est vraiment poche, ça, a dit Rose. Il est un des seuls aînés de la réserve.

— Je sais. En tout cas, je suis en route vers l'hôpital. Sa famille est déjà là-bas et, ben, je veux être à leurs côtés.

Les derniers mots avaient été prononcés sur une note un peu plus haute et, sentant la nervosité de Taylor, Rose n'a pu réprimer un sourire dans la noirceur de la cuisine.

— Je peux venir avec toi. Je veux dire, j'ai une course demain, mais…

— Tu peux pas manquer ta course, lui a répondu Taylor d'un ton ferme.

— Je pourrais simplement annuler, si t'as besoin de moi, a dit Rose, plus enthousiaste qu'elle ne voulait l'admettre à l'idée de ne pas courir dix kilomètres aux premières lueurs de l'aube.

— Non, oublie ça, penses-y même pas, tu peux pas annuler ta course. Bonne chance pour demain.

— Merci.

Rose a raccroché. Puis elle a prononcé une prière silencieuse pour Albert. Et, alors qu'elle s'apprêtait à retourner dans le salon, elle a été saisie d'une étrange inquiétude. Comme quand on vient de s'installer devant un film au cinéma et qu'on a soudain l'impression d'avoir oublié d'éteindre le four.

TREIZE

Il y avait beaucoup de monde dans le stationnement : des hommes filiformes avec des hanches de fillettes de dix ans, des femmes aux cuisses grosses comme les bras de Rose et une armée de bénévoles souriants qui portaient des t-shirts assortis. Rose observait les coureurs qui s'échauffaient en bottant l'air froid du matin de leurs jambes-spaghettis.

Rose n'avait même pas encore abandonné la chaleur de la voiture. Elle mâchait une gomme avec ferveur. À côté, sur le siège passager, Callie sirotait son chocolat chaud. Sarah était étendue sur la banquette arrière, enveloppée dans la douillette qu'elle avait tirée de son lit, les yeux fermés.

— Je suis pas prête.

— Un peu tard pour dire ça, M'man.

— On pourrait aller au Tim, je pourrais t'acheter un beigne. Et on pourrait juste dire que j'ai participé.

— J'aime pas ça dire des menteries pour toi, M'man.

Rose savait que ça, c'était une menterie.

— Mais ça va être souffrant. Très souffrant.

— Ouais.

Rose a fixé le ciel des yeux :

— Il fait même pas encore clair… C'est sécuritaire de courir dans le noir ?

— Probablement pas, a dit Callie avant de souffler sur la vitre de sa fenêtre et d'écrire son nom dans la buée.

Rose a ouvert la portière.

— Tu vas pas porter ça, non ? a dit Sarah d'une voix aussi endormie que dédaigneuse.

Rose a baissé les yeux sur ses joggings mauves.

— Il fait froid.

— Enlève-les.

Rose a obéi. En dessous des pantalons, elle avait enfilé une paire de shorts de basketball en nylon que Gilbert avait l'habitude de porter à la maison, pour relaxer. Elles lui tombaient jusqu'aux genoux, elles étaient trop grandes à la taille, mais le cordon lui permettrait de les garder bien en place. Du moins, c'est ce que Rose espérait.

— OK, bon. Ça y est, a dit Rose en jetant un coup d'œil à l'intérieur de la voiture, l'air chaud l'invitant à remonter.

— Bonne chance, M'man, a dit Callie. Cours vite.

— Tsé, peut-être que je devrais m'abstenir, je pourrais toujours m'inscrire à une autre course dans une couple de semaines…

— Ferme la porte, fait frette en crime ! lui a intimé Sarah.

Rose a fait claquer la portière et a envoyé une grimace à Sarah à travers la fenêtre. Sarah avait déjà refermé les yeux. Callie a sauté derrière le volant et a cogné sur la vitre : un beau pouce levé bien haut pour sa mère.

Des hordes de coureurs défilaient à côté de la voiture et Rose s'est mise à les suivre, n'ayant aucune idée de l'endroit où se trouvait la ligne de départ. Elle a écouté une conversation entre deux femmes grosses comme des allumettes, en train de se plaindre du manque d'activités intéressantes pour les fêtes d'enfants.

— Faut quasiment faire le tour de la ville au complet juste pour trouver un clown, et je parle même pas de ce qu'ils demandent comme cachet ! C'est carrément de l'extorsion !

— As-tu pensé à un jongleur ?

— J'imagine qu'un bon clown sait aussi jongler.

Les shorts de nylon de Rose lui collaient aux jambes et aux fesses. Elle s'était dit que, pour une matinée brumeuse, à cinq degrés Celsius, il y avait peu de chance que la statique soit de la partie, mais c'était sans compter le fait que la malchance avait toujours pris plus de place dans sa vie que la science. Visiblement, elle détonnait parmi tous ces coureurs, mais elle savait aussi, parce qu'elle détonnait toujours partout où elle allait, que les gens avaient tendance à se contenter d'ignorer les moins chanceux comme elle, plutôt que de les pointer du doigt.

La ligne de départ se trouvait à une trentaine de mètres de l'endroit où se tenait Rose. Elle a laissé la foule se former autour d'elle. Les femmes-allumettes étaient à sa gauche, un peu en avant. Leur discussion venait de bifurquer vers les variétés de gâteaux de fête bio et sans gluten. À sa gauche, encore, des hommes d'âge mûr examinaient les grosses montres noires qu'ils portaient au poignet. Quelques personnes sautillaient sur place et Rose craignait que l'une d'entre elles atterrisse sur ses orteils, ce qui l'aurait obligée à se fâcher et à lâcher une réplique cinglante, ce qui aurait aussitôt attiré l'attention de tout le monde sur ses shorts ridicules.

Elle a baissé les yeux et a remarqué qu'un autre trou s'était formé dans ses espadrilles. Son esprit a voyagé dans le temps pour se retrouver à l'école primaire. Rose, entourée de gamins qui l'appelaient « Rose Percée » à cause des trous qui s'accumulaient sur ses souliers, ses jeans, son sac d'école.

Ce n'était pas le bon vieux temps. Elle se rappelait une fois où elle était si excédée après l'école qu'elle était entrée dans la cuisine en criant à sa mère : « C'est de ta faute si j'ai l'air aussi niaiseuse ! »

Rose se souvenait que sa mère avait passé la nuit à recoudre ses pantalons avec du gros fil noir qui les faisait paraître encore pires. Mais Rose les avait tout de même portés le lendemain, parce qu'elle s'en voulait d'avoir engueulé sa mère.

Va chier, maudite course, c'est quoi le rapport de me ramener des souvenirs comme ça, s'est-elle dit. *Pensées positives uniquement, à partir de maintenant. Des enfants en santé, un corps en santé, des seins pas si pires, une maison, une voiture qui démarre la plupart du temps, une job et un patron pas mal cute.* Rose a souri en accumulant les points sur sa liste, elle aurait souhaité pouvoir en parler avec les deux madames en forme de bâton de Popsicle – un bonheur aussi simple, ça les aurait sûrement réduites au silence. Puis, un coup de pistolet a retenti et les coureurs sont tous partis dans la même direction. Ça y est : Rose participait à une course.

***

Une fois la ligne de départ loin derrière, les coureurs ont commencé à se distancer les uns des autres. Il y avait le peloton de tête, que Rose n'a vu qu'un instant au départ et qu'elle ne s'attendait pas à revoir. Puis il y avait ceux qui la dépassaient. Et c'était tout ; il n'y avait pas d'autres sortes de coureurs. Jusqu'à présent, elle n'avait dépassé personne, ce qui voulait dire qu'elle serait la dernière à franchir la ligne d'arrivée si elle n'accélérait pas la cadence. Elle a émis le souhait qu'il y ait au moins un centenaire inspirant dans la course – un centenaire qu'elle serait en mesure de battre, bien sûr.

À chaque kilomètre, on avait installé une table où des bénévoles offraient du Gatorade et de l'eau. Rose se demandait s'il fallait payer ces boissons avant le départ. Est-ce que les coureurs qui avaient acheté leurs trucs à l'avance portaient une marque spéciale sur leur dossard ? Et si elle s'approchait d'une des tables, est-ce qu'on lui répondrait : « Désolé, faut payer pour ça… » ? Ce qui l'obligerait à reculer de honte. Voilà pourquoi Rose n'a pas bu une seule gorgée d'eau de toute la course.

Elle a parcouru au moins un kilomètre à la marche, peut-être même deux. Peu importe la distance exacte, ça lui a paru très long. Elle n'a même pas marché particulièrement vite, elle a marché lentement, une main sur le point qui s'était formé au niveau de ses côtes, à gauche. Ceux qui la dépassaient lui lançaient des phrases encourageantes, du genre: «Tu vas y arriver», «Bonne course» et «Sois forte». Ça lui donnait envie de leur faire des jambettes. On aurait dit qu'ils disaient le contraire de ce qui sautait aux yeux. Elle n'y arriverait pas, mais elle le ferait quand même, puisqu'il n'y avait aucun autre moyen de rentrer à la maison. Ce n'était pas une bonne course – c'était une marche. Et peut-être bien qu'elle était forte, effectivement, mais comment auraient-ils pu le savoir, à moins de la laisser mettre ses mains autour de leur cou et serrer fort?

Tout ce qu'elle désirait: son lit, une bouteille d'eau et un paquet de cigarettes.

Les parties de son corps se sont relayées pour la faire souffrir. Son genou gauche élançait, puis finissait par craquer. Ensuite, la douleur se calmait pour un temps, avant de revenir en force. Elle avait mal dans le bas du dos. On aurait dit des crampes menstruelles, mais encore moins agréables. Elle avait mal au ventre – la faim, bien sûr. De toute évidence, la moitié d'une tasse de café et une toast, ce n'était pas suffisant pour courir un dix kilomètres. Et ses poumons? Pouvait-on avoir plus mal aux poumons? Chaque respiration lui donnait l'impression d'aspirer dans une paille que quelqu'un aurait plantée dans la boue. Le fond de ses bronches était-il fait de goudron? Rose a pensé aux vieux qu'elle voyait dans la rue, traînant leur machine à oxygène. Ce serait moche d'en arriver là. Personne ne cruise quelqu'un qui se promène avec sa bonbonne d'oxygène.

Rose s'est remise à jogger, mais elle devait avoir une allure pitoyable, comme si ses hanches traînaient ses jambes molles. Des mots étranges ont commencé à rebondir dans sa tête. « Cornichons, bikini, lointain, nettoyage à vapeur… » Son esprit n'était pas en mesure de créer du sens. Elle était sur le point d'abandonner et de s'asseoir sur la chaîne de trottoir, sur le point de formuler le souhait que quelqu'un envoie une ambulance à « la vieille bonne femme avec les shorts de gars », lorsqu'elle a entendu la voix de sa mère.

L'effet était le même que la dernière fois : elle aurait juré que Callista était juste à côté d'elle, qu'elle s'ajustait à son pas pour l'accompagner, calme et posée.

— Tu vas y arriver.

— Non, j'y arriverai pas, a grommelé Rose.

— Oui, tu vas y arriver, j'ai dit, a répondu Callista sur un ton laissant supposer qu'une bonne fessée attendait Rose.

Rose a avancé en direction de la voix de sa mère, qui semblait toujours provenir d'en avant, un peu vers la droite.

« Tu me manques, Maman », a dit Rose dans sa tête.

« Tu me manques aussi. »

« Papa et moi, ça marche plus vraiment. Je sais pas quoi faire pour réparer les pots cassés. »

« Tout va s'arranger. »

« J'aurais voulu que tu meures jamais. »

« J'aurais voulu ça, moi aussi. »

La voix de Callista n'était pas empreinte de tristesse. Elle était douce et directe, terre-à-terre comme toujours, comme à l'époque où Rose se tenait près d'elle pour la regarder préparer le souper en lui racontant sa journée à l'école.

Et soudain, la silhouette qu'elle avait aperçue la dernière fois, comme une ombre bleutée, a surgi à nouveau. Bifurquant d'un coup sec pour s'en éloigner, Rose a aussitôt ressenti une douleur aiguë dans ses genoux, qui contestaient sa décision.

Elle a trébuché et crié « au secours » – ou plutôt, à cause de sa gorge irritée, quelque chose comme « auflour ». Il n'y avait personne à proximité de toute façon. Elle a regardé derrière elle, en direction de l'ombre bleue, qui avait pris une forme plus définie. Elle a vu le visage de sa mère. Puis, juste à côté est apparue une autre silhouette, celle d'un homme court sur pattes aux cheveux noir de jais, malgré son âge avancé. Albert. Il lui a envoyé un sourire triste.

— Ah ben crisse, a-t-elle marmonné – ou plutôt, « ahenkliss ».

— Elle est là, a dit sa mère d'une voix solide.

— Qui ça ?

— La protection, a dit Callista en se pointant le cœur.

— De quoi tu parles ? a répondu Rose – ou plutôt, « ehfwâtufal ».

Puis, plus rien, ils ont disparu. Rose était sans voix. Qu'est-ce que ça pouvait bien vouloir dire? Est-ce qu'elle était vraiment en train de devenir folle? Tout le monde l'avait avertie: vivre avec Gilbert, ça allait finir par avoir ce genre de conséquence. Mais elle avait toujours cru que lorsqu'on devenait fou, on ne s'en rendait pas compte, que c'était comme être possédé par un démon. Le monde entier est terrorisé pendant qu'on reste innocent et bienheureux.

Rose a poussé un long soupir et son nez s'est vidé du même coup, ce qui lui a fait penser que quelqu'un pouvait apparaître à tous moments au tournant et tomber sur elle, toute seule, là, recouverte de sa propre morve.

Elle s'est retournée et a recommencé à trotter en direction de la ligne d'arrivée. Elle aurait amplement le temps de penser aux phénomènes surnaturels plus tard. Pour l'instant, la priorité, c'était de rentrer à la maison.

***

Après quelques milliers d'années à se répéter «juste un mètre de plus», Rose a tourné un coin et a vu une grande banderole accrochée au-dessus de la route. Ça disait que c'était la fin de la course et Rose n'avait jamais été aussi contente de voir une banderole.

— Mieur fandrol du mond, a-t-elle marmonné pour elle-même.

Callie l'attendait sur la ligne d'arrivée. Elle tenait un petit drapeau du Canada dans ses mains – Dieu sait où elle avait déniché ça – et l'agitait fièrement.

— M'man! a-t-elle crié quand elle a vu Rose qui gravissait la côte.

(Oui, une côte à la ligne d'arrivée. Est-ce qu'on peut penser à quelque chose de plus cruel?)

— M'man!

Rose lui a fait signe de la tête; émettre un son intelligible n'était plus envisageable.

— M'man! M'man! M'man! M'man! criait Callie.

Rose a secoué l'index. Heureusement, ce petit geste faiblard a suffi à faire taire Callie.

Alors qu'elle approchait d'un rythme oscillant entre la course et la marche, Rose s'est dit qu'elle aurait aimé accélérer, se redresser, avoir l'air d'une athlète au lieu d'un ensemble disjoint de membres et d'articulations raidis, mais elle avait manqué le bateau au moins cinq kilomètres plus tôt. Au lieu de ça, elle a franchi la ligne en titubant et s'est effondrée dans les bras des bénévoles ravis de la voir aussi mal en point… Enfin, quelqu'un avait besoin d'eux! Ils l'ont enveloppée dans une couverture métallique en lui répétant des paroles de réconfort: « Tu l'as fait! T'es incroyable! T'es malade! Une vraie héroïne! »

Rose cherchait à ne pas leur vomir dessus.

Les bénévoles les ont rapidement transférés, elle et son corps ravagé, sous le chapiteau réservé à l'infirmerie.

— Comptez jusqu'à dix, a dit l'ambulancière, qui avait l'air d'être encore au secondaire.

Elle a pris le pouls de Rose à son poignet.

— Tro al, a croassé Rose.

— Ça va me suffire.

L'ambulancière a statué qu'elle était toujours vivante et qu'elle avait quatre-vingts pour cent de chance de le rester.

Callie se tenait près d'elle et, lorsque Rose a réussi à se mettre debout – un mouvement de cinq secondes requérant toute une maîtrise de soi pour oublier la douleur –, elle a immédiatement réclamé un beigne.

Rose a acquiescé de la tête et s'est mise à clopiner vers le stationnement. Un périple long et silencieux.

Une fois arrivées à la voiture, elles ont constaté que Sarah avait repris possession de sa place habituelle à l'avant. Ses pieds étaient posés sur le tableau de bord et elle bougeait la tête au rythme d'un morceau de musique. Elle a eu l'air étonnée quand Rose a ouvert la portière. Elle a regardé sa montre et s'apprêtait à informer sa mère de son temps officiel, mais cette dernière a levé une main pour l'en empêcher :

— E eux pas le saouar.

— Mais c'est vraiment très mauvais…

Rose a hoché la tête, tout en commençant sa lente descente vers le siège de la conductrice.

— Je veux pas le saouar.

— Mais comment tu vas faire pour t'améliorer…

Rose lui a jeté un regard noir. Sarah s'est enfoncée dans son siège.

— En tout cas, moi, je voudrais le savoir, a-t-elle dit en s'adressant à la vitre de sa portière.

Les mains de Rose tremblaient sur le volant. Elle aurait voulu dire à ses filles ce qu'elle avait vu, mais elle était trop fatiguée pour parler, trop fatiguée pour penser. Elle s'est donc contentée de faire pénétrer ses jambes douloureuses dans l'habitacle et de mettre le moteur en marche pour aller acheter une boîte de beignes.

***

La BMW noire de Taylor était stationnée en face de la maison. Il était là aussi, adossé à la voiture, les mains dans les poches. Callie a poussé un sifflement d'admiration depuis la banquette arrière.

— Câline de bine, c'est tout un char, ça.

Rose a mis du temps à s'extirper de l'habitacle. Elle a dû soulever une jambe après l'autre. Lorsqu'elle a finalement réussi à se tenir debout, elle s'est aperçue que Callie était déjà en train de passer ses doigts pleins de chocolat sur la voiture de Taylor en le mitraillant de questions. Sarah se tenait en retrait, comme incapable de choisir entre son réflexe de ne jamais être impressionnée par quoi que ce soit et son admiration profonde pour les belles choses.

— Combien ça coûte, une auto de même ? a demandé Callie sans aucune gêne.

— Callie, ont lancé Rose et Sarah à l'unisson.

— Trop cher, a répondu Taylor avec un sourire en coin.

Cette réponse n'a pas semblé satisfaire Callie.

— Ça répond pas à ma question, a-t-elle grommelé en examinant ses dents dans le rétroviseur de la portière.

Rose s'est approchée en boitillant pour faire taire Callie, éviter qu'elle ne multiplie les répliques impertinentes.

Taylor a pointé du doigt le numéro qu'on avait épinglé au t-shirt de Rose.

— Beau travail.

— Merci.

— Fait que… j'ai des mauvaises nouvelles.

Rose a jeté un coup d'œil entendu à Sarah, qui a hoché la tête.

— Viens, p'tite peste, a-t-elle dit en poussant Callie en direction des marches du perron.

Rose avait envie de dire à Taylor qu'elle était déjà au courant, mais ça aurait été absolument trop bizarre, alors elle s'est juste tenue là, à attendre qu'il se décide à parler.

— Albert est décédé ce matin. Les membres de sa famille – ben, de *ses* familles, je devrais peut-être dire – m'ont appelé pour me dire qu'ils veulent une cérémonie traditionnelle, et j'ai dit oui, évidemment, mais je sais pas quoi faire.

— Commence par appeler Cote et Fils. C'est le seul salon funéraire en ville qui sait à peu près comment se débrouiller ici dans la réserve. Gladys va se charger du reste. T'as juste à faire ce qu'elle va te dire de faire.

Taylor a poussé un profond soupir.

— OK, parfait. Merci.

Rose a changé de posture en grimaçant.

— Ça va ?

— Je vais m'en sortir. Tu veux rentrer ? Je t'offre… a hésité Rose, à la recherche d'un lunch qui ne lui demanderait aucune préparation… une pomme ?

Ça a fait sourire Taylor.

— Non, ça va aller.

— Parfait, parce que mon plan de match, dans l'immédiat, se résume à ramper jusqu'à mon lit et mourir.

— Tu le mérites… Le repos, je veux dire. Meurs pas, sinon je vais être obligé de te virer, a-t-il dit, avec l'air de quelqu'un qui regrette sa blague aussitôt après l'avoir formulée. Bon, je vais te laisser.

Rose l'a regardé s'éloigner (elle n'avait aucune envie qu'il la voie se traîner laborieusement jusqu'aux marches, puis *dans* les marches) en réfléchissant à sa dernière phrase, qui impliquait qu'il y avait une autre option – qu'il aurait pu *ne pas* la laisser. Et, malgré son épuisement total, elle aurait souhaité qu'il décide de rester.

Le ventre de Rose a grondé et elle a réfléchi à cet état étrange dans lequel elle se trouvait : avoir incroyablement faim mais se sentir trop fatiguée et trop endolorie pour se rendre à la cuisine et sortir de quoi se nourrir. Elle commençait à comprendre comment faisaient ces maudits coureurs de marathon pour être aussi maigres. Elle avait tellement faim, mais elle était tellement crevée, mais elle avait tellement faim ! Rose a pris une grande inspiration avant de beugler :

— Callie !

***

Vers vingt heures, Rose et les filles sont parties aux funérailles, qui avaient lieu au Conseil de bande, comme toutes les funérailles, tous les mariages, tous les tournois de bingo, tous les spectacles. Elles se sont garées et se sont avancées vers le groupe rassemblé à l'extérieur, en train de fumer, et tout le monde s'est serré la main. Avant d'entrer, elles se sont aussi arrêtées près du feu de joie, où un groupe de jeunes hommes et de jeunes femmes était occupé à attiser les flammes. C'était la première soirée de la cérémonie et le feu était assez puissant pour permettre aux ados de flirter en s'envoyant des regards discrets à travers les flammes.

Sarah s'est fait kidnapper par un petit groupe d'amies, que Rose a évalué rapidement : c'étaient des bonnes filles (mais qu'est-ce qu'elle en savait, au fond ?). Elle a poussé Callie à l'intérieur de l'immeuble. Sa cadette débordait d'énergie, tant et si bien que Rose sentait comme un courant dans ses doigts, posés sur les épaules de Callie. Celle-ci avait toujours adoré les foules. Rose pas mal moins. Elle avait tendance à parler pour ne rien dire et se fiait généralement à la présence apaisante de Winter pour lui calmer les nerfs.

Debout dans l'entrée de la salle d'attente, Rose s'est arrêtée pour parcourir du regard les parents et amis endeuillés. Le Conseil était bondé : toutes les chaises pliantes avaient trouvé preneur, et d'autres personnes encore étaient adossées aux murs. Il régnait un vrai brouhaha : on se racontait des histoires sur le vieux bonhomme, on contait des blagues inappropriées qui faisaient rire et grimacer en même temps. Les enfants étaient encore plus bruyants, ça courait dans tous les coins, ça jouait à la tague en changeant les règles toutes les deux secondes.

Albert avait vécu dans la réserve sa vie durant, mais il avait aussi beaucoup voyagé, beaucoup dansé, sur la route des pow-wow. Plusieurs visages ne disaient rien à Rose. Puis, elle en a vu deux qui lui disaient bel et bien quelque chose…

— Papa ! a crié Callie en s'élançant comme une flèche pour aller enlacer la taille de son père.

Gilbert a baissé les yeux sur elle, étonné comme toujours par la joie de vivre de sa fille. Il lui a tapoté la tête d'un air distrait.

Rose n'a pas eu le temps de s'attarder à son absence de compétence parentale, parce que son attention a instantanément été attirée par Michelle, qui se tenait à sa droite. Leurs regards se sont croisés. Rose a vu la peur dans les yeux de sa cousine et lui a envoyé un rapide éclair de rage en retour. Michelle a détourné le regard.

Rose n'a pas bougé d'un poil. Ce n'était pas qu'elle voulait rester là, mais ses pieds semblaient soudain ancrés dans le sol, sourds aux battements frénétiques de son cœur.

Michelle s'est retournée vers elle et lui a offert un demi-sourire :

— T'as perdu beaucoup de poids, hein ?

— Genre, une tonne, a ajouté Gilbert.

Rose et Michelle l'ont fusillé du regard, pour des raisons différentes. Il a fait semblant de s'intéresser à l'histoire que Callie lui racontait.

— J'arrive pas à croire qu'il est parti, a dit Michelle en pointant du menton le cercueil installé près de la scène.

— Moi non plus, a répondu Rose d'une voix à peine plus forte qu'un chuchotement.

Oui, elle était en train d'adresser la parole à Michelle la salope, mais personne n'aurait pu le prouver.

Callie a levé les yeux vers son père :

— Est-ce que c'est un fantôme qui l'a tué ?

Gilbert a fait non de la tête.

— C'est son cœur qui s'est brisé.

— On peut vraiment se briser le cœur ? a demandé Callie d'un ton apeuré.

Rose a agrippé le capuchon du chandail de Callie pour la ramener contre elle.

— Juste le cœur du monde qui a vécu longtemps, longtemps, longtemps.

Elle s'est éloignée du couple adultère et s'est dirigée vers l'endroit où étaient assises côte à côte, sur des chaises pliantes, les deux épouses d'Albert. Elle a fait la bise à Gladys, puis à Edna. Elles lui ont souri avant de pincer les joues de Callie, qui a protesté avec vigueur même si tout le monde savait qu'elle adorait ça. La présence des enfants aux funérailles était toujours un petit plaisir pour les aînés. Gladys a pris la main de Rose pour l'attirer près d'elle.

— Il s'en est presque tiré.

— Il allait où ?

— Il était sur le bord d'atteindre les limites de la réserve. Elle peut pas traverser de l'autre côté.

— Pas encore, a précisé Edna d'un ton sec.

Rose avait d'autres questions à poser, mais elle s'est fait entraîner par la file qui avançait.

Une fois toutes les condoléances offertes, il ne restait qu'un endroit où aller. Le cercueil était là, seul au fond de la salle, entouré de bouquets de fleurs. Rose s'est préparée psychologiquement. Elle a repoussé Callie un peu plus loin et, pour une fois, cette dernière a respecté la consigne. Rose a fait son chemin de croix en solitaire. Les yeux d'Albert étaient clos, on avait croisé ses mains sur sa poitrine. On avait placé des cigarettes et des blagues à tabac un peu partout autour de lui. Rose a déposé un baiser sur son front.

QUATORZE

Rose a roulé jusque chez Winter, le lendemain matin. Pas de voiture dans l'allée, alors Rose a coincé une carte dans la fente de la porte. C'était une vieille carte d'anniversaire jamais utilisée qu'elle avait retrouvée dans un tiroir. Certes, ce n'était pas la fête de Winter, mais l'image du petit chaton était mignonne. Rose avait fait écrire un mot par Callie : « Tu nous manques trop. On t'aime. Ta nièce, Callie ». Ça servait à quoi, les enfants, sinon à faire du chantage affectif ?

Monty devait passer lui aussi, après le travail. Ils espéraient que l'approche sur deux fronts allait porter ses fruits. Monty n'avait toujours pas parlé à ses parents, ce qui rendait Rose encore plus nerveuse. Et si les rumeurs se rendaient à eux avant ? Elle ne s'inquiétait pas pour les parents de Winter, qui vivaient dans le Nord au fin fond de nulle part. Pour les avertir, il aurait fallu envoyer la nouvelle de la grossesse et de la rupture subséquente par traîneau à chiens.

Rose a jeté un coup d'œil par une des fenêtres. Elle a remarqué une tache noire sur le plancher. Elle s'est approchée de la vitre. On aurait dit une marque de brûlure… Rose a essayé d'ouvrir la porte. Verrouillée. Elle a fait le tour pour aller vérifier la porte arrière. Verrouillée aussi. Elle s'est penchée à une autre fenêtre. Une autre tache noire sur le plancher. À bien y regarder, il y en avait partout.

Rose aurait voulu avoir un téléphone cellulaire. Elle est montée sur la véranda et a essayé d'ouvrir les portes coulissantes. Verrouillées. Rose a regardé à l'intérieur : toujours plus de taches noires sur le sol. Elle a aussi vu un pot de fleurs renversé. Qu'est-ce que pouvait bien foutre Winter, nom de Dieu ? Winter aimait encore plus ses planchers en bambou qu'elle aimait Monty. Rose a secoué les portes coulissantes, dans l'espoir que quelque chose cède quelque part.

***

Aussitôt arrivée au travail, Rose a laissé un message sur la boîte vocale de Monty. Puis, elle a composé un des numéros de téléphone qu'elle aimait le moins.

— Police, officier Nolan, à votre service.

— Allô, c'est Rose, je voulais signaler une…

— Ah ben, si c'est pas ma petite Rosie au grand complet… J'attendais justement ton appel…

La voix de Nolan était encore plus déplaisante au bout du fil qu'en personne, surtout qu'elle lui parvenait comme en écho.

— Es-tu au Conseil de bande ? a demandé Rose en percevant la distorsion.

Nolan s'est planté dans son cadre de porte. Il a fermé son téléphone dans un claquement sonore et a envoyé un clin d'œil à Rose :

— Qu'est-ce qui se passe, ma jolie ? On m'a dit que t'étais officiellement revenue sur le marché. Es-tu prête à laisser sa chance à un nouveau quart-arrière ?

Rose a réprimé un frisson.

— Winter a disparu.

— De quoi tu parles ? Je l'ai vue hier.

— Où ?

— Dans sa voiture, elle avait l'air de revenir de chez vous, maintenant que j'y pense, a dit Nolan en se grattant la bedaine entre les boutons de sa chemise. C'est le manque de sexe qui affecte ta mémoire ? Parce que, si c'est ça, je peux m'en occuper.

— Oh, ferme-la. C'est pas juste qu'elle a disparu, c'est qu'elle se comporte bizarrement. Elle me parle plus, elle parle plus à son mari, sa maison est sens dessus dessous.

— Une femme qui adresse plus la parole à son mari ? Bordel, appelez tout de suite l'escouade tactique ! s'est esclaffé Nolan.

— Je suis sérieuse, Nolan. Elle est pas normale.

— Elle est fâchée. Les femmes se fâchent. Je peux rien y faire. Même si, personnellement, je sais comment les rendre vraiment heureuses, a-t-il ronronné en longeant la table de travail.

Rose s'est mise à longer la table dans l'autre sens, déplaçant le meuble par la même occasion. Un peu plus mince et elle se serait glissée facilement entre la table et le mur, mais elle était encore à cinq livres d'une fuite efficace. *Bientôt*, s'est-elle dit, *je vais être capable de me faufiler vraiment vite entre les sales pattes de ce genre de gars là.*

— Peux-tu vérifier si tout va bien ?

Nolan a roulé les yeux.

— Si ça peut te rassurer.

— Oui, ça me rassurerait.

— Souviens-toi que je te fais une faveur. Tu vas m'en devoir une.

— C'est ta job.

— Je pense que c'est le temps qu'on arrête de se conter des pipes, a dit Nolan. C'est le temps qu'on laisse aller nos sentiments.

Rose a saisi un stylo.

— Tu fais un pas de plus et je te transperce avec mon Bic.

— C'est drôle, je m'en allais te dire à peu près la même chose.

Rose s'est retenue de ne pas lui envoyer son agrafeuse par la tête (surtout parce que c'était une des deux seules qui fonctionnaient dans tout l'immeuble). Elle s'est contentée d'un :

— C'est dégueulasse.

— Tu vas bien finir par te rendre compte qu'il y a pas meilleure option que moi, a dit Nolan en sortant du bureau avec nonchalance, ses grosses hanches se balançant de gauche à droite à la manière d'un pendule d'hypnotiste.

Rose a dû cligner des yeux pour se forcer à regarder ailleurs.

Le téléphone. Rose a décroché à la première sonnerie.

— Qu'est-ce qui se passe ? a demandé Monty, d'une voix irritée.

— Es-tu entré dans la maison dernièrement ?

— C'est pas moi qui ai foutu le bordel dans la salle de bains, c'est Callie. Cette enfant-là est une vraie tornade.

— Je parle de *ta* maison.

Et Rose lui a décrit ce qu'elle avait vu. Il a répondu qu'il irait faire un tour à l'hôpital à l'heure du dîner pour vérifier si Winter allait bien.

Puis, Rose a raccroché en vitesse, parce qu'elle a remarqué dans sa vision périphérique la file en train de se former devant sa porte, une file qui grossissait et enrageait à vue d'œil.

Pour une fois, Rose n'a pas senti son cœur se serrer de panique. À la place, elle a eu droit à une simple accélération du pouls et à une légère attaque de sueur.

Vingt-cinq dossiers plus tard, Lionel Cardinal est entré dans son bureau et s'est laissé tomber sur une chaise.

— Et comment ça va, toi ? a demandé Rose, prête à être déçue, son prochain rendez-vous n'étant pas prévu avant deux autres semaines.

— Pas mal, pas mal. Ma cousine est contente de m'avoir chez elle. J'ai ma propre chambre et tout. Et, hier soir, j'ai fait de la lasagne pour les enfants.

— Ils ont sûrement adoré ça.

— Ils mangeraient du plomb si on mettait du fromage fondu dessus. C'est des mangeurs, ces enfants-là. En tout cas, je voulais te dire que j'ai recommencé à travailler.

— Comme charpentier ?

— Ouais, imagine-toi donc qu'un des papas des bébés de Lauren travaille sur un chantier et ils avaient besoin de compagnons charpentiers. Je suis allé faire un tour lundi et ils m'ont engagé tout de suite. Il va me conduire au chantier chaque jour jusqu'à ce que je retrouve mon permis.

— Chanceux, toi. Mais qu'est-ce qui va arriver si Lauren et lui se disputent ?

— Ben, j'imagine qu'il va falloir que je me trouve un autre lift, et si je trouve personne, ben je vais marcher.

— Pour vrai ?

— Je t'ai vue jogger sur la route une couple de fois et je me suis dit : « Câline, si elle est capable, je suis capable moi aussi. »

Ça a fait rougir Rose, qui a fait mine de prendre des notes dans son dossier. Elle a plutôt dessiné une petite face de chat.

— J'ai entendu dire que t'allais participer au gros marathon.

— Ouais, ben, ça regarde mal pour l'instant, mettons. J'ai couru un dix kilomètres en fin de semaine et j'ai failli crever.

— Il te reste combien de temps ?

— Un mois.

— C'est amplement suffisant, a dit Lionel. Faut juste que tu sois constante. Dans le fond, c'est rien qu'une course : faut mettre un pied devant l'autre.

— T'as raison, a acquiescé Rose.

Elle lui a parlé de la soirée familiale de volleyball.

— Je vais m'assurer que Lauren soit au courant, ça serait bon pour elle que les enfants sortent un peu de la maison. C'est des bons gros enfants, tsé. Vraiment gros.

Il a écarté les mains devant lui pour mimer quelque chose de la taille d'une petite voiture Smart. Le gène des Cardinal avait, semblait-il, sauté une génération.

***

— Sarah !

Sarah a aperçu Ronnie qui lui faisait de grands signes, dissimulée derrière le mur de l'école. Elle a laissé tomber son mégot par terre et l'a écrasé du bout du pied.

— Pollution !

Sarah s'est tournée en direction de la voix qu'elle venait d'entendre. Il y avait là un camion noir, et devant, les bras croisés, un sourire baveux étampé dans le visage, les cousins Ewchuk.

Elle a fait mine de n'avoir rien entendu.

— Ramasse ça ! a crié Jonah.

Ou peut-être Brendan. Elle n'avait jamais cru très important de pouvoir faire la différence entre ces deux épais.

Elle leur a jeté un regard en prenant son meilleur air de bœuf :

— Allez donc chier.

— Wô, c'est des gros mots, ça, pour une petite fille.

Elle a continué à s'éloigner.

— Salope d'Indienne.

Avant même de réfléchir à son geste, elle avait ramassé une pierre et l'avait lancée. Directement dans le pare-brise. Sarah a souri en voyant la fissure se former.

— Crisse de conne ! Grosse vache ! se sont-ils mis à crier l'un par-dessus l'autre.

Elle a ramassé une deuxième pierre et l'a lancée en visant la tête d'un des deux cousins. Il l'a évitée de justesse et elle est allée percuter le capot du camion.

Elle en a lancé une troisième, qui a fracassé le phare avant gauche.

— Qu'est-ce que tu fais, câlisse ?

Un des deux cousins s'est mis à reculer vers la portière du conducteur.

Ramassant une autre pierre, Sarah a souri en la soupesant dans sa paume.

— Crisse de folle ! a dit l'autre cousin en grimpant rapidement du côté passager.

Sarah a pivoté sur ses talons et a entendu leurs pneus crisser sur l'asphalte du stationnement, derrière elle. Ronnie est sortie de sa cachette. Les cernes sombres qui cerclaient ses yeux étaient sur le point de les avaler.

— Bien joué.

— Ils ont couru après.

Ronnie a hoché lentement la tête en signe d'approbation. Ses mouvements étaient au ralenti, un peu comme si elle venait à peine de se réveiller.

— La Rêveuse s'en vient nous chercher.

Sarah a cligné des yeux en regardant autour d'elle, prise de panique :

— La sorcière ?

Ça a paru blesser Ronnie.

— C'est notre amie. Qui t'a donné le pouvoir de faire ce que tu viens de faire, d'après toi ?

Sarah a baissé les yeux sur la pierre toujours dans sa main et l'a laissée tomber.

— Il faut annuler le sortilège. On pourrait pas juste revenir chez vous et inverser la patente ? On pourrait la réenterrer ! Ou l'enterrer encore plus creux ? On pourrait peut-être emprunter une pelle mécanique !

Ronnie a secoué la tête.

— Qu'est-ce qu'on fait, d'abord ? Qu'est-ce qu'elle va faire ?

Ronnie a haussé les épaules.

— Je sais pas. Je suis tellement fatiguée.

Sarah a posé la main sur son front humide.

— Faudrait que tu voies un médecin.

Ronnie a secoué la tête à nouveau d'un air agacé.

— Elle aimerait pas ça. Elle veut pas que le monde sache qu'elle est là, pour l'instant. Elle est encore en train de vérifier des trucs.

— Et c'est maintenant que tu me le dis ?

Ronnie s'est laissée glisser lentement par terre. Sarah s'est assise lourdement juste à côté d'elle.

Ronnie se frottait les yeux en parlant :

— Je voulais que quelque chose se passe. Je me disais que si je réussissais à faire fonctionner ce type de magie là, j'allais peut-être réussir à faire d'autres trucs… Tsé, mon père…

Sarah a tapoté affectueusement la cuisse de son amie.

— T'as parlé à ta mère ?

— Elle est à Ottawa en ce moment.

— Crisse.

— Et ta mère, à toi ?

Sarah a réfléchi un instant.

— Ma mère connaît absolument rien à ces affaires-là, la spiritualité et tout. C'est un peu à cause de ça qu'elle parle plus vraiment à mon grand-père.

— Et lui ?

Les sourcils de Sarah se sont froncés. Lloyd était loin d'être la personne qu'elle préférait. La dernière fois qu'elle l'avait vu, il était en train d'engueuler sa mère parce qu'elle avait laissé Callie faire sa première communion à l'église. Ça avait été l'idée de Callie. Sarah était pas mal certaine que c'était surtout pour pouvoir porter une jolie robe blanche et être le centre de l'attention.

— Ou bien ton père, peut-être? Il chante dans les pow-wow, non?

— Il a déjà fait ça, ouais.

— Appelle-le, a dit Ronnie en sortant son téléphone et en le tendant à Sarah.

— J'ai pas son numéro, a répondu Sarah.

— Appelle ta mère et demande-le-lui, d'abord.

Sarah a poussé un grognement dans sa tête, mais a tout de même composé le numéro du Conseil de bande pour parler à sa mère.

— Quelque chose qui va pas? a voulu savoir Rose, l'hystérie perçant déjà dans sa voix.

Elle pensait toujours au pire dès que Sarah lui téléphonait. Mais bon, se disait celle-ci, c'est vrai qu'elle n'était pas complètement dans le champ, cette fois.

— Tout va bien. J'ai besoin du numéro de papa.

— Pourquoi?

— Parce que je veux lui emprunter de l'argent.

— Il est probablement cassé.

Sarah a fait une grimace à Ronnie. Déjà, ce plan devenait trop compliqué.

— Faut juste que je lui parle, OK?

— Qu'est-ce qui va pas ?

— Rien.

— Pourquoi tu veux parler à ton père, d'abord ?

Sarah avait envie de lancer le téléphone contre le mur.

— Je veux juste lui parler, OK? Il me semble que tu nous avais dit que, si on voulait garder un lien avec notre père, t'allais pas nous en empêcher.

— Mais j'ai jamais pensé que ça arriverait pour vrai.

— M'man !

— OK, OK, calme-toi.

Sa mère lui a dit que Gilbert vivait chez son frère, du côté ouest de la réserve.

— C'est super que tu veuilles lui parler, a ajouté Rose. Tu salueras la salope pour moi.

Sarah a raccroché puis a regardé Ronnie, qui rongeait ses ongles tout noirs.

— C'est bon, je l'ai.

— Ça t'en a pris, du temps, a dit Ronnie.

Sarah a jeté un regard de feu à Ronnie avant de composer le numéro. Aucune réponse. Elle a laissé un court message.

— Bon, c'est ça qui est ça. On devrait peut-être aller au poste de police, aussi.

— Pourquoi ?

— Fille, on est *hantées* par un fantôme.

— Personne peut arrêter un fantôme. On va juste avoir l'air folles et ils vont nous arrêter, nous, en pensant qu'on est gelées. Et, en plus, ça la mettrait vraiment en colère.

Un frisson a parcouru Sarah. Il y avait un petit quelque chose qui se manifestait sans arrêt dans la voix de son amie, quelque chose qui ne lui ressemblait pas.

Ronnie s'est redressée d'un coup.

— Eh! Tu penses que ton père pourrait nous avoir un peu de pot?

Sarah l'a dévisagée longuement, mais elle était soulagée. Ça, c'était Ronnie tout craché.

Ronnie a posé sa tête contre le mur.

— Eh, je vais dormir un peu, OK?

— Pas de trouble.

Sarah a baissé les yeux sur ses mains. Sa paume lui piquait, à l'endroit exact où elle avait tenu la pierre. La sensation montait tranquillement le long de son bras, se répandait dans tout son corps, à la manière d'une toile d'araignée.

***

Rose s'est rendue au café pour le dîner. Elle a aperçu Tisha, assise à une des tables avec les autres membres du Conseil, et elle a fait comme si de rien n'était. Elle a jeté un regard aux alentours, à la recherche d'une certaine chevelure noire, et a dû contenir sa déception. Elle s'est avancée vers le comptoir.

— Rose Okanese, bon Dieu, qu'est-ce qui t'est arrivé ? lui a demandé Frances Adams, qui s'occupait de la cantine.

Des têtes se sont tournées vers elle et le visage de Rose a viré au rouge. Frances avait la même voix autoritaire que sa fille, Kaylee.

— Qu'est-ce que tu veux dire ? a dit Rose en vérifiant si sa chemise n'était pas marquée d'une tache de café.

Aucune tache, mais il y avait un petit trou près de son aisselle. Elle a gardé le bras le long de son corps.

— T'as le sida ou quoi ?

— T'es-tu folle ? Faut avoir une vie sexuelle pour pogner ça.

— Tourne-toi pas de côté, on te verra plus. T'es maigre comme un clou, câline.

Rose avait encore une impressionnante masse adipeuse, mais le commentaire de Frances l'a tout de même fait sourire.

Elle s'est assise à une table pleine, à côté de Kaylee, qui textait tout en parlant :

— Je me suis réveillée au moins quatre fois cette nuit, j'ai besoin de mon sommeil. C'est difficile à croire mais, quand je dors mal, je deviens mauvaise en tabarnak.

— Pourquoi t'arrêtais pas de te réveiller ? a voulu savoir Rose.

— Des cauchemars.

— Pour vrai ?

— Ouais, c'était crissement bizarre. J'ai rêvé qu'un énorme chien me courait après et il puait vraiment beaucoup. Et là, je me suis réveillée et j'ai fait un autre rêve encore pire.

— Quoi, ça ?

Kaylee a grimacé, comme si elle fouillait sa mémoire.

— Je suis pas sûre, mais c'était épeurant. Quelqu'un qui me poursuivait, genre, j'entendais des pas dans le gravier et tout – même pas vite, tu vois, c'était lent, mais impossible à arrêter.

Rose a croqué dans son sandwich et a tenté de mastiquer avec élégance. Elle était sortie courir un peu ce matin, afin de relâcher ses muscles tendus, et, comme d'habitude, elle était affamée.

Kaylee a changé de sujet. Elle était en plein milieu d'une histoire à propos de son tatoueur qui s'en allait en prison pour avoir volé des ordinateurs lorsqu'un parfum familier a envahi la salle. L'odeur du Polo a aussitôt provoqué les applaudissements et les sifflements des femmes à la table de Rose. Une seconde plus tard, Taylor s'assoyait à côté d'elle.

— Mesdames, a dit Taylor.

— Patron, a ronronné Kaylee. Où est-ce que tu caches ta belle bouille ces temps-ci ?

— J'ai pogné une méchante grippe, a répondu Taylor.

Il était effectivement un peu pâlot, mais Rose savait bien qu'il les menait en bateau. Des années à vivre avec Gilbert, ça avait fait d'elle un détecteur de mensonges sur pattes.

— Eh ben, je vais surveiller qui d'autre l'attrape dans les prochains jours. Comme ça, je vais savoir avec qui tu t'es amusé, a blagué Kaylee.

— Kaylee, Taylor est notre chef, montre-lui un peu plus de respect, lui a intimé Tisha depuis la table voisine.

— Oh, relaxe, kokum, a rétorqué Kaylee. Grimpe pas dans tes beaux rideaux de macramé.

Ça a fait rigoler tout le monde.

Tisha semblait sur le point de foutre une claque à Kaylee, alors Rose a pris la parole :

— Volleyball, ce soir, ouvert à tous. Amenez vos enfants.

— C'est combien ?

— C'est gratuit, a dit Rose, mais attendez-vous pas à ce que je m'occupe de vos petits. C'est une soirée familiale, pas une soirée de gardiennage sur mon bras.

Quelques personnes lui ont signifié leur intérêt.

Kaylee a dit à Rose qu'elle emmènerait ses enfants, les enfants de sa sœur et les enfants de la voisine, vers vingt heures. Puis, elle est retournée au Conseil parce qu'elle avait un rendez-vous sur Skype avec un gars qu'elle avait déjà fréquenté, mais qui vivait maintenant avec sa mère à Thunder Bay.

Taylor a regardé Rose finir son lunch, ce qui la rendait mal à l'aise, c'est le moins qu'on puisse dire. Elle a tenté de faire comme s'il était son cousin, ou son frère, mais elle ne pouvait pas tromper son corps. Les phéromones lui sortaient de la peau comme de la vapeur d'eau. Elle a repoussé son assiette avant d'en avoir avalé la moitié.

Une fois la plupart des gens retournés au boulot, Taylor s'est penché vers Rose.

— Elle veut pas partir.

Rose n'avait pas besoin de lui demander qui était cette *elle*.

— Ben, dans ce cas, j'imagine qu'il te reste deux options.

— Lesquelles ?

— Tu mets la police sur le coup ou t'achètes des pyjamas assortis.

— J'avais l'impression qu'elle se tannerait.

Rose a éclaté de rire. Aucun homme n'avait jamais gagné ce genre de compétition.

— Elle s'en va nulle part, je te le garantis. T'es aussi bien d'aller chercher un prêtre, a dit Rose.

— Elle est tellement… frustrante, a dit Taylor.

— Et belle.

— Ça s'estompe, la beauté.

— Ah ouais ? a répondu Rose, du doute plein la voix.

Elle reconnaissait les signes de l'empoisonnement chimique de la sexualité, elle en avait souffert toute sa vie. Taylor suait, il était confus, il se confiait trop facilement à elle.

— Je lui ai dit de partir, mais elle refuse. Qu'est-ce que je suis censé faire ? Je peux pas l'obliger à décoller, c'est moi qui vais avoir l'air du méchant. Et, en plus, elle dit qu'elle a nulle part où aller. Elle s'est fait virer de sa job de cheerleader, tsé.

— Le cheerleading, ça pardonne pas comme milieu, d'après ce que j'ai vu dans les téléréalités.

Rose est allée vider son plateau dans la poubelle et s'est servi un autre café.

— Elle a jamais été très bonne pour économiser, fait qu'elle est cassée en ce moment. Tu sais ce que c'est, d'avoir quelqu'un comme ça, qui dépend complètement de toi ?

— Je pourrais demander à mes deux *enfants*.

— Ouais, c'est vrai, évidemment. Et si j'appelle la police de la réserve, tout le monde va savoir que je suis pas capable de gérer mes propres affaires. De quoi je vais avoir l'air ?

— Sans parler du fait que tout le monde a une radio avec les ondes de la police, fait que la nouvelle va se répandre en deux secondes.

Taylor s'est frotté le front. Même dans cet état déplorable, il réussissait à être beau.

— Y a peut-être quelque chose que tu pourrais faire, a dit Rose, même si elle ne pensait à rien d'autre qu'à une scène morbide où elle poussait un corps tout mince rattaché à une paire de seins volumineux dans le coffre de sa voiture.

En se dirigeant ensemble vers le Conseil, ils ont remarqué que Nolan était endormi dans son auto-patrouille.

— Eh ben, ça donne confiance, a commenté Taylor.

— C'est dans ces moments-là qu'il est le plus efficace, a blagué Rose, avant de ressentir une sorte de culpabilité.

Nolan était de la famille, après tout (il pouvait bien penser le contraire, ça ne changeait rien).

***

Rose et Callie sont parties tôt pour se rendre à la soirée de volleyball. Monty les rejoindrait plus tard avec Sarah et Ronnie, qui ne voulaient pas se pointer *trop* tôt.

— Les ados croient que c'est pas cool d'arriver tôt, a expliqué Rose à Callie.

— On s'en fiche, d'être cool, moi je veux être la première ! a répondu Callie en bouclant la ceinture de sécurité du siège avant.

Rose et Callie ont parlé de son projet pour l'expo-sciences. Elles avaient décidé de faire un volcan, finalement. Monty leur avait décrit ce dont elles auraient besoin, et ça ne leur avait pas semblé si compliqué. Apercevant une femme qui marchait sur le côté de la route, Rose a ralenti. Quand elle a donné un coup de klaxon, la femme s'est immobilisée, mais ne s'est pas retournée. Rose s'est dit qu'il valait mieux rester prudente.

Mais Callie avait déjà baissé sa fenêtre.

— Vous avez besoin d'un lift ? a-t-elle lancé.

La femme s'est tournée vers elles. Rose a étouffé un petit cri. C'était la femme la plus vieille qu'elle avait jamais vue. Comment pouvait-on être vieux à ce point et marcher encore ? Et vite, en plus. Vue de derrière, elle avait l'air dans la fleur de l'âge.

La vieille femme s'est avancée à grands pas vers la voiture et Rose a résisté à la tentation d'appuyer sur l'accélérateur pour s'enfuir.

Callie était en train de défaire sa ceinture afin d'offrir sa place sur le siège avant, mais Rose a posé une main protectrice sur la sienne.

— Bouge pas.

La portière arrière s'est ouverte et la femme s'est glissée à l'intérieur. Rose a senti la voiture s'abaisser, comme si un énorme poids venait de s'ajouter à la carrosserie. Callie s'est retournée sur son siège et a souri à leur passagère.

— Allô, moi, c'est Callie, a-t-elle dit. J'ai huit ans, je suis en cinquième année.

— En deuxième année, a rectifié Rose. Où est-ce qu'on vous laisse, M'dame?

— Le plus loin que vous pouvez.

Une voix rocailleuse. Rose n'avait pas envie d'être le genre de personne qui perd les pédales en présence de vieillards, mais elle était sur le point de perdre les pédales. *C'est comme quelqu'un de jeune, mais avec une autre sorte de peau, c'est tout*, s'est-elle rappelé.

Elle ne sentait pas comme quelqu'un de jeune, pourtant. Elle sentait la fumée et l'humidité, les deux en même temps. Comme quand on vidait une bière dans un cendrier. Une odeur impure. Le mot est apparu dans son esprit sans avertissement.

— Vous venez d'où? a demandé Rose.

La femme n'a rien répondu, alors Rose a jeté un regard dans son rétroviseur et a tressailli en voyant qu'elle la fixait déjà des yeux.

— Je viens de très loin, a-t-elle grondé.

— Vous avez de la famille ici ?

La femme a fait non de la tête :

— Tous morts.

Rose allait répondre d'un instinctif « mes condoléances », mais la voix de la femme n'avait rien de triste – au contraire, elle semblait presque joyeuse.

— Fait que vous rendez visite à qui ? a demandé Callie, qui était maintenant assise complètement à l'envers sur son siège.

Les lèvres blanches de la femme se sont recourbées vers le haut, dans une sorte de sourire.

— À quiconque accepte de me recevoir.

Rose a prié pour que Callie ne lui offre pas de venir rester à la maison. Elle a lancé un regard de biais à sa fille, espérant lui communiquer ses craintes.

— Vous pourriez venir rester à la maison, chez nous. On est pas mal de monde, mais vous pourriez dormir sur le divan.

La femme a éclaté d'un rire vif.

— J'ai déjà un endroit où aller.

Rose a poussé un soupir de soulagement.

— Comment va votre mari ? a demandé la femme.

— Vous connaissez Gilbert ?

— Tout le monde le connaît, a répondu la femme d'un ton sournois.

Rose ne pouvait qu'être d'accord.

— C'est vrai qu'il fait beaucoup de spectacles. Vous voulez un de ses disques ? J'en ai quelques-uns qui traînent dans le coffre. Et si vous allez dans n'importe quel bar un peu louche dans le coin, je suis certaine qu'il va pouvoir vous le signer.

— Moi aussi, je pourrais vous le signer, a proposé Callie. Je suis sa fille.

— Méchant papa d'avoir abandonné une fille aussi mignonne que toi, a soufflé la femme.

Rose a inspiré sèchement. Elle avait envie de dire sa façon de penser à la femme, mais impossible : c'était une aînée. Callie a répondu :

— Oh non, je sais qu'il m'aime. Mais il est déconnecté de ses sentiments. C'est ma mère qui m'a dit ça, a-t-elle ajouté d'une voix fière.

La femme a lâché un soupir :

— Faites-moi descendre ici.

Rose a commencé à ralentir et a entendu la portière claquer avant même que la voiture soit complètement à l'arrêt.

— Bye ! a crié Callie par la fenêtre avant de dire à Rose : J'aime beaucoup les personnes de l'ancien temps.

Rose a regardé dans le rétroviseur et un frisson l'a parcourue quand elle a compris que la femme avait disparu. *Elle est sûrement descendue dans le fossé, ou bien elle a pris un sentier*, s'est-elle dit. Elle a tout de même senti son ventre se tordre, comme si elle venait de manquer la première marche en descendant l'escalier.

***

Le gymnase de la réserve était plein à craquer, tout le monde avait emmené les enfants. Rose se tenait près d'une grosse caisse et distribuait des ballons de volleyball aux jeunes qui faisaient la file à côté d'elle. Callie pratiquait ses smashs contre le mur à moins d'un mètre d'elle (elle ratait la plupart ; Rose avait passé la soirée à éviter des ballons).

Sarah était assise sur la scène avec son amie Ronnie. Ronnie et son collier à clous. Rose n'aimait pas beaucoup cette nouvelle Ronnie, mais elle comprenait qu'elle traversait une période difficile depuis la mort de son père. Un ballon a frôlé la tête de Rose.

— Pour l'amour du bon Dieu, Callie… a commencé Rose avant de remarquer que Callie était là-bas, en train de boire de l'eau à la fontaine.

— Désolée, a dit Kaylee en s'approchant pour récupérer le ballon.

— Pas de trouble. Ça marche bien, hein ?

— T'as bien travaillé. Peux-tu t'arranger pour que je sois dans l'équipe qui joue contre mon ex, Jason ?

— Jason le Sixième ?

— C'est mon cousin, ça. Jason le Septième.

— Je devrais pouvoir t'arranger ça.

— Je vais lui envoyer un smash dret dans sa barbichette ridicule.

— J'ai hâte de voir ça.

— Veux-tu ben me dire quel genre d'Autochtone se laisse pousser une barbiche de même ? a demandé Kaylee avant de poursuivre, sans laisser le temps à Rose de répondre : Le genre « gros épais », ce genre-là, ouais.

Kaylee a jeté un coup d'œil par-dessus l'épaule de Rose.

— Le chef vient d'arriver.

Rose a regardé derrière elle, un grand sourire étampé dans le visage – un sourire aussitôt remplacé par une moue de déception. Taylor venait d'arriver, en effet, mais il était avec Megan. Celle-ci portait une camisole noire, un pantalon de sport et des espadrilles. Et elle était quand même plus élégante que Rose l'aurait été en tenue de soirée.

— C'est la fille des Gambler, non ? a demandé Kaylee. Pas pire paire.

— Paraît que c'est des faux.

Kaylee l'a examinée avec attention.

— Je sais pas, hein ? J'ai déjà joué au volleyball avec une couple de filles de la famille Gambler et je peux te dire qu'elles sont toutes amanchées de même. Y en a qui sont plus chanceuses que d'autres.

Kaylee a offert quelques petites tapes rassurantes à sa propre poitrine, bien volumineuse. Puis, elle a pivoté sur ses talons pour aller crier des insultes à son chum, en train de fouiller dans son sac à main.

Taylor a aperçu Rose et s'est avancé vers elle.

— Beau travail, Rose, a-t-il dit. Je m'attendais pas à voir autant de monde.

— On manque déjà de papier de toilette dans les salles de bains, fait que je pense qu'on peut parler d'un succès, a répondu Rose.

— Allô, moi, c'est Megan, a dit Megan en tendant la main.

— Allô, a dit Rose d'une voix timide. J'aime tes cheveux. Ils sont tellement... épais... On dirait un manuel de médecine.

Elle s'est donné l'ordre d'arrêter immédiatement de jouer à l'admiratrice en pâmoison.

— Oh, ils sont incontrôlables. Je peux rien faire avec à cause de l'eau dure qu'on a ici, a-t-elle dit en souriant à Taylor. Va falloir que tu te mettes sur le dossier.

— C'est ça, je vais en faire ma priorité absolue, avant l'éducation, les soins de santé et la crise du logement, a répliqué Taylor d'un ton sec.

— Vous voulez jouer ? leur a demandé Rose.

— Mets-en, a dit Megan. J'adore le volleyball. Je suis pas super bonne, par contre, j'ai juste joué un peu au secondaire et à l'université. Peux-tu t'arranger pour qu'on soit dans la même équipe ?

— Euh... Je pense pas, non... Les équipes sont pas mal déjà faites, a répondu Rose en faisant mine de consulter ses fiches.

Taylor a haussé les épaules :

— Ajoute-nous où y a de la place.

— C'est vraiment un beau gymnase, a dit Megan. Ça me rappelle mon chez-moi.

— C'est où, ça ? a voulu savoir Rose.

— La réserve Gambler. Peut-être que tu connais mon père, Edgar ? C'est le chef. Ma mère était une princesse de pow-wow. Un peu comme le quart-arrière vedette et la reine du bal.

Megan a fait une petite grimace, comme pour minimiser l'effet de ses rodomontades.

— Un peu comme vous deux, a ajouté Rose en se disant que c'était sûrement ce que Megan voulait entendre.

— Oh, non, on n'est pas ensemble. On est juste deux amis qui essayent de réparer les pots cassés, a dit Megan.

Elle a envoyé sa jolie frange vers l'arrière et Rose a aperçu l'éclat d'un anneau très voyant sur sa main droite, un anneau qui ressemblait fortement à une bague de fiançailles.

Rose a regardé Taylor. Taylor regardait les terrains.

Elle a réprimé l'envie de lancer son ballon directement dans le visage du chef.

— Ouais, on fait exactement la même chose, mon mari et moi… On essaye de réparer les pots cassés, a-t-elle prononcé d'une voix forte.

Taylor lui a lancé un regard furtif.

— Oh, t'es mariée ! Ça fait longtemps ?

Vraiment trop longtemps.

— Euh… quatorze ans, mais on est ensemble depuis à peu près dix-sept ans.

— Wow, je sais pas si je pourrais mettre fin à une relation aussi longue. Je veux dire, vous partagez tellement de choses : des souvenirs, des espoirs, des rêves. Comment est-ce qu'on pourrait avoir envie de recommencer à zéro, après ça ? a dit Megan en jetant un coup d'œil significatif à Taylor.

La relation conjugale de Rose et Gilbert avait toujours était basée sur ce principe : on a chacun notre canot et on pagaie chacun sur notre rivière. Mais Rose a tout de même acquiescé de la tête.

À ce moment, une bande d'adolescents super sociables est passée près d'eux et Taylor en a profité pour se laisser entraîner.

Pissou, s'est dit Rose.

— T'as besoin d'aide ? a demandé Megan en regardant les fiches de Rose.

— Y a pas grand-chose à faire. Je veux dire, tout le monde sait comment jouer, on essaye de garder ça ben relax.

— Tu veux dire que t'as pas organisé d'échauffement ni rien ?

— Non.

— T'as pas peur que les gens se blessent ?

— Je, euh… J'avais pas vraiment pensé à ça… Mais tsé, les matchs sont pas si intenses que ça. C'est juste pour le plaisir.

— Évidemment, je sais bien. Bon, je devrais aller m'échauffer.

Dévoilant ses deux rangées parfaites de belles dents blanches, Megan a pris le dernier ballon dans la caisse de Rose.

Vers dix-neuf heures, les équipes ont commencé à se regrouper autour des terrains. Trois matchs étaient disputés en même temps. Une bande de préadolescentes s'étaient proposées pour marquer les points, parce que ça leur permettrait de reluquer les garçons. Il n'y avait pas d'arbitres, pas de juges de ligne. On fonctionnait à l'honneur, ça voulait dire que, si quelqu'un essayait de tricher, une grande gueule comme Kaylee se faisait un plaisir de lui crier après jusqu'à ce que des larmes jaillissent.

Rose se tenait sur les lignes de côté, avec les mamans. Certaines d'entre elles avaient prévu de jouer un peu, d'autres étaient là seulement pour potiner. Annabelle tenait Mariah sur ses genoux et rigolait avec ses cousines Casey et Nadine. Elles parlaient de Taylor, évidemment.

— Il me fait suer. Je veux dire, littéralement, a dit Annabelle. Regarde mes dessous de bras.

Tout le monde a regardé et lui a confirmé que c'était un peu dégueulasse.

— Est-ce qu'on est sûres que c'est vraiment un homme? Il a l'air d'appartenir à une autre espèce, un guépard parmi un troupeau de gnous, a dit Nadine.

— Miam! miam! dans mon petit bedon, a ajouté Casey.

Annabelle a envoyé un coup d'œil à Rose, en attente de sa contribution.

— On est chanceux d'avoir un chef aussi athlétique, a répondu celle-ci.

Elles ont éclaté de rire.

— Oh, allez, la sainte-nitouche, tu peux faire mieux que ça, a dit Annabelle. T'as pas d'homme dans ta vie en ce moment, tu dois être plus en manque qu'une nonne dans un couvent.

— Même toi, tu commences à me faire de l'effet, a répliqué Rose en reluquant Annabelle.

— Tombe pas amoureuse, a dit Annabelle en battant des cils. Je te briserais le cœur.

— C'est qui, la poule avec lui ? a demandé Nadine.

— Il dit qu'ils sont pas ensemble, mais elle a un super gros diamant au doigt. Je pense qu'elle a envie qu'ils soient ensemble, a dit Rose.

— Miaou, a dit Annabelle. Ça se peut qu'ils soient ensemble, mais qu'il soit pas prêt à se l'avouer. Ça me paraît évident qu'elle habite chez lui. Elle dort sur le divan, à votre avis ? Faites-moi rire, faudrait avoir une crotte à la place du cerveau pour croire ça.

— Ouais, a acquiescé Rose, qui se sentait soudain très stupide.

Toutes les quatre, elles observaient Megan. Celle-ci se tenait sur la ligne de service et soupesait le ballon entre ses mains. Puis, elle l'a lancé dans les airs, a sauté d'une bonne trentaine de centimètres et l'a frappé avec la force d'un jet supersonique. Le ballon a traversé le filet comme une flèche. Les joueurs de l'équipe adverse se sont écartés pour le laisser passer et le regarder tomber, à l'intérieur des limites du terrain. Un point.

— Ça fait peur, a dit Annabelle.

— Elle a visiblement des problèmes à régler, a dit Casey.

— Tenez-vous loin de la salope, a dit Nadine. Elle pourrait vous rentrer la tête dans le plancher.

— Je tuerais pour un ventre plat comme ça, a dit Rose. Je regarde son ventre et j'ai juste envie d'aller foutre une claque à mes enfants.

— Bah, donne-lui un mois dans la réserve et elle va gonfler, comme tout le monde. Elle est pas née comme ça. Ça, c'est la bouffe de la ville et le gym chaque jour, a expliqué Casey.

— J'ai vécu en ville, je suis juste devenue plus grosse, a dit Annabelle en se pinçant le bourrelet pour prouver son point.

— Ça, c'est parce que tout ce que tu faisais, c'est jouer au bingo et prendre l'autobus pour le moindre déplacement.

— Même pas vrai, grosse vache.

Les cousines ont continué à se disputer sur un ton bon enfant jusqu'à ce que l'une d'entre elles annonce qu'il était temps d'aller fumer une cigarette.

— Tu viens, Rose? a demandé Annabelle.

— Non, j'essaye d'arrêter.

— Pour vrai?

— Je peux pas courir et continuer à fumer. Trop dur pour le bon vieux corps.

Ce matin, elle avait été prise d'une quinte de toux de dix minutes qui avait réveillé la maisonnée au grand complet.

— OK, d'abord. De toute façon, je commençais à être écœurée que tu me tètes des clopes, s'est esclaffée Annabelle. Tiens, occupe-toi de ma petite.

Elle a tendu Mariah à Rose.

Rose a installé Mariah à cet endroit confortable et maternel où sa hanche rencontrait sa taille et s'est promenée le long des terrains. Elle a dû s'arrêter pour ramasser un déchet ici et là, mais elle était assez fière d'elle. Sa soirée volleyball était un succès, à n'en pas douter.

Elle a vu le chum de Kaylee lui envoyer une passe parfaite pour un smash. Kaylee a sauté plus haut que Rose l'aurait cru capable – impressionnant pour une fille de sa grosseur – et a décoché une frappe droit vers le visage de Tisha. À la dernière seconde, Tisha a tourné la tête et le ballon a ricoché sur elle. Les rires moqueurs ont fusé de partout.

Rose a évité de justesse un ballon hors jeu en se penchant avec Mariah dans les bras.

— Un peu périlleux pour un bébé, par ici, a-t-elle chuchoté à l'oreille de la petite.

Taylor jouait avec un groupe de jeunes hommes. Ils lui criaient : « Eh, Chef, par ici », et Taylor leur renvoyait le ballon avec une grande précision. Leurs smashs étaient puissants ; aucun doute, ils allaient massacrer les autres équipes.

Rose a vu Callie qui jouait dans l'équipe de Monty. Elle se tenait près du filet, un grand sourire au visage. Toute activité qui lui donnait l'occasion de voir du monde (et de faire autre chose que des devoirs) la rendait extatique.

Rose a cherché Sarah du regard et l'a trouvée en train de servir. Megan était peut-être magnifique, mais Sarah brillait. Rose a souri, fière de sa fille, qui frappait le ballon assez fort pour le faire traverser de l'autre côté, mais pas au point d'intimider ses adversaires.

— C'est moi qui ai fait ça, a chuchoté Rose dans les cheveux de Mariah.

Sarah faisait maintenant une passe à Lionel, qui a envoyé le ballon par-dessus le filet. Un point de plus. Toute l'équipe s'est rassemblée pour un cri de ralliement. Alors que les applaudissements diminuaient d'intensité, Rose a entendu quelqu'un gémir. Elle s'est retournée et a vu Ronnie, pliée en deux, appuyée à la scène.

— Ça va, Ronnie ?

— J'ai mal au ventre, a répondu Ronnie.

Rose a transféré Mariah du côté gauche et a relevé le menton de Ronnie d'une main. Son visage était rouge et enflé.

— T'es allergique à quelque chose ?

Ronnie a secoué la tête. Un ballon a frôlé Rose, juste à côté de Mariah. Rose a fusillé les coupables du regard.

— Come on, les gars, j'ai un bébé ici !

Rose a aidé Ronnie à sortir du gymnase et l'a guidée vers le bureau du directeur.

— Assois-toi ici, je vais aller chercher des Tums dans la trousse de premiers soins.

Rose s'est mise à fouiller dans les tiroirs du directeur avec des gestes familiers, des gestes qui lui revenaient du temps où elle était concierge à temps partiel.

— Ça fait mal comment ?

— De la morphine, ça ferait du bien, a grommelé Ronnie.

Rose a relevé les yeux. L'adolescente semblait se froisser devant elle comme un vieux Kleenex. Rose a arrêté de chercher et s'est plutôt dirigée vers le téléphone. Elle a composé le numéro de l'hôpital. Occupé.

Sarah a fait irruption dans la pièce :

— Qu'est-ce qui se passe ?

— Son ventre, a répondu Rose en changeant le bébé et le téléphone de côté pour poser la main sur l'abdomen de Ronnie.

C'était dur. Ronnie a poussé un glapissement.

— M'man, fais attention ! a dit Sarah.

Rose a rappelé l'hôpital, la sonnerie retentissait encore et encore dans son oreille. Elle a demandé :

— Est-ce que ta mère est à la maison, Ronnie ?

— À Toronto, a murmuré Ronnie.

— Je pensais que c'était à Ottawa, a dit Sarah.

Ronnie a secoué la tête :

— 'N'autre congrès.

Le téléphone sonnait toujours. Rose a fini par raccrocher.

— OK, OK, bon, je vais t'emmener à l'hôpital, a-t-elle dit. On l'appellera une fois là-bas.

Ronnie a acquiescé.

— Je viens avec vous, a dit Sarah.

— On y va, dans ce cas.

— M'man ! a lancé Sarah en pointant le bébé dans les bras de sa mère. Tu peux pas partir avec l'enfant de quelqu'un d'autre !

— Oh, c'est vrai. Va redonner Mariah à sa mère, a dit Rose en détachant le bébé qui s'accrochait à son cou et en le tendant à Sarah.

— Et... ?

Sarah attendait visiblement une réponse précise.

— Et dis-lui merci ?

— Callie.

— Oui ! Dis à ton oncle de ramener Callie à la maison.

Callie ne serait pas contente d'apprendre ça, mais Rose ne savait pas combien de temps elles seraient coincées à l'hôpital.

— Ma tête, j'ai mal.

— On y va, on part, là, a dit Rose en plaçant un bras autour de la taille de Ronnie et en l'aidant à se relever.

— Tout va bien aller.

Rose et Ronnie se traînaient péniblement vers la sortie lorsque Sarah les a rejointes. Rose a réprimé un grognement en apercevant Tisha qui se tenait juste derrière elles, les mains sur les hanches, dans une pose condescendante.

— Qu'est-ce qui se passe ici ? a-t-elle commencé, sur le ton de celle qui vient d'être témoin d'une transaction de substances illicites.

— Elle se sent pas bien, je l'emmène à l'hôpital.

— Tu t'en vas ? Qui va s'occuper de fermer le gymnase ?

— Euh… ouais… Tisha, est-ce que tu serais assez aimable pour t'occuper du gymnase pendant que j'emmène cette fille à l'hôpital ?

Ronnie a poussé un gémissement, appuyée sur le bras de Rose.

Tisha a hoché la tête sèchement avant de repartir en grommelant quelque chose sur « les employées peu fiables ».

— Quelle grosse vache, a dit Sarah, assez fort pour que Tisha l'entende.

Rose a essayé de ne pas sourire.

***

La voiture filait sur les routes de terre en mauvais état. En temps normal, Rose était une conductrice assez prudente, mais les sons qui sortaient de la bouche de Ronnie la rendaient téméraire. Au début, Ronnie appelait sa mère, puis sa respiration s'était faite plus rapide, plus saccadée. Sarah lui parlait sans arrêt :

— On est presque rendues, encore un petit cinq minutes, c'est pas long, ça, pas vrai ? C'est comme les cinq dernières minutes d'un cours, on dirait que ça finira jamais et, soudain, la cloche sonne et c'était pas si pire que ça, faut juste tenir le coup un peu.

Rose a garé la voiture devant les portes de l'urgence et a eu un moment d'hésitation. Quoi faire ? Courir à l'intérieur en criant à l'aide ou aider Ronnie à sortir de la voiture ? Elle a choisi la deuxième option. Mais dès que les deux portes automatiques se sont ouvertes, elle s'est laissée aller :

— Au secours !

Personne n'a accouru à leur aide, mais l'infirmière qui se tenait derrière le comptoir d'accueil n'a pas tardé à demander un fauteuil roulant. Une autre infirmière est apparue et elles se sont approchées pour prendre la relève de Rose. Une fois le fauteuil roulant arrivé, elles ont emmené Ronnie de l'autre côté des portes, au fond de la salle.

Rose a voulu les suivre, mais une troisième infirmière l'a arrêtée en lui tendant un formulaire à remplir.

Elle a voulu protester, mais comme elle avait peur des hôpitaux en général, elle a préféré se la fermer et s'asseoir bien sagement.

Sarah s'est laissée tomber sur la chaise voisine.

— Fait que ? lui a demandé Rose.

Sarah regardait par terre.

— Elle est enceinte ?

Sarah a haussé les épaules.

— Ça me surprendrait.

— Est-ce que vous… Est-ce qu'elle a encore pris de la drogue ?

— Non. Moi, j'en ai pris seulement cette fois-là, et t'as vu ce qui est arrivé.

— Ouais, a dit Rose, qui aurait tant souhaité pouvoir croire sa fille.

Rose s'est levée et a téléphoné à Monty pour le tenir au courant de la situation. Elle lui a demandé de trouver le numéro de cellulaire de la mère de Ronnie. Puis, elle lui a demandé s'il était passé à sa maison.

— Je suis entré. C'était un vrai bordel, Rose. J'ai l'impression que je ferais mieux d'appeler quelqu'un, a-t-il dit, la voix rocailleuse, pleine d'inquiétude.

— Comme qui ?

— La police. Je sais qu'il y a quelque chose qui va pas. Parce qu'elle ferait jamais ça à notre maison. Et où est-ce qu'elle est ? Qu'est-ce qui se passe, ici ? Y a Liz qui disparaît, et ensuite le vieux Albert, et maintenant ma femme… C'est comme si quelque chose nous était passé sous le nez.

— As-tu appelé chez sa mère ?

— Ils ont pas de nouvelles, ils savaient même pas qu'elle est enceinte !

— Wô.

Winter disait tout à ses parents. Leur relation était intime et chaleureuse. Rose avait toujours trouvé ça bizarre.

Elle a dit au revoir à Monty et est allée rejoindre Sarah. Celle-ci dormait sur sa chaise, les jambes allongées devant elle et les bras croisés sur sa poitrine comme un vampire sorti tout droit d'une autre époque.

Rose s'est dirigée vers le comptoir d'accueil. L'infirmière était en plein milieu d'une partie de sudoku.

— Est-ce que le médecin a vu Ronnie ?

— Ronnie ?

— La fille avec qui je suis arrivée. Cheveux mauves. Des anneaux jusque dans le trou de pet. Mohawk sur la tête. Je sais pas comment elle pourrait être plus facile à reconnaître.

— Le médecin l'a pas vue encore.

— Je peux la voir, moi ?

L'infirmière lui a glissé un regard.

— Z'êtes sa mère ?

— Sa tante, a menti Rose d'une voix affirmée.

— Chambre 214.

Rose a emprunté le corridor. Un court périple. Branchée sur un soluté, Ronnie dormait. Sa peau était si pâle que ses paupières avaient l'air bleues.

La docteure Sheila est entrée. Elle venait d'Afrique du Sud et elle avait un de ces noms qui donnent l'impression d'être raciste chaque fois qu'on essaye de les prononcer. Alors tout le monde l'appelait par son prénom. Ça faisait au moins dix ans qu'elle travaillait à l'hôpital de Lowell. Elle avait épousé un autre médecin qui y travaillait – le docteur Lee –, mais avait refusé de changer de nom.

La docteure Sheila a dit bonjour à Rose pour ensuite vérifier le rythme cardiaque de Ronnie.

— Elle va bien ? a demandé Rose.

— Je ne sais pas, a dit la médecin, son accent donnant un air de chanson à sa réponse. Elle était prise de douleurs intenses, alors on l'a placée sous sédatifs, mais je ne sais pas trop à quoi attribuer l'enflure. Et regardez ici, sur son bras.

La docteure a fait pivoter le bras de Ronnie. Rose a aperçu les marques de deux rangées de dents bien imprimées.

— C'était pas là quand on l'a emmenée, a dit Rose en espérant ne pas avoir l'air sur la défensive.

— Et il y a aussi la question des radiographies.

— Est-ce qu'elle est… enceinte ?

— Je ne sais pas.

— Comment est-ce que vous pouvez pas savoir ça ?

— Parce que ses radiographies sont… je cherche le bon mot… insondables ? Je n'arrive pas à les déchiffrer correctement. Il y a trop d'interférence.

— Comme trop de gras ? a tenté Rose d'un air incertain – après tout, Ronnie était un poids plume.

— Trop de cheveux. Son estomac est rempli de cheveux.

— Comme si elle en avait mangé ?

— Je suppose.

— Ses propres cheveux ?

La médecin a haussé les épaules.

La première pensée de Rose : *Je préférerais manger mes propres cheveux que les cheveux de quelqu'un d'autre.*

— Et c'est ça qui la rendrait malade ?

La médecin a secoué la tête :

— Non, il y a forcément une autre explication.

Son regard s'est attardé dans le vide. Puis, comme si elle venait de remarquer Rose, elle lui a demandé :

— Êtes-vous au régime ?

Ça a fait rougir Rose.

— Non, j'ai commencé à jogger, je m'entraîne pour un marathon.

— C'est bien, a répondu la médecin en tapotant l'épaule de Rose. J'avais trouvé que vous vous laissiez aller un peu la dernière fois qu'on s'est vues.

La sirène d'une ambulance leur a fait lever les yeux simultanément. Rose s'est élancée vers la porte de la chambre, mais la docteure Sheila l'a bousculée pour la dépasser.

— Oh, oui, désolée, allez-y en premier, a dit Rose en se faisant toute petite.

Rose est retournée près du lit et a approché son oreille de la bouche de Ronnie pour vérifier qu'elle respirait bien (elle n'était pas certaine de comprendre pourquoi elle faisait ça), puis elle a suivi le médecin.

Une certaine agitation régnait près des portes de l'urgence. Rose a vu Sarah, à l'autre bout de la salle, ouvrir les yeux et se redresser sur sa chaise.

Deux ambulanciers poussaient une civière à l'intérieur. La docteure Sheila est allée à leur rencontre. Elle leur a posé des questions à propos du rythme cardiaque et d'autres trucs à sonorité médicale que Rose se souvenait d'avoir entendus dans des épisodes d'*Urgences*.

Elle a jeté un coup d'œil par-dessus l'épaule de la docteure pour connaître l'identité du patient.

Reconnaissant aussitôt la forme bien définie de la mâchoire, elle s'est penchée sur la civière en appelant :

— Winter ?

L'ambulancier le plus proche d'elle lui a jeté un regard impatient en la repoussant du coude.

La docteure Sheila s'exprimait dans un jargon médical rapide et incompréhensible. Rose a incliné la tête en cherchant à comprendre ce qui se passait. « Parlez moins vite, avait-elle envie de dire, ou parlez dans notre langue, au moins. »

— Elle est enceinte ! a crié Rose. Elle a presque trois mois de faits !

Mais, bien sûr, c'étaient les collègues de Winter et ils étaient déjà au courant. Rose s'est mise à courir à côté de la civière, elle gardait le rythme, suivait les autres.

— Rose, lui a lancé la docteure en pointant du doigt la salle d'attente.

Rose s'est écartée, ses talons allant cogner contre le mur du corridor.

— Où est-ce que vous l'emmenez ? a-t-elle demandé aux infirmières, mais personne ne s'occupait d'elle.

En pleine discussion avec un des ambulanciers, la docteure Sheila fermait la marche, derrière la civière. Rose lui a lancé un dernier « Docteure Sheila ! » avant qu'elle ne passe les portes battantes.

Puis, comme les portes se refermaient, Rose a envoyé à Winter tout l'espoir qu'il lui restait.

QUINZE

Sarah descendait le corridor. Ça sentait les brioches à la cannelle et son ventre gargouillait. Elle a suivi l'odeur en fonçant dans un mur ici et là, elle était toujours extrêmement maladroite quand elle venait de se réveiller. L'odeur l'a finalement menée devant une porte, mais elle a fait une pause avant de passer d'une pièce à l'autre. Partout, le décor lui rappelait qu'elle se trouvait dans un hôpital et que cette fragrance n'était pas normale. Sarah a jeté un coup d'œil aux alentours, à la recherche de sa mère. Elle ne la voyait nulle part. L'infirmière au comptoir avait également disparu. Et l'odeur était toujours là, cette odeur qui l'attirait, comme celles qu'on *voit* dans les dessins animés.

Sarah a posé le pied sur le seuil. Ronnie était étendue sur son lit, l'air mal en point, mais souriante.

— Hé, toi, a dit Sarah en entrant pour de bon dans la chambre.

Elle a immédiatement senti le changement de température : il faisait chaud et, soudain, l'air est devenu glacial. Son corps s'est alourdi et elle a senti sa tête tourner dans une direction précise, mue par une force extérieure.

La vieille femme était là, si près d'elle que Sarah voyait ses dents gâtées. Elle a posé ses mains sur les épaules de Sarah et l'a tirée vers elle.

— Sarah.

Son nom, comme une malédiction.

Reculant précipitamment, Sarah a senti ses pieds glisser sur le sol et elle a crié :

— Maman !

Juste avant de se réveiller, dans la voiture, les yeux de sa mère braqués sur elle.

— Cauchemar ?

— Elle connaît mon nom.

Sarah n'avait pas besoin d'offrir plus d'explications. Après avoir vu sa tante couchée sur la civière, elle avait compris qu'il était temps de tout avouer à sa mère. Sa mère ne l'avait probablement pas crue du début à la fin, mais elle avait été d'accord pour la conduire auprès de Gilbert.

Sarah a jeté un coup d'œil à la banquette arrière. Emmaillotée dans une courtepointe à motif d'étoile, Callie ronflait doucement.

— Elle sort d'où, elle ? a demandé Sarah.

— Je suis passée chez nous pour avertir Monty. Il est en route vers l'hôpital au moment où on se parle.

Elles se sont garées devant la maison. La voiture de Michelle n'était pas là, ce qui a fait plaisir à Sarah.

Elle n'avait pas envie de voir sa mère et Michelle se crêper le chignon encore une fois.

— Tu veux que je vienne avec toi? s'est enquise sa mère en la regardant.

— Ouais.

Quelques petits coups à la porte et elles sont entrées. Gilbert était enfoncé dans le divan, en sous-vêtements. Il mangeait des céréales dans un bol trop grand. Elles avaient téléphoné pour l'avertir qu'elles s'en venaient.

Il a déposé son bol à côté de lui.

— Fait que?

— Ta fille aimerait te parler.

Gilbert s'est redressé, prêt à affronter le pire.

Sarah lorgnait l'écran de la télé, où une famille compétitionnait contre une autre famille pour gagner de l'argent et de la gloire.

— J'ai besoin d'aide pour annuler un sortilège.

— Tu fais dans la sorcellerie maintenant? a répondu Gilbert d'un air irrité. Maudit Internet.

— On n'a même pas ça, Internet, a fait remarquer Rose.

— Ouais, ben, c'est la faute à qui? Je voulais l'avoir, moi...

— Pour pouvoir jouer en ligne!

— J'ai ben le droit d'investir mon propre argent comme je veux!

Sarah a repris la parole avant qu'ils se mettent à crier pour de bon :

— Je niaisais avec Ronnie... Et je sais même pas ce qu'on a fait. On était au-dessus d'une tombe et on a juste prononcé une couple de mots et on a allumé une chandelle et, en tout cas, maintenant, elle est ici.

Son père s'est incliné vers l'avant :

— C'était la tombe de qui ?

— Ronnie pense que c'était la tombe de cet esprit qu'on appelle la Vieille Dame ou la Rêveuse.

Gilbert a roté. Il s'est calé à nouveau dans son divan en fixant la télé des yeux. Le sujet de la guerre des clans : « Choses qui doivent être réfrigérées ».

— Du lait, a dit Gilbert.

La réponse la plus populaire.

— Un peu de concentration, a lâché Rose.

— Laisse-moi penser, a dit Gilbert en se grattant longuement la bedaine.

Sarah a eu le temps d'observer deux mouches en train de s'accoupler sur le rebord de son bol de céréales.

— Donc ? a insisté Rose.

— J'essaye de me rappeler les affaires que j'ai entendues sur cette maudite femme là.

« Dépêche-toi, avait envie de dire Sarah, Ronnie est malade, Winter est malade. » Mais elle connaissait son père. Il devenait facilement nerveux et, quand il devenait nerveux, il se refermait comme une huître. Sa mère se balançait d'un pied sur l'autre, elle avait l'air sur le point de lui mettre une bonne baffe, mais Sarah a secoué la tête pour l'en dissuader.

Quand la pause publicitaire est arrivée, Gilbert a finalement ouvert la bouche :

— La vieille grébiche vivait ici, dans l'ancien temps, genre avant même que ça soit une réserve. Ouais. Je me souviens que mon mushum parlait d'elle en bien. Mais il disait aussi qu'elle était devenue folle et qu'elle avait commencé à être méchante avec le monde.

— Elle faisait quoi ? a demandé Rose.

— Certains disaient qu'elle avait tué leurs chevaux. D'autres sont tombés malades. Y en a même qui disaient qu'elle aurait empoisonné le chef. Un malheur après l'autre. En tout cas, le chef et sa gang avaient décidé de la bannir. Une bande de gars sont partis lui faire passer le message et, je sais pas trop comment, elle a fini morte.

— Super, a dit Rose.

— J'ai jamais dit que c'était l'idée du siècle, mais ils avaient pas le choix. Le monde avait peur qu'elle se mette à tuer leurs enfants.

— Qu'est-ce qui l'avait mise en colère à ce point-là ?

— Depuis quand les femmes ont besoin d'une raison pour être en colère ? a ricané Gilbert.

— Fais pas ton innocent, a répliqué Rose. Qu'est-ce que tu sais d'autre ?

Gilbert a fouillé dans une des craques du divan et en a tiré un paquet de cigarettes écrasé. Il a levé les yeux vers Rose.

— T'as un briquet ?

Rose lui a tendu son briquet sans rien dire.

— L'affaire avec cette Vieille Dame, c'est qu'elle doit tout le temps se nourrir, sinon elle se dissipe dans l'air… Comme un souvenir… ou un pet.

— Qu'est-ce qu'elle mange ? a demandé Rose en tendant la main pour ravoir son briquet.

Sarah voyait bien qu'il essayait de le subtiliser.

Gilbert a haussé les épaules.

— Je sais rien d'autre.

Sarah s'est assise sur une chaise de bois, près du divan.

— Comment on s'y prend pour la faire partir ?

Gilbert a secoué la tête.

— Mon grand-père m'a jamais enseigné ce genre de trucs. Faudrait peut-être que t'ailles voir un prêtre. Il va s'y connaître en exorcisme pis ces affaires-là.

— Tu connais pas un aîné ou quelqu'un ? a demandé Sarah. Tu dois en rencontrer dans tes sweat lodges.

— Cette histoire-là date d'au moins cent ans, fait que tous ceux qui s'y connaissaient là-dedans sont partis depuis longtemps.

— Penses-tu à autre chose ? a dit Rose, qui commençait à montrer des signes d'impatience.

— Pourrais-tu me passer vingt piasses ?

Il s'est esclaffé encore une fois. Puis il est redevenu sérieux en voyant leur visage. Il a demandé :

— Comment va Winter ?

— Elle va s'en sortir, a dit Rose.

Sarah savait que sa mère mentait : ses jointures viraient au blanc tant elle agrippait étroitement le coin du mur.

— Faut retourner là-bas, d'ailleurs.

Rose s'est retournée pour s'en aller et Sarah s'est levée de sa chaise pour la suivre.

— Rose, a lancé Gilbert.

Elle a regardé sa fille.

— Attends-moi dehors.

Sarah avait envie de dire qu'ils n'avaient jamais ressenti le besoin de censurer leurs disputes devant elle et qu'elle était aussi impliquée qu'eux dans tout ça et qu'en fait, elle était peut-être la principale responsable. Mais elle n'avait plus la force d'argumenter et le siège du côté passager lui paraissait l'endroit idéal pour se reposer. *Se reposer, mais pas dormir*, s'est-elle promis. *C'est fini, on dort plus, point final.*

***

Gilbert s'est redressé dans le divan. Un flocon de maïs collé sur la bedaine.

— T'es probablement déjà au courant, mais Michelle m'a laissé.

— Je savais pas.

— Elle a dit que j'étais pas celui qu'elle croyait que j'étais.

— Un homme qui est capable de manger la bouche fermée ?

— Elle a dit que j'en valais pas la peine, et elle est allée se pogner Bobby un soir et, le lendemain, elle était partie.

— C'est la classe, a dit Rose en regardant en direction de la porte.

Gilbert s'est levé. Ses genoux ont craqué et il a titubé légèrement vers elle. Rose a fait un pas à reculons.

Il a inspiré profondément.

— Je veux juste que tu saches que j'ai jamais arrêté de… tsé…

— Fourrer n'importe qui ?

— Non ! Je veux dire, j'ai toujours… tsé…

— Reluqué les autres femmes ?

— Câlisse, Rose, t'es-tu obligée d'être aussi chiante ?

Gilbert a envoyé valser la télécommande de la télé. Ils ont regardé l'objet percuter le mur, la partie arrière s'est ouverte, les piles ont revolé.

— C'est ça que tu voulais me dire ?

— Rose…

Sa voix était toute petite.

— Ouais ?

— Fais attention à elle, OK? a-t-il dit en pointant le menton vers Sarah, à l'extérieur.

— Bien sûr.

— Et aussi, est-ce que tu pourrais me prêter le char une fois de temps en temps ?

— On verra.

Rose a pris la porte.

***

Lorsqu'elles sont arrivées chez Lloyd, ce dernier travaillait dans son jardin. Les paumes et les jeans noirs de terre. Il a regardé la voiture se stationner, a fini par comprendre de qui il s'agissait et a continué à arracher ses mauvaises herbes.

Aussitôt sortie de la voiture, Rose a traversé le terrain en vitesse, soulevant un nuage de poussière. Elle entendait haleter dans son dos et a compris que Sarah avait de la difficulté à suivre le rythme.

Rose s'est arrêtée à un mètre ou deux de Lloyd.

— Papa, j'ai besoin de ton aide, a-t-elle commencé.

— Ouais, a-t-il répondu, et on entendait : « Pourquoi tu serais venue à part ça ? »

— Y a une sorte d'esprit que Sarah aurait, genre, libéré – par accident, évidemment – et je pense qu'elle essaye de s'attaquer à Winter et à une amie de Sarah, Ronnie. Il paraît qu'elle s'appelle la Rêveuse.

— Prononce pas son nom !

La voix de Lloyd était empreinte de fureur. Et de quelque chose d'autre. Rose n'en était pas certaine, mais on aurait dit de la peur.

— Tu la connais ?

Lloyd a plissé les lèvres en secouant la tête.

— Allez, P'pa, a dit Rose.

Lloyd a saisi sa binette et l'a plantée dans la terre.

— Papa ?

Lloyd a secoué la tête à nouveau.

— Je peux rien faire.

— Je suis venue ici parce que j'ai besoin de toi. J'ai plus nulle part d'autre où aller.

Lloyd a planté sa binette encore une fois dans la terre. Rose a étiré le bras pour l'attraper. Lloyd a tiré sur le manche. Petite partie de souque à la corde, jusqu'à ce que Rose abandonne.

— Bon Dieu, P'pa.

— Tu peux pas te pointer ici comme ça et exiger des affaires. C'est pas comme ça que ça marche. Pas d'offrande, pas de respect, est-ce que t'es au moins consciente de ce que tu demandes ?

— On s'en fout, de comment ça marche ! Y a deux personnes qui sont très malades – c'est pas plus important que le protocole, ça ?

Lloyd a tiré une dernière fois sur sa binette, que Rose a lâchée.

— Vous auriez jamais dû vous mêler de ces affaires-là, dès le départ.

— C'est un peu tard pour ça, maintenant. Le diable est déjà sorti du sac ! a lâché Rose en inspirant profondément, *calme-toi, Rose.* Allez, P'pa. De quoi t'as peur ?

— J'ai pas peur !

— Oui, t'as peur. T'as passé ta vie à te préparer pour une occasion du genre, et elle est enfin arrivée. Si tu t'en occupes, tu vas avoir tellement de tabac en récompense que tu vas être obligé de t'acheter des nouveaux poumons pour le fumer au complet.

Lloyd a pointé un doigt vers elle :

— C'est ça ! Voilà ! Des blagues ! T'as aucun respect !

Rose l'a dévisagé.

— J'étais à l'hôpital avec Winter et Ronnie. Je sais qu'elles sont en danger. C'est toi qui leur manques de respect.

— Je peux pas t'aider. Une fois que la Rêveuse est libérée… c'est trop tard, a dit Lloyd en laissant tomber sa binette et en se dirigeant vers la maison. La meilleure chose à faire, c'est de prendre tes filles avec toi et de partir de la réserve.

— Papa, tu peux pas nous laisser comme ça ! a crié Rose derrière lui.

Le voyant s'éloigner rapidement, elle a tenté de se lancer à sa poursuite, mais a trébuché et s'est retrouvée face contre terre, le visage dans l'humus humide.

— Ah, crisse, a-t-elle essayé de dire, la bouche pleine.

— Trou d'cul ! a crié Sarah.

Rose a levé les yeux juste à temps pour voir une motte de terre voler en direction de la tête de Lloyd.

— Eh ! Arrête ça… a commencé Rose, mais elle a dû cracher avant de poursuivre : À quoi tu penses ? On lance pas des trucs par la tête à son grand-père. Je t'ai pas élevée comme ça.

— Il mérite d'être puni.

Rose a examiné sa fille. Son regard vacillait, comme si elle n'était présente que par intermittence. Sarah a continué :

— Les hommes sont cruels, il nous faut nous sauver nous-mêmes.

Rose a sursauté : elle entendait la voix rocailleuse de la Vieille Dame sous celle, normale et douce, de sa fille. Et que dire de ce « nous » presque royal, louche au plus haut point ? *Bouge tes fesses, Rose*, s'est-elle ordonné, *t'as plus une seconde à perdre.*

Elle a souri comme si de rien n'était et a tendu la main à sa fille. Sarah l'a aidée à se relever. Rose a levé un bras pour lui toucher le visage.

— T'es toute blanche.

— M'man, tu me mets de la terre dans la face, a dit Sarah en s'essuyant avec une manche de son chandail.

— Désolée, a répondu Rose en se mettant à marcher vers la voiture.

— On va où ?

— Au Conseil. T'as besoin d'un café.

— Je bois pas de café.

— M'man ? a lancé Callie, debout à côté de la voiture. Comment ça se fait qu'on n'est pas à la maison ?

***

En se réveillant, Winter se sentait vraiment comme de la merde. Elle a placé la main sur son ventre, comme elle le faisait chaque matin, et a poussé un soupir de bonheur. Puis, sa main s'est posée sur le sol froid et elle a su aussitôt que quelque chose clochait.

En regardant droit devant elle, elle voyait des arbres qui s'étendaient jusqu'au ciel. Elle s'est assise.

— Pourquoi je suis dehors ? a-t-elle demandé dans le vide.

C'est clair que je suis en train de rêver, s'est-elle rassurée. Puis, elle s'est écorchée la main sur une roche pointue.

— Ouch !

Elle a regardé sa paume, y a vu une goutte de sang et, soudain, l'impression d'être dans un rêve n'était plus si nette.

Elle s'est levée et a secoué la poussière sur ses jeans.

Quelques mètres plus loin, un feu de camp avait été allumé et Winter s'est approchée. Le printemps n'était pas encore très avancé et le soleil n'arrivait pas à réchauffer la terre avant le début de l'après-midi.

Elle a aperçu, assise près du feu, une vieille femme qu'elle a immédiatement reconnue. Celle-ci lui a montré ses dents abîmées et Winter a compris qu'il s'agissait probablement d'un sourire. Elle a fait pareil.

La femme a pointé du doigt une pièce de viande séchée suspendue au-dessus du feu. Winter en a pris un morceau. Coriace, mais elle est parvenue à l'avaler.

La femme a approuvé de la tête.

Après s'est rempli la panse, Winter s'est essuyé la bouche en observant l'autre, dans l'expectative.

La femme s'est levée et a fait signe à Winter de la suivre.

***

Le Conseil était bondé, Rose n'avait jamais vu une telle foule. Les voitures étaient garées n'importe comment dans le stationnement. Il n'y avait probablement plus aucune voiture ailleurs dans la réserve, même l'auto-patrouille était là.

— Tabarnak, a dit Rose.

— Ouais, a approuvé Sarah.

— Tabarnouche, a ajouté Callie.

Les gens s'entassaient devant la porte et Rose a dû jouer des coudes pour entrer.

Elle a cherché Kaylee des yeux derrière son comptoir, mais celle-ci restait introuvable. Remarquant Annabelle non loin d'elle, elle lui a tapoté l'avant-bras.

— Qu'est-ce qui se passe ?

— Nom de Dieu de merde, Rose ! a dit Annabelle. T'es OK !

— Je suppose, oui. Je suis crissement épuisée, mais ça va. Winter est vraiment mal en point, par contre.

— Winter ? Qu'est-ce qu'elle a ?

— Laisse-moi deux secondes et je vais tout t'expliquer.

Rose s'est frayé un chemin jusqu'à la cafetière, qui ne contenait plus qu'un fond grumeleux. Le café était si épais qu'on aurait pu le manger. Elle s'est servie quand même, l'a recouvert de colorant et a tendu la tasse à Sarah.

— Dégueu, a dit Sarah.

Rose l'a toisée et Sarah a pris une petite gorgée.

— Il est où, le mien ? a demandé Callie.

Rose a offert une tasse à Callie, qui a elle aussi pris une petite gorgée avant de la recracher aussitôt.

Rose est retournée vers Annabelle. Elle lui a raconté que Winter avait été emmenée d'urgence à l'hôpital la veille. Qu'elle présentait des symptômes semblables à ceux de Ronnie.

— Eh ben, on aura tout vu, câlisse, a commenté Annabelle.

— Pourquoi y a autant de monde, ici ?

— Il paraît qu'un tas de femmes ont fait des rêves vraiment bizarres à propos d'une vieille madame – ou peut-être que c'étaient pas des rêves, tsé ? En tout cas, tout le monde ici veut parler au chef. Sans oublier le fait que j'ai plus de café à la maison.

— T'as fait le même rêve ? lui a demandé Rose.

Annabelle a acquiescé de la tête.

— Sarah aussi, a dit Rose.

Annabelle s'est tournée vers Sarah :

— Est-ce que ses dents sont pourries ?

Sarah a confirmé.

— J'imagine qu'il y a pas d'assurance dentaire dans le monde des esprits, a dit Annabelle.

La porte du bureau de Taylor s'est ouverte et il est sorti, flanqué des membres du Conseil et de Nolan. La foule s'est aussitôt pressée autour d'eux. « Taylor ! », « Chef ! », « Juste ici ! »

Taylor a sauté sur une chaise.

— On a trouvé un aîné. Il va arriver demain. Je vous demande simplement de rester calmes d'ici là.

Les questions ont fusé de partout : « Pourquoi il peut pas venir plus tôt ? », « Pourquoi nos propres aînés peuvent rien faire ? » Et plusieurs variations sur le thème : « Qu'est-ce qui se passe, sacrament ? »

— Je sais pas, a répondu Taylor. J'ai jamais entendu parler de quelque chose comme ça. J'ai discuté avec quelques personnes plus âgées et il y aurait une histoire à propos d'une certaine « Rêveuse » ou « Vieille Dame ».

La foule était agitée.

— Là, on a déjà deux personnes à l'hôpital, une femme et une adolescente. Mais on n'a pas de preuve comme quoi c'est elle qui les aurait rendues malades. C'est juste des suppositions, pour l'instant, a-t-il ajouté.

— Menteur ! a crié quelqu'un depuis le fond de la salle.

La foule s'est mise à chuchoter et les têtes se sont tournées, à la recherche du coupable. Rose était pas mal certaine qu'il s'agissait d'un des Jason, probablement un des plus jeunes.

— Trou d'cul !

Rose était pas mal certaine que, cette fois, il s'agissait d'Annie.

— Pas besoin d'insulter personne, a dit Taylor d'une voix calme.

Une cannette de boisson gazeuse a frôlé sa tête. Il l'a évitée de justesse.

— OK, sérieusement, pas besoin de ça non plus.

— Retourne en ville, la pomme! a lancé une troisième voix, imitée par quelques autres.

Rose s'est dressée sur la pointe des pieds et a crié:

— Fermez-la, laissez-le parler!

Son visage a aussitôt viré au rouge. Elle s'est retournée pour hocher la tête en direction de Taylor.

Taylor s'est éclairci la gorge.

— À l'hôpital, on nous donne pas beaucoup d'information. On nous dit que les patientes sont dans un état stable, mais c'est tout ce que je sais. Je vais me renseigner auprès du personnel le plus tôt possible et je vous reviens là-dessus.

Sur ce, il a sauté par terre et est venu rejoindre Rose.

Elle le regardait s'approcher et, à mesure que la distance s'amenuisait entre elle et lui, elle se disait qu'elle aurait souhaité avoir eu le temps de prendre une douche ce matin.

— Hé, a-t-il commencé. Ça va, toi?

Rose a haussé les épaules.

— On va aller dans mon bureau pour jaser un peu.

Taylor s'est faufilé dans son bureau. Rose le suivait de près, tout comme Annabelle, Kaylee et Sarah. Callie s'est aussi glissée dans la pièce, juste derrière sa sœur.

— Oh, a dit Taylor. Je voulais dire juste Rose.

La porte s'est rouverte sur Megan, qui a fait son chemin jusqu'à Taylor pour prendre place à ses côtés.

— Bon, tout le monde est là ? a demandé Taylor d'une voix sèche.

La porte, à nouveau. Et Tisha qui se glissait à l'intérieur du bureau, poussait un peu Kaylee pour se faire de la place. Cette dernière s'est tassée en grommelant.

— On se croirait dans une ostie de voiture de clown ici ! a dit Annabelle.

La porte s'est ouverte encore une fois, et Nolan a réussi à s'introduire dans la pièce, surtout parce que le groupe de femmes s'était écarté sur son passage.

— Qu'est-ce que tu veux, maudite marde ? a grogné Kaylee.

— Ça regarde la police, ce qui se passe, a-t-il répondu, les yeux rivés sur sa poitrine.

Sarah s'est laissée tomber sur une chaise et a appuyé la tête dans ses mains. Rose a posé une fesse sur l'accoudoir de sa fille.

— OK, a débuté Taylor en s'assoyant dans sa propre chaise. Qu'est-ce qui se passe, exactement ?

— C'est une hallucination collective, a proclamé Tisha. Ça me semble évident.

— Oh, ta yeule, crisse, a rétorqué Kaylee. J'ai déjà halluciné dans ma vie, pis ça a rien à voir avec ça.

— Je pense que ça a peut-être un lien avec la mauvaise qualité de l'eau, a dit Megan.

— Personne t'a rien demandé, a dit Kaylee.

— Et pourquoi j'aurais pas droit à mon opinion ? a répliqué Megan.

— Parce que t'es pas membre de la communauté… Ça fait à peine, genre, deux crisses de secondes que t'es arrivée ici, a continué Kaylee.

— Oh, pis laisse donc faire, a répondu Megan à part elle.

— Qu'est-ce qui se passe ? a répété Taylor, les yeux braqués sur Rose cette fois.

— La marde a pogné à cause de cette fameuse Rêveuse qui s'est fait réveiller, a-t-elle expliqué. Je sais pas pourquoi ni comment, mais elle peut rendre les gens malades – Winter, Ronnie. La médecin sait même pas ce qu'elles ont. Et là, j'ai peur de laisser ma fille s'endormir.

— Quelqu'un d'autre a aperçu cette femme ?

Sarah a levé une main lourde, puis elle a refermé les yeux.

— Je l'ai vue, moi aussi, a dit Kaylee en allumant une cigarette et en tirant une bouffée nerveuse. Elle fait peur en chien. Elle a des dents de folle, pis elle est aussi fripée qu'un vieux scrotum.

D'une voix à peine audible, elle a poursuivi sur sa lancée :

— Et elle veut que je fasse des choses pour elle, elle veut que je tue mon ex et même mon chum actuel, même si je suis pas fâchée contre lui.

Taylor avait l'air totalement abasourdi. Il a regardé aux alentours.

— Quelqu'un d'autre l'a vue ?

Toutes les femmes ont levé la main.

— Qu'est-ce qu'on va faire ? s'est exclamée Kaylee, et elle a frappé du poing la table de Taylor, en prenant bien soin de ne pas abîmer ses longs ongles parfaitement manucurés.

Nolan s'est redressé, tout fier :

— Ce que je veux savoir, moi, c'est : est-ce qu'on peut lui tirer dessus ?

— Oh, vas-y, on te fait confiance, la dernière personne sur qui t'as tiré, c'est une vache ! lui a répondu Annabelle.

— Elle avait la rage !

— Personne va tirer sur personne, on a besoin de savoir à qui on a affaire, ici, a dit Taylor.

Il semblait calme, mais Rose a cru déceler un brin de détresse dans sa voix.

Elle reconnaissait bien cette peur qu'elle voyait dans les yeux de Taylor. C'était la même qu'elle avait vue dans les yeux de Gilbert la fois où elle lui avait demandé s'il voulait être présent avec elle durant l'accouchement de Sarah.

Rose a compris qu'elle devait prendre la parole.

— Je l'ai vue, moi aussi.

— Qui est-ce qu'elle t'a demandé de tuer ? a demandé Taylor d'une voix fatiguée.

— Gilbert, ont répondu quatre femmes en même temps.

— Personne. C'était pas dans un rêve. Je lui ai fait un lift…

— Tu lui as fait un lift ? a bredouillé Tisha.

— Je savais pas qui elle était ! a répondu Rose. J'ai juste vu une aînée qui avait besoin d'un lift.

— Qu'est-ce qu'elle a dit ? a voulu savoir Taylor.

— Elle a dit qu'elle rendait visite à du monde, mais elle m'a pas dit à qui en particulier.

— Fait qu'elle est vraiment ici, a dit Taylor. C'est une *vraie* personne ?

— Est-ce que c'était un zombie ? a demandé Annabelle.

— C'était juste une vieille madame ordinaire. Sauf qu'elle était vraiment en forme.

— Comme musclée, genre ? a demandé Kaylee en gonflant un de ses biceps.

— Ouais. Un tas de muscles pis de nerfs.

— Quand est-ce que tu l'as vue ?

— Hier. Avant la soirée de volleyball, avant que Ronnie et Winter tombent malades, a répondu Rose avant de se lever, tout d'un coup. Il faut que je retourne voir si elles sont correctes.

— Non, faut que tu nous en dises plus sur elle ! a dit Tisha en lui agrippant le bras.

Rose s'est dégagée.

— Comment est-ce que ça a commencé, en plus ? a lâché Kaylee. D'où est-ce qu'elle peut bien venir ? Est-ce qu'ils ont recommencé leur culte à Satan ?

Kaylee faisait référence à un incident survenu quelques années auparavant, lorsqu'une bande de jeunes avaient été accusés d'avoir mis le feu à la forêt dans un pacte avec le diable. Après enquête, on en avait conclu que les jeunes avaient bien mis le feu, mais « juste pour le fun ». C'était inquiétant pour la communauté, bien sûr, mais pas aussi inquiétant que d'avoir affaire à des satanistes.

Pensant à l'adolescente engourdie et tout de même un peu coupable qui était sur le point de s'endormir à côté d'elle, Rose est intervenue :

— Vous savez, ça sert à rien de commencer à chercher des coupables, on a d'autres chats à fouetter.

Tisha a grogné :

— On le sait ben, ça fait ton affaire qu'on cherche pas de coupables.

Toutes les têtes se sont tournées vers Tisha, qui a gonflé comme un poisson-globe avant de poursuivre :

— Tout le monde sait que c'est de ta faute, Rose Okanese.

— Juste parce que je lui ai fait un lift et que je lui ai genre donné un CD, ça veut pas dire que je suis sa complice.

Les narines de Tisha se sont dilatées :

— Cette *chose* se nourrit d'énergie – de n'importe quelle forme d'énergie – et c'est qui qu'on voit courir sur les routes comme le christie de lapin Energizer ?

Rose n'a pas pu se retenir : elle a éclaté de rire.

— C'est de l'énergie positive, ça. C'est moi, en train de reprendre ma vie en main.

— Ça change rien pour elle. C'est de ta faute. C'est toi qui l'as réveillée, qui la rends plus forte.

Le visage de Rose a viré au pourpre et elle a attendu que quelqu'un se porte à sa défense. Après quelques secondes, elle a compris que ses cheveux allaient grisonner avant qu'on intervienne en sa faveur. Ne lui restait plus qu'à se lever.

— Faut que je retourne voir Winter et Ronnie.

Tisha a de nouveau agrippé son bras de ses longs doigts maigres :

— Fais-la partir.

Ses narines étaient vraiment très dilatées.

Rose a pris un air irrité.

— Et comment tu me suggères de procéder, au juste ?

Appuyé contre le mur depuis un moment, Nolan a fait un pas en avant :

— Je peux dire quelque chose ?

Tout le monde s'est tourné vers lui, des éclairs dans les yeux, n'attendant que le pire de sa part.

— Écoutez, je suis à un simple coup de fil. Je suis là pour votre sécurité, pour votre tranquillité d'esprit et pour… vos besoins physiques.

— Décampe, gros porc ! a crié Kaylee depuis l'autre bout de la pièce.

— Je niaisais ! Vous aviez compris que je niaisais, vous, hein, Chef ?

Taylor toisait Nolan comme si ce dernier était une Ford modèle T avec un singe au volant.

Rose a secoué le bras pour se défaire de l'emprise de Tisha, puis a joué des coudes pour sortir du bureau. Son passage manquait peut-être un peu de douceur, mais elle s'est rachetée en disant « excusez-moi » et « désolée » à tout le monde.

SEIZE

À seize ans, Rose avait été impliquée dans un gros accident de voiture. Winter venait d'obtenir son permis et elle voulait lui montrer ses talents de conductrice. Elles roulaient sur la route sinueuse qui descendait vers la vallée lorsque Winter avait perdu le contrôle de la voiture, qui avait passé par-dessus le garde-fou. Elles avaient dévalé la côte, la voiture tourbillonnant sur elle-même. Rose se souvenait de n'avoir ressenti aucune peur, de n'avoir ressenti que le calme de l'acceptation : voilà ma nouvelle réalité, la mort.

Les yeux rivés sur le lit d'hôpital de Ronnie, elle a senti la même quiétude se répandre en elle. Elle avait posé une main sur l'épaule de Sarah. Callie se tenait un peu en retrait, derrière elle. Rose sentait la distance exacte qui les séparait.

La docteure Sheila leur a expliqué comment le cœur de Ronnie s'était soudain arrêté, comment son corps s'était éteint et comment elle était partie en quelques secondes. Rose l'écoutait en hochant la tête. Les yeux noirs de la docteure miroitaient.

— Et Winter ?

— Elle nous a quittés. Elle n'est pas morte, comprenez-moi ! a vite ajouté la médecin. Elle a quitté l'hôpital.

— Elle a reçu l'autorisation de partir ?

— Pas du tout. Elle était dans son lit il y a à peine une heure et, quand l'infirmière est allée vérifier son état, elle n'était plus là.

Tirant Sarah derrière elle, Rose a couru en direction de la chambre de Winter, de l'autre côté du corridor. Elle s'est arrêtée dans le cadre de la porte, pas certaine de savoir à quoi elle s'attendait. Il n'y avait qu'un lit vide, duquel on avait retiré les draps, là où aurait dû se trouver son amie.

Rose a ensuite emmené les filles à la cafétéria et leur a acheté quelque chose à manger. Elle-même n'a rien avalé, les yeux fixés sur ses deux enfants, essayant de contrôler son envie de fumer.

Elle a téléphoné à la maison et a attrapé Monty, qui avait roulé toute la journée, à la recherche de Winter. Elle lui a demandé de venir les rejoindre à l'hôpital, pour s'assurer qu'il allait bien, mais il a répondu qu'il préférait continuer à chercher. Le silence s'est fait sur la ligne, alors qu'ils respiraient tous deux de façon irrégulière et tentaient de ne pas imaginer le pire. Puis, Rose a vu Jane apparaître à l'autre bout du corridor.

— Faut que je te laisse, Monty. La mère de Ronnie est là.

Rose s'est tenue à proximité de Jane pendant que la docteure Sheila lui apprenait la mauvaise nouvelle. Jane a acquiescé de la tête, puis s'est tournée vers Rose comme si elle attendait une autre explication, la bonne cette fois-ci.

— Quand je suis revenue tantôt, elle était déjà partie, a dit Rose.

— Est-ce qu'elle a dit quelque chose hier soir ?

Rose a fait non de la tête.

La docteure Sheila lui a proposé des sédatifs, mais Jane a refusé.

— C'est pas des remèdes traditionnels.

Rose a voulu ajouter quelque chose, mais elle savait que Jane avait la réputation d'être têtue. Elle n'avait rien pris après la mort de son mari, non plus. Elle s'était recluse dans la sweat lodge, s'était coupé les cheveux et avait demandé à tout le monde de ne plus prononcer son nom.

Rose s'est dirigée vers le comptoir d'accueil pour demander encore une fois si elle pouvait téléphoner. Comme hypnotisée par la présence de Jane, l'infirmière a hoché la tête distraitement.

Un cousin de Jane est arrivé pour la ramener à la maison.

Rose est allée voir si tout allait bien du côté des filles. Elles étaient à moitié endormies, affalées sur des chaises dans la salle d'attente. Il fallait rentrer à la maison. Elle s'apprêtait à les réveiller lorsque l'infirmière a crié son nom en lui tendant le combiné du téléphone.

C'était Michael, le fils de Cote et Fils.

— Faut que vous veniez ici, a-t-il commencé d'un ton tranchant.

Un ton inhabituel venant d'un gars comme Michael, qui était presque trop sympathique pour quelqu'un qui travaillait dans un salon funéraire.

— J'ai pas le temps, Mike, je suis pas mal occupée, là. J'allais partir de l'hôpital.

— Faut que vous veniez *immédiatement*. Il se passe de quoi avec le corps.

***

Rose n'avait pas envie de traîner les filles là-bas, mais elle n'avait pas le choix. Sarah sombrait dans le sommeil toutes les cinq secondes et Rose avait peur de ne pas être en mesure de la réveiller. Callie avait fabriqué une sorte de bâton qu'elle utilisait pour piquer sa sœur chaque fois qu'elle en avait l'occasion. Sarah était trop épuisée pour se plaindre. C'est ce qui inquiétait le plus Rose.

Elle a garé la voiture et a regardé les filles :

— Vous restez ici.

À peine avait-elle fait claquer sa portière qu'elle a entendu les autres s'ouvrir derrière elle.

— Merci de m'écouter, a-t-elle soupiré.

Michael l'attendait sur le seuil en se tordant les mains. Rose ne s'était jamais rendu compte que c'était plus qu'une façon de parler, que les gens faisaient ça pour vrai.

— Qu'est-ce qui se passe ?

— Suivez-moi, a-t-il murmuré.

— Où est votre père ? a murmuré Rose à son tour.

— Dans le bureau. Au téléphone avec le curé.

— Jane veut rien savoir d'une cérémonie catholique.

— Croyez-moi, c'est le dernier de nos soucis, a dit Michael en la guidant vers les portes au fond de la pièce, qui menaient dans la section « labo ».

Rose a eu un mouvement de recul, repoussée par l'odeur. La pièce où on préparait les morts ressemblait à une clinique, et c'était tout aussi propre. Mais sous l'odeur pénétrante des produits chimiques, il y en avait une autre, plus sournoise, comme un poisson des fonds marins qui attend sa proie, et cette « autre odeur » avait frappé Rose de plein fouet. C'était une odeur que n'importe quel humain reconnaissait d'instinct. (Si on était une fille, on la contournait pour s'enfuir ; si on était un garçon, on courait vers elle avec une branche pour voir ce qu'elle cachait.)

Michael leur a fait signe de s'approcher d'un court cercueil brun foncé, presque pourpre, orné sur le devant d'un délicat motif gravé. On aurait presque pu qualifier la chose de « jolie », si ça n'avait pas été une boîte pour enterrer des corps humains. Michael s'est posté à côté du cercueil et a posé sa main sur le bois. Les pieds de Rose ne fonctionnaient plus.

Michael lui a adressé un regard encourageant et elle est parvenue à parcourir les derniers mètres.

Ses paumes se sont mouillées. Son réflexe de parler pour ne rien dire a aussitôt pris le dessus :

— J'ai pas peur. C'est bizarre. Tsé, j'ai déjà vu des cadavres, mais jamais de cadavre de jeune. Et c'est pas n'importe qui, c'est quelqu'un que je connais.

Je veux dire, je connais tout le monde, ici, tout le monde connaît tout le monde, pas vrai ? On se croirait dans un éternel épisode de *Cheers*. Mais elle, cette fille-là, elle a probablement jamais écouté cette émission-là.

— Vous êtes prêtes ? a demandé Michael en regardant aussi les filles d'un air interrogateur.

Rose a acquiescé de la tête. C'était aussi bien qu'elles aussi assistent à la scène, car, peu importe ce qu'il y avait là-dedans, elles la harcèleraient de questions jusqu'à ce qu'elle leur raconte tout.

Il a soulevé le couvercle du cercueil. Rose a baissé les yeux. Elle les a relevés vers Michael.

— Où est le corps ?

Michael a hoché la tête.

— Là-dedans, a-t-il répondu en pointant du doigt l'intérieur du cercueil.

Rose a vu des trucs blanchâtres. Elle s'est approchée.

— Des os ?

— Des os.

— Des os ! a crié Callie en accourant.

Ça ne lui faisait pas peur, des os.

Michael a jeté un coup d'œil à la porte.

— Le corps était là, avant. Je le sais, parce que c'est moi qui l'ai placé dans le cercueil. Puis, quand je suis revenu ce matin, il restait juste ça.

Rose a hoché la tête.

— Est-ce que quelqu'un a pu partir avec le corps et laisser ça à la place ? Je veux dire, c'est à elle, ça ?

Michael a haussé les épaules.

— Je suis pas un expert, mais… a-t-il dit en regardant les filles du coin de l'œil… c'est pas mal la bonne taille.

Sarah et Callie ont fait un pas à reculons.

— Fait que… qu'est-ce qu'on fait ? On appelle la police ? On signale le vol d'un cadavre ? a voulu savoir Rose.

Michael a poussé un soupir.

— Mon père… Il est pas super bon avec ce genre d'affaires là…

— Qu'est-ce que vous voulez dire ?

— Je veux dire qu'il est déjà en train de planifier un exorcisme. Il veut que ça sorte d'ici, le plus tôt sera le mieux.

Rose comprenait où il voulait en venir.

— Avez-vous un sac ?

Il est allé ouvrir une armoire et a offert un sac en plastique à Rose. Puis, après avoir vu le dégoût sur son visage, il est retourné fouiller dans l'armoire pour en revenir avec un sac de sport. Cousu sur le tissu, on pouvait lire : « Équipe de curling Cote. »

Il l'a tendu à Rose.

Ça a pris un bon bout de temps. Au moins quinze minutes. Rose a fait la majeure partie du boulot. Mais, après quelques minutes à regarder sa mère la bouche ouverte, Callie s'est jointe à elle pour l'aider à ramasser quelques ossements. Sarah se tenait à l'écart, les yeux fixés sur une tache sur le mur. À un moment, Callie a échappé un morceau d'os par terre et Sarah a craché :

— Fais donc attention.

Rose a zippé le sac et a fait un signe de tête à Michael. Il a tenu la porte ouverte pour elle et les filles, et elle l'a franchie, le sac sur l'épaule. Les os étaient lourds, mais elle n'avait pas envie de se plaindre.

Rose s'est installée au volant de la voiture, après avoir déposé le sac dans le coffre. Elle a regardé ses filles.

— Bon, a-t-elle commencé.

— On n'a pas besoin d'en parler, a dit Sarah d'un ton résolu.

— OK, a dit Rose.

Elle a jeté un coup d'œil à Callie, qui s'est contentée de hausser les épaules.

Rose était trop fatiguée pour se sentir coupable. Pour être honnête, elle ressentait un genre d'exaltation. La vieille malédiction chinoise – c'était bien une malédiction chinoise, n'est-ce pas ? – lui trottait dans la tête : « Puisses-tu vivre à une époque intéressante. » Ce serait peut-être une expérience enrichissante pour ses deux enfants, un peu comme la Grande Dépression. Enrichissant, oui, mais pas assez pénible pour qu'elles en soient marquées à vie. *Si elles survivent...* n'a-t-elle pu s'empêcher de penser, et elle a aussitôt chassé la phrase en claquant la portière. Tout irait bien. Tout. Irait. Bien.

Rose a donné une petite tape sur le bras de Sarah, qui lui a jeté un regard irrité.

— Je voulais juste être sûre, a marmonné Rose.

***

Jane avait décidé que l'enterrement aurait lieu dans le vieux cimetière de la réserve. C'étaient surtout les vieux qui se faisaient enterrer là-bas par les temps qui couraient, des aînés qui avaient été convertis au christianisme pendant leur séjour dans les pensionnats et qui avaient retrouvé les valeurs traditionnelles à la fin de leur vie. La famille de Jane n'avait jamais fréquenté les pensionnats. Lorsque la police s'était pointée pour emmener les enfants, le grand-père de Jane s'était sauvé dans la forêt avec tout son monde.

À dire vrai, Jane n'avait pas vraiment eu le choix de l'emplacement où sa fille serait enterrée. Elle avait dit à Rose que le curé avait laissé un long message sur sa boîte vocale, où il expliquait en long et en large le fléau de la « décorporalisation » de sa fille, avant de citer des versets de la Bible pour finalement se faire couper le sifflet par la machine. Le père Cote n'avait pas pu s'empêcher de bavasser, apparemment. *Vieux rat*, se disait Rose.

Un immense sapin trônait au milieu du cimetière. C'était un endroit prisé, mais personne ne s'était opposé à ce que Jane enterre Ronnie sous ses branchages.

Rose a sorti le sac du coffre de la voiture et s'est dirigée vers Taylor. Jane lui avait demandé d'être présent et il avait accepté, malgré quelques réticences. Il aurait préféré rester au Conseil : quelqu'un était entré par effraction, la nuit dernière. On avait volé de la nourriture, des rideaux, d'autres trucs par-ci par-là. On avait aussi écrit à la bombe aérosol un message obscène destiné au chef. Rose espérait avoir un peu de temps après la cérémonie pour aller constater l'ampleur des dégâts de visu, parce que Taylor avait été avare de détails au téléphone. Elle avait dans l'idée d'examiner le message en question, convaincue d'être en mesure d'identifier les coupables grâce au choix de mots et aux fautes d'orthographe. Une fois qu'elle saurait de qui il s'agissait, les coupables allaient passer un mauvais quart d'heure, ça, on pouvait en être sûr.

Rose a gravi la petite pente en soufflant.

Taylor a accouru à sa rencontre comme si elle était une bouteille d'eau et qu'il venait de passer plusieurs heures dans la sweat lodge.

— Pourquoi ça t'a pris autant de temps ?

Il a pris le sac sur l'épaule de Rose.

— Fallait que je nourrisse mes enfants. Comment va le troupeau ?

— Ils ont faim, ils sont en colère et, je vais être honnête avec toi, ils me font un peu peur. Je pense que Kaylee m'a lancé un cap de roue quand je suis allé voir si ça se passait bien, la dernière fois. On aurait dit qu'elle l'avait dans ses mains à l'avance, comme si elle attendait juste que j'arrive.

La veille, cinquante femmes avaient dormi au Conseil de bande. Rose avait voulu aller se joindre à elles avec les filles, croyant qu'en grand nombre, comme ça, elles seraient en sécurité, mais elle avait décidé de rebrousser chemin une fois dans le stationnement, quand elle avait entendu les gens s'engueuler. Monty et Rose s'étaient relayés pour tenir compagnie à Sarah. Elle avait quand même réussi à s'endormir profondément au moins deux fois et Rose avait dû la brasser assez fort pour la réveiller. Rose a jeté un coup d'œil à la voiture. Les filles étaient appuyées sur la carrosserie, le visage blanc et crayeux.

— Elles ont l'air de sortir tout droit de *La nuit des morts-vivants*, a dit Rose. À quelle heure l'aîné est censé arriver ?

— Il viendra pas, a répondu Taylor. Il a rappelé ce matin pour annuler, il se rendait à une purification. Et il a décidé qu'il pouvait pas s'occuper de quelque chose comme ça. Il dit qu'il veut pas mettre en danger sa propre réserve. Il pense qu'elle pourrait… se propager.

— Il faudrait qu'on se sauve, a lâché Rose.

Ça a fait sourire Taylor, un sourire triste.

— Elle fait partie de notre bande. C'est notre problème à nous.

Il a pris la main de Rose et l'a aidée à gravir la côte. Ses doigts étaient longs et minces, forts malgré tout. Ses mains rappelaient à Rose celles de sa mère. Ce n'était probablement pas une comparaison qu'il aurait souhaité entendre.

— Je suis ouvert aux idées, a ajouté Taylor. Ma salle d'attente est remplie de bonnes femmes, y a des hommes effrayés un peu partout et, là, y a cette… cette fille. Il est où le corps, d'ailleurs ?

Rose a pointé du doigt le sac de sport qu'il portait sur son épaule.

— C'est elle, ça.

Taylor a eu un frisson, mais a vite repris ses esprits sous le regard de Rose. Il a déposé le sac par terre.

— Tu l'as dit à Jane ?

— Dire quoi à Jane ? a lancé cette dernière, d'une voix forte qui contrastait avec son air pâle et tremblotant.

Elle s'appuyait lourdement contre Monty, qui avait l'air aussi mal en point qu'elle. Son ventre habituellement proéminent se dégonflait à vue d'œil.

— Pour les os, a dit Rose.

Jane a hoché la tête :

— C'est elle là-dedans, donc.

Rose a hoché la tête en retour.

— Tu les as tous ramassés ?

— Ouais. Moi et les filles.

Jane a ouvert la fermeture éclair du sac. Une odeur de craie s'est répandue dans l'air.

— Qui aurait pu faire ça ? a demandé Taylor.

— La question, c'est plus : *comment* ? a ajouté Monty.

Jane a rezippé le sac.

— La Vieille Dame, a-t-elle débuté, d'une voix neutre, comme si elle commentait la météo, c'était une mangeuse de chair. Avant qu'ils réussissent à l'arrêter, elle avait tué un homme. Ils ont juste retrouvé ses ossements.

— C'est crissement du niveau de Hannibal Lecter, cette affaire-là, a rétorqué Rose.

Puis, elle a jeté un regard coupable en direction de la voiture pour s'assurer que les filles étaient trop loin pour les entendre.

— Qu'est-ce que tu sais d'autre sur elle ? a demandé Taylor.

— Je sais comment la tuer, a répondu Jane.

Rose a eu envie de lever la main bien haute pour échanger un tope là avec Jane, mais elle se disait qu'un cimetière, ce n'était pas l'endroit idéal pour ce genre de démonstration d'enthousiasme. Elle s'est donc contentée de serrer le poing et d'envoyer un petit coup dans l'air juste en face d'elle.

Monty l'a regardée avec un air qui remettait clairement en question sa santé mentale.

— Ça va prendre combien de temps ? a demandé Taylor, toujours en mode efficacité.

— Deux nuits et un jour, a dit Jane d'une voix qui s'est transformée en chuchotement, alors qu'elle se laissait tomber à genoux.

Elle s'est inclinée juste à côté des os, baissant la tête jusqu'au sol, les bras entourant le sac de sport dans une étreinte maladroite que seule une mère pouvait envisager.

Rose et les autres se sont éloignés de l'arbre et se sont mis à fixer le lointain en essayant de ne pas entendre les pleurs qui montaient dans leur dos.

***

Taylor s'est occupé de la cérémonie. Rose entendait sa voix, comme en arrière-plan, mais ses pensées étaient plus fortes. Si seulement elle était restée à l'hôpital, si seulement elle était revenue plus tôt, si seulement elle avait tout essayé pour joindre Jane. Rose tenait bien fort les mains de Sarah et de Callie, cherchant à les protéger, cherchant à les garder juste pour elle. Elle était tellement dans sa tête qu'elle n'a pas remarqué que, soudain, tout le monde la regardait. Sarah lui a expliqué que Jane aurait aimé qu'elle dise quelques mots.

Rose a ouvert la bouche, mais rien n'est sorti. Ça a duré un bon moment. Puis, elle s'est souvenue.

— J'avais à peu près l'âge de Ronnie quand ma mère est morte. D'un cancer. Ça a pas été aussi rapide que pour ton mari, Jane. Ça a été long. Elle est passée proche de gagner la bataille et tout le monde nous félicitait, comme si on avait gagné à la loto. Et c'était pas faux. Pendant un moment, c'était pas faux. Et, un soir, je l'ai vue parler avec mon père, dans la cour… et j'ai compris. Le cancer était revenu, et je me suis sentie comme quand on pense que l'hiver est fini, fait qu'on range notre manteau et on se met à sortir en manches courtes en pensant que tout est beau. Et là, quand le vent froid nous arrive dessus… c'est pire, d'une certaine manière. J'avais une petite famille, comme Ronnie, juste ma mère, mon père et moi. Et quand ma mère est morte, ma famille s'est brisée et on n'a jamais vraiment pu la réparer. On aurait dû essayer plus.

Rose s'est mordu la lèvre avant de poursuivre :

— J'ai beaucoup de regrets dans ma vie, mais ça, ça va rester un des plus importants. Le regret de pas avoir pris le temps de m'asseoir avec cette jeune fille là, Ronnie, pour lui dire qu'elle était pas seule. On vieillit et on devient super occupé et on oublie ce que c'est d'être jeune et d'avoir peur et de s'ennuyer de quelqu'un au point où on préférerait mourir.

Elle s'est arrêtée sur ce dernier mot et n'a regardé personne. Callie a serré sa main un peu plus fort.

Une fois les paroles échangées, ils ont laissé tomber des poignées de tabac sur la petite pile d'ossements de Ronnie.

DIX-SEPT

Rose se tenait debout sur les marches de son perron, les yeux rivés sur le ciel incertain. La nuit approchait et elle craignait le pire. Rose n'était pas une personne particulièrement sensible. Elle avait déjà réussi à dormir malgré le passage d'une tornade. Mais cette fois-ci, c'était différent. Il y avait une sorte d'humidité sombre qui se répandait partout dans la réserve, alourdissant l'air et empêchant les poumons de se remplir. Un peu comme durant l'été, quand un feu de forêt rageait – ce qui était le cas à peu près chaque semaine, entre le début du mois de juillet et la fin du mois d'août. (Les gens continuaient à brûler leurs vidanges, malgré les avertissements du Conseil de bande.)

Rose est retournée à l'intérieur. Les filles observaient Monty qui préparait le souper. Il prenait son temps pour faire sa lasagne. Rose n'avait jamais remarqué qu'il était aussi méthodique que Winter, et au moins deux fois plus lent.

Il monologuait en cuisinant :

— Quand elle va revenir, je pense qu'on va aller au Costa Rica. Y a des bons hôpitaux, là-bas, elle va pouvoir relaxer et accoucher en sécurité. On va y aller juste nous deux. Faut pas que j'oublie de prendre plusieurs bons romans policiers pour elle. Elle aime beaucoup les plages, dans ce coin-là. Elle dit que c'est pas trop touristique. Et y a des super bons restaurants. Ça lui prend de la bonne bouffe, sinon elle pourrait jamais être heureuse.

Rose a acquiescé de la tête. Monty a coupé une baguette en tranches de deux centimètres et demi.

Tout le monde s'est installé à la table pour manger en silence. Une fois la nourriture ingérée, tout le monde est resté assis là, sans avoir envie de parler, mais sans avoir envie pour autant de ne plus sentir la présence des autres.

Rose a annoncé :

— Je m'en vais courir.

Les yeux de tout le monde se sont tournés vers elle.

***

Les jambes de Rose n'ont pas tardé à se dégourdir, pleines d'un surplus d'énergie accumulé depuis sa dernière course, et sa marche rapide s'est vite transformée en jogging. En quelques minutes à peine, elle était sur sa lancée, les bras se balançant en un mouvement régulier, les poumons gonflés pour soutenir le rythme. Son cœur battait comme un tambour dans sa poitrine.

Rose avait envie de s'arrêter, mais elle a continué de courir. L'effort soutenu l'aidait à faire taire l'essaim de moustiques qu'étaient devenues ses pensées. Encore quelques mètres, et son esprit se concentrerait uniquement sur ses inspirations et expirations.

C'est à ce moment-là qu'elle a aperçu sa mère qui se tenait sur le bas-côté de la route, vêtue de cette vieille robe de chambre blanche et verte dans laquelle elle passait ses journées, vers la fin. Rose l'a appelée, mais Callista lui a tourné le dos, avant de descendre dans le fossé, en direction du bois.

Rose a bifurqué pour la suivre. Elle tentait de la rejoindre, mais sa mère avait toujours un pas d'avance. Elle marchait, mais elle allait quand même plus vite que Rose en pleine course. *Pas super bon pour l'ego, ça*, s'est-elle dit.

Rose a pénétré dans la forêt à pleine vitesse – sa « pleine vitesse » s'apparentant, pour la plupart des gens, à un petit trot. Elle poursuivait sa mère, qui louvoyait entre les troncs d'arbre. Rose sentait ses bras égratignés par les branches basses et les feuilles. Quand une branche lui a écorché le visage, atteignant presque son œil, elle a finalement ralenti la cadence.

— Maman ! a-t-elle crié, mais sa mère a poursuivi son chemin sans broncher.

L'odeur d'un feu de camp s'est rendue jusqu'à Rose : léger, vivifiant, chaud. Elle a plissé les yeux, mais impossible de distinguer la moindre lueur à travers les branches. Elle s'est remise à courir, à sauter par-dessus les buissons, à fouler les hautes herbes qui lui frôlaient les cuisses. Elle s'est demandé combien de tiques elle aurait à s'enlever tantôt.

Devant elle, une clairière. Elle a ralenti. Une personne était assise devant le feu. Elle tournait le dos à Rose, mais celle-ci n'a pas tardé à la reconnaître. Même assise sur une bûche, Winter conservait une posture idéale.

— On te cherche partout ! lui a lancé Rose.

Winter avait l'air hébétée.

— Où est Monty ?

— Il va bien. Tu lui manques. Comment va le bébé ?

Winter a posé une main sur son ventre, comme si Rose venait de lui rappeler l'existence de cette chose, la plus importante de sa vie.

— Est-ce que quelque chose est arrivé au bébé ? a demandé Rose, et elle s'est accroupie devant son amie en essayant de capter son regard fuyant.

— Peux-tu t'occuper de lui ?

— De qui ? De Monty ?

Winter a acquiescé de la tête.

Rose a regardé aux alentours.

— Viens, suis-moi, a-t-elle dit. C'est pas sécuritaire comme endroit pour une femme enceinte, ici. Premièrement, tu devrais pas respirer cette fumée-là.

Elle a noté la présence près du feu de bouts de bois aiguisés, de deux couteaux à l'allure dangereuse et de ce qui semblait bien être une machette. Elle a continué :

— Et j'ai entendu dire que les médecins recommandent jamais plus que deux couteaux par jour. Après ça, tsé, trop c'est comme pas assez.

— Va-t'en, a dit Winter en la repoussant.

— Jamais de la vie. Lève ton gros cul et suis-moi, a dit Rose en tirant sur le bras de Winter pendant que Winter tirait sur son propre bras.

Rose a entendu des brindilles craquer et elle a jeté un coup d'œil de l'autre côté du feu. La vieille était là, un sourire malin rampant le long de son visage immémorial.

Rose n'a pas réfléchi. Elle est partie à courir.

***

Tout le monde a dormi dans le salon cette nuit-là, quatre corps entassés devant la télévision. Ils se sont relayés pour monter la garde et empêcher Sarah de s'endormir. Elle protestait en leur frappant les mains.

Il était passé minuit quand – entre deux épisodes de *Mon oncle Charlie* – Rose a constaté que Sarah la fixait des yeux, par-dessus Callie qui ronflait.

— C'est quoi le but ? Je peux pas rester réveillée pour toujours, M'man.

— Mais c'est pas pour toujours… C'est juste pour une autre journée, plus une autre nuit. Ça peut avoir l'air gros pour quelqu'un de ton âge, mais, fais-moi confiance, pour une vieille comme moi, ça passe en un claquement de doigts.

Mensonge. Rose avait l'impression que sa tête voulait éclater à cause du manque de sommeil, ça faisait cinq heures d'affilée qu'elle voulait éclater.

— C'est plus difficile pour moi, quand même. Tu l'entends pas, toi.

Rose a rappelé à Sarah l'épisode du feu de camp, Winter, les bouts de bois, le rire discordant de la Vieille Dame, Ronnie. Sarah s'est redressée. Elles ont décidé de se trouver un film, évitant leurs choix habituels – l'horreur – pour se concentrer sur les comédies romantiques. Elles avaient écouté la moitié d'*Une jolie femme* quand le téléphone a sonné.

Rose a sursauté.

— Y a le feu ?

— C'est le téléphone, Maman, a répondu Sarah.

— Il est où ? a dit Rose en fouillant dans les plis de la couverture.

Elle a par mégarde attrapé une des chevilles de Callie, qui s'est réveillée.

— Je veux pas aller à l'école, a-t-elle gémi.

— Il est où ? a répété Rose, qui commençait à paniquer en entendant la sonnerie pour la quatrième fois.

— Je l'ai vu dans la cuisine, a grommelé Monty, calé dans son gros fauteuil.

Les surfaces de la cuisine étaient bondées d'assiettes, de casseroles et de poêlons sales. De toute évidence, personne ici ne jugeait essentiel de faire la vaisselle en temps de crise. La sonnerie a retenti de nouveau, comme fâchée qu'on continue à l'ignorer, et Rose a tassé de son chemin les assiettes et les plats. Toujours pas de téléphone.

Rose a fait le tour des armoires, les ouvrant et les refermant dans un vacarme qui reflétait bien son angoisse.

Puis, elle s'est arrêtée d'un coup, pour prendre le temps d'écouter. Le téléphone a sonné. Le son venait d'en bas.

Rose s'est penchée et a ouvert les portes de l'armoire sous l'évier. Voilà. Elle a pris le téléphone.

— Allô ?

— C'est qui ? a dit Callie, plantée dans le cadre de porte de la cuisine.

— Ça a raccroché.

— Ouin, c'est pas super poli, ça.

— Pourquoi le téléphone était en dessous de l'évier ?

— Je voulais pas qu'il se fasse mouiller.

Rose a appuyé sur l'étoile, puis sur le six et sur le neuf.

— C'est le numéro du Conseil.

Elle l'a composé.

Ça sonnait. Elle est tombée sur la boîte vocale. Rose a recomposé. Elle est retombée sur la boîte vocale.

— Ça répond pas.

Monty a enfilé son manteau.

— Je vais aller voir.

— Ça peut attendre au matin. On n'est pas la police.

— Je vais aller voir, a répété Monty en sortant de la maison.

Rose l'a suivi à l'extérieur, dans la lumière bleu pâle qui précédait l'aube. Elle a frissonné sur les marches du perron.

— Fais pas ça, Monty.

— Faut bien que quelqu'un y aille.

— Pas vraiment, non, a dit Rose, dont le cerveau surchauffait.

Chaque neurone disponible était en train de travailler sur une justification qui le convaincrait de rester ici.

— C'était probablement juste un mauvais numéro. Et si tu y vas, ils vont se sentir mal, et toi, tu vas avoir l'impression d'avoir capoté pour rien. Ça va être gênant pour tout le monde.

— Reste en dedans, a-t-il répondu en grimpant dans son camion.

Rose l'a regardé reculer dans l'allée. Elle a regardé ses phares s'éloigner et disparaître au loin sur la route.

Elle avait un mauvais pressentiment. Dans les films d'horreur, c'était toujours une mauvaise idée de se séparer du groupe, surtout quand on était un personnage issu des minorités visibles. Rose est retournée à l'intérieur. Elle a mis le verrou, et la chaînette. Le taquet pendait sur le mur, attaché par une seule vis, alors elle a inséré un couteau à beurre dans le montant de la porte.

— Ça devrait être super efficace, pour empêcher une brioche d'entrer, a commenté Sarah.

Rose lui a lancé un regard exaspéré.

— Tu me le diras si t'as une meilleure idée.

De retour dans la cuisine plongée dans le noir, Rose a foncé dans Callie, qui se tenait là, debout, en plein milieu de la place. Rose a laissé échapper un cri.

— Eh, fais pas ça.

Elle a allumé le plafonnier.

— T'aurais pas dû le laisser y aller, a dit Callie, un air accusateur au visage.

— J'ai essayé de l'empêcher ! De toute façon, il va être correct. Il est fort, Monty, et il est intelligent. S'il y a un problème, il va revenir illico à la maison et on va appeler la police.

— Et si y a plus de police ?

Rose a regardé sa fille, incapable de lui pêcher une réponse dans son esprit troublé.

***

Rose avait l'impression d'avoir passé la nuit à fixer l'horloge des yeux. Un peu après cinq heures du matin, elle avait composé le numéro du Conseil et la ligne était occupée, ce qui pouvait vouloir dire n'importe quoi : quelqu'un parlait au téléphone ou on avait débranché le fil. Rose aurait misé dix dollars sur cette deuxième option.

Elle a préparé le café en répétant tout haut qu'elle n'aurait pas dû laisser partir Monty. Sarah la fixait de ses yeux vitreux, en mâchant sa gomme de façon mécanique. Ça faisait encore plus de bruit que Callie et ses ronflements, et Rose avait envie de la lui enlever de la bouche de force.

Ça ressemblait à ça, la fin du monde ? Ce n'était pas comme *Mad Max*, au contraire : c'était comme le reste du temps, mais mille fois plus irritant.

Rose s'est ordonné de s'asseoir. Elle commençait à somnoler lorsque Sarah lui a demandé si elle l'aimerait encore même si elle tuait Gilbert.

— Je m'arrangerais pour qu'il souffre pas, a-t-elle assuré à sa mère.

Ça a fait perdre à Rose son envie de s'assoupir.

Une fois le soleil levé, elle s'est mise à faire le ménage de la cuisine. Elle a préparé des œufs brouillés et du bacon pour les filles et les a obligées à tout manger. Elle a défait les lits improvisés qu'elles avaient installés dans le salon et a passé le balai. Puis, elle a mis une brassée au lavage. Il était presque neuf heures quand elle a dû se rendre à l'évidence : elle allait devoir quitter la maison. Elle a pris le téléphone. Piles mortes.

— Mettez vos manteaux, les filles, a-t-elle dit.

Puis, elle s'est rendue dans sa chambre à coucher pour ramasser le bâton de baseball en aluminium dont elle s'était servie, une fois, pour mettre Gilbert dehors. C'était quoi, déjà, la raison de cette dispute ? Ah, oui, voilà, c'est la fois où il avait essayé de la convaincre de faire un trip à trois avec une des choristes de son groupe. « Juste une fois, pour que j'arrête d'y penser », lui avait-il promis.

C'était une des dernières occasions où Rose lui avait pété une coche : elle avait été rebutée par sa propre voix, qui montait de plusieurs octaves, et la peur dans les yeux de Callie, qui la regardait envoyer des coups de bâton vers son mari.

Sarah a enfilé son manteau d'un coup d'épaules. Callie a couru vers sa chambre en criant :

— Faut que j'aille chercher quelque chose !

Puis, elle a couru jusqu'à la voiture avec son volcan pour l'expo-sciences dans les mains.

— Qu'est-ce que tu fais avec ça ?

— Je veux pas le laisser à la maison.

— On revient tantôt, Callie.

Mais au moment même où Rose prononçait ces mots, elle a senti le doute, comme un frisson, s'immiscer dans sa voix.

***

Quand Rose était petite, elle avait souvent mal au ventre juste avant qu'un malheur n'arrive. Comme la fois où, à sept ans, elle avait eu des crampes à l'estomac durant la nuit, avant que le moteur de la vieille voiture de ses parents prenne feu dans le stationnement du McDonald's. Elle avait eu le même genre de douleur le matin où un de leurs pneus avait éclaté sur l'autoroute, ce qui les avait envoyés valser dans les autres voies en tête-à-queue. Son ventre l'avait même fait souffrir toute la journée cette fois où les freins avaient lâché alors qu'ils entraient dans l'allée de la maison. Lloyd, incapable de ralentir, avait foncé droit dans le poulailler.

Rétrospectivement, Rose se disait que ses parents avaient peut-être gardé ce tacot un peu trop longtemps.

Sa mère avait dit que le ventre de Rose était plus fiable que la présentatrice météo, côté prédictions. Lloyd avait grommelé que personne ne s'était jamais mieux porté en apprenant une mauvaise nouvelle à l'avance et que ça n'aidait pas non plus à enlever les plumes de poule coincées dans un radiateur.

Et en roulant en direction du Conseil, Rose avait mal au ventre, mais elle n'avait même pas besoin de cette prémonition pour savoir que les problèmes s'étaient installés dans la réserve comme un groupe de témoins de Jéhovah. Une colonne de fumée s'élevait au loin… et Rose se dirigeait droit vers l'endroit d'où ça venait.

— Ça sent la fumée, a dit Callie en pointant le nez entre les deux sièges avant. Tu penses qu'ils ont organisé un barbecue aujourd'hui ?

Rose a fait non de la tête.

— J'ai pas envie d'aller là, a marmonné Sarah.

La tête lui semblait lourde, comme si son cou arrivait à peine à la soutenir.

— Faut qu'on aille chercher Monty, a dit Rose, et elle a enfoncé l'accélérateur.

***

Les voitures : premier signe que quelque chose ne tournait pas rond. Elles étaient stationnées n'importe où, dans tous les sens possibles, comme si une gang de soûlons les yeux bandés avaient été engagés comme valets.

Deuxième signe : la salle d'attente du Conseil. Ce n'était plus qu'une ruine, trois des murs étaient partis en fumée. Le dernier était noir de suie et tenait à peine debout. Un enfant de six ans avec un peu de détermination l'aurait fait tomber d'un bon coup de pied.

— Ah, ben, câlisse, a dit Rose. Ils ont brûlé la salle de bingo.

— Maudite marde, a ajouté Callie, en mettant bien l'accent sur le « marde », persuadée qu'elle ne se ferait pas réprimander cette fois.

— Elle est… dans le Conseil, a dit Sarah en bâillant.

Rose s'est garée à côté des voitures les plus proches de la porte du Conseil. Elle s'est retournée pour regarder les filles.

— C'est pire que ce que je pensais. Peut-être qu'on devrait aller chercher la police.

— Elle est déjà là, a dit Callie en pointant du doigt l'auto-patrouille prise au milieu de l'amoncellement de voitures.

Les tripes de Rose se sont nouées.

— Bon, OK. Vous deux, vous bougez pas d'ici.

— Non, a répondu Callie. Je reste pas ici si t'es pas là.

— Bon, ben, trouve de quoi pour te défendre, au cas où.

Rose a tendu le bras pour atteindre son fidèle bâton, qui l'avait accompagnée dans bien des épreuves. (Cela dit, elle ne l'avait jamais utilisé pour jouer au baseball.)

Callie a farfouillé autour d'elle sur la banquette arrière et sur le plancher, et elle s'est redressée soudain :

— Je peux prendre ça ?

Rose s'est retournée vers elle. Callie avait une machette dans la main.

— Qu'est-ce… ? a-t-elle éructé en se cognant la tête contre la fenêtre dans un mouvement de recul. Ouch ! Où est-ce que t'as trouvé ça ?

— Ça traîne là depuis un bout. J'appuie toujours mes pieds dessus.

C'était typique de Gilbert, ça, de garder une machette bien aiguisée à l'arrière de sa voiture. Quel con. Et, en plus, c'était quoi, cette histoire de machettes qui apparaissaient soudain, partout dans la réserve ? On était en Saskatchewan, ici, bon Dieu, pas au milieu de la forêt vierge.

Pendant que ces pensées lui traversaient l'esprit, Rose fixait d'un regard absent l'énorme couteau dans la main de sa fille qui n'allait même pas encore au secondaire.

— M'man ? a dit Sarah en passant la main devant le visage de Rose. Tu fais une crise cardiaque ou quoi ?

— Je pense qu'on devrait pas faire ça, finalement. Je veux dire, peut-être qu'on devrait y réfléchir un peu plus, il doit bien y avoir quelqu'un qui peut s'en occuper à notre place, si c'est pas la police, l'armée d'abord, pourquoi pas leur… Il doit bien y avoir un escadron spécialisé dans les forces du mal ou quelque chose !

Sarah a soupiré en ouvrant sa portière. Et l'a fait claquer derrière elle.

Callie a posé la main sur l'épaule de sa mère.

— Ça va bien aller.

***

Rose a parcouru d'un pas décidé la distance qui les séparait du Conseil de bande. Maintenant qu'elle était sortie de la voiture, elle sentait la curiosité prendre le dessus. Quelques pas derrière, les filles se chamaillaient pour savoir qui tiendrait le bâton de baseball. (La machette avait été rangée, bien en sécurité dans le coffre.)

Rose leur a sifflé de se tenir tranquilles et s'est arrêtée pour leur permettre de la rattraper.

Le chemin jusqu'à l'entrée du Conseil était jonché de vêtements et de détritus. Un gros bureau avait été placé de travers dans le cadre de porte. Rose s'est accroupie pour jeter un coup d'œil à l'intérieur, entre les pattes du meuble. Elle a vu un groupe de femmes réunies en cercle, armées de bâtons de baseball, de manches à balai et de bâtons de hockey qu'elles avaient chipés dans le local d'équipement sportif.

— Oh, super, a-t-elle grommelé. Je vais probablement jamais pouvoir récupérer ça.

Rose a aperçu Kaylee dans le groupe de femmes, en train d'engueuler quelqu'un.

Rose envisageait de lancer une roche dans son gros front proéminent – d'un côté, ça l'aiderait peut-être à sortir de cet état zombiesque dans lequel elle se trouvait ; d'un autre côté, ça lui donnerait peut-être envie de venir lui casser la gueule – lorsqu'elle a entendu un bruit derrière elle.

Elle s'est retournée et a vu Monty qui lui faisait signe, caché dans un buisson. Callie s'est précipitée vers lui.

— Mononcle !

Avec de grands gestes, Monty lui a intimé furieusement de baisser le ton.

Rose a tassé Callie de son chemin. Elle a constaté que Taylor était caché avec Monty. Ils étaient en sous-vêtements. Rose s'est forcée à ne pas se perdre dans les formes de Taylor et s'est concentrée sur son front.

— Oh, allô. Contente de te voir, Taylor… Je veux dire, Chef. T'as l'air beau… Je veux dire, bien, a gazouillé Rose d'une voix nerveuse.

— Pas le temps de cruiser, Mam'zelle. Où est le char ? a demandé Monty.

Rose a pointé le stationnement du menton. Taylor et Monty sont aussitôt partis dans cette direction. Rose a poussé Callie devant elle.

— Viens, a-t-elle chuchoté à Sarah, dont l'attention était entièrement focalisée sur l'entrée du Conseil, derrière elles. Sarah, allez, on y va.

Sarah a acquiescé de la tête avant de lui emboîter le pas.

Tout le monde se glissait dans la voiture quand Rose a remarqué son absence.

— Où est Sarah ?

— Oh, non ! a dit Callie, les yeux écarquillés.

Puis, elle s'est élancée vers le Conseil, ses petites jambes battant l'air.

Rose s'est élancée à sa poursuite.

De retour devant la porte du Conseil, Sarah essayait de pousser le bureau pour entrer.

— Sarah ! a crié Callie. Qu'est-ce que tu fais ?

Le visage de Sarah s'est tourné vers elles : un visage sans expression. Rose a reconnu cet air-là, c'était celui qu'avait Winter lors de leur rencontre dans la forêt.

— Elle est devenue un zombie ! a crié Callie en tirant sur le bras de sa mère.

— Non, elle est pas devenue un zombie, a murmuré Rose, même si c'était exactement ce à quoi elle avait pensé elle aussi.

Entendant des voix de femmes qui approchaient, Rose a couru vers Sarah. Pas le temps pour la délicatesse : elle a attrapé l'adolescente par-derrière, a recouvert sa bouche d'une main et l'a tirée le long du chemin vers la voiture. Callie suivait de près, essayant de saisir les jambes de sa sœur, qui se débattait.

— Elle arrête pas de m'envoyer des coups de pied !

Monty a pris le relais quand elles sont arrivées à proximité de la voiture. Sarah a réussi à pousser un cri perçant au moment où Rose la refilait à son oncle. Rose a jeté un regard en direction de la porte du Conseil. Une femme attendait là. Malgré la distance, Rose n'a eu aucun mal à reconnaître ces narines dilatées: c'était Tisha. Cette dernière a eu un sourire satisfait avant de crier à ses comparses:

— Je les ai trouvés!

Rose a démarré le moteur et a reculé tellement vite que la gravelle a revolé un peu partout.

***

Ils avaient déjà parcouru quelques kilomètres quand Monty lui a dit de ralentir.

— Elles conduisent pas, a-t-il expliqué. Une des premières choses qu'elles ont faites, ça a été de démancher les chars.

— Pourquoi?

— La Rêveuse, elle veut rien savoir de ce qui a été construit par des hommes.

— Fait que tu l'as vue?

Rose a vu Monty hocher la tête dans son rétroviseur. Elle a jeté un coup d'œil à Taylor, assis à côté. Il semblait absorbé dans ses pensées, mais il a hoché la tête lui aussi.

— Sarah s'est endormie, a dit Callie, comme pour la dénoncer.

Blottie comme ça dans les bras de son oncle, Sarah avait l'air si fragile que Rose n'avait pas la force de la réveiller.

— On peut la laisser dormir une minute ou deux, a-t-elle dit en ajustant le miroir pour mieux voir Taylor. Ça va ?

Taylor a levé les yeux. Son regard était comme ébahi, il avait l'air d'un gamin de douze ans.

— C'était surréaliste.

— Comment ça se fait que vous êtes juste en bobettes ? a voulu savoir Callie, tournée vers eux, à genoux sur le siège avant.

— Elles ont pris nos vêtements, a expliqué Monty. C'est la première affaire qu'elles ont faite – après avoir coupé l'électricité et le téléphone, je veux dire. La bonne vieille Gladys a grimpé en haut du poteau de téléphone, peux-tu croire ça ?

— Qu'est-ce qu'elles font ?

— Elles prennent le pouvoir. Après nous avoir arraché notre linge, elles nous ont attachés, tous les hommes.

— Comment vous avez réussi à vous libérer, vous deux ?

— Ce gars-là a des petites mains, a dit Monty en pointant Taylor du menton. Il a réussi à se détacher et après ça il est venu m'aider.

— Pour vrai ? Genre, de la même grandeur que les miennes ? a demandé Callie en montrant sa paume ouverte.

— Elles sont d'une grandeur normale, a répliqué Taylor en gardant ses mains bien dissimulées.

À l'intersection des deux routes, Rose a viré à gauche.

— Où est-ce qu'on va ? a demandé Callie.

— Chez Jane.

— Il faut qu'on retourne là-bas, a dit Taylor.

Rose a tourné la tête vers lui et la voiture a aussitôt dévié. Elle a ralenti.

— Et pourquoi on ferait ça ?

— Il reste beaucoup de gars coincés là-bas, a-t-il commencé en jetant un rapide coup d'œil à Callie, et elles les t-o-r-t-u-r-e-n-t.

— Des tortues ? a dit Callie. De quoi il parle ?

Rose a appuyé sur le frein et la voiture s'est immobilisée. Les yeux fixés au loin, devant elle.

— Combien de gars ?

— Au moins trente.

— Autant que ça ? a soupiré Rose.

— Lionel, Jimmy, Roach, Beaver, les trois Edgar, tous les Jason… et elles ont attrapé Gilbert aussi. Et ton père, a ajouté Taylor.

— Elles ont capturé Papa ? a lancé Callie en poussant l'épaule de sa mère, soudain surexcitée. M'man, elles ont capturé Papa !

Rose a hoché la tête. Elle rejouait dans sa tête la dernière dispute qu'elle avait eue avec son propre père, les mots pleins de fureur cognant contre les parois de son cerveau.

— Un autobus, a-t-elle murmuré. On va avoir besoin d'un autobus.

Elle a enclenché la marche arrière et a fait demi-tour.

***

La porte de la maison de Jimmy était ouverte et claquait à chaque rafale, comme esseulée, en attente du retour de ses proches. Rose a quand même tenu à cogner une fois ou deux avant d'entrer, mais Monty n'avait pas de temps à perdre. Il a expliqué que Jenny, la femme de Jimmy, l'avait traîné de force jusqu'au Conseil à la pointe du couteau.

— Pourquoi elle a fait ça ? Il est si gentil… a dit Rose.

— Grosse collection de porno, a répondu Taylor.

— Oh, a dit Rose d'une voix qui cachait mal sa déception.

Taylor et Monty se sont dirigés vers la chambre à coucher pour emprunter des vêtements à Jimmy. Mouvements synchronisés. Ils l'avaient vécue ensemble, cette nuit d'horreur. Ça les avait rapprochés.

Rose a préparé des sandwichs pour elle et Callie, qu'elles ont mangés dans la cuisine. Callie continuait à l'interroger sur ce que Taylor avait bien pu vouloir dire avec ses « tortues », et Rose continuait à changer de sujet. Sarah était assise juste en face, ses longs cils reposant sur ses joues, et Rose s'est rappelé l'époque où elle la berçait sur les marches du perron pour l'endormir. (Sarah avait toujours aimé s'endormir au son des criquets.)

Les hommes sont revenus de leur expédition dans la chambre à coucher, déguisés en Jimmy le chauffeur.

Les vêtements de ce dernier étaient trop grands pour Taylor, mais juste à la bonne taille pour Monty.

Rose a trouvé un autobus, a fait le plein et l'a garé dans l'allée. Chacun des miroirs du véhicule étincelait de propreté.

— Jimmy, t'es un amour.

Rose a passé la main sur le tableau de bord immaculé. Quelqu'un a cogné dans la porte avec impatience. Rose a soulevé puis tiré la grosse poignée vers elle. La porte s'est ouverte comme un accordéon. Callie est montée la première.

— Cool...

— Je vais conduire, a dit Monty en aidant une Sarah somnolente à s'installer sur un banc de la première rangée.

La tête de sa fille dodelinait comme si elle était une poupée Raggedy Ann. Rose a répondu à Monty :

— Non, si elles voient que c'est un homme qui conduit, elles vont sûrement se mettre à nous tirer dessus.

Sans parler du fait que Rose avait toujours voulu conduire un gros autobus.

Monty s'est assis avec Callie. Taylor s'est laissé tomber sur le banc directement derrière le siège du conducteur. Rose sentait presque son souffle dans son cou. Elle a embrayé trop rapidement et l'autobus a comme sursauté.

— M'man, qu'est-ce qui arrive aux garçons ? a demandé Callie.

— Elles s'occupent pas d'eux, fait qu'ils sont avec les autres enfants, a expliqué Monty.

— Mais quand est-ce qu'un garçon devient un homme ?

— Je me suis posé cette question-là toute ma vie, a blagué Rose en regrettant l'absence de Winter, qui l'aurait récompensée d'un « Tape là-dedans, ma fille ».

Sarah a ricané. Elle était à demi réveillée, au moins.

— Probablement à partir du moment où il se rase, a répliqué Monty en faisant comme s'il n'avait pas entendu Rose. Elles ont enfermé les hommes dans un des bureaux, et elles les ont forcés à leur donner leurs affaires, pis après ça elles ont commencé à choisir lesquels auraient droit au « traitement spécial ».

— Qui est-ce qu'elles ont choisi en premier ?

— L'ex de Kaylee, un des Jason. Elles l'ont maintenu immobile et ont rasé sa barbiche. Sans crème à raser ni rien !

Rose a tourné à l'intersection des deux routes.

— Il avait quand même volé son char et vidé son compte en banque… et, en plus, il a jamais payé de pension alimentaire depuis la naissance de leur fille.

— Après ça, elles ont pris Evan. Il paraît qu'il aurait mis deux filles enceintes l'année passée et qu'il a reconnu aucun des deux enfants. Et qu'il aurait volé le chèque de pension de vieillesse de sa kokum.

— Bon, j'imagine qu'il le méritait, a commenté Rose.

— Qui, après ? a voulu savoir Callie, qui prenait manifestement un malin plaisir à les écouter.

— Lionel.

— Lionel ! a lancé Rose en jetant un coup d'œil à Monty dans le gros miroir circulaire.

— Apparemment qu'il aurait traité sa belle-sœur de sal… qu'il lui aurait dit un gros mot à un moment donné.

— Elle *est* un gros mot, a dit Rose en donnant un coup de volant pour éviter un gros nid de poule. Une fois, j'avais une crevaison, et elle s'est même pas arrêtée pour m'aider. Faisait froid cette journée-là, en plus.

— C'est pas vraiment un procès équitable, mettons. Elles peuvent dire ce qu'elles veulent et faire ce qu'elles veulent. Personne mérite ça, a dit Monty.

— On aurait dit qu'elles étaient plus des animaux que des femmes, a lâché Taylor en frissonnant.

— On repassera pour le « beau sexe », a ajouté Monty en hochant la tête comme un sage.

Rose n'a pu s'empêcher de rouler longuement les yeux, et elle s'est dit que Sarah aurait été fière d'elle si elle l'avait vue faire.

— Fait que c'est quoi le plan ? a demandé Taylor.

— Rose ? a dit Monty d'un ton interrogateur.

Elle les a regardés dans le miroir :

— C'est moi qui ai pensé à l'autobus, c'est à votre tour !

Taylor a posé le menton sur le dossier du siège de Rose.

— On peut pas faire comme si on était tes prisonniers parce qu'elles savent déjà que t'es pas une des leurs. Mais Sarah…

Rose a secoué la tête :

— Marchera pas. Si on lui donne une arme, elle risque de vous tomber dessus comme si vous l'aviez taguée sur une mauvaise photo Facebook. Elle reste avec moi.

Taylor s'est rangé à son avis.

— On pourrait se livrer, carrément. On redevient leurs prisonniers et ça vous laisse une chance d'aller sauver les autres gars. Et après, vous venez nous sauver, nous, ou bien on s'évade tout seuls comme tantôt.

— Mauvais plan, a protesté Monty. C'est ma femme qui dirige le cirque, au cas où t'aurais pas remarqué. C'est moi le prochain sur leur liste de « à qui on kicke les couilles astheure ».

— Donc, ce que tu dis, c'est que tu refuses de te sacrifier pour Gilbert ? a dit Rose, les yeux écarquillés pour bien feindre l'innocence.

Monty s'est contenté de renifler.

— Je me disais que t'allais dire ça, a dit Taylor en tirant d'un sac de plastique un objet qu'il a tendu à Monty.

C'était une robe. Et pas la plus belle de la garde-robe de Jenny. Une robe qu'elle n'avait sans doute portée que durant sa grossesse.

— T'es fou ?

— C'est le déguisement idéal. Avec ça, c'est nous qui rentrons libérer les gars, et Rose nous attend dehors.

Monty a fait une grimace, mais a quand même enfilé la robe.

— Mononcle Monty est en train de mettre une robe ? Tu vois ça, M'man ? Il est en train de mettre une robe ! s'est exclamée Callie, qui n'en croyait pas ses yeux.

Les travestis n'étaient pas monnaie courante, dans le coin. Rose s'est fait la promesse d'emmener Callie en ville plus souvent.

— Qu'est-ce que tu vas faire avec tes cheveux ? a-t-elle demandé.

Monty les a lissés derrière ses oreilles. L'effet n'était pas totalement raté – on pourrait croire à une coupe garçonne –, mais ça n'empêchait pas sa grosse face très masculine de prendre toute la place.

— J'espère que c'est pas le mieux que tu peux faire.

— T'as du rouge à lèvres ?

Rose lui a donné son sac à main.

— Stationne-toi en arrière, a dit Taylor. Les hommes sont entassés dans le bureau le plus proche de la sortie de secours.

— Est-ce que je vais être capable de ressortir de là ?

— Le sol est sec, et l'autobus est assez haut pour pas rester pris dans un trou.

Rose a entendu Callie rire en écoutant Monty expliquer qu'on pouvait aussi utiliser le rouge à lèvres comme fard à joues, qu'il avait vu ça dans un épisode d'*Oprah*.

— Personne sur la route, hein ? a dit Taylor, toujours appuyé sur le siège de Rose.

Sa tension artérielle augmentait à mesure qu'il se rapprochait d'elle.

— Pas de téléphone non plus, a-t-elle dit d'une voix rauque.

— Comme un film de fin du monde. J'ai toujours cru que j'aurais la capacité de survivre à n'importe quoi…

— Comment ça ? l'a interrompu Rose.

— Parce que… je m'entraîne ? Je sais pas. C'est la nature humaine, j'imagine. Mais on s'attend pas à ce que quelqu'un se revire contre nous aussi vite. Je veux dire, Kaylee était en train de me demander si les gens de Starblanket pouvaient avoir le côté ouest du gymnase et, la seconde d'après, j'avais un couteau sur la gorge. Je pouvais absolument rien dire. C'était comme si elle savait plus qui j'étais. J'étais juste quelqu'un à qui elle avait envie de faire mal.

Rose voyait la marque rouge dans son cou.

— Et, après, la Vieille Dame est arrivée. Un silence lourd s'est installé. Tout le monde la suivait des yeux. Je sentais que, même moi, j'étais comme attiré vers elle. Puis, quand elle m'a regardé, j'ai vu une seule chose : de la haine, pure et simple. T'as déjà vu ça, toi ?

Elle a fait non de la tête.

— Même pas la fois où j'ai reculé dans le char de Tisha sans faire exprès.

— Pourquoi t'es pas ensorcelée comme les autres ? lui a demandé Taylor.

Les yeux de Rose ont balayé la route de droite à gauche, comme à la recherche d'une robe de chambre verte et blanche.

— Ça va peut-être te paraître fou, mais je pense que ça a quelque chose à voir avec ma mère.

Cinq cents mètres avant d'arriver au Conseil, Rose a tourné sur la petite route de terre que le livreur d'eau empruntait pour sa tournée. L'autobus roulait dans les ornières sans problème. Rose s'est garée un peu en retrait. Elle a ouvert la porte et les hommes sont descendus. Rose a fixé l'arrière de l'immeuble des yeux, imaginant les centaines de choses horribles qui se passaient à l'intérieur de ces murs.

— Changement de plan. J'y vais aussi. Vous, les filles, vous bougez pas.

— Eille ! ont protesté deux voix à l'unisson.

Mais le « eille » de Sarah ressemblait plus à un petit soupir et elle s'est rendormie aussitôt.

Rose a sauté en bas des marches de l'autobus et a rejoint les gars.

— T'étais censée monter la garde, a dit Taylor.

— Vous deux, vous avez aucune idée comment on se bat contre des femmes, a répliqué Rose d'un ton autoritaire.

— Je suis d'accord avec toi sur ce point, a dû admettre Monty. Mais, dans ce cas, est-ce que quelqu'un peut m'expliquer pourquoi je me suis mis plus de maquillage qu'une imitatrice de Dolly Parton ?

Rose a regardé Monty. Il avait appliqué le rouge à lèvres avec expertise, s'était mis un peu d'ombre à paupières et avait ajouté une touche de couleur à ses joues.

— Pour vrai, je trouve ça quand même subtil, a-t-elle approuvé.

Il a poussé un grognement.

Ils ont traversé le boisé sur la pointe des pieds, jusqu'à la petite clairière, derrière le Conseil, où on avait installé un vieux module de balançoires et un barbecue censé servir à ceux qui voulaient passer du bon temps en famille durant les chaudes journées d'été. Le barbecue était attaché au sol par des chaînes. Ce n'était pas tous les habitants de la réserve qui croyaient à la philosophie du partage communautaire.

Rose s'est accroupie pour parcourir les fenêtres du regard.

— Où est-ce qu'ils sont ? a-t-elle demandé.

— Troisième à partir de la porte, a répondu Monty.

Puis, les deux hommes se sont tournés vers elle. Rose s'est dit qu'ils s'attendaient probablement à ce qu'elle se transforme en une sorte de John « Hannibal » Smith, sortie tout droit d'un épisode de *L'Agence tous risques*, prête à leur décrire son plan d'action. Et ils se mettraient à construire des fusils avec des branchages et un vieux pneu, en échangeant des bonnes blagues. Mais elle n'avait aucun plan, pas de plan A, ni de plan B, ni rien. Ce dont elle avait envie, en ce moment – et ce qu'elle était certaine de pouvoir accomplir avec brio –, c'était de pisser. Mais jamais elle ne se serait permis de pisser dans un périmètre occupé par la présence charnelle de Taylor.

Après une minute à se dévisager les uns les autres, il a fallu bouger. Taylor s'est éclairci la gorge.

— Aussi bien rentrer, carrément. On a l'effet de surprise pour nous.

— Ça me paraît faisable, a approuvé Rose.

— Rien de mieux que la simplicité.

— Si ça marche en cuisine, ça marche aussi pour le reste.

— Fermez-la! a sifflé Monty. Bon Dieu, vous avez l'air de deux ados en chaleur.

Ça a fait rougir Rose, qui a envoyé un petit coup de poing sur le bras de Monty.

— Eille, c'est quoi ton problème? a-t-il protesté.

Alors qu'ils s'approchaient lentement, Rose a entendu une sorte de chant qui provenait de la salle d'attente du Conseil. Elle a ouvert la porte de secours et le son est soudain devenu beaucoup plus fort. Rose s'est dit que la vieille devait être en train de les pomper bien comme il faut. Il se préparait quelque chose de gros.

Rose et ses deux acolytes se sont dirigés dans la direction opposée à la salle d'attente, dans le couloir qui menait aux bureaux des membres du Conseil et à l'infirmerie. Et là, assise directement en face des portes: Tisha. Avec une carabine dans les mains.

Qui avait bien pu donner un fusil à Tisha ? Rose aurait bien aimé le savoir. Sa personnalité à elle seule était une arme chargée.

Peu importe. Rose s'est aussitôt accroché un sourire chaleureux sur le visage. L'autre a répondu par automatisme à son sourire, avant de la reconnaître.

Tisha a épaulé la carabine dans un mouvement rapide, mais Rose a envoyé un coup sur le canon, désormais pointé vers le haut. Puis, dans un réflexe qui lui venait directement de ses souvenirs lointains de taekwondo, elle s'est avancée pour lui balancer le coude en plein dans sa poitrine maigrichonne. L'impact a fait tomber Tisha sur les fesses. Rose est parvenue à lui arracher l'arme des mains pendant sa chute.

À ce moment, Rose a vu les seins de Tisha se soulever, signe que cette dernière prenait une immense respiration, une respiration qui n'allait pas tarder à se changer en un hurlement assez puissant pour faire s'écrouler l'immeuble sur lui-même. Rose s'est jetée sur elle et lui a recouvert la bouche de la main gauche.

Monty s'est chargé de leur enlever la carabine.

— Un peu d'aide, peut-être ? a lâché Rose, qui retenait Tisha par terre en lui enserrant le cou des bras.

Tisha lui envoyait des coups de pied, parvenant à frapper les tibias de Rose avec une étrange précision.

— Tu t'en sors bien.

Tisha lui a mordu la main. Rose a ravalé un cri. Elle a sifflé à Monty :

— Donne-moi quelque chose pour la bâillonner !

Parle-moi d'une phrase que je pensais jamais prononcer de ma vie, a-t-elle pris le temps de s'émerveiller.

Monty a enlevé le ruban à la taille de sa robe. Puis, il a retiré à Rose un de ses souliers et elle a senti qu'il tirait sur son bas.

— Oh, tu vas pas aimer ça, a chuchoté Rose à l'oreille de Tisha.

Elle le disait sans méchanceté, mais, évidemment, Tisha ne l'a pas perçu comme ça et elle lui a envoyé un bon coup de coude dans les côtes.

— Arrggh, a grogné Rose.

— Chut! lui a intimé Monty en se penchant pour enfoncer le bas dans la bouche de Tisha avant de le fixer à l'aide du ruban.

— Désolée, Tish, a chuchoté Rose. J'ai pas eu le temps de changer de bas de toute la semaine.

Tisha n'a pu réprimer un haut-le-cœur. Monty a aidé Rose à se relever.

— Emmène-la, lui a-t-elle dit.

— Faut que j'aie les mains libres, a répondu Monty. Au cas où on se ferait attaquer encore.

— Mon ostie de gros paresseux, toi… a commencé à sacrer Rose.

Elle aurait pu continuer longtemps sur cette lancée, mais Taylor l'a fait taire.

Il a poussé la porte du bureau. Les hommes étaient là, certains appuyés au mur, en sous-vêtements, l'air d'un troupeau d'agneaux fraîchement tondus. D'autres jouaient aux cartes. Rose a constaté que le bon vieux caleçon blanc était le choix de prédilection de la plupart d'entre eux. À peine trois ou quatre avaient opté pour la modestie bienvenue du boxeur ample. Nolan était assis dans un coin, les jambes croisées, avec le regard de celui qui regrettait son affection pour les imprimés en léopard moulants. Rose n'avait jamais pensé que ça se faisait, des bobettes extravagantes pour homme, mais pourquoi pas, après tout? Et, bien sûr, elle ne comptait pas le nombre de rapiéçages, parce qu'à bien y regarder, il y avait plus de trous que de tissu chez plusieurs, des hommes qui semblaient apprécier le fait de dévoiler le punch sans le moindre préliminaire. Rose a soigneusement évité du regard ceux qui avaient eu le malheur de choisir le mode « commando » ce jour-là.

Rose a aperçu Gilbert, assis par terre, un peu en retrait dans un coin de la pièce. Il portait son habituel boxeur Budweiser tout usé. Ses yeux ont croisé les siens et il a eu un mouvement de recul.

Jimmy a fait son chemin jusqu'à eux. Il a regardé Taylor :

— C'est ma chemise, ça ?

Et Monty :

— C'est la robe de ma femme, ça ?

Monty a fait signe à tout le monde de se lever :

— Bougez-vous le cul, on se pousse.

Les hommes ont commencé à s'approcher, jetant des coups d'œil nerveux à Rose et sa prisonnière. Tisha tapait du pied, ses narines se dilataient, et plusieurs hommes s'éloignaient d'elle en tressaillant.

— Oh, allez, on perd pas de temps, a dit Rose. Vous savez bien que Tisha jappe fort, mais qu'elle mord pas.

Et aussitôt, comme pour lui prouver le contraire, Tisha a presque réussi à mordre le bras de Rose malgré le bâillon.

Taylor montait la garde à la porte. Il s'est tourné pour leur dire que la voie était libre. Les hommes se sont placés en une sorte de file informe.

Une fois dehors, quelques hommes se sont précipités vers le champ d'herbes hautes comme autant de lapins affolés. Rose a voulu les dissuader, mais elle essayait toujours de maîtriser Tisha, qui se débattait dans ses bras. (Elle n'était pas sûre de bien comprendre pourquoi c'était elle qu'on avait choisie pour s'occuper de ça.) D'autres hommes se tenaient derrière elle, sans trop savoir quoi faire. Monty leur a fait signe de le suivre jusqu'à l'autobus, dissimulé entre les arbres.

Rose a passé Tisha à Taylor. Il l'a poussée dans l'autobus et a tendu la main à Rose, qui a secoué la tête.

— Mon père est pas là.

— On n'a pas le temps, Rose, a dit Taylor. On va revenir pour lui.

Rose n'a même pas daigné répondre, elle était déjà en train de courir en direction du Conseil.

— Attends! lui a lancé Taylor, mais Rose avait déjà parcouru la moitié de la distance.

Mais au même moment, la porte de secours s'est ouverte et la foule des femmes s'est déversée à l'extérieur. Rose n'était pas une spécialiste des armes à feu, mais elle a cru identifier ce qui était, au mieux, une carabine à plomb ou, au pire, une carabine, tout court. Elle s'est arrêtée pour leur adresser la parole :

— Allô, je suis une femme moi aussi, comme vous.

Comme pour prouver ses dires, elle a soupesé sa poitrine. Puis, elle a entendu le bruit d'un fusil qu'on arme et elle s'est lâché les seins. Pivotant sur ses talons, elle a détalé.

— Démarre ! a-t-elle crié à Jimmy, qui s'était naturellement installé derrière le volant.

Rose a sauté dans l'autobus et s'est appuyée contre la porte coulissante, parvenant à actionner la grosse poignée avec son ventre. Jimmy a enclenché la marche arrière et a mis les gaz. L'autobus s'est enfoncé dans un bosquet de saules au moment même où le premier coup de feu retentissait.

Une des fenêtres a éclaté et tout le monde s'est jeté au sol dans un mouvement chorégraphié qui rappelait l'efficacité d'un peloton des forces spéciales.

Un autre coup de feu, puis un autre et un autre. Une de ces bonnes femmes là avait la gâchette facile, s'est dit Rose.

Elle entendait quelqu'un sangloter. Elle a reconnu la voix et a rampé vers Callie. Elle a posé ses mains sur les oreilles de sa fille. Quand l'autobus a finalement atteint la route principale (et on était toujours en marche arrière, s'est dit Rose, impressionnée), les coups de feu avaient cessé.

Taylor leur a dit de se diriger vers la maison de Jane.

— C'est du côté nord, pas loin de la vieille usine d'épuration.

Pas besoin de dire ça à Jimmy, s'est dit Rose, *c'est le chauffeur d'autobus, merde*. Mais elle n'a pas ouvert la bouche, trop contente que quelqu'un d'autre se charge de prendre les décisions.

Le trajet s'est fait en silence. Les hommes gardaient les yeux baissés et les bras croisés.

Rose s'est demandé si le fait d'avoir été pris d'assaut par un groupe de femmes allait avoir sur eux des conséquences à long terme. Elle s'est surprise à se demander ensuite si le Conseil de bande allait être admissible aux subventions pour les victimes de syndromes de stress post-traumatique. Et elle s'est rendu compte qu'elle devenait une vraie petite bureaucrate.

— Et qu'est-ce qui se passe si elles s'en prennent à Grand-Papa ? a dit Callie, rongée par la peur. Est-ce qu'elles feraient du mal à une personne âgée ?

— Bien sûr que non, a menti Rose.

DIX-HUIT

Jane avait dû entendre l'autobus arriver, parce qu'elle était déjà debout sur les marches de sa galerie, un couteau de chasse à la main, comme si elle les attendait. Jimmy a freiné un peu brusquement et toutes les têtes ont été projetées vers l'avant.

Rose a sauté en bas de son siège :

— C'est bon, elle est avec nous.

L'autobus s'est remis en marche.

Dès que Jane a aperçu les hommes assis dans le véhicule, elle a rangé le couteau dans son tablier et est retournée à l'intérieur.

Rose et les filles sont descendues de l'autobus, suivies de Taylor et de Monty. Quelques hommes se sont levés également, d'un air incertain, mais la plupart sont restés bien en place. Nolan a passé la tête par la porte ouverte et a demandé d'une voix douce comme de la laine d'agneau s'il était possible de leur apporter à manger :

— Si ça ne vous cause pas d'inconvénient, Madame. S'il vous plaît, et merci.

Rose a levé un sourcil suspicieux – ça sortait d'où, cette politesse? –, puis a souri en hochant la tête.

Elle a poussé Sarah pour la forcer à avancer. Callie avait passé un de ses pouces dans une des ganses de sa ceinture et elle gardait l'autre dans sa bouche. Elle lançait des regards nerveux aux alentours. Rose aurait souhaité être assez forte pour la porter à la hanche. Elle s'est retournée pour jeter un coup d'œil à l'autobus, s'attendant à moitié à voir Gilbert en descendre pour la suivre. Mais il restait là, assis sur son banc, le regard rivé sur le siège devant lui; il ne semblait pas avoir conscience de la présence de sa famille. Elle n'aurait pas cru que c'était possible (pas après les 3 456 autres fois où il avait démontré un désintérêt profond pour elles), mais Rose a quand même ressenti une petite piqûre de déception, typique.

Monty a pris Callie dans ses bras. Celle-ci a protesté pour la forme, mais a vite passé ses bras autour du cou de son oncle.

Rose entendait Taylor, juste derrière elle. Il s'adressait aux gars traumatisés qui les avaient suivis, sur le ton qui vient naturellement aux gens engageants et populaires, leur offrant un mélange de platitudes et de taquineries. Elle n'avait jamais même essayé de converser sur ce mode. Quand elle assistait à des funérailles, la réplique la moins pire qui lui sortait de la bouche, c'était quelque chose comme: « J'ai apporté des sandwichs… Où est-ce que je les mets? »

Jimmy et un autre gars escortaient Tisha, qui continuait à ruer dans les brancards. Ils l'ont emmenée jusqu'à la galerie de la maison de Jane et l'ont attachée à un des poteaux. Les mains derrière le dos.

Rose a compris qu'on lui avait retiré son bâillon quand elle a entendu une série de jurons et d'insultes colorées :

— Mon ostie de salope !

— Pourquoi elle te dit des mots méchants, la madame, Maman ? a demandé Callie.

— Qu'est-ce qui te fait croire qu'elle s'adresse à moi ?

Callie lui a retourné son sourire :

— Désolée, M'man, j'aurais pas dû parler avant d'être sûre et certaine.

La maison était pleine d'une fumée humide. Rose a distingué une odeur de menthe, de lavande et de quelque chose d'autre qu'elle n'arrivait pas à identifier. Un parfum sucré, sirupeux, qui venait presque lui brûler les narines. Jane était assise à la table de la cuisine, une cigarette roulée dans une main, le couteau de chasse dans l'autre. Son cendrier débordait, des cendres tachaient la nappe rouge et verte. Comme un poinsettia, n'a pu s'empêcher de remarquer Rose.

— Faut que je commence à penser à mon magasinage de Noël ! a-t-elle lâché.

Sarah a tourné la tête vers elle et s'est lancée dans l'exécution du plus lent et plus lourd roulement d'yeux que Rose ait jamais vu.

— Je suis toujours à la dernière minute et là je me ramasse à courir d'un magasin à l'autre la veille de Noël, a continué Rose. Je me dis toujours que ça serait le temps d'essayer de faire mes achats en ligne, mais tsé, il faudrait que je commence par avoir Internet et je suis pas sûre que ça se rend jusqu'au bout de ma route, cette affaire-là. Et, je veux dire, qu'est-ce qui se passe si t'achètes quelque chose et que c'est pas la bonne taille ? Tu le renvoies ? Qui paye pour ça ? Et si c'est quelque chose de vraiment gros, comme un frigo ? Je veux dire, j'ai pas les moyens de renvoyer un frigo par la poste.

Tous les yeux étaient rivés sur elle.

— Qu'est-ce que tu dirais si on se concentrait sur la fin du monde, pour l'instant ? a proposé Monty.

Rose a bougé les lèvres en silence : « Désolée. » Elle a observé les alentours. La cuisine au complet avait l'air d'avoir été aspergée de boue par une mitraillette. Rose n'aurait jamais pensé que Jane était du genre à négliger son chez-soi, mais bon, les circonstances actuelles n'étaient pas tout à fait normales.

— Pis… comment ça s'est passé ? a demandé Rose sans vraiment savoir à quoi « ça » faisait référence – Jane avait-elle préparé un sortilège, une cérémonie, un remède ?

Jane a demandé en retour :

— Vous lui avez repris ses hommes ?

— Sauf mon père.

Jane a poussé un grognement. Elle a planté son couteau de chasse dans la nappe.

— C'est sûr que ça l'a affaiblie.

— Est-ce qu'on peut l'arrêter ? a demandé Taylor.

Jane a haussé les épaules.

— Ma grand-mère m'a transmis certaines connaissances, mais elle a l'air vraiment puissante cette fois-ci…

— Cette fois-ci ?

— Kokum disait qu'elle se souvenait d'au moins deux fois où ils avaient dû la combattre. Elle est ici depuis bien plus longtemps que n'importe qui. Elle vient avec le territoire. C'est ce que Kokum avait l'habitude de dire… Mais elle a jamais eu autant de pouvoir sur les autres femmes avant.

Dehors, Tisha a poussé un cri. Un son strident, comme si on lui brûlait la plante des pieds avec des tisons.

Rose s'est précipitée à la fenêtre. Tisha se débattait, elle tentait de défaire les câbles qui la retenaient attachée au poteau de la galerie. Un petit groupe d'hommes en caleçon se tenait à une dizaine de mètres de distance, effrayés, les mains croisées pour se protéger l'entrejambe. De toute évidence, le fait d'être possédée n'avait pas augmenté les chances de Tisha de se faire élire Miss Personnalité.

— Mais on peut y arriver ? Pas vrai ? a demandé Monty. Et, comme ça, Winter va revenir ?

Jane a acquiescé de la tête :

— On va attendre à demain matin.

— Mais… mon père… a dit Rose en saisissant le bras de Jane.

Elle l'a vite relâché : il était humide de sueur.

— Elle est plus forte durant la nuit. Elle pourrait envoûter n'importe qui. Elle pourrait même m'envoûter, moi. Et puis quoi, après ? Je deviens l'esclave de cette chose qui m'a pris ma fille ? Oublie ça, crisse.

Taylor a posé une main sur l'épaule de Jane. Ce n'était pas un geste plein d'assurance, on aurait dit qu'il craignait qu'elle lui envoie une baffe ou un coup de coude. Mais elle n'a rien fait de tel et la main de Taylor est restée là. Assez longtemps pour que Rose sente la jalousie monter en elle encore une fois. Dans sa tête, elle s'est foutu une claque. Merde, si c'était ça l'amour, Rose était prête à laisser ça aux autres.

Rose a porté son attention sur la casserole qui bouillonnait sur la cuisinière.

— Y a quoi là-dedans ?

Jane a eu un sourire malicieux.

— J'ai choisi comme base une recette pour les cœurs brisés. La Vieille Dame a déjà eu une famille, tsé. Avant d'être cruelle, elle a été heureuse, elle a été aimée.

— Qui l'a rendue triste ? a voulu savoir Callie.

— Je sais pas, lui a répondu Jane en s'approchant de la casserole pour en remuer le contenu à l'aide de son couteau de chasse. Puis, j'ai ajouté les racines qui tuent. Elles manquent jamais leur coup, celles-là. Et l'ultime ingrédient… des baies de Saskatoon, qui rendent la mort bien sucrée. Comme ça, avec un peu de chance, elle va comprendre le message et rester morte cette fois-ci.

***

Rose était assise dans l'ombre avec ses deux filles lorsque Jane et Monty sont sortis de la maison, deux grosses boîtes dans les bras. Rose était déçue de voir que Monty s'était changé, qu'il avait troqué sa robe contre une paire de pantalons en coton ouaté et un t-shirt.

Les hommes se sont placés en file pendant que Jane sortait les vêtements des boîtes.

— Gary était pas très grand, mais il avait beaucoup de paires de joggings. J'ai aussi une pile de vêtements de maternité qui pourraient faire à un bison des bois.

Les hommes la remerciaient timidement, en prenant les uns après les autres des t-shirts et des pantalons dans la boîte contenant les affaires de Gary.

Quand le tour de Jimmy est arrivé, il n'y avait presque plus rien dans la pile de pantalons pour hommes. Il a tendu le bras pour prendre une paire de leggings et une blouse de maternité rouge :

— Ça a toujours été ma couleur, ça.

Rose s'est dit (pas pour la dernière fois) que celle qui l'avait épousé était la plus brillante et la plus chanceuse femme du monde, même si elle l'avait oublié momentanément.

***

Au menu pour le souper : un ragoût de lapin. Les hommes avaient attrapé quelques bêtes et les avaient dépouillées. Puis, Monty et Rose s'étaient chargés de les faire cuire dans une grande marmite.

Les hommes étaient nerveux en s'approchant les uns après les autres pour remplir leur bol. Ils faisaient relativement confiance à Jane et à Rose, mais se tenaient très loin de Tisha et de Sarah.

À un moment donné, après s'être aperçue que Sarah dévisageait Gilbert, Rose s'est approchée de lui, l'a pris à l'écart et lui a suggéré de rester hors de portée de son aînée. Gilbert avait l'air perdu, comme à son habitude.

— Pourquoi elle serait fâchée contre moi ? a-t-il demandé. Je lui ai jamais rien fait. J'ai toujours été cool avec elle. Me suis toujours arrangé pour qu'elle ait du linge pour l'école pis de la bouffe à la maison. C'est pas avec moi, peut-être, qu'elle a appris à faire du bicycle ?

— Non, c'est Monty qui lui a montré ça. Et je veux pas insister sur des détails, mais l'argent que tu me verses suffirait même pas à nourrir et à habiller une version poupée de Sarah.

— J'aide quand même, a-t-il répliqué, sa lèvre inférieure avancée, boudeuse. En plus, je les ai emmenées à la foire une fois, tu te souviens.

— Bon, ben voilà : le père de l'année.

Puis, l'impensable s'est produit. Gilbert s'est mis à pleurer.

Rose a d'abord cru qu'elle n'entendait pas bien. Comme s'il était en pleine quinte de toux, ou quelque chose comme ça. Elle s'est penchée un peu plus vers lui. Pas de doute : il pleurait. Elle a transféré son poids d'un pied sur l'autre, a gardé les yeux rivés sur tout ce qui n'était pas Gilbert et a réprimé une forte envie de sourire.

— Qu'est-ce que t'as ? lui a-t-elle demandé, persuadée qu'il avait dû se cogner l'orteil, ou qu'il était complètement épuisé, ou qu'il avait une attaque.

— Elle… elle… elle m'ai… elle m'ai… aime pas ? a-t-il hoqueté.

Voilà pourquoi Rose détestait parler de sentiments. Surtout avec Gilbert, qui vivait dans son propre univers fermé sur lui-même, où les émotions de grandes personnes étaient embarrées à double tour derrière des portes de béton, de pot et de whisky.

— Mais oui, elle t'aime, a commencé Rose, mais pas pour l'instant. Elle va se ressaisir.

— C'est un des sortilèges de la vieille ?

— Oui.

« Et le résultat de ton attitude de marde, aussi », avait envie d'ajouter Rose. Mais Gilbert était si seul en ce moment, sans personne (ni Marie-Jeanne ni Jack Daniels) pour le protéger. Rose lui a offert un morceau de bannique et lui a tapoté l'épaule.

Il est resté loin d'elles après ça, seul dans son coin. Il est resté assis de l'autre côté du feu durant le reste de la soirée. Mais Rose voyait bien que ses yeux étaient constamment attirés vers elles.

Callie s'est endormie, la tête sur les genoux de sa mère. Sarah était étendue de tout son long derrière elles. Taylor s'est approché, muni d'une couverture qu'il avait décrochée de la corde à linge de Jane. Rose s'est rendu compte que Gilbert avait plissé les yeux en observant l'initiative. Elle s'est retournée pour dissimuler un autre sourire.

Taylor s'est assis à côté d'elle. Ils ont fixé le feu des yeux, ensemble, leurs pensées occupées par les personnes encore là-bas, au Conseil. Rose a prononcé en silence toutes les prières qu'elle connaissait, les a adressées à tous les saints qu'elle connaissait, oubliant l'espace d'une seconde qu'elle ne croyait en rien. Elle s'est demandé où était Monty et l'a aperçu, debout sur les marches de la galerie de Jane, ses yeux rivés sur la lune qui pointait le bout du nez à travers un épais nuage gris. Rose a senti un coup de vent frisquet longer ses bras nus et a frissonné. Ça faisait longtemps qu'elle n'avait pas senti la chaleur du soleil.

Quelqu'un s'est mis à chanter. À voix basse, d'abord, puis plus fort, à mesure que des voix s'ajoutaient pour former un chœur. Rose avait déjà entendu cette chanson de la bouche de son père, à l'époque où il avait recommencé à s'intéresser à la culture traditionnelle. Elle l'avait accompagné à une danse du cheval. La cérémonie bien entamée, il était venu vers elle, un sourire aux lèvres, et lui avait dit qu'il venait de chanter une des chansons de son propre grand-père.

— Je m'en suis souvenu. Après toutes ces années, peux-tu croire ça ?

Ses yeux étincelaient. Rose n'était pas restée très longtemps, par la suite, parce que la tradition cérémoniale voulait que les femmes portent une jupe et les moustiques s'acharnaient sur ses tibias dès la fin de l'après-midi. Elle se rappelait ce jour-là et se rendait compte que c'était une des seules fois où son père avait tenté de lui dire comment il se sentait.

Elle a entendu la voix de Taylor se joindre aux autres et le présent l'a rattrapée. Taylor n'avait visiblement pas l'oreille musicale, mais ça ne l'empêchait pas d'être adorable. Elle a gardé les dents bien serrées pour s'empêcher de glousser.

La chanson terminée, le vieux Frank s'est éclairci la gorge. Sa voix était riche de quatre décennies de cigarettes roulées et de café noir.

— Ma bonne femme m'a réveillé au milieu de la nuit et m'a dit : « Y a quelqu'un ici. » Je me suis levé en pensant que c'étaient des ados. Des fois, ils ont besoin d'aide avec leurs chars… Je suis sorti du lit, j'ai commencé à enfiler mon pantalon, puis j'ai vu comme un reflet. Je me suis retourné et elle était là, de l'autre côté du lit, un couteau dans la main. Ses yeux, vides, comme ceux d'une somnambule…

Lionel, assis à côté du vieux Frank, lui a emboîté le pas :

— Ma cousine Lauren et ma nièce la plus vieille, Alliyah, qui a dix-sept ans, elles sont arrivées dans le salon. Je regardais le match de soccer, le son pas fort, histoire de pas réveiller les petits. Elles avaient des bâtons de baseball dans les mains, toutes les deux. J'aurais pu essayer de les prendre, mais je voulais pas blesser personne. Fait que je les ai suivies dehors. J'ai compris que quelque chose tournait pas rond quand j'ai demandé : « Qu'est-ce qu'on fait avec les enfants qui dorment ? » et que ma cousine a rien répondu. Cette femme-là laisserait pas ses enfants dans la maison sans supervision. Elle serait bien trop inquiète qu'ils bouffent tous les fruits.

Il a ricané doucement avant de conclure :

— Elle a pas tort, montre-leur une pomme ou une orange et ils deviennent comme des chiens enragés.

Un autre homme a pris la parole à sa suite. Puis un autre homme après lui. Les récits commençaient de la même façon et se terminaient de la même façon aussi. Les femmes les avaient traînés, de force si nécessaire, jusqu'au Conseil. Un seul d'entre eux, Orny, avait opposé de la résistance – son ex-femme l'avait réveillé avec un bon coup de genou dans le dos :

— C'est jamais une bonne nouvelle, retrouver cette femme-là dans ta chambre à trois heures du matin, a-t-il dit en pouffant de rire.

Une fois entre les quatre murs du Conseil, on les avait obligés à retirer leurs vêtements et leurs souliers.

— J'ai vu que Jason était là, avec les femmes, a dit Lionel, qui faisait référence à Jason le Dixième, l'unique homosexuel assumé de la réserve. Je lui ai demandé ce qui se passait, mais il s'est contenté de me dévisager. Fait que je lui ai redemandé et il m'a fessé direct dans les reins.

— C'est là qu'on aurait dû s'enfuir, est intervenu un autre homme, avant qu'elles nous enlèvent nos pantalons.

Rose a approuvé de la tête. Sage conseil : toujours partir avant de se faire enlever son pantalon.

Jimmy a pris la parole :

— Je pensais que c'était une espèce d'initiation. Jenny ferait pas de mal à une mouche, fait que je me suis dit : « Peu importe ce qui se passe, c'est rien de grave. »

Puis, la Vieille Dame était entrée. Les hommes avaient entendu parler d'elle, certains d'entre eux connaissaient les légendes, d'autres la reconnaissaient à cause des rêves que les femmes leur avaient racontés.

Le vieux Frank a craché son tabac à chiquer.

— Je savais qu'on était crissement dans la marde. Je sais reconnaître un esprit quand j'en vois un. J'ai dit aux gars près de moi de filer doux et de se la fermer jusqu'à ce qu'on ait une ouverture.

Ils avaient été soumis à une première épreuve d'humiliation. Les femmes avaient formé un genre de haie d'honneur, armées de bâtons de baseball, de manches à balai, de bâtons de hockey. La Vieille Dame se tenait au bout et faisait signe aux hommes pour qu'ils passent dans la haie, les uns après les autres, les coups arrivant de toutes parts.

Lionel a secoué la tête :

— J'arrivais pas à décider ce qui était le pire : y aller en premier ou y aller en dernier. Parce qu'y aller en premier, ça voulait dire qu'elles étaient encore pleines d'énergie…

— Et vraiment en beau fusil ! a précisé un autre homme.

— Mais y aller en dernier, a poursuivi Lionel, ça voulait dire qu'on avait droit aux cris de tous les autres et qu'on avait le temps en masse de sentir la peur nous pogner aux tripes.

— En premier, c'était pire, a confirmé Evan, qui venait de s'avancer dans la lueur du feu.

Son bras était maintenu par une attelle de fortune, il avait la lèvre fendue et on aurait dit que son nez avait été déplacé d'un bon centimètre à gauche.

Après avoir fait passer tout le monde à la moulinette, la Vieille Dame avait laissé les femmes choisir lesquels d'entre eux subiraient d'autres sévices.

— Je pensais que j'étais pas un mauvais gars, moi.

— J'ai jamais fait quoi que ce soit de pas correct à une femme de ma vie. Pas intentionnellement.

— Je savais pas que les femmes étaient autant en crisse que ça sur autant d'affaires que ça.

— C'est drôle, pareil, a dit Jason le Sixième, les yeux rivés sur les flammes. J'avais jamais compris à quel point Annabelle tenait à moi avant qu'elle m'envoie un coup de bâton de hockey dans les parties.

Rose et Taylor ont échangé un regard amusé.

Charley Big Guns était celui qui avait le plus de mal à comprendre :

— Je suis le christie de calleur au bingo, pour l'amour du bon Dieu ! C'est pas moi qui décide quel numéro j'annonce !

Les bleus qu'on voyait sur un côté de son visage démontraient que les petites vieilles s'en étaient pourtant donné à cœur joie avec lui.

Au tour de Taylor :

— Je savais pas qu'elle était en colère à ce point-là. Je savais que Megan était malheureuse, et je savais qu'elle était mêlée. Elle a jamais su ce qu'elle voulait… Au début, elle voulait se marier, après, elle voulait être célibataire, et après, elle voulait se marier encore… Mais on dirait bien que, tout ce temps-là, en fait, elle était en crisse. « Pourquoi je l'ai laissée en ville ? Pourquoi je voulais retourner à la maison comme un gros bébé ? » Elle aurait pas pu m'en parler avant ?

Elle a probablement essayé de t'en parler, s'est dit Rose.

— Ouais, cette belle fille là t'a pas manqué, c'est clair, a confirmé Lionel. J'ai vraiment eu pitié de toi quand Tisha et Kaylee sont venues la rejoindre.

— Tout le monde veut avoir son petit bout du chef, a conclu Taylor en secouant la tête, piteux.

Et les gars ont éclaté de rire.

***

Rose s'est réveillée, la tête appuyée sur l'épaule de Taylor. Sa tête à lui penchait vers l'avant. Elle avait mal au cou, alors elle s'est étirée un brin. En faisant pivoter sa tête, elle a remarqué que Sarah avait disparu. Rose a délicatement soulevé Callie, couchée sur ses genoux, et a tâtonné dans l'obscurité, à quatre pattes, espérant retrouver Sarah quelques mètres plus loin. Mais, dans son cœur, elle savait déjà que c'était inutile.

Rose a secoué Taylor pour le sortir du sommeil.

— Elle est plus là, a-t-elle chuchoté.

Il s'est levé, même s'il était encore à moitié endormi.

— Est-ce qu'on devrait réveiller les autres ? a-t-il demandé alors qu'ils se précipitaient vers l'autobus.

— Ça servirait à rien.

Le véhicule était rempli de corps endormis, a constaté Rose en poussant un soupir. Réveiller tout ce monde-là, ça causerait un boucan d'enfer, qui avertirait Sarah et Dieu sait quoi d'autre de leur approche.

Taylor a pointé l'étable de Jane du menton.

— Elle a un cheval, non ?

Rose a hoché la tête. Elle avait rappelé des dizaines de fois à Sarah de se tenir loin de l'animal en question, entre autres parce que Ronnie ne savait pas chevaucher, mais était du genre à mettre les autres au défi de le faire.

Rose a tiré sur le chandail de Taylor.

— Mais ce cheval-là aime pas le monde.

Taylor a haussé les épaules :

— Y a pas un cheval qui aime le monde pour vrai, je pense.

Il a arraché une poignée d'herbe au sol avant de pénétrer dans l'étable. Il est ressorti une minute plus tard, menant le cheval par son harnais.

— Elle était énervée un peu, mais j'ai réussi à la calmer, a-t-il dit en tapotant le col de la bête. J'ai un peu d'expérience avec les chevaux, j'allais dans des camps d'équitation quand j'étais jeune, j'ai joué un peu au polo, tu vois le genre. C'est un bon cheval, pour un cheval de réserve.

Il avait l'air assez fier de lui et Rose a donc évité de préciser que c'était un mâle, à l'évidence.

Taylor a aidé Rose à monter, puis elle a fait pareil pour lui. Chevaucher à deux, ça aurait pu être romantique, mais Rose sentait trop la grosse colonne vertébrale lui écarter les fesses. Peu importe, elle aurait été heureuse n'importe où avec Taylor, même sur un chameau.

À moins que la Vieille Dame ait le pouvoir de donner des ailes à ses acolytes, ils savaient que Sarah était à pied. Et Rose connaissait la vitesse de croisière de sa fille, l'ayant attendue dans la voiture des milliers de fois, jusqu'à ce qu'elle sorte enfin de la maison de son pas nonchalant, pour y retourner une seconde plus tard parce qu'elle avait oublié quelque chose. Impossible que Sarah ait parcouru plus de quelques kilomètres. Taylor a poussé leur monture au trot. Rose a eu l'impression de se faire brasser les tripes.

— C'est la seule vitesse disponible ? a-t-elle bredouillé.

— Y a un mode rapide, mais t'aimeras pas ça, a répondu Taylor en enfonçant ses talons dans les flancs de l'animal.

Et le cheval s'est lancé dans un galop si véloce que Rose a senti ses cheveux s'étendre à l'horizontale derrière elle.

Elle a chassé les pensées morbides de son esprit, les images de chute et de coma et d'apprentissage d'une nouvelle forme de communication basée sur le battement des paupières. Elle s'est plutôt concentrée pour essayer de deviner où ils étaient rendus.

Il faisait encore trop noir pour qu'elle arrive à trouver ses repères habituels, mais elle a finalement identifié une petite ferme et ses dépendances.

— C'est la terre du vieux Adams. Je reconnais le poulailler. Faut faire attention, il a un…

Le jappement soudain a fait sursauter le cheval, qui a fait un bond d'un mètre en avant. Rose s'est agrippée encore plus fort à la taille de Taylor.

— C'est quel genre de chien ?

— Doberman. Mais il est vraiment stupide.

— C'est pas son manque d'intelligence qui m'inquiète en ce moment.

Le cheval est descendu dans un petit ravin et a sauté par-dessus le ruisseau qui y coulait. Rose a réprimé un cri en s'accrochant au dos de Taylor alors que ce dernier se retenait à la crinière du cheval en poussant une enfilade de sacres bien sentis. Rose était assez impressionnée.

Ils ont finalement rejoint un champ fraîchement labouré, où ils ont repris de la vitesse. Taylor et Rose ne lâchaient pas leur prise. Les jappements du chien se sont fondus dans le lointain.

Rose a entendu Taylor féliciter le cheval en lui caressant le cou.

Il s'est retourné à moitié vers elle :

— Fait qu'on va où…

De nouveaux jappements ont retenti autour d'eux en une véritable cacophonie.

— C'est quoi, ça ? a-t-il demandé.

— Chiens errants.

— Tu me niaises, tabarnak ? a dit Taylor en talonnant à nouveau le cheval.

Mais les jappements venaient de partout à la fois.

— Y en a combien ?

— Des dizaines, a répondu Rose sur le ton du désespoir. C'est le mois prochain, la journée de la chasse aux chiens errants.

— Et moi qui évaluais la possibilité de faire annuler ce truc-là, je vais y repenser à deux fois. Oubliez ça, ma gang de petits bâtards.

Le cheval a ralenti l'allure, ses oreilles allaient et venaient, comme pour trouver la direction la moins dangereuse. Taylor lui a fouetté l'arrière-train avec les rênes, mais il s'est contenté de secouer la tête, contrarié.

Rose discernait la meute, à leur droite.

— Là, a-t-elle dit en pointant du doigt.

Taylor a fait pivoter le cheval dans la direction opposée, et il s'est élancé, mais d'autres chiens sortaient de nulle part, leur tête apparaissant soudain dans les hautes herbes.

Le cheval s'est cambré. Les chiens ont foncé vers lui, en aboyant puissamment. Le cheval s'est mis à ruer pour les faire battre en retraite.

— Je pense qu'on ferait mieux de sauter, a proposé Rose.

Mais ils ont plutôt été expulsés. Atterrissant sur la plante des pieds, en position accroupie, Rose a réussi à garder brièvement l'équilibre, jusqu'à ce qu'un des bras de Taylor, qui tombait à la renverse, l'envoie valser par terre. Le cheval continuait à se défendre contre les chiens, alors Rose et Taylor se sont vite éloignés à pas de crabe pour éviter de recevoir un coup de sabot dans le front.

Le cheval a réussi à frapper un des chiens dans la gueule et, satisfait de la plainte lâchée par ce dernier, il a détalé en direction de la ferme de Jane. Les chiens se sont lancés à sa poursuite.

Taylor et Rose ont couru dans la direction opposée.

— Est-ce que t'as une idée d'où on va ?

— Ouais, a dit Rose, haletante.

— T'es sûre ?

— Ouais ! a-t-elle répété en regardant les arbres devant elle.

Ils n'étaient plus très loin du Conseil. Suffisait de descendre Rabbit Hill jusqu'à la route de terre que les ados adoraient utiliser comme piste de course, de traverser le marais et de prendre le raccourci par le bois, et on arriverait au Conseil. Elle a modulé sa vitesse, passant du sprint frénétique à une cadence plus lente et régulière.

— T'es rapide, a dit Taylor en soufflant.

Rose a ralenti encore un peu et il l'a rattrapée. Puis, il s'est mis à courir juste un peu plus vite qu'elle. Ah, les hommes. Agacée par cette soudaine compétition, elle a accéléré.

Ils étaient à bout de souffle quand ils ont atteint le marais. Sorte d'étang d'une bonne superficie, peu profond, que les jeunes de la réserve utilisaient comme piscine de fortune, chaque printemps. Certains s'enfonçaient jusqu'aux cuisses et plongeaient les mains pour faire remonter la vase, seuls les plus dégourdis tentaient de nager là-dedans. La plupart se contentaient de rentrer à la maison pour essayer d'aller se débarrasser de l'odeur d'eau boueuse.

— On le contourne ? a fait Taylor.

— C'est un bon cinq cents mètres de chaque bord, a rétorqué Rose en avançant aussitôt d'un pas, pour éviter de changer d'avis.

L'eau s'est infiltrée dans son soulier et est montée le long de sa jambe. Elle a fait un autre pas. C'était froid, désagréable. Elle a fait un troisième pas, le fond du marais libérant son pied à contrecœur, avec un bruit de succion.

Elle a entendu Taylor s'engager lui aussi.

— Oh, ça, c'est dégueulasse, a-t-il grommelé.

— Évite juste de penser à de la soupe aux pois, a dit Rose.

Et évite aussi de penser aux égouts qui se sont probablement déversés ici. Rose n'avait jamais eu confiance en ce marais-là, étant donné sa proximité avec le Conseil, le centre, l'école. Elle n'avait jamais vu le moindre plombier intervenir dans aucun de ces édifices.

— Où est-ce qu'elle est, d'après toi ? a dit Taylor, dont la voix venait briser la monotonie de leur difficile avancée.

— Elle doit déjà être là-bas. On l'aurait vue si elle était encore en route. Elle a dû se pousser dès que j'ai fermé l'œil.

— Elle devrait s'en sortir, non ? Je veux dire, elle est une des leurs maintenant.

— Ronnie s'en est pas sortie, a répondu Rose, heureuse que l'obscurité empêche Taylor de la voir essuyer une larme.

Tu peux pas craquer maintenant, s'est-elle rappelé, *reste à sauver ta fille, ton vieux papa et ta meilleure amie.* Et peut-être Kaylee, aussi. C'était toujours agréable de rigoler avec elle. Sans oublier Annabelle, bien sûr, et les petites vieilles : Gladys, Odie, Annie. Bon, il lui restait à sauver tout le monde, finalement. Juste ça, et après, elle pourrait prendre le temps de s'asseoir et de pleurer. Et d'ouvrir un sac de chips.

Taylor s'est enfargé derrière elle. Rose a entendu le bruit visqueux de sa tête qui s'enfonçait dans l'eau. Elle s'est immobilisée et a pivoté lentement.

— Taylor ?

Une seconde plus tard, le beau visage de Taylor resurgissait, couvert d'une boue gluante. Il a craché un peu d'eau. Rose a eu un haut-le-cœur d'empathie.

Elle a tendu la main et il l'a prise, reconnaissant. Elle l'a aidé à se remettre sur pied.

— Ça va ?

Taylor s'est essuyé le visage, sur lequel étaient collées quelques algues.

— Rappelle-moi pourquoi, déjà, je suis parti de la ville ?

Rose l'a aidé à se nettoyer avec la manche de son chandail.

— J'avoue que j'ai jamais vraiment compris.

— J'avais une belle vie. Une belle maison, avec une belle pelouse. C'est un des gamins du voisinage qui venait la tondre. J'allais chez mes amis pour faire des barbecues. Je voyais jamais personne sur l'aide sociale, personne essayait jamais de m'emprunter de l'argent, personne m'accusait jamais de voler l'argent du Conseil de bande…

— Y a quelqu'un qui t'a accusé de ça?

— Evan, quand je l'ai pogné en train d'essayer de siphonner l'essence dans le réservoir de ma voiture. C'est une BMW, câlisse. Il pensait vraiment qu'il allait être capable?

— Des fois, juste le défi en vaut la peine…

À quoi pensait Taylor, de toute façon, à se balader en BMW sur les routes défoncées de la réserve?

— Si je suis venu ici, c'est pour changer les choses.

— T'as réussi, a dit Rose en insistant sur ce dernier mot, pour qu'il comprenne bien qu'elle aurait pu détailler la question, mais qu'elle n'avait pas vraiment le temps.

Elle a repris leur pénible marche.

Rose voyait l'autre rive se dessiner devant elle. Le fond du marais se faisait moins mou à mesure qu'elle s'en approchait. Elle s'est retournée pour jeter un coup d'œil à Taylor et a remarqué sa démarche chaloupée.

— T'as perdu un soulier?

— Il est quelque part là-bas, lui a-t-il répondu d'une voix pleine de dégoût qui signifiait clairement qu'il n'avait pas envie de détailler la question lui non plus.

Une fois sortis de la vase, ils sont entrés dans les bois. Le sol était jonché de branches, de roches, de racines. Rose s'empêtrait les pieds et sacrait sans arrêt. Puis, elle s'est souvenue qu'il manquait un soulier à Taylor et elle a grimacé de compassion. Mais lui restait silencieux, sans se plaindre.

Apercevant enfin le Conseil entre les arbres, ils se sont arrêtés net. Taylor s'est appuyé sur Rose.

— Pas mal proche, hein ? a-t-il chuchoté dans son cou, et le sexe de Rose a réagi aussitôt en criant « Youpi ! ».

Heureusement pour elle, les vagins parlaient une langue que personne n'entendait.

La porte de secours s'est ouverte et une femme est sortie.

Rose s'est accroupie en vitesse, aussitôt imitée par Taylor.

La femme a jeté le contenu d'un seau par terre et a tourné le robinet extérieur pour le remplir d'eau.

— Comment va ton pied ? a murmuré Rose.

— Je m'en fais pas avec ça. Nos ancêtres avaient pas de souliers.

Il a soulevé le pied et s'est arraché un petit éclat de bois qui s'était planté là. Un filet de sang est apparu.

— Ils avaient des mocassins.

— Je suis sûr qu'ils les portaient pas tout le temps. Leurs pieds étaient plus solides que les nôtres.

— Comme des pieds de Hobbits ?

Ça a fait ricaner Taylor et Rose a dû poser sa main sur sa bouche pour éviter d'attirer l'attention de la femme, qui fouillait les alentours des yeux.

Rose a retenu son souffle jusqu'à ce que l'autre retourne à l'intérieur avec son seau d'eau.

— Bon, faut se séparer, a dit Taylor en se levant et en la tirant vers lui en même temps.

— Se séparer ? J'aime pas ça.

Taylor a fait un pas ou deux en avant d'elle.

— T'as une meilleure idée ?

— Je me disais qu'on aurait pu entrer à la course pour aller chercher le monde pis sortir à la course pour décrisser le plus vite possible... Ça nous laisse l'avantage de la surprise.

— Je vais faire le tour pour passer par en avant. Dès qu'elles se mettent à me poursuivre, tu rentres par là et tu récupères ton père et Sarah.

Les mots de Taylor étaient aiguisés comme ceux d'un haut gradé de l'armée s'adressant à ses troupes.

— Comme tu veux, p'tit boss, a répondu Rose, se disant qu'elle ne voudrait jamais être un soldat.

Sauf peut-être celui que jouait Bill Murray dans *Les Bleus* : sarcastique et décontracté, c'était le genre de soldat qu'elle serait.

Taylor a posé les mains sur ses épaules et l'a regardée. Son expression était difficile à déchiffrer, comme s'il était fâché, mais aussi constipé.

— Je niaisais… a commencé Rose.

Puis, il l'a embrassée. En l'espace de trois secondes, Rose est passée de « frigorifiée » à « je transpire plus qu'une supernova ».

— OK, on y va, dans ce cas, a dit Taylor en reculant d'un pas et en trébuchant, dans le même élan, sur une racine.

Rose l'a aidé à reprendre son équilibre. Il a serré sa main dans la sienne, puis il a filé. Elle l'a regardé courir – il était beaucoup plus rapide qu'elle. Elle a compris qu'il avait modéré sa vitesse tout à l'heure, afin d'éviter qu'elle ne traîne de la patte. *Ah, les hommes*, s'est-elle dit, *ça passe son temps à faire des trucs gentils juste pour qu'on se sente coupable.*

Elle a redressé les épaules comme un bon petit soldat, a pris son air méchant. *OK, ma vieille*, s'est-elle dit, *je m'en fous, de ta force et de tes muscles beaucoup trop développés, je vais t'avoir, tu peux compter sur moi.*

Rose a arraché une branche basse (elle était déjà à moitié morte, ce n'était pas si difficile). Puis, elle est sortie du bois et a franchi à petits pas la distance qui la séparait du Conseil.

Au moment exact où elle posait la main sur la poignée de la porte de secours, elle s'est immobilisée un instant et a levé les yeux au ciel :

— Toi, un petit peu d'aide, ça serait pas de refus.

***

La porte a claqué derrière elle, mais Rose s'en est à peine aperçue. Des femmes défilaient devant elle à la course ; elles semblaient se diriger vers la salle d'attente. Elle a rejoint la horde. L'écume de l'excitation leur sortant littéralement de la bouche, Rose en a conclu qu'elles avaient repéré Taylor. Elle a atteint la fameuse salle d'attente, qui était passée d'« espace communautaire-lounge-café-bar-salle de poker » à « pièce de torture ». Rose a vu son père, assis sur une chaise. Ligoté, le visage ensanglanté.

— Papa ! a-t-elle chuchoté.

— Rosie ? a répondu Lloyd en tournant la tête vers elle. D'où est-ce que tu sors comme ça, bon Dieu ? Tu pues les égouts.

— Merci, P'pa. Contente de te voir, moi aussi.

Rose a tenté d'enlever les cordes, mais les nœuds étaient serrés et ultra-compliqués. Elle n'avait aucune preuve, mais elle mettait ça sur le dos de Megan – elle avait l'air du genre de connasse qui savait faire des nœuds marins. Elle a demandé à Lloyd :

— Tu peux courir ?

Il a désigné son genou du menton. Rose a grincé des dents en voyant le bout d'os qui en sortait. Elle avait suivi le cours de premiers soins offert par le Conseil de Pesakestew au moins six fois de suite (c'était une formation d'une fin de semaine payée et on servait de super bonnes collations), elle savait donc ce qu'impliquait une fracture ouverte. Que ça pouvait mener à une infection et, surtout, qu'il ne fallait pas bouger.

Rose a respiré profondément et a cherché des yeux un objet tranchant. Ses mains n'étaient pas assez aiguisées pour se charger de ces cordes épaisses.

Au même moment, comble de la chance, un couteau est apparu dans son champ de vision. Puis, comble de la malchance, le couteau s'est placé juste sous sa gorge. Les yeux de Rose se sont allumés d'un coup quand elle a vu la lame si bien affûtée et elle a saisi le couteau des mains de son assaillante.

— Merci, a-t-elle dit en s'attaquant aux cordes.

Celle qui venait d'essayer de maîtriser Rose – c'était Gladys – a fait un pas à reculons, perturbée par cette attitude désinvolte.

Mais Rose n'était pas désinvolte, elle était simplement consciente qu'elle n'avait plus une seconde à perdre. Ça lui rappelait cette fois où elle avait dû préparer un gâteau en panique pour le huitième anniversaire de Sarah, après s'être aperçue que Gilbert avait bu l'argent qu'elle lui avait confié pour acheter un gâteau de fête format géant. Les invités commençaient à arriver, les uns après les autres, au moment où elle avait commencé à étendre le crémage sur son gâteau maison. Sarah se tenait debout à côté d'elle dans sa jolie robe jaune, les yeux rivés sur la porte, sur le gâteau, sur la porte, sur le gâteau…

Les cordes tombaient par terre quand Gladys est revenue à la charge, cette fois munie d'un bâton de baseball. Rose a saisi le bâton et l'a lancé plus loin. Gladys a sorti les griffes, mais Rose l'a repoussée facilement et elle est tombée à la renverse.

— Je m'excuse, Gladys.

Celle-ci tentait maladroitement de se relever, alors Rose en a profité pour se retourner vers son père.

Elle s'est penchée sur son genou. À l'évidence, il ne pourrait pas marcher. Elle a ramassé le couteau et l'a placé dans sa main.

— Pour te défendre, lui a-t-elle dit.

Son visage laissait voir sa grande irritation :

— Et qui je devrais poignarder, d'après toi ?

Rose a remplacé le couteau par sa branche d'arbre.

— C'est mieux ? Tu peux donner des petits coups, avec ça.

La semaine dernière, alors qu'elle passait le balai, elle avait noté la présence d'un petit chariot plat dans le placard du concierge. Elle est allée le chercher, puis est revenue vers Lloyd. Elle était en train de l'aider à s'installer dessus lorsqu'elle a reçu un coup de poing à la nuque.

— Ayoye, câlisse !

Rose s'est retournée. C'était Sarah.

Elle a attrapé le bras maigrichon de sa fille, déjà dans les airs, prêt à porter un second coup.

— Je pense pas, non ! a-t-elle lâché en réalisant une clé de bras parfaite.

— Ouch… a gémi Sarah.

— Eille, eille, c'est juste une gamine, a fait Lloyd sur le ton de la réprimande.

— Est-ce que tu sais à quoi j'ai affaire, ici ? s'est exclamée Rose.

Elle a jeté un coup d'œil vers la porte d'entrée. Ça y est : les femmes revenaient.

Rose a approché les lèvres de l'oreille de sa fille :

— Réfléchis bien à ça, Sarah, OK ? Cette vieille-là est peut-être épeurante, mais c'est rien comparativement à moi. T'as compris ?

Rose l'a repoussée bien loin. Sarah a pivoté lentement. Ses yeux en amande semblaient à moitié éveillés. Rose la regardait avec suspicion.

— Est-ce que t'es ma fille ?

Sarah a pris la branche des mains de Lloyd et a envoyé un bon swing en direction de Rose, qui l'a reçu en plein dans le ventre.

— Ah ben, tabarnak ! a-t-elle éructé en évitant de justesse un deuxième balayage, juste au-dessus de sa tête.

— Fais-lui pas mal ! a lancé Lloyd.

— On n'a pas le temps pour ça ! a crié Rose en déplaçant une table pour se protéger de sa fille.

Mais Sarah a sauté par-dessus et a empoigné Rose, la faisant basculer vers l'arrière. Rose a poussé un grognement en percutant le sol, alors que Sarah se jetait sur elle. Rose a repris son souffle avant de commenter :

— Wow, t'es vite, toi.

Elle n'avait jamais considéré son aînée comme une athlète, mais on dirait bien qu'elle l'avait sous-estimée. Sarah l'a saisie à la gorge.

D'un bon coup de hanche, Rose l'a repoussée sur le côté. Sarah avait beau être rapide et jeune, elle ne faisait pas le poids contre la force que sa mère avait développée à la porcherie. Rose a aisément inversé les rôles : voilà qu'elle chevauchait Sarah et qu'elle lui retenait les bras au sol.

— Allez, Sarah, réveille-toi. Si tu le fais pas pour moi, fais-le pour ton grand-père, ta petite sœur, ton père – non, oublie-le, lui. Fais-le pour Ronnie.

Les bras de Sarah se sont ramollis d'un coup et elle a cligné des yeux.

— Maman ? *Maman !*

Rose a entendu l'avertissement soudain dans la voix de Sarah : elle a baissé la tête au moment où un bâton de baseball lui frôlait les cheveux. Elle a lâché Sarah et a roulé sur le dos. Michelle se tenait là, le bâton bien levé, prête à l'abattre sur Rose. Celle-ci s'est tassée de quelques centimètres et le coup est tombé dans le vide à côté d'elle. Michelle n'a pas tardé à récidiver, parvenant à atteindre Rose à la cuisse.

— Jésus Marie Joseph !

Le sourire aux lèvres, Michelle lui a balancé un autre coup, cette fois dans le ventre. Rose a laissé échapper un grognement.

Elle a tenté d'envoyer un coup de pied dans le genou de Michelle, qui a titubé légèrement, avant de retrouver son équilibre – c'était son expérience de fille de la grande ville qui fait du pilates, ça. Michelle s'apprêtait à lever le bâton pour s'élancer à nouveau lorsque Sarah l'a forcée à le lâcher en lui enfonçant la branche dans le dos.

Rose est parvenue à s'agenouiller et à éloigner le bâton des mains de Michelle.

— Salut, salope, a-t-elle dit.

Michelle s'est effondrée avant même que Rose ait le temps de la cogner. Couchée sur le flanc, les genoux repliés pour se protéger, elle avait l'air d'un chiot sans défense.

— Cousine ? a-t-elle dit, les yeux pleins d'eau.

Rose a poussé un soupir. Elle aurait bien aimé avoir eu l'occasion de réveiller sa cousine à l'aide d'un bon coup de poing. Enjambant son corps recroquevillé, elle n'a pas pu résister à la tentation de lui refiler un coup de pied dans le derrière.

Rose a vu Sarah qui poussait le chariot portant son grand-père vers la sortie de secours, elle a cherché du regard une arme quelconque, mais n'a rien trouvé d'autre qu'un poing étampé dans son visage. Directement dans sa pommette droite. Les petites jointures pointues de son assaillante l'ont propulsée vers l'arrière et elle s'est de nouveau retrouvée par terre. En relevant les yeux, elle a reconnu le halo de cheveux bruns qui lui faisait face.

— Oh merde, pas toi ! s'est-elle entendue prononcer.

— Où est Taylor ? a grogné Megan.

— Comme si j'allais te le dire ! a répondu Rose en reculant sur les fesses.

Elle cherchait quelque chose pour se défendre, à droite, à gauche, tandis que Megan avançait lentement vers elle.

Rose a saisi une tasse qui traînait, à l'envers, et l'a lancée sur Megan, qui l'a évitée facilement. Mais Rose a profité de cette petite seconde de répit pour se relever. Elle a couru en direction du comptoir de la réception, dans l'espoir d'y organiser une contre-attaque, ou simplement de s'y cacher pour pleurer – elle était ouverte à toutes les possibilités. Cependant, elle avait à peine fait un pas que Megan exécutait un flip avant, suivi d'une roue parfaite, pour se retrouver devant elle en deux temps, trois mouvements.

— Calvaire, a dit Rose en retenant ses applaudissements. Mon corps se démantibulerait, littéralement, si j'essayais de faire quelque chose du genre.

Megan l'a agrippée par le collet et l'a tirée vers elle.

— Où est-ce qu'il est ?

Rose a constaté la présence de quelques plombages au fond de sa bouche. Ah ! Elle n'était pas si parfaite, finalement !

Megan s'est mise à la secouer avec force et Rose a senti la douleur irradier dans ses membres déjà endoloris. Il y en avait de la puissance, dans ces bras de cheerleader. Rose s'est dit que son unique recours, maintenant, était d'attendre que Megan se lasse de la malmener.

— Je… j-e-e… s-s-s-ais… p-pas… où il est.

— Pas de menterie, a fait Megan en la giflant.

Rose a eu l'impression soudaine de voir la vie à travers la lentille d'un kaléidoscope. Elle a tenté de botter le tibia de Megan, mais à peine aurait-elle réussi à déchirer une feuille de papier avec un coup pareil. Megan ne s'est rendu compte de rien.

Elle a plutôt traîné Rose jusqu'au coin où on servait le café. Notant la présence d'une cafetière de verre fracassée, Rose a voulu appliquer les freins en poussant sur ses talons, mais ses pieds ne se sont pas entendus sur une direction commune.

— Megan ! a crié une voix.

Les deux femmes ont levé les yeux vers l'entrée. Là se tenait Taylor, sa silhouette se détachant dans le cadre de porte, éclairée par le soleil levant. Cet homme-là savait parfaitement comment faire une entrée remarquée.

Megan a lâché Rose, comme si cette dernière n'était qu'un vulgaire sac de Doritos qui menaçait de la faire engraisser. Rose s'est pressée contre le plancher comme s'il s'agissait d'un vieil ami.

Son adversaire s'est dirigée vers Taylor d'un pas confiant, à la manière d'un soldat en mission. Taylor a bombé le torse, se préparant au pire. Puis, au moment où Megan reculait le poing, s'apprêtant à frapper, il a détalé et Rose s'est dit qu'elle ferait bien de l'imiter.

Elle a filé vers la sortie de secours. Sarah était là, en train d'essayer de pousser le chariot par-dessus le seuil de porte.

— Y était temps, a-t-elle lâché en voyant sa mère arriver.

Rose s'est contentée de la fusiller du regard, trop épuisée et trop affolée pour lui dire sa façon de penser.

De ses bras tremblotants, elle a aidé sa fille à faire sortir le chariot, qui a cahoté sur le pas de la porte. Lloyd a poussé une longue plainte.

— Je m'excuse, ont prononcé Rose et Sarah à l'unisson.

Une fois à l'extérieur, Rose a bloqué la porte avec une chaise, tout en étant consciente que ça leur ferait gagner, au mieux, trente secondes.

Sarah fouillait l'obscurité environnante des yeux.

— Y a pas de char. Comment ça y a pas de char ?

— On est venus à cheval, a expliqué Rose.

— Pourquoi t'es jamais capable de faire un plan qui a de l'allure ?

— T'avais disparu, j'étais pas vraiment en mesure de réfléchir correctement.

Rose s'est remise à pousser le chariot et Sarah est venue la seconder. Le sol était inégal et boueux.

— Une fois qu'on aura atteint le bois, on va te laisser là pour que tu restes caché.

— Vous allez me laisser dans le bois ? a fait Lloyd avec un regard incrédule.

— Ça se promène pas tout seul, ce christie de chariot là. Écoute... C'est quasiment le matin, là. Jane et les autres devraient pas tarder.

Lloyd ne semblait pas impressionné par ces explications, mais il n'a pas protesté lorsqu'elles l'ont aidé à descendre du chariot.

— Et, Sarah, toi tu restes ici et tu surveilles ton grand-père.

Le visage de Sarah laissait également paraître le manque de confiance que lui inspirait l'idée de sa mère.

— Tu veux dire que je me cache.

— Oui.

— Et pas toi.

— Faut que je crée une diversion.

— Non, a dit Sarah en se croisant les bras.

Rose l'avait déjà vue réagir comme ça. Ce geste, il signifiait que le cœur d'adolescente de sa fille se resserrait et que ses veines se remplissaient de plomb. Elle a rétorqué :

— Écoute, tu viens de me dire que je fais jamais de plan… Ben là, c'est exactement ce que je suis en train de faire. Là, assis-toi et ferme-la.

Sarah s'est laissée choir à côté de son grand-père, les yeux grands ouverts, comme sous le choc.

Rose a entendu la porte du Conseil grincer et elle a filé avec le chariot. Elle l'a poussé jusqu'en haut de la butte, soutenue par une énergie qu'elle ne soupçonnait plus. Elle a ralenti la cadence une fois au sommet, afin de se faire remarquer, et son plan a fonctionné à merveille : récompensée par le son des pas qui se lançaient à sa poursuite, elle a maintenu le chariot en place quelques secondes, avant de le laisser aller en direction du marais.

Ça a fait un gros *splouch!* pendant qu'elle retournait se réfugier sous les saules, d'où elle a regardé un groupe de femmes passer devant elle.

La bande de harpies était maintenant de l'autre côté de la butte, en train de s'engueuler à propos d'une chose ou d'une autre. Rose a reconnu la voix de Kaylee, aussi forte qu'autoritaire. La personnalité de chacune ressortait, c'était évident que l'influence du sortilège diminuait. On aurait dit que, plus elles étaient loin de la Vieille Dame, plus Rose avait une chance de les libérer.

Rose se déplaçait dans les buissons, accroupie. Le groupe était sur le point de retourner au Conseil.

Quelqu'un a touché son bras; elle a poussé un hurlement. Une main a aussitôt recouvert sa bouche.

— C'est moi.

La voix ne disait rien à Rose. Dans sa vision périphérique, elle a distingué la couleur des cheveux: bruns, avec quelques nuances dorées ici et là. Ces mèches-là, elle les reconnaissait: elle avait participé à leur coloration à peine quelques mois plus tôt.

— Winter?

Winter a hoché la tête.

— T'es… toi?

— Et toi… t'es toi?

— J'ai toujours été moi!

— Viens, a dit Winter en se dirigeant vers la route.

— On peut pas s'en aller, faut qu'on attende. Jane.

— Jane?

— Elle sait comment combattre la Rêveuse.

— Et elle s'en vient ?

Rose a acquiescé de la tête. Elle a regardé Winter dans les yeux. Son amie avait l'air exténuée.

— Comment va le bébé ?

Son amie avait l'air triste.

— Je sais pas, Rose.

— On pourrait aller directement à l'hôpital. Y aura sûrement une voiture disponible et...

L'odeur de viande faisandée s'est répandue autour de Rose. Elle s'est retournée pour apercevoir la Vieille Dame qui se tenait là, juste derrière elle, ses lèvres fines tirées vers le haut en un semblant de sourire, ses dents tachetées d'hémoglobine.

— Winter ! a crié Rose en essayant de se sauver après avoir attrapé le bras de son amie.

Mais dès que ses yeux ont croisé ceux de Winter, elle a su.

— Je te faisais confiance !

Une vague de solitude, typiquement associée aux dimanches soir, s'est abattue sur Rose alors que le masque reprenait sa place sur les traits du visage de Winter. Des mains sorties de nulle part ont immobilisé ses bras. Elle a tenté de se débattre, mais les mains ne faisaient que resserrer leur emprise.

— Sarah, a croassé la Vieille Dame.

Rose a craché dans son visage flétri.

Le visage de la Vieille Dame a conservé son air amusé. Elle s'est saisie du bras de Rose et l'a approché de sa bouche.

Un peu comme Callie dans le bureau du médecin, le jour où elle avait dû recevoir ses vaccins, Rose s'est mise à crier bien avant que les dents pointues de la vieille ne touchent à son bras. Une fois les canines bien plantées, il ne lui restait plus rien dans les poumons.

— Rose, a dit Winter avec un sourire duquel Rose n'arrivait pas à détacher les yeux. C'est bien. Tu l'aides à devenir plus puissante.

— Je veux pas, s'est écriée Rose.

— La Rêveuse a toujours aidé le monde quand elle était en vie. Elle était de plus en plus puissante et son mari a commencé à l'envier.

— Aide-moi, Winter, l'a implorée Rose.

Son amie était là, c'est sûr, quelque part dans ce corps-là.

La Vieille Dame l'a mordue encore une fois et Rose a poussé un hurlement. Winter a continué son monologue :

— Il lui a pris ses filles et il les a cachées. Et quand elle est allée voir le chef pour lui demander son aide, il a refusé. Quand elle est revenue à la maison, elle a retrouvé ses enfants, morts, tués par son mari, qui s'était tué lui aussi. Tu vois, Rose, les hommes sont méchants.

— Dis-lui d'arrêter ! a supplié Rose.

Les dents se sont de nouveau enfoncées dans sa chair. La douleur l'a fait monter jusqu'à de terribles sommets, avant de la laisser retomber au fond d'un gouffre. Elle a senti les dents se cogner contre l'os de son bras et son corps a ramolli d'un coup. Ça ne changeait rien : on la tenait fermement. Toutes ces mains la tenaient, des mains que Rose n'arrivait pas à identifier – qui était qui ? Comme dans un *mosh pit*, mais en plus colérique et terrifiant.

Soudain, un moteur a grondé, ça venait du stationnement du Conseil. Puis, on a appuyé longuement sur le klaxon. Ça a distrait la Rêveuse, et les femmes ont lâché Rose d'un coup. Elle est tombée par terre. Délirante, elle a fixé les yeux sur son membre blessé. Le sang affluait, mais moins fort qu'elle ne l'aurait cru. *Il me manque un bout de bras*, s'est-elle dit.

Les femmes sont parties au pas de course. Elle s'est recroquevillée afin d'éviter de se faire piétiner. Puis, dès que la voie s'est libérée, elle s'est ruée vers les arbres, avant de s'immobiliser brusquement, se disant qu'elle devait récupérer des choses importantes dans ces bois... Mais elle n'arrivait plus à se souvenir de quoi il s'agissait. *Qu'est-ce que je fais ?* s'est-elle demandé. *À quoi je pense ?* Elle a entendu un cri de fureur, un appel à l'aide, des bruits d'objets durs allant se fracasser contre des objets mous, des pas, beaucoup de pas, qui venaient de l'avant de la bâtisse.

— Allez, on va par là, a-t-elle ordonné à ses pieds, qui ont obtempéré.

En face du Conseil, elle a réussi à éviter les coups de quelques femmes qui bougeaient au ralenti. Elles erraient ici et là en clignant des yeux, on aurait dit qu'elles venaient de se réveiller après une longue sieste.

Rose a aperçu un camion et l'autobus. Des hommes sortaient en masse des deux véhicules. La plupart d'entre eux s'étaient patenté une sorte d'armure avec de l'équipement de sport, qui un casque, qui des épaulettes. Les bâtons de hockey semblaient constituer l'arme de choix. Une seule personne s'était munie d'un bâton de crosse. *Ce sport-là a vraiment pas eu le succès escompté dans la région*, s'est dit Rose.

Elle a vu Jane sortir de l'autobus et s'est dirigée droit sur elle, agitant son bras d'un air désemparé.

Jane a regardé sa blessure :

— La vieille t'a trouvée, à ce que je vois.

Elle a pris le bras de Rose pour l'examiner de près :

— C'est une vraie bonne paire de crocs, ça, pas vrai ?

— J'ai pas vraiment fait attention à leur grosseur en tant que telle. Qu'est-ce que tu comptes faire ? a répondu Rose en claquant des dents.

— Il faut qu'elle boive ça, a dit Jane en lui montrant une petite fiole.

— Est-ce qu'on pourrait pas juste lui lancer dessus ?

— C'est pas un feu de camp.

Jane a déchiré un bout de son chandail et s'est mise à l'enrouler autour du bras de Rose. Celle-ci tentait de demeurer stoïque, mais ses jambes faisaient la danse de Saint-Guy.

Rose a jeté un coup d'œil en direction du Conseil. Un groupe de femmes à l'entrée combattaient quelques hommes. S'avançant vers eux, la Rêveuse a simplement levé une main dans les airs et les hommes se sont retrouvés cul par-dessus tête, comme repoussés par une rafale.

— Il me semblait qu'elle était censée être plus faible le matin.

Jane a baissé les yeux de manière entendue sur le bras de Rose :

— Elle vient de se nourrir.

— On va pas réussir à s'approcher d'elle, a dit Rose d'une voix qui faisait pitié à entendre, comme celle d'un gamin à qui il manque dix cents pour s'acheter une gomme au dépanneur du coin.

La Vieille Dame paradait au milieu de la foule en frappant des hommes par-ci par-là. Ses yeux étaient rivés sur un point précis, droit devant elle.

— Elle s'en vient vers moi, non ? a dit Rose, dont les tripes faisaient des acrobaties de gymnaste olympique.

— On dirait bien qu'elle te trouve de son goût.

— Merde.

— Elle va se repaître de toi et après ça elle va te tuer.

— Je m'en doutais pas mal.

— Mais avant tout, peux-tu essayer de l'éloigner d'ici le plus possible ?

Rose a tendu la main. Jane lui a remis la fiole.

— Je vais m'assurer que tes funérailles soient mémorables, a-t-elle dit.

— Tu devrais écrire des slogans pour les cartes Hallmark, a répondu Rose en enfouissant la fiole dans son soutien-gorge.

Puis, elle a vérifié l'état de ses espadrilles. Bien lacées. Elle a pris le temps de s'étirer comme il faut les muscles fléchisseurs des hanches, qui lui avaient causé quelques problèmes ces derniers temps.

— Vas-y ! Elle arrive, vite !

— Y a plein de chars dans son chemin, j'ai le temps.

La vieille démone a envoyé valser une voiture d'un simple coup de pied.

— Tabarnak.

Jane ne rigolait pas quand elle disait qu'elle avait pris de la force en se nourrissant. De toute évidence, manger du gras de bras, c'était l'équivalent pour elle de manger des épinards.

Jane a grimpé dans l'autobus et a refermé la porte coulissante.

— Cours ! a-t-elle crié à Rose à travers la fenêtre.

Rose n'a même pas daigné regarder en arrière.

Elle a commencé à jogger, pas trop vite. Partir trop vite, ça ne servait qu'à se blesser, lui avait déjà dit son père. Quand on parle de courir sur une longue distance, la clé, c'est d'être patiente. Elle a tout de même jeté un coup d'œil par-dessus son épaule. La Vieille Dame se rapprochait dangereusement.

Bon, son père lui avait aussi dit que, parfois, il fallait savoir se botter le cul. Rose a mis la pédale au fond et s'est mise à sprinter. Quand elle a atteint la route de gravier, elle y a tourné, son corps s'inclinant pour suivre le mouvement.

Son père lui avait toujours recommandé de se tenir loin de la gravelle, parce que ça détruisait les articulations. C'était aussi mauvais que le béton pour le corps, à long terme. Courir dans l'herbe, c'était l'idéal. Mais Rose s'est dit que ce genre de conseil ne s'appliquait plus quand on était poursuivi par une entité démoniaque cannibale. En plus, c'était parfait, le gravier, dans les circonstances : elle entendait les pas de celle qui était à sa poursuite.

Rose a risqué un coup d'œil. Elles étaient seules, maintenant. La Rêveuse avait laissé ses troupes derrière. Elle ne courait pas vraiment ; elle faisait de longues enjambées.

Courir, ça se passe surtout dans la tête, lui disait son père. Reste concentrée sur ton mental, et le corps va suivre.

Rose est passée devant la maison de Kaylee. Elle a remarqué le joli jardin que Kaylee avait fait avec son chum et ses filles.

Juste après le terrain de Kaylee, il y avait le petit bungalow de Gladys. Les aînés vivaient dans des maisons à une seule chambre, des maisons modestes pensées pour leurs besoins modestes. En théorie, c'était une bonne idée, mais, dans la vraie vie, c'était autre chose : Gladys vivait là avec trois de ses petits-enfants. Leurs parents restaient en ville, où ils occupaient deux emplois chacun, afin d'éviter de tomber sur l'aide sociale. Gladys avait pris les jeunes en charge et, au moins, ils pouvaient respirer l'air de la campagne. C'était loin d'être la meilleure solution, c'était loin d'être la pire.

Rose a traversé la route qui menait vers le dépotoir. L'amoncellement de déchets grossissait à vue d'œil et le Conseil de bande n'avait pas encore trouvé la manière idéale de remédier à la situation. Pour l'instant, on se trouvait encore chanceux d'avoir assez de terres pour éviter à quiconque d'avoir à s'installer dans ce coin-là.

Juste après, il y avait une longue rangée de logements réservés aux filles enceintes et aux jeunes mères (ou pères) monoparentales. Jusqu'à présent, un seul papa était allé vivre là. C'était Marcel, avec ses jumeaux. La mère était une Suédoise qu'il avait rencontrée lors d'un tournoi de soccer. Elle l'avait quitté pour un Apache qui venait des États (à l'évidence, elle fantasmait légèrement sur la figure du viril Indien d'Amérique). Alors Marcel élevait ses deux petits Suédo-Autochtones avec l'aide des six jeunes mères célibataires qui vivaient dans le complexe d'habitations. Rose se disait que ce n'était qu'une question de temps avant qu'une de ces généreuses petites mamans le réclame comme sien.

Rose est passée devant le marais. Elle n'avait aucune crampe, mais ça ne l'étonnait pas tant que ça. Elle n'avait rien mangé ni bu depuis les douze dernières heures. Jeûner, ça clarifiait l'esprit, lui disait-on souvent, et voilà qu'elle comprenait ce que ça voulait dire. Jambe droite, jambe gauche, et on répète.

Elle n'avait pas besoin de se retourner pour savoir que la vieille était à peine quelques mètres derrière elle. Elle sentait les mauvaises énergies qui émanaient de sa présence.

Rose a fait une ultime requête à son corps, qui a accepté : elle avait besoin de passer en quatrième vitesse.

Une plainte gutturale s'est élevée dans son dos, ce qu'elle a pris comme une récompense. Un sourire est apparu sur son visage, dévoilant ses dents bien serrées.

Rose est passée juste à côté d'une mare que la fonte des neiges avait remplie à ras bord. Des canards s'y étaient installés avec leurs canetons. Rose a cru percevoir le bruit de leurs petites têtes qui plongeaient dans l'eau.

Puis, elle a senti les doigts sur son col. Des doigts d'une froideur indicible. Et elle a senti ses pieds qui quittaient le sol alors qu'on la tirait violemment vers l'arrière.

Dans un bruit sourd, Rose s'est retrouvée par terre. Elle était à bout de souffle, elle n'entendait plus rien, elle savait qu'il lui restait une seconde avant que la douleur arrive. Elle a sorti la fiole de son soutien-gorge. Et la douleur est arrivée, accentuée par le manque de souffle. Les larmes lui sont montées aux yeux.

La Vieille Dame lui a refilé un bon coup de pied dans les côtes et Rose a échappé la fiole. La douleur nouvelle venait se superposer aux autres strates de souffrance. Rose a tâtonné autour d'elle à la recherche de la fiole et s'est félicitée intérieurement quand elle l'a frôlée des doigts. Son corps entier lui faisait mal, mais elle s'est concentrée sur le bout de ses doigts qui cherchaient à faire rouler la fiole vers elle, un millimètre à la fois. Elle a entendu la Vieille Dame qui reculait sa jambe comme un élastique et elle a su que le deuxième coup de pied n'allait pas tarder.

Oh, qu'il a fait mal celui-là. Rose a fermé les yeux et s'est laissée glisser dans l'inconscience. Elle avait envie d'y rester, dans cette obscurité, mais elle savait qu'il lui restait quelque chose à accomplir. Quoi, déjà ?

Elle a rouvert les yeux. Les mains de la Vieille Dame s'approchaient de son cou. Rose lui a envoyé un coup de son bras, celui qui était intact. Les doigts de la vieille se sont enroulés autour de sa gorge, ils étaient si froids qu'ils lui brûlaient la peau. Rose essayait de se déprendre, en gigotant à gauche, à droite. Pas moyen de se défiler, cette fois-ci, s'est-elle résignée. Elle a cru que la mort était là quand ses yeux se sont fixés sur un cercle de lumière qui se dessinait derrière la Vieille Dame. Puis, la lumière a pris forme – cheveux noirs, visage décidé – et, une seconde plus tard, la démone était catapultée dans les airs. Rose a vu Callista qui se tenait là, l'air satisfaite d'avoir effectué un botté aussi efficace.

Elle a tendu la main vers sa mère, mais celle-ci a secoué la tête. Rose s'est souvenue de la fiole. Elle l'a saisie et l'a ouverte juste au moment où les doigts de la vieille fonçaient sur elle. Rose a pris une bonne goulée du liquide, sans l'avaler.

La Vieille Dame a bondi et ses grandes mains aussi fortes que des serres se sont refermées sur la gorge de Rose. Encore. Mais cette fois, Rose est parvenue à détacher sa tête du sol et elle a embrassé la créature : un vrai baiser, avec la langue et tout. Rose n'avait jamais frenché une femme et elle s'est dit que ça ne comptait pas vraiment. D'abord parce qu'elle n'était pas du tout attirée par cette femme-là. Ensuite, parce que cette femme-là était une morte-vivante, impossible d'en douter – son haleine seule venait le confirmer.

Le liquide est passé d'une bouche à l'autre. La Rêveuse l'a senti se propager dans son œsophage et elle a poussé un cri. Elle a roulé par terre, lâchant Rose, et a toussé pour tenter d'évacuer le poison.

Rose a rampé à reculons, tout en s'essuyant la bouche pour enlever les résidus de vermine démoniaque.

La Vieille Dame l'a foudroyée du regard et s'est traînée vers elle. Dans ses yeux, une rage incontrôlable. Rose a soutenu son regard.

— Faut repartir, maintenant, lui a-t-elle dit.

La Vieille Dame a hurlé à la lune et le vent s'est levé – le vent hurlait avec elle. Les cheveux de Rose lui fouettaient le visage, mais elle les repoussait à mesure, effrayée de perdre la vieille de vue une seule seconde.

La Vieille Dame s'est mise à se fondre dans le sol argileux. Elle a battu l'air de ses bras, et le gravier et la terre autour d'elle volaient en tous sens. Elle tentait désespérément de se sortir de là, mais c'était perdu d'avance. On aurait dit que des milliers de petites mains la tiraient vers elles, comme si elles venaient la chercher pour la retourner à la terre. Elle a hurlé encore une fois, et sa terreur était si manifeste qu'elle s'est transmise à Rose. Les mains sur les oreilles, celle-ci cherchait à étouffer le son, mais elle le sentait se répercuter à l'intérieur d'elle et s'incruster jusque dans ses os. Elle en avait mal jusque dans les plombages.

Les yeux de la démone ont croisé ceux de Rose. C'étaient des yeux de femme, soudain, et Rose y a vu la peur.

— Laisse-toi faire, lui a-t-elle intimé. C'est la seule manière d'aller enfin rejoindre tes filles.

La Vieille Dame a respiré profondément, une dernière fois, et a poussé une plainte si puissante que les arbres ont frémi partout autour. Puis, elle a fermé les yeux, et ses muscles et ses os ont fusionné avec la terre, jusqu'à ce qu'il ne reste plus rien qu'une silhouette noire sur le sol.

Rose s'est redressée en position assise, trop épuisée, trop sous le choc pour se lever. Elle est demeurée immobile, comme ça, même après que la pluie a commencé à tomber sur son visage. Elle a regardé les grosses gouttes laver la route et faire disparaître les ultimes traces de la Vieille Dame.

Quand on a retrouvé Rose, elle était toujours assise en plein milieu du chemin de gravelle, où elle avait décidé de faire quelques étirements.

DIX-NEUF

Sarah empruntait la voiture chaque soir. « Emprunter » n'est pas vraiment le bon mot : elle *prenait* la voiture quand sa mère était dans les vapes. Sa mère dormait profondément, toute la nuit, parce qu'elle passait ses journées à s'entraîner. Et quand elle ne s'entraînait pas, elle était au travail. Sarah aurait pu s'en plaindre, mais elle aimait bien cette lueur nouvelle qui se voyait dans les yeux de sa mère.

Ce soir-là, Sarah a garé la voiture près de la clôture grillagée, qu'elle a enjambée facilement. Le sol était toujours bien sec ces temps-ci. On disait que ça annonçait un été long et chaud. Sarah n'aurait pas pu être plus heureuse.

Elle a gravi la colline. Ses yeux sont passés d'une tombe à l'autre, certaines marquées uniquement d'une petite branche. Un de ces jours, quelqu'un allait devoir faire le compte officiel. Ça deviendrait peut-être un projet scolaire : prendre le temps d'identifier tous ces gens enterrés ici dans ce petit cimetière, de comprendre pourquoi ils s'y trouvaient. Des guerriers, voilà ce qu'ils étaient, lui disait son grand-père. Chacun d'entre eux.

Sarah s'intéressait à une tombe en particulier. Celle qui était en dessous de l'arbre, un peu surélevée par rapport aux autres, la terre fraîchement retournée. Elle s'est assise en face et a plongé ses doigts dans l'humus encore bien noir.

— T'as changé de coupe de cheveux, a dit une voix qui semblait venir de l'arbre.

Sarah a levé les yeux. Ronnie était assise sur une branche basse, les jambes croisées.

— Ouais, t'as l'air bien installée, toi, a répondu Sarah.

— Je te l'avais dit, que ça te ferait bien, un toupet.

— J'ai l'air de ma petite sœur.

— T'es folle.

Ronnie a sauté de sa branche et est venue s'asseoir à côté de Sarah.

— Ta mère est venue, cette semaine ? a voulu savoir Sarah.

— Ouais, elle avait l'air en forme. Avec ton grand-père, ils organisent une sweat lodge et un grand festin après.

Sarah s'est demandé si elle irait. Son père serait sûrement là.

— Mon père arrête pas de me regarder comme s'il avait quelque chose d'important à me dire.

— Tu vas le torturer encore longtemps, comme ça ?

Sarah se rongeait un ongle.

— Ma tante Winter répète sans arrêt que le pardon, ça donne des beaux enfants, a-t-elle dit, même si elle n'avait pas du tout l'intention d'en avoir de sitôt.

— Pis tu vas me torturer encore longtemps, comme ça ?

— Oh, excuse-moi ! J'avais oublié.

Elle a sorti un petit sac de sa poche. Ronnie l'a pris de ses mains d'un geste avide.

— Merci, mon Dieu ! J'étais sur le bord de mourir.

Sarah a grimacé :

— Vraiment ? T'es obligée d'utiliser ce mot-là ?

— C'est juste un mot.

Ronnie lui a tendu une baleine bleue en jujube, son choïx de prédilection.

— Fait que, ça y est, je pense bien que ma mère et Taylor couchent ensemble, a lâché Sarah.

Tiens, le dire à haute voix, ça rendait la chose moins bizarre.

— Il est sexy.

— Il est vieux.

— Vieux pour toi. Parlant de toi…

— Rien à l'horizon.

— Ça va bien finir par arriver.

— Tu peux pas le savoir.

— Je sais certaines choses, a répondu Ronnie d'une voix solennelle.

Sarah l'a repoussée affectueusement.

— Tu sais rien pantoute.

— Oh que oui ! a dit Ronnie en la poussant en retour.

Perdant l'équilibre, Sarah s'est laissée tomber sur le dos, en dessous de l'arbre.

Ronnie s'est étendue près d'elle et elles ont plongé le regard dans le ciel. Les ramures étaient denses, trop denses pour leur permettre de compter les étoiles.

***

Écouteurs dans les oreilles, les coureurs se dégourdissaient les membres chacun au rythme de leur musique. Seules Dahlia et Rose n'en portaient pas. Dahlia préférait à l'évidence le bruit du vent à n'importe quelle mélodie pop. Et Rose n'avait pas réussi à convaincre Sarah de lui prêter les siens ce matin.

Tout le monde était intimidé par la présence de Dahlia, personne n'osait l'approcher. Mais Rose, elle, est plutôt allée se planter juste à côté.

Mon Dieu, elle est donc ben grande, s'est dit Rose en essayant de ne pas se sentir comme un Hobbit.

— Je m'appelle Rose, a-t-elle semblé dire à la poitrine de Dahlia.

— Dahlia.

— Je connais bien ton père.

— Il est juste là-bas, a dit Dahlia en le pointant du doigt.

Rose a salué monsieur Ingram de la main. Il ne l'a pas remarquée. Trop occupé à surveiller Tyler Horton.

À ce moment-là, Callie a attiré l'attention de Rose. Elle aurait continué à babiller jusqu'au départ de la course si Winter et Monty n'étaient pas venus la chercher. Sans aucun doute avec l'idée de la bourrer de sucre, s'est dit Rose. Bon, elle aurait bientôt l'occasion de leur rendre la pareille avec leur enfant.

La coureuse de marathon et l'amatrice sur les nerfs s'étiraient l'une à côté de l'autre. Dahlia a remarqué la cicatrice sur le bras de Rose et lui a demandé d'où ça venait. Rose venait d'inspirer profondément, afin d'avoir assez de souffle pour raconter son histoire du début à la fin, lorsque le coup de pistolet a retenti.

Les deux femmes ont entamé la course en pas de crabe.

Se ressaisissant aussitôt, Dahlia s'est redressée. Sa cadence était aussi gracieuse que rapide, bien plus rapide que ce que Rose avait envisagé. Elle avait l'air de courir comme elle respirait. Dahlia a vite disparu au détour d'une côte et Rose a baissé la tête pour se concentrer sur sa propre course. Elle a trouvé son rythme après quelques enjambées. Elle était surprise de voir que les autres ne la dépassaient pas : au contraire, c'est elle qui les laissait loin derrière. Elle s'est dit qu'ils étaient probablement en train d'économiser leurs forces. Elle a continué sur sa lancée.

Rose dépassait la balise des quinze kilomètres lorsqu'elle a aperçu la fine silhouette de Dahlia au loin, devant elle. Rose avait l'impression qu'elle disparaîtrait d'une seconde à l'autre, mais non. Elle avait même l'air de ralentir.

Rose a gardé le cap jusqu'à ce qu'elle arrive à la hauteur de Dahlia. Elle a accordé le rythme de ses pas aux siens, elles étaient maintenant parfaitement synchronisées. Elle n'était pas certaine de comprendre pourquoi Dahlia la laissait faire.

Est-ce que c'était parce qu'elle lui faisait pitié ? Rose, la maman avec son cuissard de garçon, son bras blessé et ses jambes pleines d'ecchymoses. Ou parce que Dahlia avait couru un autre marathon la semaine dernière et qu'elle n'était pas au mieux de sa forme ? Ou parce qu'elle avait envie de courir avec quelqu'un qui avait l'air d'avoir une bonne histoire à raconter ?

Peu importe la réponse. Rose était reconnaissante. Elle se disait qu'un marathon, c'est long quand on est seule, surtout quand on se méfie de ce qui pourrait surgir à chaque tournant, à chaque petite crevasse dans la route.

Achevé d'imprimer en mai 2022
sur les presses de Marquis Imprimeur
à Montmagny (Québec, Canada)
pour le compte des Éditions Hannenorak